교양의 시대

한국근대소설과 교양의 형성

교양의 시대

한국근대소설과 교양의 형성

허병식

역락

● ● ● 머리말

교양(Bildung, Culture)이란 인간의 힘이 내부로부터 형성되는 것을 말한다. 교양을 함양한다는 것은 인간이 자신의 능력을 조화롭게 형성하는 것이고, 인간으로서 총체적 발전을 추구하는 것을 의미한다. 교양은 인간이 특정한 공동체 속에서 새로운 의미 생산의 장을 만들어 내고 그것을 통해 자신과 타자를 구성하며 그러한 주체들이 이루는 공동체 속에서 삶의 내용을 기획해가는 과정을 지칭한다. 그것은 인간이 근대 이후의 사회적이고 역사적인 조건과 대면하며 주체적으로 설립하고자 했던 자기 이해의 담론이다. 그러한 자기 이해의 담론은 그 속에서 개개의 주체가 자아의 성장을 이루는 토대로 작용한다. 교양은 창조적인 자기 창출의 과제를 제기하는 동시에 그 창조된 자아들이 이루는 공동체의 구성을 기획한다.

본 연구의 대상 시기인 식민지 시대에 교양은 새로운 시대의 정신을 표상하는 가치로서 다양하게 표상되었다. 교양이라는 이념은 이광수의 세대에게 '참사람'이라는 새로운 인간의 탄생을 가능하게 해 주었고, 20년대의 문화주의를 불러왔으며, 30년대 후반 새로운 정체성의 요구로 다시 호명되기도 하였다. 교양이라는 표상은 문화라는 이름으로 민족 구성원 사이에 공유되었고, 그 속에 존재하는 경제적 · 사회적 · 정치적 차이들을 억압하고 부정하는 기표로 작동하였다. 그런 다양한 교양 이념의 표상들을 분석하고 유형화하는 작업은 한국적 맥락에서의 만들어진 교양 이념의 이론화를 가능케 할 것이다. 나는 교양 이야기의 문학적 구현인 교양소설에 대한 분석을 통해 그러한 이론화의 구현에 다가가는 길을 열 수 있을 것이라고 생각했다.

근대사회에서 교양이라는 과제가 한 개인이 근대적인 시민으로 사회화되는 과정이라면, 그 개인은 자아완성이라는 내면적 요구를 사회적 조건과 결합해내는 문제에 직면하게 된다. 그러므로 교양의 성취는 근대사회를 형성한 부르주아 사회가 자기형성과 사회화라는 양면성을 결합해낼 수 있는 토대를 가지고 있을 때 유지될 수 있다. 한국의 근대는 식민지라는 특수한 조건 속에서 국민 국가와 시민 사회의 구성이 불가능하였던 시기로 간주되고 있다. 그러나 그 속에서도 교양이야기의 주체들을 통한 교양의 기획이 작동하고 있었던 과정을 간과해서는 안 된다. 교양의 프로세스를 통해서 시민사회의 기획을 이루려 했던 다양한 노력은 문화라는 장 속에서 상징투쟁을 통해 권력을 쟁취하는 과정과 다르지 않다. 이러한 문화의 구성방식을 분석함으로써 교양의 이념이 근대적 문화형성의 기제로 작동하는 방식을 이해할 수 있다.

교양 이야기의 주인공들은 언제나 새로운 자아의 모습과 시대의 의미를 발견하려는 자로서, 정치와 경제, 사회와 문화의 전방에 걸친 영역에서 변화의 주도적인 역할을 자임하는 주체로 스스로를 정립하였다. 그들에게는 자신의 삶과 이상을 스스로 형성하고 쟁취하고, 근대적 주체로서의 자아와 대면하며, 사회와 문화의 변화를 열망해야 하는 역할이 교양의 과제로 주어졌던 것이다. 교양담론이 자주 자기 계몽의 형식으로 활용될 수 있는 것은 교양이 담지하고 있는 자기 갱신의 성격 덕분이다. 또한 개인의 교양적 완성을 목적으로 하는 소설의 하위 장르를 교양소설, 혹은 성장소설이라고 부르는 것도 이 때문이다. 이처럼 교양은 한 개인을 무지에서 앎으로, 미숙에서 성숙으로, 없음에서 있음으로 나아가게 하는 발전의 정치학으로 작동한다.

그러나 근대사회에서 교양이라는 과제가 한 개인이 근대적인 시민으로 사회화되는 과정이라면, 그 개인은 자아완성이라는 내면적 요구를 사회적 조건과 결합해내는 문제에 직면하게 된다. 개인의 발전은 언제나 사회의 변화와 연동하면서 이루어지기 때문이다. 개인이 교양을 함양함으로써 발전하고자 한다는 것의 의미는 단순히 자기의 형성이나 신분의 상승으로만 한정할 수 없는 복잡한 과정이 된다. 교양의 과정을 자기발전의 정치학으로 내세우려는 의도의 이면에는 자신들이 처한 사회정치적 현실의 모순을 못 본 체하고 그 속으로 맹목적으로 투신하려는 심리가 존재하고 있는 것이다. 이는, 개인의 자아 형성과 사회로의 통합의 조화를 통해 성취되는 고전적인 의미의 교양이 식민지 시대 조선에서 필연적으로 변형될 수밖에 없는 운명임을 암시한다. 개인과 사회가 분열되는 상황에서 개인의 발전이란 결국 부정한 사회에 순응하는 것일 수밖에 없다. 그런 점에서 스스로를 교양한다는 것은 어떤 의미에서는 국가에 대한 주체의 당위적인 순응과정이라고 할 수 있다. 결국 식민지 시대 말에 교양의 이념은 사회의 진보라는 이름 속에서 불순한 것들을 소거함으로써 사회를 재생, 발전시키려는 제국주의적 기획 속으로 흡수되고 만다. 이러한 교양 이념의 좌절은 1940년을 전후한 한국 근대 기획의 총체적 맥락과도 무관하지 않다.

그러나 그러한 총체적 실패와 좌절에도 불구하고 그 교양이야기의 주인공들이 열광적으로 세상에 뛰어들었던 그 시대를 '교양의 시대'라 부르는 것은 결코 부적절한 명명은 아닐 것이다. 「한국 근대소설과 교양의 이념」이라는 제목으로 시작했던 이 책에 '교양의 시대'라는 새로운 이름을 붙인 것은 이러한 이유이다. 이러한 명명에는 오늘날 한국 사회에서 교양이나 자기 형성 등의 요구가 날로 커지고 있음에도, 지금 여기의 우리

시대를 교양의 시대라 부르기 어렵다는 판단이 자리잡고 있기도 하다.

오래전 이 연구를 시작할 때부터 오늘에 이르기까지 늘 격려해 주신 고마운 분들의 얼굴이 떠오른다. 그분들의 이름을 일일이 다 호명하지 못한다. 그러나 학위 논문을 지도해주신 은사 황종연 선생님과, 네 분 심사위원들, 김경수 선생님, 김철 선생님, 서영채 선생님, 장영우 선생님의 은혜로 한 사람의 문학연구자로 설 수 있었음을 책을 내면서 다시금 기억하고 감사드린다. 언제나 격려가 되는 동학들과 가족이 주는 위안에 힘입어 나는 이 문학의 무력(無力)과 교양 없는 시절들을 견뎌갈 것이다.

2016년 2월

허병식

●●● 차례

제 1 부

한국 근대소설과 교양의 이념

제1장 한국의 근대와 교양

1. 한국의 근대와 교양의 이념

인간 각자가 지니고 있는 여러 자질과 면모들을 발전시켜 하나의 조화되고 통일된 자아를 형성할 수 있다는 생각은 모더니티가 개인에게 가져다 준 축복 중의 하나이다. 그것은 근대적 인간의 상(像)을 형성하고 발전시키는 데 매우 중요한 계기를 이루는 관념이 되었다. 그러한 관념의 바탕에 자리잡고 있는 것은 교양(Bildung, Culture)의 이념이다. 교양은 인간이 특정한 공동체 속에서 새로운 의미 생산의 장을 만들어 내고 그것을 통해 자신과 타자를 구성하며 그러한 주체들이 이루는 공동체 속에서 삶의 내용을 기획해가는 과정을 지칭한다. 그것은 인간이 근대 이후의 사회적이고 역사적인 조건과 대면하며 주체적으로 설립하고자 했던 자기 이해의 담론이다. 그러한 자기 이해의 담론은 그 속에서 개개의 주체가 자아의 성장을 이루는 토대로 작용한다. 교양은 창조적인 자기 창출의 과제를 제기하는 동시에 그 창조된 자아들이 이루는 공동체의 구성을 기획한다. 개인 각자의 자기

형성과 발전이 더 큰 공동체를 이루는 자원이 된다는 생각은 근대라는 새로운 담론 실천의 장에 교양이 부여한 핵심적인 내용이다.

이 책은 한국의 근대문학자들이 근대라는 새로운 시공간과 대면하면서 어떤 방식으로 교양을 형성해갔는가를 검토하고, 교양이라는 의미생산과 자기 이해의 담론이 문학을 포함한 사회의 의미화 영역에 어떤 방식으로 자리 잡았는가를 살피는 것을 목표로 삼고 있다. 한국의 근대는 개화와 계몽이라는 패러다임 속에서 전통과 근대, 주체와 타자, 새로운 것과 낡은 것의 도식적인 대립과 투쟁 속에서 불안정한 정체성을 형성해 온 과정이었다. 근대화된다는 것은 우리에게 모험과 권력, 쾌락과 성장과 우리 자신과 우리를 둘러싼 세계의 변화를 약속하는 동시에 우리가 가진 모든 것, 우리가 아는 모든 것, 우리의 본질인 모든 것을 파괴하도록 위협하는 그러한 환경 속에서 우리들을 발견하는 것[1)]이라는 버먼의 지적은 근대화가 지닌 역동적이고 변증법적인 측면을 정확하게 파악하고 있다. 자아를 둘러싼 환경의 그러한 변화는 근대의 개인들이 간절하게 원했던 자아와 공동체에 대한 탐색의 기회를 제공하기도 하였다. 그러한 탐색은 기대되지 않았던 희망을 가져다주고, 그럼으로써 개인들은 이전보다 충만할 뿐만 아니라 항시 불만스럽고 불안한 내면성을 만들어 낼 수 있었던 것이다.[2)] 그것은 우리의 삶을 살아있는 동력으로 갱신시키는 작업으로서의 교양의 과정과 다른 것이 아니다. 교양의 과정 속에서 문화적 자원과 역량을 만들어간다는 것은 창조적 표현과 반응을 통한 자기 형성의 능

1) Marshall Berman, *All That is Solid Melts into Air : The Experience of Mordernity* (London : Verso ; penguin, 1988) p.15.

2) Franco Moretti, *The Way of the World : Bildungsroman in European Culture* (London : Verso, 1987.) p.4.

력과 보다 깊고 풍부하게 고양된 경험을 통한 자기 확장의 능력, 그리고 자신의 삶을 공동체적 삶과의 관련 속에서 사고할 수 있는 시민적 능력을 계발하고 신장해나가는 것을 의미하는 것이다.[3)]

전통적으로 한국인의 심성을 관장해온 유학은 자기완성의 노력을 중시했다. 자아를 형성하고 덕성을 함양하기 위한 배움의 과정인 수양은 유학이 구성하는 도덕적인 원리의 핵심적인 장치였다. 한국의 유교문화 속에서 이해되어 온 수양과 수양론의 핵심적 지향은 '멸인욕(滅人慾), 존천리(存天理)'의 윤리, 즉 인간의 욕망을 제거하고 하늘의 이치를 보존하는 것이다. 그것은 '천리는 본래 내외가 없다(天理本無內外之間)'는, 자연과 인간이 동일한 이치에 의해 통합되어 있다는 신념에 바탕하고 있다.[4)] 성리학에서 말하는 '존천리(存天理)'란 『중용』의 첫구절인 "하늘이 명하여 준 것을 성이라 한다(天命之謂性)."가 의미하는 바와 같이 인간의 품성 속에 하늘의 이치가 들어와 있다는 믿음이었다. 성리학적 수양의 핵심은 인간 내면에 자리한 하늘의 이치를 상실되지 않도록 지켜내는 데 있었다.[5)]

중국의 지식인에게도 또한 지식의 일차적인 기능은 수신(修身)이었다. 수신이란 개인의 도덕적 품성을 배양하는 것, 또는 문자 그대로 '자기'를 배우고 쓰고 편찬하고 구축하는 것이다. 그러나 우선적인 것은 항상 인간과 인간을 초월하는 것 사이의 통일에 대한 관심이기 때문에 중국지식인은 항상 인간을 초월하는 것에 추종되는 삶을 살았다.[6)] 이렇듯, 유교적인 이념 속에서 수양 혹은 수신이라는 말은 서양

3) 여건종, 「형성으로서의 문화」, 『문학동네』, 2000, 겨울, 339쪽.
4) 강명관, 「율곡의 시론과 수양론」, 『부산한문학연구』 제9집, 1995.6 참조.
5) 윤천근, 「퇴계철학에 있어서 도덕과 수양의 문제」, 『퇴계학』 제1집, 1989, 158-160쪽.
6) 레이 초우, 장수현·김우영 역, 『디아스포라의 지식인』, 이산, 2005, 126-127쪽.

근대가 구성한 휴머니즘의 교양의 이념과는 거리가 있다. 유교적 자아 수양이 그 자체가 하나의 도덕적 질서라고 이해된 자연과의 조화를 지향하는 반면에 휴머니즘적 교양은 자연의 강제에서 자유로운 개인의 내면적 자기완성을 목표로 한다. 근대 휴머니즘의 교양 개념은 기본적으로 서양 근대라는 역사적으로 특수한 문화의 산물이다.[7)]

교양이란 의미를 지닌 독일어 '빌둥'Bildung은 원래 상(Bild), 모상(Abbild), 닮은 모양(Ebenbild), 모방(Nachbild), 형상(Gestalt), 형성(Gestaltung) 등의 다양한 의미를 내포하고 있었다. 이 말은 동사 bilden(형성하다, 만들다, 이루다)에서 온 것으로, 이 말은 원래는 도공이나 금세공 같은 수공업 분야의 작업을 의미했다. 교양이라는 용어는 처음에는 스콜라 학자나 성직자들이 종교적인 의미로 사용했으며, 이때의 교양이란 인간이 지니고 있던 '신의 모습'(Ebenbild Gottes)으로 돌아가고자 하는 노력을 의미했다. 마이스터 에카르트는 이러한 경향을 "죄를 짓기 이전의 상태라 할 수 있는 잃어버린 낙원으로 복귀하기 위한 인간의 형성 formatio과 변형 transformatio"이라는 의미로 발전시켰다.[8)] 신의 도움으로 이루어지는 인간 형성의 과정에서 죄를 멀리하고 신을 가까이하기 위해 올바른 선과 덕을 가려내는 인지력과 그것을 실행할 수 있는 의지를 키우기 위한 노력이 바로 교양(Bildung)의 과제였던 것이다.

독일의 고전주의 시대는 계몽된 이성의 이상에 근본적으로 새로운 내용을 부여하였다. 교양은 이제 자신의 자연적 소질과 능력을 계발하는(ausbilden) 인간의 독특한 방식을 의미하게 되었다. 헤르더는 인간

7) 황종연, 「탕아를 위한 국문학」, 『국어국문학』 127호, 2000, 36쪽.

8) 진상범, 「이광수 소설 『무정』에 나타난 유럽적 서사 구조」, 『독일어문학』 제17집, 2002, 309-310쪽.

으로의 형성(Bildung zum Menschen)이라는 새로운 이상을 제시함으로써 교양의 근대적 이념을 정의했다. 교양은 형성의 과정 자체라기보다는 그 과정의 결과라는 점에서 자신의 밖에 있는 어떤 것을 알지 못한다. 이 점에서 타고난 소질을 함양한다는 육성의 개념으로부터 파생된 교양은 육성의 이념을 뛰어넘는다. 주어진 것의 발전을 의미하는 소질의 육성이 단순한 수단에 불과하다면, 형성의 과정인 교양이 수용하는 모든 것은 교양과 하나가 됨으로써 주체의 자기 보존에 관여한다. 자신을 보편적인 정신적 존재로 만드는 것은 인간 교양의 보편적인 본질이다.[9)]

독일 고전주의의 교양 이념은 19세기 영국에서 그 중요한 계승자를 얻게 된다. 매슈 아놀드는 고전적 조화에 대한 동경과 자기 시대와 문화에 대한 총체적인 관점을 요구하고 있다는 점에서 독일의 교양 이념을 계승하고 있다.[10)] 그가 동시대의 사람들에게 함양하기를 요구했던 교양이란 인간적 완전성의 이상, 즉 증대된 아름다움(increased sweetness), 증대된 지식, 증대된 생명과 증대된 동정(increased sympathy)을 그 성격으로 갖는 내면의 정신적 활동이다.[11)] 그는 개개의 인간을 보다 커다란 전체의 구성원으로 파악했고 교양이 형성하는 완전성의 이상에 부합하기 위해서는 인간성의 발전 또한 보편적인(general) 발전이 되어야만 한다고 말했다. 그러므로 매슈 아놀드의 교양 이념 속에서는 개인이 고립된 채 존재하는 한, 어떠한 완성도 불가능하다.[12)]

---

9) 한스 게오르그 가다머, 이길우 외 역, 『진리와 방법Ⅰ』, 문학동네, 2002, 41-58쪽 참조.

10) 독일 고전주의의 교양 이념과 매슈 아놀드의 교양 이념의 영향 관계에 대해서는, 김종철, 「인문적 상상력의 효용」, 『외국문학』 1987년 봄호 참조.

11) Matthew Arnold, *Culture and Anarchy* (Thoemmes Press ; Bristol ; 1994) p.39.

12) Ibid, p.13.

일본에서 교양이란 용어는 1910년대에 '수양'이란 용어로부터 분화되어 나온 것이다. 가토 토츠도는 메이지 40년(1909년) 출판한 『수양론』에서 "수양의 어의는 다단하고, 그것을 사용하는 사람들은 한결같지 않기에, 잠시 그 일반적 의미를 해석하면 영어의 컬쳐(culture)라는 경작(耕作)의 뜻이 되니, 마음의 밭(心田)을 일구어 그 수확을 얻는다는 뜻이고, 독어의 빌둥(Bildung)이라는 뜻이 되어, 인물을 만들고 품성을 모조하는 뜻으로 해석된다"라고 말하여 '수양'의 의미 속에 새로운 담론의 질서를 부여하였다.[13] 니토베 이나조는 '수양'이란 용어가 '수신(修身)'과 '양신(養神)'이라는 두 개의 단어로 분화하여 엘리트 사상가들은 수신을 버리고 양신을 취함으로써 고상해질 수 있다고 믿었다. 그는 '수신'을 근대 국민으로서의 도덕과 덕성을 지닌 주체의 생산에 적용시키는 한편 '양신'을 태어나면서 지닌 본성을 함양한다는 의미로 주체의 인격 수양에 적용시켰는데, 이는 곧 문학, 예술, 철학, 종교, 역사 등을 익혀 인간으로서의 소질을 공고히 하고 인격을 도야한다는 의미를 지닌 교양이라는 용어의 기원이 되었다.[14]

니토베 이나조가 '수양'이라는 동양적 용어를 가지고 표현하려고 했던 내용은 자기가 의지의 힘에 의해 자신의 한 몸을 지배하는 것, 마음이 주가 되어 자기가 존재에 방향을 부여하는 것이며, 참된 자기를 확립하는 문제였다. '수양'이라는 유교적 전통에 입각한 개념을 가지고 그는 외부의 질서에 공순(恭順)하는 비주체적이고 순종적인 마음의 평안을 양성하는 것을 의미한 것이 아니라, 인격적 주체로서의 인간을 형성하는 것을 그 중심과제로 삼았던 것이다.[15] 가라키 준조는

---

13) 筒井清忠, 「日本における 教養主義と修養主義」, 『思想』 812호, 1992, 165-166쪽.
14) 위의 책, 168쪽.

메이지 시대의 일본에는 '교양'이라는 용어가 없었다고 말한다. 교양은 대정기 이래의 것으로 유교적인 '수양'이라는 언어를 대체해서 나타난 것이었다. 메이지 십년 이래 일본의 문명개화의 풍조가 서양문물을 흡수한 결과로 심적인 인공물, 즉 언어, 문학, 미술, 도덕, 종교의 교의 등을 섭취하고 이해하고 향수하고 감상하는 것이 '교양'이라는 것이 되었다는 것이다.16)

1900년대의 조선의 지식인들이 교양이란 용어를 사용한 예는 쉽게 발견할 수 있는데, 여기서 교양은 수양이나 교육과 동일한 의미로 쓰여지고 있다. 『서우』 제14호(1908)에 실린 「자조론(自助論) (속)」에서는 "사회의 개인이 실행, 행위, 자수(自修), 극기 등으로 교양ᄒᆞᄂᆞᆫ 자야라 실행, 행위, 자수(自修), 극기의 교양이 인을 훈련ᄒᆞ야 인생의 직분과 사무의 완전을 수행홈에 적케 홈이니"17)라고 하여 교양이 교육이나 훈육과 동의어로 쓰이고 있다. 『태극학보』 제21호(1908)에 실린 「수양의 시대」라는 글에서도 "인격의 조성에ᄂᆞᆫ 선천적 요소와 후천적 요소가 유ᄒᆞ니 선천적 요소ᄂᆞᆫ 용이히 개(改)키 난ᄒᆞ며 후천적 요소ᄂᆞᆫ 교양을 부대(不待)ᄒᆞ면 변환키 불능ᄒᆞ나니 차 직책은 실노 교화에 기능이 담임ᄒᆞᆫ 바며 교육의 목적도 쏘ᄒᆞᆫ 차에 불외ᄒᆞ도다."18)라는 식으로 교양이란 용어는 교육, 교화, 수양과 동일한 용법으로 사용되고 있다.

식민지 시기에 교양이 Bildung이나 culture의 역어로서 이해되기 시작한 최초의 용법은 현철에게서 발견된다. 현철은 『개벽』 제10호(1921)

15) 武田清子, 「キリスト教受用の方法とその課題」, 丸山眞男 外, 『思想史の方法と對象』, 創文社, 1961, 301-302쪽.

16) 唐木順三, 『現代史への試み』, 筑摩書房, 1963, 234-236쪽.

17) 「自助論 (續)」, 『서우』 제14호, 1908.1.1, 1쪽.

18) 抱宇生, 「修養의 時代」, 『태극학보』 제21호, 1908.5.4, 1-2쪽.

에 실린 「문화사업의 급선무로 민중극을 제창하노라」라는 논설에서 "원래 문화의 의미라고 하는 것은 여러 가지 의미를 포함한 것이다. 「……」 적어도 『컬트아(Cultre)』 즉 교화 · 교양 · 덕육 · 문화의 의미이나 그러치 아니하면 "엔리끼틴멘트(Enlightenment)" 교화 · 계명(啓明) · 개명(開明) · 개발 · 광조(光照) · 조명(照明) 문화의 의미이나 한층 더 심각하게 독일의 "쿠르투르(Kultur)"의 의미를 가진 문화라는 말이니"[19]라고 말하여 교양의 의미를 제시하고 있다. 또한 『학지광』 제22호에 실린 「문화의 의의와 기발전책(其發展策)」에서 김항복은 "문화는 독어의 쿨틀(Kultur)과 영어의 컬튜아(Culture)란 말의 역어이오, 문명개화의 축어이니 재배, 교양, 교화를 의미함이다"[20]라고 말하고 있다. 그들에게 교양이란 식민지이자 저개발된 조선의 문화적 발전을 담보하기 위한 과정이자 목적이었던 것이다.

서구와 일본, 그리고 식민지 조선에서 나타나는 교양 이념의 형성 과정이 알려주는 것은 그것이 언제나 계몽 이후에 나타나는 역사적이고 사회적인 변화의 결과이며, 그것을 넘어서기를 요구하는 시대의 과제라는 점이다. 교양의 이념은 특정한 사회적 실천과 제도들이 문화적인 발화와 진술의 생산과 수용을 조건 짓고 형태화하는 방식을 알게 해 준다. 교양이야기(Bildungsgeschichte)의 주인공들은 더 이상 자신에게 주어진 길을 따르는 자들이 아니다. 근대적인 삶에의 지향은 사람들이 이전에 알고 있던 영역인 자연과 공동체를 자신들의 적대자로 간주하도록 만든다. 평화로운 자연과 공동체 속에서 안주하는 사람들은 자신과 자신을 둘러싼 세계를 변화시킬 수 있는 발전의 가능

19) 玄哲, 「文化事業의 急先務로 民衆劇을 提唱하노라」, 『개벽』 제10호, 1921.4.1, 108쪽.
20) 金恒福, 「文化의 意義와 其發展策」, 『학지광』 제22호, 1921.6.1, 38쪽.

성을 가질 수 없다. 근대적 삶 속에서 자신을 발견하는 자들은 근대화의 소용돌이에 몸을 맡김으로써, 또한 자연을 적대자로 여김으로써 고립을 자초한 개인들의 운명을 보여준다. 그들은 언제나 찾는 자(suchender)로서, 정치와 경제, 사회와 문화의 전방에 걸친 영역에서 변화의 주도적인 역할을 자임하는 주체로 스스로를 정립하였다. 그들에게는 자신의 삶과 이상을 스스로 형성하고 쟁취하고, 근대적 주체로서의 자아와 대면하며, 사회와 문화의 변화를 열망해야 하는 역할이 교양의 과제로 주어졌던 것이다.

2. 교양의 정치학과 계보학

교양 이념의 사회적이고 문화적인 조건에 대한 탐구는 그것을 천명한 교양의 담당자들의 지향과 요구가 어떠한 '정치적 무의식' 속에서 탄생한 것인가에 대한 탐색과 병행되어야 한다. 근대의 정신적 아들들은 교양 이념의 전파자이기도 했다. 매슈 아놀드가 규정한 바, '위대한 교양의 인간'이 되기를 열망하였던 그들은, 사회의 한쪽 끝에서 다른 쪽 끝까지 당대 최상의 지식과 최상의 사상을 보급하고 확산하고 전파하려는 열정을 지니고 있었으며 문화가 번영으로 이끄는 국가를 향한 위대한 희망과 계획을 지니고 있기에 교양이 무질서의 최대의 적이라고 생각했다. 그러므로 그들은 교양을 통해 헤게모니를 창출해 내고, 자신이 아니라고 믿는 것으로부터 자신을 구분하는 차이의 정치학을 작동하지 않을 수 없었다. 이런 의미에서 교양이란 구분과 가치평가의 체계이고 위로부터 규정된 배제의 정치학이며, 그것에 의해 무질서, 혼란, 비합리성, 조악함, 나쁜 취향, 그리고 비도덕성 등이 적발되고 교양의 바깥으로 밀려난다.[21)]

식민지 조선에서 과거와 결별하는 세대론의 전략을 교양의 정치학으로 기획한 것은 이광수와 그의 세대였다. 그들은 청년을 특권화하는 세대론을 통해 이제까지 나라를 이끌어온 낡은 세대의 역할을 부인하고 새로운 국가 건설의 임무를 자임하는 청년의 상을 창출하였다. 그것은 시대에 대한 위기의식을 기반으로 하고 있으며 그 위기를 헤치고 새로운 문화를 정립할 교양의 사명을 청년이라는 집단에서 찾으려는 열망을 반영하고 있다. 그러한 국가 운영의 리더십을 자임하는 청년이라는 담론은 대체로 일본의 유학생들 사이에서 형성된 것이었다. 그들은 유학생활을 통하여 조선민족에게 새 복음을 전하여야 할 사명을 스스로에게 부여하고 있다.

이광수와 그의 세대가 내세운 청년의 특권화는 일본 메이지기의 청년 담론과 동일한 구조를 지닌다. 일본의 메이지 지식인들은 새로운 일본의 창조자로서 '청년'을 특화하여 민족주의의 윤리적 근간을 형성하는 사명을 '청년'에게 부여하였다. 도쿠토미 소호는 사회 건설의 임무를 자임하는 청년의 상을 "우리 메이지의 청년은 텐보의 노인으로부터 인도를 받는 자가 아니라 텐보의 노인을 인도하는 자이다"[22)]라고 제시한 바 있다. '텐보로진(天保老人)'이라고 인구에 회자되었던 단어는 도쿠토미 쵸이치로(德富猪一郎)에 의해 창출되었는데, 메이지의 지식인들은 그 경멸적인 단어의 반의어의 자리에 '세이넨(青年)'을

21) Edward W. Said, *The World, the Text, and the Critic* (Harvard University Press, Cambridge, Massachusetts, 1983) pp.10-12.

22) 德富蘇峰, 「新日本之青年」(1887), 『德富蘇峰集』 明治文學全集 3, 筑摩書房, 1974, 118쪽.

위치시킴으로써 세대를 크게 둘로 나누어 보았다. 세대의 발견, 그들에게 그러한 이항대립은 후일의 연구자들이 그러했던 것처럼, 타자의 대상화의 기술로서 이루어진 것은 결코 아니었다. 그들은 사회에서 그리고 동시대의 공간과 역사적인 시간에서 스스로의 위치를 조정하고, 스스로의 존재를 규정하기 위한 기술, 이른바 선언으로서의 세대론으로 이전 세대에 대처했던 것이다. 당시 세대론이라는 도식으로 결실을 맺은 전략적인 의도라는 것은, 단적으로 말하자면 과거와의 결별이었다. 그들은 세대론을 통해서 스스로 새로운 세대, 새로운 존재로 변화할 것을 목적으로 삼았다.[23)] 이광수가 '우리들의 父老'를 경멸적으로 회자하면서 '청년'을 등장시키고 있는 것은 그러한 담론을 충실히 학습한 결과이다.

메이지의 청년론과 조선의 청년론의 '제휴'는 사이드가 문화를 통한 동일화로 이해했던 식민지와 제국의 문화적 제휴관계(affiliation)의 맥락에서 조선의 문화를 파악하도록 만들어준다. 제휴관계란 한 편으론 형식과 진술들과 그 밖의 미적인 고안물들 사이에서, 그리고 다른 한 편으론 제도와 행위와 계급과 무정형의 사회적 힘들 사이에서 맺어지는 특별한 문화적 관련의 함축적인 네트워크를 의미한다. 식민화된 사회에서 그 사회가 고유의 문화전통과 맺었던 파생관계(filiation)의 연결이 제국의 사회, 정치, 문화적 제도들과의 제휴관계로 대체되는 방식을 이해하는 것은 식민지적 교양 형성의 필연적인 맥락이다. 제휴의 네트워크를 복원하는 것은 텍스트를 사회와 저자와 문화에 결합시키고 있는 끈들을 가시적으로 만들고, 그것에 물질성을 부여하는 것이다.[24)]

23) 木村直惠, 『青年の誕生』, 新曜社, 1998, 9-10쪽.

한편으로 교양의 상상력이 내면화되는 정치학을 이해하는 것은 한국의 근대가 형성해야 했던 교양의 과제를 이해하는 데 있어 중요한 대목이다. 식민지 조선에서 그러한 교양의 이념은 문화주의라는 담론으로 나타나게 된다. 1920년대 조선의 사회와 염상섭에게서 나타나는 문화주의의 면모를 이해하기 위해서는 당대 조선의 문화주의적 사명이 놓인 자리를 탐구해야 한다. 개성의 본질을 기초로 해서 인격의 완성을 지향하는 것을 문화의 의미로 이해하였던 것은 동시대의 논설들 속에서 발견되는 문화주의의 모습인데 이는 당시 일본에서 유행하던 일본 문화주의의 영향을 받은 것이다. 일본의 문화주의는 쿠와키 겐요쿠와 소다 키이치로 등에 의해 1910년대 말부터 1920년대 초에 걸쳐 일본의 지식계에 커다란 반향을 불러일으켰던 사조이다. '문화주의'라는 말의 '문화'란 독일어 Kultur(문화)의 역어이며, 동시대의 독일 지식인들은 정신(Geist)이 만들어내는 문화와 그 문화를 창조하고 향수할 수 있는 내적 통일을 지닌 '인격'의 형성(Bildung)을 중시하고 있었다. 이처럼 일본의 문화주의는 당대의 독일의 이념을 이입한 것이며, '교양' 계층으로서의 문화인이 만드는 문화를 기초로 하는 문화국가의 이미지를 통해 메이지 국가를 대신하는 새로운 이념을 제창하였다.[25)]

일본 문화주의는 '자아의 자유로운 향상 발전'을 문화의 의미로 이해하였다. 쿠와키 겐요쿠에 따르면 문화는 절대적인 가치를 갖는데 그것은 바로 사람들의 자아를 자아답게 만드는 것을 의미하고, 이는

24) Edward W. Said, op. cit, pp.174-175.

25) 미야카와 토루・아라카와 이쿠오 편, 이수정 역, 『일본근대철학사』, 생각의 나무, 2001, 293-296쪽.

곧 칸트의 선험적 자아와 연결되는 것이다. 그는 문화(Kultur, culture)의 어원이 수양의 의미를 지니고 있음을 지적하면서 그 목표가 인성의 완성에 있다고 주장하였다. 1920년대 초반의 한국의 '문화주의 운동'에서 인격의 수양을 강조한 것이 대정기 문화주의에 대한 학습의 결과였다면,[26] 일본 문화주의와 그것이 발원한 독일 시민계급의 교양 이상이 배태한 내면의 정치학을 20년대의 조선이 어떠한 방식으로 받아들이는가를 성찰하는 것이 필요하다.

"현실과의 연계성을 스스로 끊어 버리고 정치적인 윤리성을 포기하며 오직 내면성에서 교양을 발견하려는 경향성"을 보이던 독일의 교양시민계급이 자유로운 "내면성의 공화주의자"로서 자신을 내세우던 것이 빌헬름 제국 시대의 민족주의적 교양문화 담론이었다는 점[27]은 일본의 교양 이념이 사회주의에 대한 탄압이 커져가고 자본주의가 발전하는 시기에, 정치적이고 사회적인 경향에서 눈을 돌려서 내면을 바라보고 정신적으로 자기형성을 하려는 지식인들의 지향을 교양이라고 불렀다는 점[28]과 함께 교양의 이념에 대해 알려주는 바가 많다. 독일에서 관료와 국가권력이 젊은 작가들 앞에 낯선 폭력으로 버티고 있었으므로, 사람들은 시인들이 발견해 낸 개인과 그의 자아형성의 세계에 매료되어 있었다면,[29] 제1차대전 이후의 호황에 고무되어 다이쇼 시대 특유의 '인격'이나 '교양'이라는 관념으로 채색된 일본의 수양주의는 점차 자아의 확립과 확대라는 욕구를 키워나갔지만,

26) 박찬승, 『한국근대정치사상사연구』, 역사비평사, 1992, 181-183쪽.

27) 김수용 외, 『유럽의 파시즘. 이데올로기와 문화』, 서울대출판부, 2001, 145쪽.

28) 森宏一 편, 『哲學辭典』, 青木書店, 1973.

29) Wilhelm Dilthey, *Das Erlebnis und die Dichtung : Lessing, Goethe, Novalis, Hölderlin*, (Göttingen : Vandenhoeck & Ruprecht, 1957.) s.249.

현실 사회로의 통로를 차단시켰기 때문에 내면세계의 자유를 반추하는 자위적인 성격이 농후했다.[30)]

기무라 나오에는 근대 일본의 청년이 탄생하는 과정에 대한 그의 독창적인 연구에서 '정치에서 문학으로'라는 메이지 시기의 청년문화에 대한 도식을 재검토하고 있다. 그에 따르면 '정치'의 상실은, 그 결락을 메우는 대체물인 '문학'으로 귀결한 것처럼 보이지만, 그러나 보다 정확하게 말하자면 그러한 상실에서 일어나는 것은, 어떤 하나의 '정치적인 것'의 존재 대신, 또 다른 '정치적인 것'의 존재로 이행하는 것이고, 그리고 동시에 전자에 상응하는 다른 '문학적인 것'의 존재로 이행했다는 것이다.[31)] 이러한 맥락에서 교양의 상상력이 내면화되는 과정을 살피는 것은 교양의 정치학에 대한 또 하나의 중요한 이해를 가능하게 만들 것이다.

개성의 발견과 인격의 함양을 주창한 염상섭이 지닌 문화와 성장의 이상이 이광수가 제창한 교양의 정치학과 대립되는 함의를 지니는 것으로 나타나는 지점은 중요하다. 그것은 염상섭이 좀처럼 양보하려 들지 않는 개인주의에 대한 신념이 종종 교양의 이념과는 적대적인 영역으로 들어가기 때문이다. 근대 교양의 이념이 모두 그렇다고 말할 수는 없지만, 적어도 근대적 교양 이념의 설립자 중 한 사람인 매슈 아놀드에게 있어서는 그러하다. 교양을 무질서의 반대편에 놓음으로써 교양의 정치학을 작동시키고 있는 저서 『교양과 무질서』에 나오는 유명한 선언, 즉 "인간은 거대한 공동체의 일원이다."라고

30) 前田愛, 『近代讀者の成立』, 筑摩書房, 1982, 191쪽 ; 마에다 아이, 유은경 · 이원희 역, 『일본 근대독자의 성립』, 이룸, 2003, 253쪽.

31) 木村直惠, 『青年の誕生』, 新曜社, 1998, 서장 참조.

시작되는 선언을 떠올려 보라. 그 문단에서 그는 "그러므로 우리들 인간성의 확장은 보편적인 확장이어야 한다. 교양의 관점에서 볼 때, 개인적 고립 속에서는 어떠한 완성도 불가능하다."[32]라고 말한 바 있다. 또한 그는 "인간 가족의 보편적인 확장으로서의 완성의 이념은 우리의 강력한 개인주의, 개개인의 인성이 억제되지 않고 활동하는 것을 제한하는 모든 것에 대한 우리의 증오, '각자 자기 자신을 위하여'라는 격률과는 모순되는 것이다."[33]라고 말하고 있다. 당대에 만연한 갈등과 무질서를 교양의 이념으로 제압하려고 한 매슈 아놀드에게 사회의 무질서에 대한 교양 이념의 통제가 중산계급에 대한 억압의 정당화로 나타났다면, 이광수의 국가에 대한 상상은 중추계급의 주도권을 추인하는 것으로 드러난다.

이광수의 문화의 이념이 중간계급의 문화적 주도권을 긍정하는 지배 이데올로기의 발현으로 드러난다면, 염상섭은 정치적인 것에 투항하지 않는 내면성의 영역을 돌보고 있는 듯이 보인다. '각자 자기 자신을 위하여'라는 개인주의의 격률은 염상섭의 인물들이 조금도 양보하고 싶어하지 않는 내면의 윤리와도 같은 것이다. 그러나 그는 또한 이광수와 마찬가지로 조선 사회의 근대적 형성을 위한 도정에서 중간계급의 주도권을 인정한다는 점에서, '또 다른 정치적인 것의 존재'에 대한 은밀한 정치학을 작동시키고 있다.

30년대 후반에 이르러 교양의 논의는 재개된다. 유진오는 『인문평론』 제2호(1939)에 실린 「구라파적 교양의 특질과 현대 조선문학」이란 글에서 현대 조선문학의 비극은 유럽적인 교양의 정신을 체득하지

32) Matthew Arnold, op. cit. p.25.

33) Ibid. p.15.

못한 데에 있다고 주장하고 있다.[34] 이원조는 『문장』 창간호(1939)에 실린 「교양론」에서 최근에 대두한 지성론이 교양론으로 전개되어야 할 필요가 있다고 언급하면서, "이렇게까지 살펴보면 우리가 이야기하려는 교양의 거점은 다른 것이 아니라 바로 현대적 모랄 그것이라는 것이 자명되지 아니할까?"라고 말하며, 지식인의 윤리적 사명을 강조하고 있다.[35] 그는 연이어 발표한 「지성의 획득과 과학적 사고로서의 교양」에서는 조선에 있어서의 '교양'이라는 말은 서구의 'Culture'의 역어(譯語)로서 의미를 가지는 것이 아니라 유교사상에 바탕을 둔 '教育'의 의미로 사용되었으며, '수신'에 근본을 둔 교양이 하나의 실천윤리학으로서만 몰두할 때에는 "인격의 도야에서 행동의제약으로 나중에는 단순히 한개의 사교술에 떨어지고만"다고 말하였다.[36] 또한 박치우는 "역사를 뒤엎는 듯한 사실의 첩출(疊出)로 사상이 이미 나침(羅針)을 잃은지 오래되었고 미래를 내다보는 예견의 실마리가 모조리 끊어져버린 오늘" 우리에게 필요한 것은 교양의 정신이라고 강조하고 있다.[37]

근대성이라는 것이 문학 활동을 하나의 통일된 방향으로 이끄는 강력한 구심점이기를 그치고, 근대성의 추구가 현실성 없는 기획임을 깨달은 시기인[38] 30년대 후반에 교양에 대한 요구가 다시 제출되었다는 것은 여러모로 흥미롭다. 이와 더불어 이 시기는 김남천이 자신의 소설 『대하』에 대해서 언급한 것처럼 "풍속을 통해 전형을 묘사하

34) 유진오, 「구라파적 교양의 특질과 현대 조선문학」, 『인문평론』 2호, 1939년 11월.
35) 이원조, 「교양론」, 『문장』 창간호 1939년 2월.
36) 이원조, 「朝鮮的 教養과 教養人」, 『인문평론』 2호, 1939년 11월.
37) 박치우, 「교양의 현대적 의미 – 불감의 정신과 세계관」, 『인문평론』, 2호 1939년 11월.
38) 황종연, 「한국문학의 근대와 반근대」, 동국대 박사논문, 1992, 6쪽.

고, 연대기를 가족사의 가운데 현현시킨다'는 의도를 직접 창작으로 구체화한[39] 일군의 자전적이고 가족사적인 소설들이 생산되기 시작한 시기이기도 하다. 위기의 시대에 다시 출현한 교양의 정치학의 의미에 대해 묻는 것은 그러므로 30년대 후반의 한국 문학이 맞서야 했던 가장 중대한 질문에 대해서 당대에 산출된 가장 중요한 작품들을 통해 파악하는 방식과 다르지 않다.

3. 교양형성의 장치로서의 교양소설

한국근대의 교양이라는 개념이 문학을 포함한 사회의 제반 영역에서 하나의 실천의 장으로서 의미를 갖게 되었다면 그것의 구체적인 면모는 어떠한 것이며 그것이 활용되는 문학적 형식은 어떤 것이었는가를 이해하는 것은 근대문학 연구의 주요한 과제 중의 하나이다. 문화에 대한 새로운 자각을 통해 주체가 출현한다면, 그 주체를 생산하는 장치와 주체에 대한 정의를 자기화하는 제도가 필요하고, 그 장치와 제도를 통해 생산되는 상징의 체계와 언술의 형식이 작동한다.[40] 이러한 상징의 체제로서, 그리고 개인과 사회라는 주체를 표현하고 생산하는 글쓰기로서 대두한 것은 교양소설이라는 근대적 양식이다. 교양을 형성하기 위한 문학적 실천의 양식인 교양소설을 연구하는 것은 문화의 구현과정에 대한 이해를 도와줄 것이다.

---

39) 김남천, 「현대 조선소설의 이념」, 정호웅·손정수 편, 『김남천 전집1』, 박이정, 2000, p.405.

40) 김현주, 『이광수와 문화의 기획』, 태학사, 2005, 서론 참조.

독일에서 교양소설이란 양식의 개념에 대해서 최초로 언급한 사람은 프리드리히 폰 블랑켄부르크이다. 그는 「소설에 관한 시론(Versuche über den Roman)」(1774)에서 "모든 소설이 지향해야 할 목표는 사건을 통하여 주인공의 성격을 완성시키고 형성하는 것"이라고 말했다. 그는 '외적 줄거리'의 서술이 아니라 주인공의 '내면의 이야기'야말로 소설의 본질이자 고유성이라고 말했다. 이것은 주인공의 인격형성을 모든 소설의 목표로 설정함으로써 교양소설의 형식이 소설의 표준으로 설정되었음을 의미한다.[41)]

도르파트(Dorpat)의 미학교수인 칼 모르겐슈타인은 1817년에 『철학, 문학, 그리고 예술의 애호가를 위한 도르프센의 기고』라는 책에 실린 강연문 「정신과 철학적 소설의 관련에 대하여(Über den Geist und Zusammenhang einer Reihe Philosophischer Roman)」란 글에서 교양소설Bildungsroman이라는 용어를 최초로 사용하고 있다. 그에 따르면 교양소설이란 개인의 내면적인 발전을 그리는 소설이다. 그러나 모르겐슈타인은 1820년에 쓴 「교양소설의 역사에 대하여(Zur Geschichte des Bildungsromans)」에서 "모든 좋은 소설은 교양소설이다"라고 말함으로써 그 경계를 무화시켜 버리는 개념의 혼란을 자초하고 있기도 하다.[42)] 이는 교양의 과제가 보편적인 인간 이성의 자기구현의 문제이기도 하다는 점과 맞물려 있는 문제이다.

교양소설을 괴테의 『빌헬름 마이스터의 수업시대(Wilhelm Meisters Lehrjahre)』를 기점으로 하는 독일 근대문학의 일정한 성취를 토대로 한

41) 이덕형, 「독일 교양소설비판 시론」, 『독어교육』 제8집, 1990, 276쪽.

42) Fritz Martini, Der Bildungsroman, in : Rolf Selbmann(Hrsg), *Zur Geschichte des Deutschen Bildungsromans* (Darmstadt : Wissenschaftliche Buchgesellschaft, 1988.) S.260.

개념으로 규정한 것은 빌헬름 딜타이였다. 딜타이는 「슐라이어마허의 생애(Das Leben Schleichermachers)」(1870)란 책에서 교양소설에 대해서 이렇게 말하고 있다. "나는 『빌헬름 마이스터』와 같은 부류의 소설을 교양소설이라고 명명하고 싶다. 괴테의 작품은 여러 단계, 인물들, 인생의 흐름 속에서 이루어지는 인간의 성숙을 보여주고 있다."[43] 딜타이는 횔덜린의 문학에 대해 쓴 「히페리온(Der Roman Hyperion)」에서, 교양소설이란 "루소의 영향을 받은 당대 독일의 내면 문화의 문학"이라고 말하면서, 그것이 괴테와 장 파울의 작품들, 그리고 티이크의 『슈테른발트(Sternbald), 노발리스의 『하인리히 폰 오프터딩겐(Heinlich von Ofterdingen)』, 그리고 횔덜린의 『히페리온』에 의해 지속적으로 문학적인 가치를 확보했다고 말하고 있다. 딜타이의 정의에 따르면 이런 교양소설은 "젊은이의 생활을 묘사하는 것으로, 어떻게 그가 행복한 여명 속에서 삶으로 들어서며, 마음이 통하는 영혼을 찾아 우정과 사랑을 시작하고, 어떻게 그가 세상의 무정한 현실과 투쟁하고, 여러 가지 삶의 체험을 통해서 성장하고, 자기 자신을 발견하고, 그리고 세상에서의 자신의 사명을 인식하는가에 대한 이야기"이다.[44]

교양소설이 독일의 근대시민사회의 형성과 긴밀한 관련을 지니고 있다면, 이는 교양이라는 개념 자체가 근대성(modernity) 문제의 핵심에 자리잡고 있는 이유에 대해 시사하는 바가 있다. 교양소설의 맥락에서, 한 개인이 성장을 이룬다는 것은 그가 자아를 스스로 확립하는 것만을 의미하지는 않는다. 개인이 자아의 완성을 통해 성장한다는 것은 또한 그것을 가능하게 한 공동체의 보편적인 가치 속에서 자신

43) 진상범, 앞의 글, 311쪽.

44) Wilhelm Dilthey, op.cit.

의 위치를 발견한다는 것을 의미한다. 그러한 성장의 과정은 젊음을 자연스럽게 성숙으로 인도하게 될 것이다. 성장에 관한 서사를 대표한다고 할 수 있는 교양소설에서 자기 결정과 사회적 통합의 조화를 교양의 이념으로 삼는 것은 그래서 당연한 것처럼 보인다. 그러나 모든 성장의 서사가 개인의 자율적 성장과 사회적 통합의 공존을 지향하는 것은 아니다. 유럽의 교양소설에 관한 연구서인『세상의 이치』에서 프랑코 모레티는 젊음이 그 상징적인 중심성을 성취하게 되고 교양소설이라는 거대 서사가 등장하게 되는 이유는 19세기 유럽이 젊음에 대해서와 마찬가지로 근대에 대해서 어떤 의미를 부여할 필요가 있었기 때문이라고 보았다. 유동성(mobility)과 내면적 불안정이라는 '젊음'의 특성에 의해 전달되는 근대의 특정한 이미지를 제공하고, 사회적 제관계들의 기민한 변화와 유동성을 그 특질로 삼는 근대성의 경험에 충실한 서사라면 개인의 성장은 사회와의 조화가 아니라 갈등의 국면으로 나타나게 된다. 자유와 행복, 정체성과 변화, 안정성과 변모 사이의 공존은 한편으로 교양소설의 특질을 구성하지만, 우리가 경험하고 있는 근대의 국면에서 그것은 심각한 모순으로 존재하기도 한다. 젊음의 형성이라는 문제가 근대성의 뚜렷한 징후로 부각되고, 젊은이의 성장을 다룬 교양소설이 '근대성의 상징적 형식'이 되는 것은 이 때문이다.[45]

모레티는 교양소설의 형식을 플롯이 의미를 생성하는 방식에 따라 분류와 변형이라는 두 가지 유형으로 구분하고 있다. '분류(classification)'의 원칙이 승한 서사에서 이야기상의 변화는 그것이 특정하게 표시된 결말을 향해 나아가는 한에서만 의미를 지닌다. 사건의 의미가 그

45) Franco Moretti, op. cit. p.5

것의 궁극성에 놓여 있는 이 목적론적 수사는 강력한 규범적인 소명을 갖는다는 점에서 헤겔주의적 사고의 서사적 등가물이다. 그러한 서사 속에서 사건들은 오로지 하나의 결말, 그것밖에는 없는 하나의 결말을 향해 나갈 때만 의미를 지닌다. '변형(transformation)'의 원칙이 승한 서사에서는 그 반대의 것이 진실이다. 서사를 의미 있게 만드는 것은 그것의 서사성 자체이고, 그것이 열려진 결말의 과정에 있다는 점이다. 영원히 연기되는 결말들은 한 이야기의 의미가 정확하게 그것을 고정시키는 것이 불가능하다는 사실에 달려 있는 서사 논리를 보여준다. 모레티에 따르면 이 플롯의 유형에서 상반되는 두 가지 모델은 근대에 대해서도 상반된 태도를 표현한다는 점에서 흥미롭다. 분류의 원칙이 근대성을 가두고 떨쳐버리려 한다면, 변형의 원칙은 근대성을 격앙되고 최면상태에 빠진 것으로 만든다. 분류의 원칙이 지배하는 곳에서 젊음은 '성숙'이라는 이상에 종속되고, 안정되고 '최종적인' 정체성으로 이끄는 한에서 이야기와 젊음은 의미를 갖는다. 변형의 원칙이 지배하고 젊음의 동력학이 강조되는 곳에서 젊음은 성숙에 굴복하기를 원할 수 없고, 실제로 원하지 않는다. 젊은 주인공은 성숙이라는 결론에서 일종의 배신을 느끼고, 그것이 젊음의 가치를 높이기보다는 젊음의 의미를 박탈할 것이라고 생각한다.46)

이광수의 『무정』에서 발원하는 한국의 교양소설들 또한 이러한 근대성의 상징적인 형식 속에서 이해될 수 있다. 『무정』의 결말 부분에서 인물들의 성장을 이야기하는 서술자의 목소리 속에서 인물들에게 안정된 정체성을 부여하려는 플롯의 귀결점을 발견할 수 있을 것이다. 교양소설이 '문명의 위안'이라는 관점을 「무정」에서보다 잘 설명

46) Ibid, p.7-8.

할 수 있는 텍스트는 존재하지 않는다. 주인공의 자아를 창출해내고 그에게 분명한 '소명'을 억압적으로 안겨주는 『사상의 월야』의 플롯 또한 이러한 유형으로 분류할 수 있을 것이다. 반면에 『사랑과 죄』와 『대하』의 젊은이들은 좀처럼 '성숙'의 기회를 제공받기 어려운 환경에 놓인 자신의 모습을 발견하고 있다. 그들의 서사가 목적론적인 결말을 향해 나가는 것이 아니라 하나의 열려진 과정으로 남아 있다는 점은 이 소설들의 유형이 '변형'의 플롯에 기반하고 있다는 짐작을 가능하게 만들어 준다. 플롯의 대립이 근대에 대한 태도의 대립을 의미하기도 한다는 모레티의 말이 옳다면, 식민지 근대에 대한 작가들의 시선을 '교양'의 형성과정을 통해 확인하는 것이 가능할 것이고, 그것은 또한 이 연구가 목표로 하는 교양소설론의 중요한 주제가 될 수 있을 것이다.

교양소설의 개념과 더불어 근대 부르주아 문명과 경계를 공유하는 딜레마인 자기결정의 이상과 긴급한 사회화의 요구 사이의 갈등에 대한 가장 조화로운 해결책 중의 하나를 찾아낼 수 있다는 모레티의 말에 비추어 보면,[47] 식민지 근대라는 역사적 상황에 놓인 근대 부르주아 문명을 형성하기 위해서 노력했던 한국 근대문학의 주인공들의 성장의 도정에 교양소설론이 의미있는 조명의 지점을 제공할 수 있음을 짐작하기는 어렵지 않다. 그들이 보여주는 성장의 서사를 교양소설의 관점에서 추적하는 것은 자기 결정을 이룬 주체가 어떠한 방식으로 사회화를 꿈꾸는가에 대해서, 그리고 그 사회화가 식민지 근대라는 억압적인 질서 속에서 어떤 의미를 지닐 수 있는가에 대해서 하나의 유력한 설명을 안겨 줄 가능성을 내포하고 있을 것이다. 그들

47) Ibid, p.15.

이 보여주는 개인의 성장과 사회로의 통합의 가능성을 보여주는 성장의 여정을 좇아가는 것은 근대 한국의 사회와 근대기획을 담당한 젊은이들이 직면하였던 다양한 혼란과 가능성의 국면을 징후적으로 파악할 수 있게 만든다는 점에서 흥미로운 것이다.

4. 교양 형성의 연구 방법

본 연구에서 다루려는 주제에 관련이 있는 선행연구는 몇 가지로 분류할 수 있다. 90년대 이후로 근대성 논의가 활발해지면서 근대적 주체의 형성을 다루는 연구들 중에는 주목할 만한 성과를 거둔 논문들이 다수 있다. 또한 이 책에서 주목하는 개별 작품들에 관련된 논문들의 양과 질은 한국 근대문학 연구의 연륜을 증명하는 대표적인 연구업적으로 거론해도 손색이 없다. 성장소설의 관점에서 한국 근대문학사를 기술하는 연구의 축적도 적지 않다. 그러나 교양소설의 관점에서 개별 작품들을 분석하고 이를 통해 한국 근대의 교양 형성과 주체성의 문제에 접근하는 선행연구는 거의 없다고 보아도 좋다.

김윤식은 「교양소설의 본질」[48]이란 글에서 "시민사회의 형성과 불가분의 관계에 놓이며, 시민 사회에서의 자아와 세계의 조화, 긍정적 발전을 기본으로 한다"라고 교양소설의 개념을 제시하였다. 김병익은 「성장소설의 문화적 의미」[49]라는 글에서 독일의 교양소설의 이념에 비추어 한국의 성장소설의 한계를 지적하고 있다. 개인의 자아의 자

48) 김윤식, 「교양소설의 본질」, 『한국현대소설비판』, 일지사, 1981.
49) 김병익, 「성장소설의 문화적 의미」, 『세계의 문학』, 1981년 여름호.

리가 확보되어 있지 않고 보편적인 문화가 부재한 것이 한국의 성장소설을 교양소설로 부르기 어렵게 만든다는 것이다. 이재선은 「형성적 교육소설로서의 무정」[50]에서 무정을 페미니스트 텍스트로 새롭게 읽으면서, 박영채의 삶을 중심으로 볼 때 『무정』은 시련소설(Novel of ordeal), 교양소설, 교육소설(Erziehungsroman)이 복합되고 혼융된 '형성소설'에 해당한다고 지적하고 있다. 이보영은 「한국작가와 교양의지」[51]에서 한국에 교양소설이 부재하는 이유로 시민사회의 부재와 자서전 양식의 전통이 없었던 점을 들면서, 교양소설적 요소가 담긴 『무정』의 의미와 관련하여 한국문학의 근대성을 반성해야 한다고 말한다. 천이두는 「성장소설의 계보와 실상」[52]에서 『무정』, 『대하』, 『사상의 월야』를 한의 구조가 인간으로의 성숙을 뒷받침하는 중심적 모티브로 작동하는 성장소설의 유형으로 규정하고 있다.

여러 논자들이 지적하듯이, 교양소설(Bildungsroman)이란 엄밀하게 말하면 개인의 형성과 사회로의 통합을 상정하는 독일적인 전통에서 나온 소설의 양식을 일컫는다. 그러므로 이광수의 『무정』을 시초로 하는 성장체험을 다룬 한국의 소설들에 교양소설이라는 이름을 부여할 수 있는가는 고려해야 할 사항이다. 그러나 몇몇 연구자들이 지적한 것처럼 성장의 체험을 다루고 있는 한국의 소설들 또한 근대의 역동성이 부여한 성장의 과제에 대한 고투와 기획을 보여주고 있으며, 그것을 일러 '빌둥의 상상력'[53]이라고 부를 수 있다면, 그 성장체험 소설들을 교양소설이라 지칭하는 것도 가능하리라고 판단된다. 중요

50) 이재선, 「형성적 교육소설로서의 무정」, 『문학사상』, 1992년 2월호.
51) 이보영, 「한국작가와 교양의지」, 『한국현대소설의 연구』, 예림기획, 1998.
52) 천이두, 「성장소설의 계보와 실상」, 『우리 시대의 문학』, 문학동네, 1998.
53) 윤지관, 「빌둥의 상상력 - 한국 교양소설의 계보」, 『문학동네』, 2000년 여름호. 참조.

한 것은 그러한 성장의 과제와 씨름한 근대 한국의 작가들과 그 소설의 주인공들이 어떠한 과정을 거쳐서 성숙에 이르거나 좌절하는가를 애정을 가지고 추적하는 작업일 것이다.

청년의 탄생과 더불어 비로소 근대의 역동성이 부여한 성장의 과제에 대한 고투와 기획을 보여주는 성장의 서사는 시작된다. 이광수의 『무정』(1917)을 비롯하여, 염상섭의 『만세전』(1923), 『사랑과 죄』(1927), 『삼대』(1931), 이기영의 『고향』(1933), 『봄』(1940), 박태원의 『소설가 구보씨의 일일』(1934), 김남천의 『대하』(1939), 『사랑의 수족관』(1940), 한설야의 『탑』(1940), 그리고 이태준의 『사상의 월야』(1941)과 『별은 창마다』(1943)에 이르기까지, 한국 근대소설사의 골간을 이루는 중요한 작품들은 모두 청년의 성장이라는 문제를 다루고 있다고 해도 과언이 아니다. 실로 새롭게 대두한 근대성에 대한 답변으로, '무정'한 세상에서 '유정'한 사람살이의 이치를 발견하려는 시도로 출발한 것이 한국문학의 교양의 서사라고 할 수 있을 것이다. 그러나 한국의 교양서사에 대한 체계적인 연구는 이제 비로소 시작의 지점을 지나고 있다. 자유와 행복, 정체성과 변화, 안정성과 변모를 공존시켜야 한다는 근대성의 모순적 과제를 내면화하고 있는 한국소설의 교양 서사를 탐색하는 것은, 한국인들과 한국의 근대 작가들, 그리고 그들의 작품 속의 주인공들이 대면하였던 근대의 과제에 대한 답변을 마련하는 도정과 다른 것이 아니다.

본 연구에서 다루고자 하는 대상은 이광수, 염상섭, 김남천 그리고 이태준 등 네 작가의 문학적 행정(行程)과 작품들이다. 이 네 작가의 교양서사로서의 장편소설들을 중심으로 한국 소설에 나타난 교양의 서사를 탐색할 것이다. 이들의 작품들에는 교양의 의지를 지닌 주인공이 등장하여 스스로 교양을 형성하는 과정이 주요한 서사로 등장하며, 그 서사의 의미가 한국 근대의 교양 이념의 전개를 파악하는 데 결정적이라는 판단이 이들의 작품을 논의의 대상으로 삼은 이유이다. 이들 작품들은 교양소설의 근본적인 주제인 자기결정을 통한 개인성의 구현이라는 근대의 과제에 대해서 모색하고 있으며, 그렇게 구현된 개인이 사회화라는 전체의 일부로서 사회적 통합을 달성하는 과정, 혹은 그것을 이루지 못하고 좌절하는 과정에 대한 각자의 소설적 양식을 보여주고 있다는 점을 본론에서 상세히 밝히고자 한다. 각각의 소설들에서 드러나는 교양형성의 과정과 관련된 주요한 서사들, 즉 청년담론, 연애, 자아 인식, 자기의 창안 등은 특히 그것이 주인공들의 교양과 관련해서 어떤 의미를 지니는가라는 점을 중심으로 다뤄질 것이다.

본 연구의 대상이 되는 작품들이 일제의 조선의 식민지 지배와 무관하지 않은 현실적 제약 속에서 쓰여진 것은 식민지 시대의 문학에 대한 모든 연구가 그렇듯이 유념해야 될 내용이다. 그것은 교양의 이념이 추구하는 보편적 문화와 시민 사회의 정립이라는 이상이 근본적으로 한계를 지닐 수밖에 없는 상황 속에서 추구되는 교양의 서사라는 점에서 그러하다. 이 글에서는 보편적 문화의 형성과 시민 사회의 정립을 위한 작가의 노력이 각각의 작품에서 어떠한 방식으로 추구되며 그것이 어떤 한계를 지니는가에 대해서 살펴볼 것이며, 궁극적으로 그것의 의미는 무엇인가에 대해서 살펴볼 것이다. 결론에서는 이들 네 사람의 작가가 구현한 교양 소설이 어떠한 유형으로 분류될 수 있는지를 본론에서의 검토를 바탕으로 분류하고, 그 각각의 의미에 대해서 개괄할 것이다.

제2장 이광수와 교양의 정치학

1. 식민지 청년과 교양의 정치학

1) 문화의 이념과 실천의 기획

이광수는 1917년에 재일본 조선유학생 학우회의 기관지인 『학지광』에 발표한 「우리의 이상」이란 글에서 정치의 힘과 문화의 힘을 대비한 후 문화를 우위에 두는 수사학을 구사하고 있다. 그는 징기스칸의 몽고 제국과 그리스를 비교하면서 정치적인 힘의 우월함은 시간이 흐르면서 자연적으로 스러지고 마는 것이지만 문화의 힘은 영원히 인류에게 전하는 불멸의 영광이 된다고 말한다. 이렇게 문화가 갖는 중요성을 언급한 그는 조선의 역사에서 문화의 힘이 빛났던 경험이 없었음을 지적하면서, 당대 조선의 상황이 정신적으로 멸망하는 지경에 빠져 있음을 개탄하고 있다. “이에 우리는 새로운 민족적 이상을 정할 필요가 있으니, 그것은 즉 신문화의 산출”이라는 것이 그러한 개탄 끝에 조선의 지식계급과 학문과 교육에 뜻을 두는 이에게 이광수가 제시하는 희망의 내용이다.[1] 이광수에게 나타나는 이러한 '문화'의 기획은 "하나의 추상과 하나의 절대로서의 문화의 출현"에 대한 레이몬드 윌러엄즈의 설명과 맥락이 닿아 있다. 그것은 도덕적이고 지적인 활동들을 새로운 사회의 대두하는 추진력들로부터 실천적으로 분리하고자 하는 태도이며, 또한 인간적 매력을 지닌 영역으로서의 이들 활동들을 실천적인 사회적 판단의 과정들보다 우위에 놓음으로써 그것을 강조하고, 그리하여 그것 자체를 실천적이고 사회적인 문제들을 완화시키고 재결집시키는 대안으로 제시하는 태도이다.[2] 이광수는 문화의 이념을 체계화했고 그것을 바탕으로 주체를 정의했으며, 주체성을 내면화할 제도적 이데올로기적 기제를 구상했다.[3]

이광수에게 나타나는 문화의 기획을 좀 더 자세히 살펴보기 위해서는 '문화'라는 이념과 그것이 지니는 실천적 성격에 주목하는 것이 필요하다. 본래 곡식을 가꾸거나 가축을 돌본다는 뜻에서 '자연스런 성장의 돌봄'을 의미했다가 이후로 대상이 확장되어 인간의 성장을 돌본다는 비유적 의미를 갖게 된 '문화'란 말은 18세기 후반에서 19세기 초에 이르러 인간 완성의 개념과 밀접하게 관련을 갖는 정신의 보편적인 상태나 습성을 의미하게 되었다. 이후로 '문화'의 의미는 '문명'civilization의 의미와 대비되면서 사람들이 그것을 통해 자신들의 삶 전체를 규정짓고 형성하는 전반적인 사회화의 과정으로 확장되었다.[4] 레이몬드 윌리엄즈는 문화이념 형성의 19세기적 전통과 20세기

---

1) 이광수, 「우리의 이상」, 『학지광』 제14호, 1917.11.20, 1-9쪽.

2) Raymond Williams, *Culture and Society 1780-1950* (Harmondsworth : Penguin Books, 1961.) p.17.

3) 김현주, 『이광수와 문화의 기획』, 태학사, 2005, 15쪽.

의 경향들을 폭넓게 분석한 후에 문화가 지적이고 상상적인 작업의 총체일 뿐만 아니라 근본적으로 총체적인 생활의 방식(a whole way of life)이라고 규정하였다. 문화가 지향하는 진보(Improvement)는 자신의 계급으로부터의 탈출이나 출세의 기회로서가 아니라, 모든 구성원의 일반적이고 통제된 전진으로 추구된다. 공통 문화의 이념은 사회적 관계의 특별한 형식 속에서 자연적 성장의 이념과 그것의 육성 이념을 통합시킨다.[5] 문화가 '일상적인'(ordinary) 것이고 문학의 기술 체계들 또한 "관습들과 제도들을 만들어 내는 일반적 과정의 한 부분이며, 이러한 과정을 통해 공동체가 소중히 여기는 의미가 공유되고 활성화된다"는 윌리엄즈의 주장은 문화를 사회적 실천들(practices)과 연관시키는 작업으로서 중요한 의미를 갖는다. 그것은 공동체의 과정이고, 공통된 의미와 활동 및 목적을 공유하는 것이고 새로운 의미를 주고받고 비교하는 행위이며, 그 결과 어떤 긴장이 발생하기도 하고 성장과 변화가 이루어지기도 하는 것이다.[6]

모든 문화는 그것의 전체적인 과정 속에서 선택과 강조와 특별한 육성을 수반한다는 점에서 헤게모니적인 성격을 지닌다. 특히 문화가 사회적 실천들과 맺는 관련을 올바로 파악하기 위해서 문화가 지닌 헤게모니적 성격에 주목할 필요가 있다. 원래 강제와 동의의 조화를 통한 법칙이라고 그람시에 의해 개념화된 헤게모니는 여러 가지 방식으로 세련되어 왔다. 헤게모니는 지배 이데올로기에 대한 믿음이나 편입이라고 이해되어 왔으나, 그러한 개념규정을 넘어서 권력과 지식

4) Raymond Williams, *Keywords* (London : Flamingo), 1983, pp.87-89 ; *Culture and Society 1780-1950*, pp.16-19.

5) Raymond Willams, *Culture and Sociaty 1780-1950*, pp.306-323.

6) 스튜어트 홀, 임영호 편역, 『스튜어트 홀의 문화 이론』, 한나래, 1996, 203-208쪽.

이 사회의 모든 층위에서 경쟁하고, 정당화되고, 재규정되는 지속적인 과정이며 정초의 방식이라고 보는 관점은 이광수의 문화담론과 세대론을 다루는 데 의미 있는 시사를 안겨준다. 이러한 관점에서 보자면 헤게모니는 언제나 하나의 능동적인 과정으로 이해된다. 그것은 분리되고 심지어는 동떨어진 의미, 가치와 관계들을 항상 다소간 충분하게 조직하고 상호 관련시켜서 하나의 중요한 문화와 하나의 효율적인 사회질서 속으로 특정한 형태를 갖추어서 통합한다.[7] 문화라는 이념의 형성과정이 특정한 역사적 상황에서 일군의 지식인들이 일정한 목적을 지니고 적극적으로 대응한 결과로서 이루어진 것이라면, 이광수와 그의 세대의 문화 기획의 전략 또한 그러했다. 하나의 특정한 헤게모니의 과정들 안에서, 민족을 상상하는 작업이나, 민족을 이루는 구성원들을 특정한 집단 속에 복속시킴으로써 그들에게 정체성을 부여해 주는 작업들은 유의미한 성과를 거두게 된다. 그것은 교육이나 언론, 그리고 문학을 포함하는 근대적 제도로서의 문화적 헤게모니의 전개에 의해 가능해진 것이다. 헤게모니의 능동적이고 형성적인 과정에 복합적 증거를 제공하는 것이 예술작품이 지닌 실체적이고 일반적인 성질이라는 윌리엄즈의 언급은, 이광수의 문화 기획이 지닌 교양의 헤게모니 전략과 관련이 있다.

교양의 실천 전략은 근대라는 시간의식의 세계사적 전개와 밀접한 관련을 갖는다. 근대적 주체의 자기인식과 함께 개인의 자율성에 바탕한 새로운 공동체의 창출이 근대의 과제였다면 이 새로운 공동체는 '사회'라는 이름을 지니고 있다.[8] 월러스틴은 근대라는 시간의식

---

7) 레이먼드 윌리엄즈, 이일환 역, 『이념과 문학』, 문학과지성사, 1993, p.145.
8) 박명규, 「1920년대 '사회' 인식과 개인주의」, 『한국사회사상사연구』, 나남, 2003,

의 핵심에 발전의 이념이 자리하고 있다면, 그러한 '발전'의 주체는 개별 '사회들'이 아니라 세계체제 자체인 것이라고 말한 바 있다. 다시 말해 자본주의 세계경제가 일단 생겨난 후, 그것은 통합되었으며, 시간이 경과함에 따라 그 속에 들어선 사회적 과정들에 대한 기본구조들의 지배가 심화되고 확대되어 갔다는 것이다. 월러스틴의 설명에 따르면, 우리가 그릇되게도 '원초적'이라고 기술하는 제도들 가운데 많은 것은 바로 이 발전하는 구조틀 안에서 성립한 것이다. 우리가 게젤샤프트라고 부르는 사회가 바로 이 근대 세계체제인데, 이 게젤샤프트는 자체의 구조들을 정당화하기 위해서 역사적으로 존재해 온 다양한 게마인샤프트들을 파괴했을 뿐만 아니라, 새로운 게마인샤프트들(그중에서도 특히 민족들, 달리 말해 이른바 사회들)의 조직망을 만들어낸 것이다.[9] 이광수가 경험한 새로운 게젤샤프트로서의 근대는 이러한 사회 유형의 질적인 변화들에 대한 경험과 다르지 않은 것이고, 그의 세대는 근대라고 하는 근본적으로 유동적인 파괴와 생성의 소용돌이 속에서 스스로를 새롭게 구성하는 조직을 창출해야 할 사명에 직면하고 있었다.

문화의 개념과 그것의 헤게모니 과정에 대한 이해는 식민지 조선의 근대적 형성과 근대적 주체의 구성이라는 문제와 중요한 관련을 갖는다. 이광수가 문화를 통해서 민족이라는 주체를 만들어내기를 열망했다면, '문화'가 근대주의, 식민주의, 민족주의의 중첩된 영향 속에서 형성된 다양한 근대적 주체들과 관계를 맺는 방식과 그 의미를

263쪽.

9) 이매뉴얼 월러스틴, 성백용 역, 『사회과학으로부터의 탈피』, 창작과비평사, 1994, pp.98-99.

분석하는 것이 필요하다.[10] 여기서 마르쿠제가 상승하는 부르주아 집단들이 새로운 사회적 자유에 대한 주장을 보편적인 인간 이성에 적용시킨 과정을 지시하는 것을 의미한 '긍정적 문화'의 성격을 참조할 필요가 있다. 마르쿠제는 긍정적 문화가 순수한 이상이라는 이념과 함께 개인의 보편적인 해방에 대한 역사적 주장을 받아들였다고 말한다. 그는 헤르더의 표현을 빌어 긍정적 문화의 개념 속에 이성과 자유, 세련된 감각과 충동, 가장 섬세하고도 튼튼한 건강, 대지의 완성과 지배를 위한 고상한 인간교육을 지향하는 모든 것이 포함되어 있다고 말한다. 긍정적 문화가 강조한 '영혼'이라는 개념이 내면생활의 풍요로움과 개성의 발전을 포함하고 있다면, 그것은 감성의 해방과 그 해방된 감성을 영혼의 지배 아래 굴복시킨다는 이중의 모순적인 과제에 직면하게 된다. 부르주아의 긍정적 문화가 택한 것은 대중을 지배하는 방식으로서 쾌락을 영혼 속으로 편입시키는 것이었고 이것은 문화교육이라는 이상이 요구하는 결정적인 과제가 된다.[11] 개인의 부르주아적 해방이라는 문화의 이념이 이광수에게 어떠한 방식으로 나타나는가를 살피기 위해서는 먼저 근대 조선의 청년 담론을 이해할 필요가 있다.

2) 메이지 '청년'의 형성과 소설의 대두

대한흥학보 제 10호에 「금일 아한청년과 정육」을 발표한 이광수가 곧이어 제 11호에 「문학의 가치」를 발표하고 있는 점은 상징적인 의

---

10) 김현주, 앞의 책, 29쪽.

11) 마르쿠제, 「문화의 긍정적 성격에 대하여」, 김문환 편역, 『마르쿠제 미학사상』, 문예출판사, 1989, 32-41쪽.

미를 지닌다. 청년이란 곧 문학을 아는 사람이어야 하고, 이 문학을 아는 청년은 조선의 유학생들이 상정한 근대적 주체의 모든 기원이었던 것이다. 이광수의 세대가 과거의 유습을 극복하고 새로운 문화와 문명을 대지 위에 세울 행동의 주체로 상정한 자아상은 '청년'이었다. 그리고 그러한 청년의 담론은, 서양과 근대가 정당화되는 과정이 그러했듯이, 일본의 번역과정에 대한 참조를 통한 것이다. 일본의 메이지 10년대 중반은 자유민권운동이 절정을 이루었던 시기였다. 메이지 사회에 대한 개혁과 분열을 불어온 자유민권운동이 불러일으킨 열정과 흥분은 많은 정치소설을 낳게 만든 사회적 요인이 되기도 하였다. '자유', '평등', '독립'처럼 봉건적인 사회관계를 타파하는 데 사용했던 이념이 단순히 정치적인 관념이 아니라 인간 생활에 전반적으로 연관성을 지니고 있었기에, 당시의 자유민권운동은 단순한 정치운동을 넘어서 시대의 깊은 움직임을 대변하는 것이었다.[12]

그러나 1887년 이후 자유민권운동이 퇴조하면서 사회를 바라보는 젊은 세대의 시각은 변화하기 시작했다. 그들은 자신의 머리 위에 군림하는 질서를 속박이라고 느끼면서 가슴 속에 반항의 싹을 기르고 있었고, 또한 그 반항이 사회에서는 무기력할 수밖에 없었기에 다른 영역에서 그 배출구를 발견해야만 하였다.[13] 특히 자유민권운동의 후퇴가 결정적이었던 시기에 도쿠토미 소호(德富蘇峰)가 논단에 등장하여 자신의 동세대들에게 정치의 세계 대신에 실업의 세계의 가능성을 제시하였다.[14] 도쿠토미 소호를 비롯한 메이지 지식인들은 새로운 일

12) 나카무라 미쓰오, 고재석 · 김환기 역, 『일본 메이지 문학사』, 71-72쪽 참조.

13) 위의 책, p.133.

14) 木村直惠, 『青年の誕生』, 新曜社, 1998, 9쪽.

본의 창조자로서 '청년'을 특권화하였다. 그들은 자유민권운동을 거쳐 메이지 20년대의 민족주의에 이르는 윤리적 근간을 형성하는 사명을 '청년'에 부여하였다. 그들은 정치투쟁이 아니라 교육을 통해서 새로운 질서를 확립하기를 원했고, 대중동원의 정치로부터 학교를 기반으로 하는 언론, 출판의 제도 속에서 새로운 리더십을 갖게 되었다.

> 대개 냉소(冷笑)사회는 결코 우리가 영주할 고향이 아니다. 우리는 다시 한 걸음 내딛어 성실중후한 순백의 평민사회로 나아가야 한다. 그러면 앞장서서 이 방침을 향해 다리를 드는 자는 누구인가. 우리는 단언하노니 메이지의 청년이 그이다. 그 청년은 사회운동의 선두에 서 있는 자이다. 생리학자의 단정에서 노인은 노인이며 청년은 청년이다. 철학자의 안중에서는 오히려 백발초췌한 아이를 보고 홍안묘령의 노인을 봄이 가하다. 만일 사회의 연령이 그 문명의 변(邊)을 향해 회전할 때마다 증가하는 것이라고 한다면 우리 메이지의 청년은 오히려 텐보의 노인보다 앞섰다고 말해야 한다. 우리 메이지의 청년은 텐보의 노인으로부터 인도를 받는 자가 아니라 텐보의 노인을 인도하는 자이다. 어찌 단지 노인뿐이랴. 우리 메이지 사회 역시 그 지휘 중에 있는 것이다.[15]

토쿠토미 소호를 비롯한 메이지 청년들은 '텐보로진(天保老人)'이라고 경멸적으로 회자되던 단어의 반대편에 '청년'을 위치시킴으로써 이항대립을 통한 하나의 세대론을 창출하였다. 이러한 도식적인 세대론의 전략은 단적으로 과거와의 결별을 의도하고 있었다. '청년'이라는 단어가 기대와 상찬의 뜻을 담고 새로운 세대로서 조정되고 유통되는 한편, 이 단어 안에서 스스로 정체성을 발견하는 수많은 젊은이들이 출현하기 시작한 것이다.[16] 그러한 청년들은 한편으로 정치에서 독립

15) 德富蘇峰, 「新日本之青年」(1887), 『德富蘇峰集』 明治文學全集 3, 筑摩書房, 1974, p.118.

한 고독한 영역의 자율성의 산물인 사생활의 확보를 중요하게 인식한 최초의 세대이기도 하다. 메이지 정부에 의해 정치적 입지가 급격히 폐쇄된 1880년대 말과 1890년대 초부터, 자유민권운동에 의해 정치적으로 각성된 젊은 학생들은 문학에 헌신하기로 결심하고 특히 소설을 특별하게 규정했다.

소설이라는 용어의 의미는 쓰보오치 소요가 그의 영향력 있는 저작 『소설신수(小說神髓)』(1885-86)에서 서구 소설을 '진정한 소설'이라 지적한 이래로 1880년대 중반에 급격하게 변했다. 소설을 궁극적으로 자신들의 정치적 이상을 대중화하는 수단으로 여긴 정치 소설 작가들과는 반대로, 소요는 비가시적이고 신비한 인간 삶의 매커니즘을 구체적으로 제시하는 사명을 지닌 "진정한 소설의 자율적인 가치"를 옹호했다. 소요는 "가장 진보적인 문학 예술로써" 소설은 독본에 토대한 전통적인 유교 도덕 또는 정치 소설의 새로운 정치적 이상 등의 교훈주의의 노예가 되어서는 안 된다고 주장한다. 소요의 『소설신수』는 근대 민족 국가로서의 일본의 급격한 발전과 서구화의 촉진을 위해 1880년대 있었던 광범위한 운동의 일부로 이해해야 한다.

메이지 시대의 근대화와 서구화의 배후에 있는, 허버트 스펜서의 사회 진화론의 틀을 원용해서, 소요는 존재하는 일본의 모든 산문 픽션을 소설의 범주안에 위치시켰는데, 그의 눈에 가장 발달된 소설의 형식은 서구 소설, "진정한 소설"이었다. 보통 "소설의 진수"라고 번역되는 "소설신수"는 또한 "소설의 진수로서의 (서구) 소설(노벨)"을 의미한다. 소설신수에서, 인정은 폭넓게 "인간의 감정" 또는 "인간의 심리"를 가리키는데 이것들의 중요한 형태 중의 하나가 "남녀 사이의 애정

16) 木村直惠, 앞의 책, 11쪽.

또는 사랑"이다. 소요에 따르면 "애정"은 "그것이 인간 심리를 극적으로 드러내기 때문에 진정한 소설의 중심 테마"임에 틀림없다.[17)]

식민지 조선의 유학생이었던 이광수와 그의 세대는 유학 경험을 통하여 청년을 특권화하는 사유의 방식을 학습하게 된다. 1910년을 전후하여 『대한흥학보』와 『학지광』 같은 잡지를 통해 지속적으로 발표되는 논설들은 청년에게 새로운 나라를 건설할 사명을 부여하기 위한 각성의 내용을 전달하고 있다.

> 청년제군아. 청년제군이여! 제군의 금일 한국에 재한 위치와 한국의 금일 세계에 처한 위치를 심사숙고할지어다. 금일 한국은 타인의 한국이 아니라 즉 청년 우리의 한국이니 한국청년의 명가를 세계 력사상에 포양케 할 자도 우리오 오예케 할 자도 우리니라. 하천염일에 한번 든 병을 신량한 이 바람에 쇼복지 못하며 배풍 설령에 대동이 명래하야 지를 동하리니 시재라. 차 시를 실치 말고 어셔 속히 청년아.[18)]

『대한흥학보』에 실린 위의 논설에서 지은이는 청년에게 국가를 운영할 사명을 부여하고 있다. '타인의 한국이 아니라 청년 우리의 한국'이란 언설은 이제까지 나라를 이끌어온 세대의 역할을 부인하고 국가 건설의 임무를 자임하는 청년상에 대한 역설이다. 그러한 사명을 성취하기에 적합한 시기를 자신의 세대가 맞이했으니 기회를 잃지 말고 새로운 나라의 건설에 나아가야 한다는 것이다. 그러한 국가의 성쇠는 전적으로 청년의 수양 여하에 달려 있다는 주장 또한 대두한다.

---

17) Tomi Suzuki, 'The Position of the Shōsetsu', *Narrating the Self : Fictions of Japanese Modernity* (Stanford, California : Stanford University Press, 1996.) pp.20-21.

18) 李承瑾, 「列國靑年과밋 韓國靑年談」, 『대한흥학보』 6호, 1909.10.20, 7쪽.

대저 국가의 성쇠는 국민의 사조여하홈에 재ᄒᆞ고 국민사조의 정사는 청년시대수양여하홈에 전재ᄒᆞ니 심본무적ᄒᆞ야 호리의 차가 천리의 류라. 요순 도척도 방촌간에셔 권여ᄒᆞᄂᆞ니 수양과 준비시대의 재ᄒᆞᆫ 오제청년은 활용진취ᄒᆞᆯ 섬부ᄒᆞᆫ 지식을 수입ᄒᆞ고 공의정도로 활발ᄒᆞᆫ 용담을 련마ᄒᆞ야 완전무결ᄒᆞᆫ 리상적 인격을 수양홈이 금일최급선무라고 사ᄒᆞ노라.[19]

청년이 이상적인 인격을 수양하는 것에서 국가의 운명과 국민의 사조의 정사가 결정된다고 하는 생각은 1910년을 전후한 유학생들이 스스로에게 부여한 사명이 어떠한 것이었는가에 대해 알 수 있도록 한다. 그것은 시대에 대한 위기의식을 기반으로 하고 있으며 그 위기를 헤쳐갈 리더십을 청년이라는 집단에서 찾으려는 열망을 반영하고 있다.

그러면 구하는바청년을 어대서나차자볼가? 일즉이 신사조에부드쳐서 해양의장지를품고, 멀니향국의강산을써나, 만리이역에다년의객몽을 매자온유학생제군의게 구치안을수업다,

「……」 그럼으로구하는바청년을 이곳에서맛나지못한다하면 조선에는아직도이런청년이생기지안앗슴을 확실히증명하게되리로다.[20]

그런데 그러한 국가 운영의 리더십을 자임하는 청년이라는 담론은 위의 인용이 보여주는 것처럼 대체로 일본의 유학생들 사이에서 형성된 것이었다. 그들이 유학을 떠나온 이유도 '신사조'와 접촉하여 새로운 사상과 문명을 건설할 사명을 염두에 둔 것이었으므로, 그들이 아니라면 조선에 청년이란 존재하는 않는 것이다. "이것이나저것이나

19) 최호선, 「理想的 人格」, 『대한흥학보』 10호, 1910.2.20, 22쪽.
20) 현상윤, 「求하는바靑年이 그누구냐?」, 『학지광』 제3호, 1914.12.3, 4쪽.

조선문명에 새공헌을하고 조선민족의게새복음을 전하랴면 공부라면 다하고 사조라면다소개하는 것이 금일오배의 하염잇고져하는도모오 압흐로나아가는 행진운동이 안이냐."[21]라는 주장에서 보이는 바처럼 그들은 유학생활을 통하여 조선민족에게 새 복음을 전하여야 할 사명을 스스로에게 부여하고 있는 것이다.

"우리들 청년은 피교육자 되는 동시에 교육자 되어야 할지며, 학생 되는 동시에 사회의 일원이 되어야 할지라."[22]라고 말하는 이광수의 청년에 대한 담론은 한 걸음 더 나아가 아무 것도 없는 대지 위에 새로이 토대를 세우는 자에게 보내는 찬양으로까지 이어지고 있다.

> 금일의 대한청년 우리들은 불연하여 아무 것도 없는 공공막막한 곳에 온갖 것을 건설하여야 하겠도다. 창조하여야 하겠도다. 따라서 우리들 대한청년의 책임은 더욱 무겁고 더욱 많으며, 따로이 우리들의 가치도 더욱 고귀하도다. 인생의 가치는 노력에 정비례하여 오르는 것인 고로, 우리들은 참 좋은 시기에 품생하였는도다. 아아 천고무다의 좋은 시기란 말을 이에 비로소 적용하겠도다. 청년이여, 청년이여![23]

이광수가 이렇듯 조선의 청년을 예찬하고 있는 것은 그들에게 놓은 의무와 사명이 그만큼 크다는 것을 의미한다. 이광수에 따르면 '우리들의 父老'는 대다수가 거의 '앎이 없는 인물'이거나, '함이 없는 인물'이므로, 그들에게서 우리를 교도할 역할을 기대하기란 무망한 노릇이다. 또한 그들은 자신들을 교도할 학교나 사회나 언론이나 기

---

21) 위의 글, 6쪽.

22) 이광수, 「今日 我韓青年의 境遇」, 『대한흥학보』 10호, 1910.2, 『이광수 전집 1』, 삼중당, 1966, 478-479쪽.

23) 이광수, 「朝鮮사람인 青年에게」, 『소년』 6권, 1910.6, 『이광수 전집 1』, 삼중당, 1966, 486쪽.

관을 지니지 못하였다. 그러므로 이광수는 생의 발전을 윤리의 절대 표준으로 삼고 양심의 명령에 따라 학식에 전념함으로써 청년들에게 발전하는 역사의 주체가 될 것을 역설하고 있다. 노인과 젊은 세대에 대한 형식의 구분에서 짐작할 수 있듯이, '청년'이라는 명칭은 어떤 형태의 주체를 행동하도록 만드는 실천을 그 담지자에게 요구한다. 청년담론이 지니고 있는 주체산출의 효과에 주목해야 하는 것은 그 때문이다.

2. 낭만적 주체와 내면성의 형식

1) 신생활과 낭만적 주체의 드라마

한국 근대 문학론의 확립에 기여한 창시적인 논설로 인정되는 이광수의 「문학이란 何오」에 나타나는 문학에 대한 관념이 미적인 것(the Aesthetic)이 지니는 근대적 성격, 특히 낭만적이고 표현적인 문학관에 의지하고 있다는 것은 몇몇 논자들에 의해 지적된 바 있다.[24] 이광수가 전통적인 문 혹은 문학의 관념을 거부하고 서구 근대의 미학담론을 자신의 문학론의 근거로 사용하고 있다는 점, 오늘날 사용하

24) 황종연, 「문학이라는 譯語-「문학이란 何오」 혹은 한국 근대 문학론의 성립에 관한 고찰」, 『한국문학과 계몽담론』, 문학사와비평연구회, 새미, 2001, 9-39쪽. 김우창은 「문학이란 하오」를 대상으로 하고 있지 않으나, 이광수의 문학과 사상이 지니는 낭만주의적 성격에 대해 강조하고 있으며, 하타노 세츠코는 이광수의 1차 유학시대의 작품을 대상으로 해서 그의 문학에 나타난 낭만주의적 성격을 추적하고 있다(김우창, 「감각, 이성, 정신」, 이남호 외 편, 『한국문학이란 무엇인가』, 민음사, 1995, 13-50쪽 ; 하타노 세츠코, 신두원 역, 「이광수의 자아」, 『민족문학사연구』 제5호, 민족문학사연구소, 1994, 90-118쪽).

는 문학이라는 용어가 "서양의 Literatur 혹은 Literature라는 어(語)를 문학이라는 어(語)로 번역ᄒᆞ얏다홈이 적당하다"[25]라고 주장하고 있다는 점은 한국 근대 문학과 사상, 더 나아가 한국 근대 문화 전반의 근대적 형성이 서구 근대의 어휘와 담론과의 접촉을 통해 이루어졌다는 것을 시사하고 있다. 문학 또는 문화의 근대적 형성에 나타나는 이러한 서구 문화의 영향은 한국을 포함한 동아시아 사회 일반에 보편적인 현상이었던 것으로 보인다. 리디아 류는 이십세기의 처음부터 중일 전쟁이 시작된 해까지의 시기에 초점을 맞추어 중국이 주로 일본의 매개를 통해 유럽의 언어와 문학과 접촉/충돌하는 방식을 탐구함으로써, 중국의 문학 담론 속에 '서양'과 '근대'가 정당화되는 과정과, 아울러 이 정당화의 진행과 관련한 모호한 중국의 주동성(主動性, agency)에 대해 탐구하며, 중국의 근대를 '번역된 근대'라고 부르고 있다.[26] 중국의 근대 문학가들이 일본의 매개를 통하여 서구의 근대적 사조를 전용하여 근대 문학과 문화의 전반적인 개념을 확립하였다는 주장은 이광수를 포함한 한국의 신문학 초기의 문학가들이 역어로서의 근대를 사유하게 되는 과정을 이해하는 데 도움을 준다.

이제 문학사의 상식이 되었을 정도로 잘 알려져 있듯이 초기의 근대문학의 생산자들은 의존하거나 극복해야 할 아무런 전통도 갖지 않은 것으로 스스로의 상태를 인식하였고, 서양과 일본의 새로운 문화와 문명을 받아들여 '신생활을 개척'하고, '자기를 혁명'하여야 한다는 열망에 불타고 있었다.

---

25) 春園生, 「文學이란 何오」, 매일신보, 1916.11.10.

26) Lidia H. Liu, *Translingual Practice : Literature, National Culture, and Translated Modernity–China, 1990–1937* (Stanford : Stanford University Press, 1995.) pp.1–42.

새 시대가 왓다. 새 사람의 불으직임이 니러난다. 들어라, 여긔에 한 불으직임과, 저긔에 한 불으직임이 니러나지 안앗는가. 나죵에 우리의 불으직임이 을어낫다. 새 사상과 새 감정에 살랴고 하는 우리의 적은 불으직임이나마, 쓸쓸한 오랜 암흑의 긴 밤의 빗이 려명의 첫 볏 아레에 써지려 할 때, 오랴는 다사한 일광을 웃슴으로 마즈며 그 첫소리를 냉량한 벤 들 우에 노앗다.[27]

우리가 황량낙막한 조선의 예원을 개척하여, 거긔다 무엇을 건설하고 부활하고 이식하여, 백화난만한 화원을 만드러노면, 그것이 곳 세계예원의 내용, 외관을 더 풍부하게 하는 것이 아닌가.[28]

신문학 초기의 문학가들에게 민족의 문화는 "오랜 암흑의 긴 밤" 속에 있는, 극복되어야 할 유습에 불과하며, '황량낙막한 대지'이고, '불모의 땅'에 불과하였다. 그들은 황무지 위에 새로운 것을 건설하고 부활하고 '이식'하여, "새 사상과 새 감정의 별" 아래 살려는 열망을 지니고 있었다. 『학지광』에 집중적으로 나타나는 문학론의 제목들, 가령 「너를 혁명하라」(최승구), 「새도덕론」(이상천) 같은 담론들이 어떤 내용을 나타내고 있는가를 생각해 본다면, 민족문화의 유구한 전통 속에 그들의 문학을 자리 잡게 하려는 시도는 무망한 것으로 판명될 수밖에 없어 보인다.

이광수를 위시한 1910년대의 신지식층에게 자율적인 문학의 가치에 대한 인식이 일반화되어 있었다는 사실은 이 시기를 전후하여 문학에 대한 인식틀이 변모하였다는 것, 다시 말해 문학 개념의 재편이 이루어졌다는 것을 알게 해 준다. 전통적인 문의 전체성에서 분리되어 자율적이고 독립적인 예술로 성립한 이광수의 심미화된 문학의 이념은 인간의 내면에서 발원하는 자유를 표현하고 개발하는 낭만주

27) 김억, 「想餘」, 『廢墟』 창간호, 1920.7.25, 122쪽.
28) 남궁벽, 위의 책, 127쪽.

의적 인간관과 관련을 갖는다. 내면적으로 체험되는 만족과 쾌락을 생의 정언으로 긍정함으로써 인간의 자기함양을 도덕적으로 정당화하는[29] 이광수의 심미적 문학론은 인간의 내면과 자아의 문제에 관심을 기울이는 문학의 계보가 근대적 기획의 하나로 정립되어 나갈 것임을 시사하고 있다. 정의 발견을 통한 심미적 문학의 추구는 유교의 도구주의적, 도학주의적 사유에서 벗어나 인간 내면의 드라마를 서술하는 문학을 가능하게 한다. 정의 만족을 목표로 하는 문학을 주장함으로써 이광수는 근대적 주체가 주인공이 되는 문학의 탄생을 목도하고 있는 것이다.

인간의 내면을 지배하는 유교의 형식적 통제를 벗어나 자기자신의 감각과 감정을 앞세우는 주체의 이념을, 이광수를 비롯한 근대 초기 문학가들의 논설과 문학을 통해 발견하는 것은 그리 어려운 일은 아니다. 이광수의 근대적 주체에 대한 이념은 「정육론」, 「자녀중심론」, 「자유연애론」, 「신생활론」 등의 여러 형태와 주제를 담은 논설에서 논의를 전개하는 근본적인 동력학으로 작용하고 있으며, 최초의 장편 『무정』에서도 사정은 그러하다. 그는 「신생활론」에서 진화론에 바탕을 둔 새로운 생활의 필요를 주장하면서, 진화를 촉진하는 '변화의 동력'이 비판에 있다고 주장하고 있다.

> 「내가 그것을 관찰하고 추리해 보니 이러하다」하여 자기라는 주체의 자각이 분명하고 그 분명한 자기의 눈으로 정밀히 관찰하고, 그 정밀한 관찰로써 얻은 재료를 자기의 이성으로 엄하게 판단한 연후에야 비로소 선악진위를 안다 함이 비판이외다. 특히 비판이라 함은 정치라든지 륜리, 법률, 습속 같은 인사현상의 비평판단에 쓰는 말이외다.[30]

29) 황종연, 앞의 글, p.476.

이광수가 말하는 '자기라는 주체의 자각'이 계몽이성을 의미한다는 것을 알아채는 것은 쉬운 일이다. 그것은 미성년 상태에서 벗어나 스스로의 판단과 책임 아래 오성을 사용하는 것이 계몽이라고 말했던 칸트의 정의와 일치하는 것이다. '비판'이라는 어휘에서도 칸트의 영향이 발견되고 있다. 종래의 우리 사회에 「공자왈孔子曰」, 「주부자왈朱夫子曰」이 신성한 율법(神聖律)으로 작용했을 뿐, 비판이라는 것이 없었다는 주장은 「신생활론」에서 이광수가 행하고 있는 '유교적 조선사회' 비판의 핵심적인 부분이다.

『학지광』에 실려있는 최승구의 「너를 혁명하라!」와 이상천의 「새도덕론」에서도 이러한 주장은 발견되고 있다. "우리는 여하한 혁명을 요구하느냐 — 나의혁명을 요구하는 바요, 너의 혁명을 요구하는 바이니, 이것이 즉 개인적혁명 — Revolution of Individuality를 요구하는 것이다"라며 "자기를 차저라"라고 외치는 최승구의 논의나,[31] "그럼으로 나는 모든 오랜 맹목적 악도덕을 말소하고 써 개성우에선 자각적 즉 필요적 새 도덕을 세우랴 하는 배로다. 쌔다르라 타파하라"고 말하는 이상천의 논의[32]는 초기의 문학가들이 유교적 자기규정에서 벗어나 진정한 의미의 근대적 주체로 스스로를 정립해 가는 과정을 보여주기에 부족함이 없다.

그러나 자기를 인식하고 개성을 자각하는 것만으로 이들이 근대적 주체의 이념에 도달할 수 있었으리라고 생각하는 것은 다소 성급한 판단이다. 이들이 상정한 근대적 주체의 이념은 정적인 영역의 만족

---

30) 이광수, 「신생활론」, 『매일신보』, 1918.9.6-1918.10.19, 『이광수 전집 16』, 삼중당, 1966, 519-520쪽.

31) 최승구, 「너를혁명하라!」, 『학지광』 제5호, 1915.5.2, 12-18쪽.

32) 이상천, 「새道德論」, 위의 책, 18-23쪽.

을 추구하고 감각의 혁명을 이룩하려는 노력에 의해 산출된 것이라는 점을 인식하는 것은 중요하다. 그러한 사정은 문학예술에서의 근대적 주체가 낭만적 개인의 등장과 밀접한 관련을 지니고 있다는 점을 되새기도록 만든다. 그것은 국가나 사회의 요구로부터 분리된 자율적인 개인의 탄생을 의미하는 것이다.

「우리의 계련은 먼저 감정적생활을 허도록」해야겟다고. 예를들어 말슴허면, 오관은다가젓겟소. 허나, 작용은조금도 허지못허오. 「월색은 청명허다」허나, 청명헌것을 실제에 사지가 흥분되도록 늣기지 못허오. 「꼿은 어엽부다」허나, 실제에 화예의 향기를 쪽빠러마실듯이늣기지못허오. 「꿀은달다」허나, 실제에 입맛을 짝짝다시듯이늣기지못허오. …… 벽력이쩌러저야겟소? 단층지진이라도되야겟소? 아아, 이를엇지허오! —물론그들을 「자기죄라고」만 몰녀붓치지는안소.적어도사오세기동안지내온 노대의 속악이라는것과, 「비사소설이라고」몹시눌으든것과, 승가의미술이 진흥되지 못허든것도, 이사람의 신경에 기름부어주지못헌큰까닭이요. …… 아아, 나는이두번째 갱생허는때를바라오! 혼신용으로 지금붓허 준비허오. 형은이때에 아틔스트라고 불너주기원허는바요.33)

소월(素月)이라는 필명으로 「벨지엄의 용사」라는 시를 발표하기도 하였던 최승구의 위의 글은 낭만적 주체의 등장을 뚜렷하게 보여주는 중요한 텍스트이다. 그는 조선시대에 예술이 발달하지 못하였던 점을 지적하면서 감정적 생활에 충실한 것이 진실한 예술에 이르는 길이라는 주장을 제시하고 있다. 감각적 체험을 "실제에 사지가 흥분되도록", "입맛을 짝짝 다시듯이" 느끼는 것이 진정한 예술적 경험에 값하는 것이라는 주장은 『학지광』을 비롯한 일본 유학생 출신의 근

33) 최승구, 「情感的生活의 要求」, 『학지광』 제3호, 1914.12.3, 16-18쪽.

대문학 제작자들의 시를 개화가사나 창가, 그리고 신체시와 구분하도록 만드는 중요한 변별점으로 작용한다. 최승구에게 감각의 변화는 '벽력'이나 '단층지진' 등의 어휘를 동원하는 것에서 알 수 있듯이 가히 혁명적인 변화라 이름할 만한 의미를 지닌다. 그러한 감각의 혁명을 거친 다음에라야 자신을 '진정한 아티스트'라 불러달라고 할 때의 그 아티스트는 근대적 의미의 개인으로서의 예술가이다.

물론 예전의 한시나 민요, 혹은 패사소설이라고 해서 내면이 존재하지 않았을 까닭은 없을 것이다. 그러나 중요한 것은 내면이 비로소 내면으로 존재하는 방식이 어떤 기호론적 틀 안에서 가능한가 하는 점을 알아내는 일이다. 근대적 주체에 의해 새롭게 발견된 공간은 중세의 질적으로 의미 부여된 형상적 공간과는 관계없는 것이므로, 그러한 발견은 최승구의 지적처럼 "월색(月色)은 청명(淸明)허다"라고 하나 청명한 것을 실제로 감각적으로 느끼지 못하는 사람들에게는 일어날 수 없는 것이다. 대상이 발견되기 위해서는 그것에 앞서 존재하는 '개념' 또는 형상적 언어(한자)가 무화되어야 하는 것이다.[34] 감각의 혁명을 통해 자신의 내면을 발견할 수 있다는 자각은 분명 낭만주의적인 자기 인식을 드러내고 있다.

자유연애가 근대적 주체와 밀접한 관련이 있다는 것은 굳이 증명할 필요도 없을 만큼 자명한 논리이지만, "저마다 무한히 특수화된 개인으로서의 두 인격 사이에 애정이 싹트는 데서 시작된" 자유연애가 "특수적인 개인의 독자성이 스스로 자기 나름의 요구를 앞세운다는 점에서 근대세계를 지배하는 주관적 원리와 연관성을"[35] 갖는다는 헤

34) 가라타니 고진, 박유하 역, 『일본 근대문학의 기원』, 민음사, 1997, 82쪽.
35) G.W.F.헤겔, 임석진 역, 『법철학』, 지식산업사, 1994, 280-281쪽.

겔의 견해는 인용할 만할 것이다. 이광수는 이 자유연애의 관념이 유교도덕에 없었던 것이 민족적 손실의 근본이었다고 말하고 있다.

> 이 연애야말로 혼인의 근본조건이외다. 혼인 없는 연애는 상상할 수 있으나, 연애 없는 혼인은 상상할 수 없는 것이외다. 종래로 조선의 혼인은 전혀 이 근본조건을 무시하였습니다. 이 사실에서 무수한 비극과 막대한 민족적 손실을 근한 것이외다. [……] 연애라는 말은 군자의 입에도 담지 못할 것 같이 생각하지요. 이것은 인정을 무시한 유교도덕에 천여년간 묻는 자의 불가면할 일이지요.[36]

'자유연애론'이나 '신생활론'을 통한 주체성의 권리에 대한 강조는, 『무정』에서 가장 의미 있는 주제를 이루고 있다. 『무정』의 서사는 '경성학교 영어교사'인 이형식이 미국유학을 준비하는 김장로의 딸 선형에게 영어를 가르치기 위해 김장로의 집을 찾아가는 이야기로 시작된다. 김선형과의 만남을 생각하며 가슴 속에서 이상한 불길이 일어남을 경험한 '순결한 청년'인 형식은 신문기자인 신우선을 만나 약혼 운운하는 농담을 들은 후에 더욱더 이상한 기분을 느낀다. 그것이 서울에서도 '양반이요 자산가'로 손꼽히는 김장로의 지위와 미인이라는 소문이 난 김선형의 외모에 대한 상념 때문이라는 것은 누구나 파악할 수 있다. 이형식의 이러한 마음의 동요는 다음과 같은 서술자의 개입에 의해서 겨우 안정을 유지하게 된다.

> 형식은 쳐녀ᄅᆞᆯ ᄃᆡᄒᆞᆯᄯᆡ에 누이라고밧게 더 ᄉᆡᆼ각ᄒᆞᆯ줄을 모르ᄂᆞᆫ 사ᄅᆞᆷ이라 그러면셔도 알수업ᄂᆞᆫ것은 가삼쇽에 이샹ᄒᆞᆫ 불길이 일어남이니 이ᄂᆞᆫ 청년남녀가 갓가히 졉ᄒᆞᆯᄯᆡ에 마치 음뎐과 양뎐이 갓가와지기가

36) 이광수, 「婚姻에 對한 管見」, 『학지광』 4호, 1917.4 ; 『이광수 전집 16』, 삼중당, 1966, 55쪽.

무셥게 셔로 감응ᄒᆞ야 불ᄭᅩᆺ을 일니ᄂᆞᆫ 것과 ᄀᆞᆺ치 면치못ᄒᆞᆯ일이며 하날이 만물을 ᄂᆡ실ᄯᅢ에 뎡ᄒᆞᆫ일이라 다만 샤회의 질셔를 유지ᄒᆞ기위ᄒᆞ야 도덕과 슈양의 힘으로 졔어ᄒᆞᆯᄲᅮᆫ이니라[37]

청춘남녀의 연애가 사회의 질서와 모종의 연관을 지니고 있고, 그것의 균형이 개인의 도덕과 수양에 의해서 제어된다는 생각은 이형식이 사회와 인간의 형성에 대해 막연하게 느끼고 있던 것이었다. 이런 느낌은 그가 선형에 대해 평가하는 바에서 알 수 있는 것처럼 '성리학적으로 조직된 대로 있는' 감정이고, 형식의 교양체험이 시작되기 이전의 상태를 보여준다. 그러므로 형식이 실제로 선형과 순애라는 젊은 처녀들을 대면하고 나서, "말ᄒᆞᆯ슈업ᄂᆞᆫ 향긔로온 쾌미가 젼신에 미ᄆᆞᆫ하야 피 도라가ᄂᆞᆫ것도 극히 슌ᄒᆞ고 쾌창ᄒᆞᆫ듯"한 느낌을 받게 되는 것은 형식에게 다가온 '정의 만족'의 첫경험이라고 보아도 무방하다. 지금까지 형식이 알지 못했던 감각적이고 심미적인 가치의 경험은 여기에서 그치지 않는다.

형식은 그 어린기ᄉᆡᆼ의 말과 모양을 보고 무슨 맛나ᄂᆞᆫ 죠흔 ᄉᆞᆯ에 반ᄶᅳᆷ 취ᄒᆞᆫ듯ᄒᆞᆫ 쾌미를 ᄭᆡ다랏다 마치 몸이 간질〻〻ᄒᆞᆫ듯ᄒᆞ다 더구나 그 기ᄉᆡᆼ이 ᄌᆞ긔의 무릅헤 손을 집흘 ᄯᅢ와 불을 ᄯᅥᆯ엇더리고 고 조고마ᄒᆞᆫ 손으로 ᄌᆞ긔의 넙젹다리를 가만가만히 ᄶᅡ릴 ᄯᅢ에ᄂᆞᆫ 마치 몸에 뎐류를 통「電流通」ᄒᆞᆯ ᄯᅢ와 ᄀᆞᆺ치 젼신이 쟈릿ᄌᆞ릿ᄒᆞᆷ을 ᄭᆡ달앗다 형식은 ᄉᆡᆼ각ᄒᆞ기를 ᄌᆞ긔의 일ᄉᆡᆼ에 그러케 미묘「微妙」ᄒᆞ고 자릿쟈릿ᄒᆞᆫ 쾌미를 ᄭᆡ닷기ᄂᆞᆫ 쳐음이라 ᄒᆞ얏다 그 어린기ᄉᆡᆼ의 눈으로셔ᄂᆞᆫ 알수업ᄂᆞᆫ 광션「光線」을 발ᄒᆞ야 사ᄅᆞᆷ의 젼신을 황홀ᄒᆞ게ᄒᆞ고 그 살에셔ᄂᆞᆫ 알수업ᄂᆞᆫ 미묘ᄒᆞᆫ 분ᄌᆞ가 ᄯᅱ어나 사ᄅᆞᆷ의 근육「筋肉」을 자릿쟈릿ᄒᆞ게ᄒᆞᄂᆞᆫ것이라 ᄒᆞ엿다[38]

37) 이광수, 『무정』, 회동서관, 1925, 김철 교주, 『바로잡은 『무정』, 문학동네, 2003, 48-49쪽.

평양에서 어린 기생 계향과 만난 것은 형식에게 '반쯤 취한 듯한' 감각의 쾌락을 선사한다. 그것은 "ᄒᆞ날이 사ᄅᆞᆷ에게 주신 가쟝 거룩ᄒᆞᆫ 즐거움"이라고 할 만한 것이다. 그러한 감각에 대한 자각은 이 적막하고 무정한 세상을 적막하게 만드는 원인이 무엇인가에 대한 사유로 이어진다. 각자의 내면에는 대체로 즐거워할 무엇이 있는 것이나, 사람들은 여러 가지 껍데기를 쓰고 있어서 그것의 분출을 스스로 막고 있다는 것이 형식의 깨달음의 내용이다. 그 껍데기에는 형식이 처음에 생각했던 '사회의 질서'라는 것도 포함되어 있었을 것이다. 이후 "계향의 「옵바의 얼골도……」ᄒᆞᄂᆞᆫ 간단ᄒᆞᆫ 말"조차도 형식에게 "무한ᄒᆞᆫ 깃봄을" 주었고, 형식을 영채의 아버지 박진사의 무덤을 찾아가서도 "죽은 자를 생각하고 슬퍼하기보다 산 자를 보고 즐거워함이 옳다"고 생각하며 어린 기생인 계향을 보며 즐거워한다. 그 즐거움은 스스로에게서 낭만적 주체의 가능성을 엿본 자의 그것이라고 불러도 무방하다.

2) 교양의 과정으로서의 감정교육

한국 근대 문학은 실로 성장의 과제를 자신의 사명으로 받아들인 청년의 역사라고 말해질 수 있을 것이다. 그러한 기획을 일러 교양에의 추구라고 부를 수 있다면, 그 교양에의 추구를 보여주는 작품의 맨 앞자리에 이광수의 『무정』이 놓인다. 조선의 미개한 상황을 한탄

38) 이광수, 앞의 책, 366쪽. 밑줄은 인용자. 김철 교주의 『바로잡은 『무정』』에 따르면 지금까지 매일신보 연재본부터 95년의 동아본까지 모두 여덟권의 무정 판본에는 위의 인용 중 밑줄친 '사ᄅᆞᆷ의 젼신을'의 전신(全身)이 정신(精神) 혹은 졍신으로 되어 있다. 그러나 인용문의 맥락에서 전신과 정신의 차이는 몹시 크다.

하며 독서에 전념하고 평양 여행을 통해 자아의 각성을 보여준 이형식이 삼랑진의 수해를 계기로 민족의 문명개화를 선도할 교사로서의 사명을 자각한다는 『무정』의 서사는 식민지의 청년이 어떻게 탄생하는가를 상연하는 하나의 의미 있는 극장이 된다. 젊음의 형성이라는 문제가 근대성의 뚜렷한 징후로 부각될 때, 젊은이의 성장을 다룬 교양소설이 '근대성의 상징적 형식'으로 대두하게 된다면, 『무정』은 한국의 근대문학이 대면하게 된 최초의 교양소설이라고 부를 수 있을 것이다. 그러나 식민지 청년이 부담해야 하는 교양 형성의 구조는 그리 단순하지 않다.

『무정』이 교양소설의 양식을 취하고 있다는 점에 대해서는 이미 몇몇 논자들이 지적한 바 있다. 이보영은 「식민지적 조건의 극복1」이라는 제목을 지닌 '무정론'에서 『무정』의 구조가 피카레스크소설과 교양소설이 혼융된 성질의 것이라고 지적하며 이형식의 교양의 과정에 주목하고 있다. 그에 따르면 연애와 독서를 통한 이형식의 자기 교양의 노력은 식민지 조선의 근대화를 위한 교육과 직결되어 있는 것이다.[39] 김경수는 선형과의 만남을 통해 이성에 눈뜨게 된 후 "모든 서적과 인생과 세계를 온통 다시 읽어볼 생각"을 하게 되는 것이 이형식이 지닌 '간접화된 현실이해'의 모습이라면, 그가 '직접적인 세상읽기'로 나아가는 격변기 세대의 적응의 모습을 비유적으로 그리고 있는 작품이 『무정』이라고 지적하고 있다. 그는 "이 변화의 과정이 그들의 성장의 모습이라면, 『무정』은 인물들이 살아가는 실제 현실이 진정한 삶의 텍스트임을 인식해가는 성장소설로서 평가될 수도 있다."라고 말한다.[40] 하타노 세츠코는 이광수가 『무정』을 쓰면서 그

39) 이보영, 「식민지적 조건의 극복1 - 『무정』론」, 『식민지시대문학론』, 1984 참조.

때까지 살아온 자신의 모습을 직시하고, 이후로 자신이 어떻게 살아갈 것인가를 모색하고 있다고 지적하면서 그런 의미에서 『무정』은 작자의 자기형성을 묘사하는 교양소설이라고 말하고 있다.[41] 황종연은 『무정』이 그 교양소설의 형식 속에서 보여주는 것은 청년이라는 이름으로 출현한 새로운 자아의 구체적 가능성에 대한 탐구라고 지적하고 있다.[42]

『무정』의 가장 중요한 서사가 이형식의 교양의 과정이라는 판단에 동의한다면, 그것의 의미는 좀 더 상세히 고찰될 필요가 있을 것이다. 『무정』에서 교양의 과정을 거치는 인물은 여럿이지만 그중에서도 선형에 대한 형식과 서술자의 다음과 같은 평가는 근대 조선 청년의 교양 교육에 대해서 의미하는 바가 있다.

> 그ᄂᆞᆫ 아직 난ᄃᆡ로 잇다 화학뎍으로 화합되고 ᄉᆡᆼ리학뎍으로 조직된 ᄃᆡ로 잇ᄂᆞᆫ 말ᄒᆞ자면 아직도 실디에 한번도 써보지아니ᄒᆞ고 곡간에 너허 둔 긔계와 ᄀᆞᆺ다 그ᄂᆞᆫ 아직 사ᄅᆞᆷ이아니로다 그ᄂᆞᆫ 예수교의 가뎡에 자라남으로 벌셔 텬국의 셰례ᄂᆞᆫ 바닷다 그러나 아직도 인ᄉᆡᆼ이라ᄂᆞᆫ 불셰례를 밧지 못ᄒᆞ얏다 쇼위 문명ᄒᆞᆫ나라에 만일 션형이가 낫다ᄒᆞ면 그ᄂᆞᆫ 어려셔부터 칠팔셰부터 혹은 ᄉᆞ오셰부터 시와 소셜과 음악과 미슐과 니야기로 벌셔 인ᄉᆡᆼ의 셰례를 바다 십칠팔셰가 된 금일에ᄂᆞᆫ 별셔 참말 인ᄉᆡᆼ인 한 녀ᄌᆞ가 되엇슬것이라 그러ᄒᆞ나 션형은 아직 사ᄅᆞᆷ이 되지못ᄒᆞ얏다 션형의 속에 잇ᄂᆞᆫ 「사ᄅᆞᆷ」은 아직 ᄭᆡ지못ᄒᆞ엿다[43]

서술자의 관점에 따르자면 성리학적으로 조직된 대로 존재하는 선

40) 김경수, 「근대 소설 담론의 유입과 형성과정」, 『인문연구논집』, 서강대학교 인문과학연구소, 26호, 1998 참조.

41) 波田野節子, 「京城學校でおきたこと—『無情』の研究(中)」, 『朝鮮學報』 第152輯. 참조.

42) 황종연, 「노블, 청년, 제국」, 『상허학보』 14집, 2005.2, 286쪽.

43) 이광수, 앞의 책, 183-184쪽.

형은 ‘아직 사람이 아니다’. ‘저 스스로 깨인 사람’이라 자처하지만 ‘아직 인생의 불세례를 받지 못한’ 점에서는 형식 또한 선형과 다르지 않다. 그러므로 형식과 선형 등의 청춘남녀가 “장ᄎᆞ 엇더한 길을 지ᄂᆡ어 「사ᄅᆞᆷ」이 될ᄂᆞᆫ고”라고 서술자가 말하는 대목은 교양의 실천이라는 『무정』의 진정한 주제를 대변하는 것이기도 하다. 그것은 스스로 도덕적 판단의 능력을 지닌 자각한 존재가 되는 교양과정의 중요성을 제시하고 있다. 그 교양의 가시적인 결과는 ‘참사람’이 되는 것이다. 『무정』의 전반부는 형식이 ‘참사람’이 되기 위한 과정에서 체험하는 자각의 장면들을 인상 깊게 연출하고 있다.

> 앗가 십ᄌᆞ가에 달린 예수의 화샹을 볼ᄯᅢ에 다만 그를 십ᄌᆞ가에 달린 예수로 보지아니ᄒᆞ고 그쇽에 ᄉᆞ로온 뜻을 발견ᄒᆞ게된것이 이 눈이 ᄯᅥ지ᄂᆞᆫ 쳐음이오 션형과 슌ᄋᆡ라ᄂᆞᆫ 두 졂은 계집을 볼ᄯᅢ에 다만 두 졂은 계집으로만 보지아니ᄒᆞ고 그것이 우쥬와 인ᄉᆡᆼ의 알슈업ᄂᆞᆫ 무슨 힘의 표현「表現」으로 본것이 이 눈이 ᄯᅥ지ᄂᆞᆫ 둘ᄌᆡ요 지금 교동거리에 보이ᄂᆞᆫ 모든 것에셔 젼에 보고 맛지못하던 ᄉᆡ 빗과 ᄉᆡ 내를 발견ᄒᆞᆷ이 그 셋ᄌᆡ라[44]

형식의 눈이 떠지는 첫 계기는 선형의 방에서 ‘십자가에 달린 예수의 화상’을 본 것 때문이다. 그는 그 그림에 대한 상념을 통하여 예수와 예수를 처형한 사람들이 다 같은 사람이고, 불쌍한 영채나 그를 팔아먹으려는 노파나 배학감 등의 악한들 또한 다 같은 사람이라는 생각을 갖게 된다. 문제는 “무엇이 엇더ᄒᆞᆫ 힘이”, “혹은 예슈가 되게ᄒᆞ고 혹은 예수의 엽구리를 ᄶᅵ르ᄂᆞᆫ 로마병뎡이 되게ᄒᆞ고 ᄯᅩ 혹은 무심히 그것을 구경ᄒᆞᄂᆞᆫ 샤ᄅᆞᆷ이 되게ᄒᆞᄂᆞᆫ가ᄒᆞᆷ이라”라는 것이다. 인간의

44) 이광수, 앞의 책, 188쪽.

보편적 형성에 관한 질문이 형식의 내면에 자리하기 시작한 것이다. 그러한 물음을 "그ᄂᆞᆫ 성경을 외웟다 그러나 다만 외웟슬ᄯᅳᆫ이다", "그러나 그러ᄒᆞᆯᄯᅳᆫ이다 그ᄂᆞᆫ 그 모든 것－우에 말ᄒᆞᆫ 그 모든 것과 ᄌᆞ긔와ᄂᆞᆫ 전혀 관계가 업ᄂᆞᆫ것이어니 ᄒᆞᆫ다"[45]라는 선형에 대한 형식의 평가와 더불어 생각해 본다면 그것이 형식에게는 더욱 새로운 발견이었음을 알 수 있다. 두 번째 계기는 '정의 감각'의 발견이라고 말해질 수 있는 심미적 경험과 관련된 것이다. 미적인 것이 지니는 가치가 자신이 지금까지 알아 오던 명예와 재산과 도덕과 학문보다도 훨씬 중요하고 의미 있는 것이라는 자각은 형식을 참사람으로 인도하는 또 하나의 발견이 된다. 그러한 자각을 거쳐서 도달한 세계는 이전의 세계와는 전혀 달라진 장소이다. 그러므로 "젼에 보지못ᄒᆞᆫ 빗을 보고 ᄂᆡ를 마탓다"라는 세 번째 자각의 장면은 이미 참사람에 근접한 형식의 새로운 세계체험을 증언하는 것이다.

형식이 "그 쇽에 그 번ᄀᆡ갓히 번적ᄒᆞ던 속에 알수업ᄂᆞᆫ 아름다옴과 깃붐이 숨은듯ᄒᆞ다고 ᄉᆡᆼ각ᄒᆞ얏다"라고 자각하고 "모든 셔적과 인ᄉᆡᆼ과 셰계를 왼통 다시 읽어볼 ᄉᆡᆼ각이 난다"고 말하는 것은 자기 자신의 의지와 판단에 의해서 세계를 새롭게 해석하겠다는 주체성의 구현을 의미한다. 그러므로 "형식의 「쇽사ᄅᆞᆷ」은 이제야 ᄒᆡ방"된 것이고 해방되어 "「씐」 형식은 장ᄎᆞ 엇지된ᄂᆞᆫ고 이 리약이가 발뎐되야 나가ᄂᆞᆫ양을 보아야 알것이로다"[46]라는 서술자의 언급은 『무정』의 서사가 이형식의 교양과정에 대한 것임을 정확하게 지적하고 있는 것이다.

『무정』에 나타난 교양의 과정에서 중요한 위치를 차지하는 것은

---

45) 위의 책, 183쪽.

46) 위의 책, 191쪽.

'문화'의 체험과 관련을 갖는 경험의 양식이다. '형식의 「속사ᄅᆞᆷ」'이 '성장'하게 된 것은 그가 "남보다 풍부ᄒᆞᆫ 실사회의 경험과 죵교와 문학이라ᄂᆞᆫ 슈분"을 간직하고 있었기에 가능했던 것이다. 그 점에서는 선형 또한 마찬가지이다. 아직 '인생의 불세례'를 받지 못해 '참사람'이 되지 못하고 있던 그녀에게 최초의 세례가 주어진 것은 부산으로 내려가는 열차 안에서 영채의 존재를 알게 되어 "질투라ᄂᆞᆫ 독균", "ᄉᆞ랑이라ᄂᆞᆫ 독균"을 만나는 "무셔운 변"을 당하면서부터이다. 그런데 서술자는 "그가 만일 죵교나 문학에셔 인ᄉᆡᆼ이라ᄂᆞᆫ것을 대강 ᄇᆡ화 ᄉᆞ랑이 무엇이며 질투가 무엇인지를 알앗던들"[47] 이러한 체험을 슬기롭게 극복할 수 있었으리라고 논평하고 있다.

형식이 경성학교의 교직을 사퇴하고 좌절감에 빠져 있을 때 노파에게서 충고를 듣고는 "젹어도 이 로파ᄂᆞᆫ 일ᄉᆡᆼ에 깃분 일이라고ᄂᆞᆫ 남녀의 ᄉᆞ랑밧게 업ᄂᆞᆫ것ᄀᆞᆺ히 말ᄒᆞᆫ다 ᄂᆡ가 평ᄉᆡᆼ 적막ᄒᆞ고 세상에 ᄯᅡᄯᅳᆺᄒᆞᆫ ᄌᆞ미를 못붓침은 이 ᄉᆞ랑이란 맛을 못보ᄂᆞᆫ ᄯᅢ문인가 ᄒᆞ야본다"[48] 라고 생각하는 것은 형식의 자아 형성에서 중요한 대목이다. 이후 형식은 인격과 학식에 대한 자부심과 조선의 문명을 건설해야 할 사명보다도 선형의 사랑을 얻는 것이 단 하나의 목적이고 그것의 실패가 유일한 슬픔이라고 인식하게 된다.

『무정』에서 이형식의 독서에 의한 끊임없는 자기향상의 노력은 곧 문학으로 대표되는 문화의 학습이 교양의 조건이라는 점을 암시하고 있다. 그 학습은 또한 나라의 근대적 형성을 위한 제자들의 교육과 연관되어 있음을 파악하는 것은 중요하다.[49] 형식은 "ᄌᆞ각ᄒᆞᆫ ᄌᆞ긔의

---

47) 위의 책, 670쪽.
48) 이광수, 앞의 책, 446쪽.

칙임은 아모조록 칙을 만히 공부ᄒᆞ야 완젼히 셰계의 문명을 리헤하고 이를 조션사ᄅᆞᆷ에게 션뎐ᄒᆞᆷ에 잇다"[50]고 생각한다. 형식은 학생들에게 문학을 장려하였고 학생들의 정신생활이 향상되는 것을 지켜보며 이를 그들의 '진보'의 증거로 받아들여 기뻐한다.

형식은 자신이 교육의 이상을 중히 여기는 만큼이나 조선의 교육 현실에 대해 불만을 지니고 있다. 서울 안에 수백명 되는 교사가 모두 "됴션인 교육의 의의(意義)를 모르고 긔계모양으로 산슐을 가라치고 일어를 가라치는"[51] 것에 대해서 매우 비판적이다. 뒤에 살피겠지만 조선의 현실을 개혁할 실제적인 계급으로 중요한 의미를 부여하고 있는 자산가 김장로에 대해서도 "예슐을 모르고 엇더케 문명인ᄉᆞ(文明人士)가 되나"[52]라고 생각할 정도로 비판적이다. 『무정』에서 예술 교육은 근대적 개인과 사회를 형성할 원칙이자 토대로서[53] 작동하고 있다는 것은 새겨들을 만한 지적이다. 휴머니즘의 근본적인 이념인 교양과 문화라는 인위의 세계는 사람으로 하여금 자연에서 선사받은 그 자신으로부터 소외되게 만들지만 동시에 인간 보편의 삶과의 연관 속에서 자신을 형성하게 해준다. 그것은 개인 자신을 인간 보편의 세계의 한 형상(Bild)으로 만든다는 점[54]에서 교양의 이념을 구현하고 있다.

---

49) 이보영, 앞의 책, 168쪽.
50) 이광수, 앞의 책, 167쪽.
51) 위의 책, 424쪽.
52) 위의 책, 472쪽.
53) 김현주, 앞의 책, 274쪽.
54) 황종연, 「탕아를 위한 국문학」, 『국어국문학』 127집, 36쪽.

3. 민족의 교양과 식민지적 무의식

1) 두 개의 우주론, 주체성의 형식

『빌헬름 마이스터』를 전범으로 삼는 독일의 고전적 교양소설에서 교양의 이상은 개인의 자아 형성과 사회로의 통합의 조화를 통해서 성취되는 것이다. 이러한 교양의 이념이 한국의 문화적 상황에서는 가망 없는 이상에 그치고 만다는 것은 이미 여러 차례 지적된 바가 있다. 무엇보다도 개인의 자아를 실현시킬 사회로의 통합을 유도할 보편적 문화가 부재한다는 점이 그러한 상황을 도출하고 있는 것이다. 그럼에도 근대의 역동성이 부여한 성장의 과제에 대한 고투와 기획을 보여주는 『무정』의 서사는 고전적 교양소설의 맥락과 유사한 계기들을 안고 있다. 『무정』에 나타나는 성장의 드라마와 근대적 주체의 탄생을 지켜보기 위해서 형식이 평양으로 가고 오는 기차에서 일어나는 두 장면을 읽어보자.

> ① 그럼으로 창궁(蒼穹)에 극히 조고마ᄒᆞᆫ 별도 우쥬의 젼ᄉᆡᆼ명의 일부분이오, ᄂᆡ디 디상(地上)의 극히 미셰(微細)한 지풀닢 하나, 되끌 하나도 모다 우쥬의 젼ᄉᆡᆼ명의 일부분이라, [……] 실로 사ᄅᆞᆷ의 ᄉᆡᆼ명(生命)이 충, 효, 뎡절, 명예등을 포용ᄒᆞ는것이 마치 ᄃᆡ우주(大宇宙)의 ᄉᆡᆼ명이 북극셩(北極星)이나 ᄇᆡᆨ랑셩(白狼星)이나 ᄐᆡ양(太陽)에 직ᄒᆞᆷ이 아니요, 실로 ᄃᆡ우쥬(大宇宙)의 ᄉᆡᆼ명이 북극셩(北極星)과 ᄇᆡᆨ랑셩(白狼星)과 ᄐᆡ양과 기타 큰별, 잔별과 디상(地上)의 모든 미물ᄭᆞ지도 포용ᄒᆞᆷ과 ᄀᆞᆺ다55)

55) 이광수, 앞의 책, 330-332쪽.

> ② ᄌᆞ기가 지금것 「올타」 「그르다」 「슯흐다」 「깃부다」 ᄒᆞ여온것은 결코 ᄌᆞ기의 지의 판단(知의 判斷)과 정의 감동(情의 感動)으로 된 것이안이오 온젼히 젼습(傳襲)을 ᄯᅡ라, 사회의 습관(社會의 習慣)을 ᄯᅡ라 ᄒᆞ여온것이엿다. [……] ᄌᆞ긔는 이졔야 ᄌᆞ긔의 ᄉᆡᆼ명을 ᄭᆡ다랏다. ᄌᆞ긔가 잇ᄂᆞᆫ줄을 ᄭᆡ다랏다. 마치 북극셩(北極星)이 잇고 ᄯᅩ 북극셩은 決코 ᄇᆡᆨ랑셩(白狼星)도 안이요 로인셩(老人星)도 안이요 오직 북극셩인듯이 ᄯᅡ라서 북극셩은 크기로나 빗으로나 위치(位置)로나 셩분(成分)으로나 력ᄉᆞ(歷史)로나 우쥬(宇宙)에 ᄃᆡ한 ᄉᆞ명(使命)으로나 결코 ᄇᆡᆨ랑셩이나 로인셩과 ᄀᆞᆺ지 안이ᄒᆞ고, 북극셩ᄌᆞ신의 특증(特徵)이 잇슴과 ᄀᆞᆺ치 ᄌᆞ긔도 잇고 ᄯᅩ ᄌᆞ긔는 다른 아모러ᄒᆞᆫ 사ᄅᆞᆷ과도 ᄭᅩᆨ ᄀᆞᆺ지 안이ᄒᆞᆫ 지와 의지와 위치와 ᄉᆞ명과 ᄉᆡᆨ치(色彩)가 잇슴을 ᄭᆡ다랏다 그러고 형식은 더 ᄒᆞᆯ슈업ᄂᆞᆫ 깃붐을 ᄭᆡ다랏다[56]

첫 번째 인용은 이형식이 영채를 좇아 평양으로 떠나는 기차 안에서 행하는 상념이고, 두 번째 인용은 평양에서 영채를 찾지 못한 채 경성으로 돌아오는 기차 안에서의 그의 깨달음의 내용이다. ①에서 보이는 것은 유교적 공동체가 파악한 인간과 사물의 모습이다. 그것은 인간의 생명에 대한 존중을 담고 있지만, 종으로서의 개체를 중시하지 않고, 전체의 가치를 우선적인 덕목으로 삼는다. 그 가치체계 속에서 인간은, 우주적 공동체의 일원으로서, 그 우주의 질서와 율법에 복종하는 것을 최고의 자기실현으로 간주했다. 루카치가 파악한 서사시의 주인공들이 바로 그러한 인물들이었다. 일체의 가치가 완결되어 있고 그것이 유기적인 전체성을 이루고 있는 세계에서는 개인이 자신의 자의식을 내세우는 것은 불필요한 일이다. 형식은 정절을 잃은 영채가 자결을 시도하는 것에 대해 생명의 존귀함을 내세우며 반대 의견을 표하고 있으며, 영채의 행동을 옳다고 생각하는 신우선의 생

56) 위의 책, 398-399쪽.

각이 '한문식(漢文式)'인데 반해 자신의 의견은 '영문식(英文式)'이라고 표현하고 있으나, 그의 생각은 아직 유교적 세계관을 벗어나지 못하고 있다.

이에 반해 ②에서 보이는 형식의 자각은 명실상부한 개체로서의 주체의 발견에 상응한다고 할 수 있을 것이다. 다른 어떤 사람과도 같지 아니한 자신만의 의지와 위치와 사명이 자신에게 있다는 것을 자각한 자란 바로 근대의 주체성의 원리를 구현한 자가 아닌가. 형식의 그런 자각이 그의 고향인 평양에서 근대 도시인 경성까지 가는 기차 안에서 이루어진다는 사실 또한 깊은 상징성을 지니고 있다. 고향의 공간에서 근대 도시로 향하는 여행을 가능하게 하는 것은 근대 문명의 상징인 기차이다. 그 기차를 타고서 이제 형식은 진정한 근대 도시를 향하여, 그곳에서 처음으로 상봉할 근대적 주체인 자기 자신을 향하여, 그리고 한국 근대소설사에서 처음으로 등장할, 스스로의 내면을 발견한 주인공이 되기 위하여 여행을 시작하고 있는 것이다. 이광수의 문학론과 소설 『무정』이 진정으로 근대적인 것이라고 한다면, 그것은 그를 통하여 비로소 자신의 욕구와 내면을 자각한 근대적 개인이 우리 문학의 주인공으로 등장하였기 때문일 것이다.

『무정』의 서사에서 자아 각성의 드라마를 보여주는 두 개의 우주론은 형식의 내면 속에서 아무런 맥락 없이 펼쳐진 사유는 아니다. 형식은 동경에서 유학할 때, 천문학 선생에게서 "밤마다 하늘을 바라보는 사룸이 되기"를 배운 경험이 있다. 그 지식은 "저 별들은 언제부터나 져러케 반짝반짝 ᄒᆞ는가? 누가 이 별은 여긔 잇게 ᄒᆞ고 져 별은 저긔 잇게 ᄒᆞ야 이 모양으로 잇게ᄒᆞ얏는고"[57]라고 생각하는 체험

57) 이광수, 앞의 책, 287쪽.

의 순간을 제공했고 그것으로부터 자아 각성의 우주론이 펼쳐진 것이다. 이형식이라는 근대적인 주체는 식민 모국이 제공한 근대적 지의 체계에 대한 학습으로 인해 출현 가능했고, 그 학습은 자신이 성장해야 할 사회를 되돌아보게 만든다.

> 져 로인도 갑오젼 한창 셔슬이 푸르럿슬젹에ᄂᆞᆫ 평양 강산이 다 나를 위ᄒᆞ야 잇고 텬하 미인이 다 나를 위ᄒᆞ야 잇다고 ᄉᆡᆼ각ᄒᆞ얏스리라 그러나 갑오년 을밀ᄃᆡ 대포한방에 그가 ᄭᅮᆷᄭᅮ던 ᄐᆡ평시ᄃᆡᄂᆞᆫ 어느덧 ᄭᅵ어지고 마치 캄〻ᄒᆞᆫ 밤에 번긔가 번젹 ᄒᆞᄂᆞᆫ 모양으로 ᄉᆡ 시ᄃᆡ가 돌아왓다 그ᄅᆡ셔 그ᄂᆞᆫ 셰상에셔 바리운 사ᄅᆞᆷ이 되고 셰상은 그가 알지도 못ᄒᆞ던 ᄯᅩᄂᆞᆫ 보지도못ᄒᆞ던 졂은 사ᄅᆞᆷ의 손으로 돌아가고 말앗다[58]

위의 인용은 형식이 어린 기생 계향과 함께 평양의 칠성문 밖에 나갔다가 만나게 된 노인을 보며 행하는 상념의 내용이다. 그 노인은 무명옷을 입고 평상 위에 앉아서 몸을 앞뒤로 흔들흔들하면서 형식과 계향을 바라보고 있다. 그들의 시선은 교차되지만 그러나 그들은 서로 만나지 않는다. "형식과 그 로인은 전혀 말도 통치 못하고 글도 통치 못하는 딴나라 사람"이기 때문이다. 형식에게 그 노인은 '낙오자', '과거의 사람'. '돌로 만든 사람', '화석(化石)한 사람'일 뿐이다. 그는 자신의 소년 시절을 떠올려보고 "이젼에는 알던 로인이더니 지금은 모르ᄂᆞᆫ 로인이 되고말"았다고 말한다. 근대성의 경험과 근대적 지식의 습득이 자신을 변화시켰다는 것이 그 고백에 담긴 내용이다. 그러므로 형식은 어린 기생 계향이 영원히 저 노인을 알지 못하리라고 생각한다. 그것은 계향을 포함하는 젊은 세대의 삶이 노인의 그것과 다르기를 기원하는 형식의 소망을 반영한다.

58) 위의 책, 386쪽.

그럼으로 져 로파ᄂᆞᆫ 「참 사ᄅᆞᆷ」이라ᄂᆞᆫ 것을 볼 긔회가 업셧고 ᄯᅩ 보려ᄒᆞᄂᆞᆫ ᄉᆡᆼ각도 업셧고 ᄯᅡ라셔 참 사ᄅᆞᆷ」되랴ᄂᆞᆫ ᄉᆡᆼ각을 ᄒᆞ여본젹도 업셧다 「……」 이 ᄯᅢ에ᄂᆞᆫ 로파에게 ᄃᆡᄒᆞᆫ 미웁고 더러운 ᄉᆡᆼ각이 스러지고 도로혀 불샹ᄒᆞᆫ ᄉᆡᆼ각이 난다 형식은 ᄉᆡᆼ각ᄒᆞ얏다 ᄌᆞ긔도 그 로파와 갓흔 경우에 잇셧더면 그 로파와 갓치 되엇슬지오 그 로파도 ᄌᆞ긔와 갓치 십오륙년간 교육을 바닷스면 ᄌᆞ긔와 갓치 되리라 ᄒᆞ얏다 「……」 그러고 ᄯᅩ 한번 쟈ᄂᆞᆫ 로파의 얼골을 보앗다 잇ᄃᆡ에ᄂᆞᆫ 로파가 졍다온 듯ᄒᆞᆫ ᄉᆡᆼ각이 난다 져도 역시 사ᄅᆞᆷ이라도 나와 갓흔 영ᄎᆡ와 갓흔 사ᄅᆞᆷ이로다 ᄒᆞ얏다[59]

위의 인용은 『무정』에서 형식이 영채를 찾아 평양으로 가는 기차에서 첫 번째 우주론을 펼치고 나서 동승한 노파를 바라보며 행하는 상념이다. 형식이 말하는 '참 사람'이란 말할 것도 없이 새로운 생활을 통하여 자신을 혁명한 새로운 세대의 이상적 자아상이다. 형식은 노파를 '더러온 계집'이라고 생각하였지만, 그 노파 또한 자신과 같이 십몇 년에 걸쳐 새로운 교육을 받을 기회를 가졌다면 자신과 같은 사람이 되었을 것이라고 생각한다. 그 변화에 대한 확인은 너무도 쉽게 일어난다. 형식과 노파는 평양에서 영채의 기생 어머니를 만나 사람의 힘으로 어찌할 수 없는 전생의 인연 운운하는 그의 '팔자관'을 듣는다. 이에 대해 형식은 "사ᄅᆞᆷ은 다 갓흔 사ᄅᆞᆷ이라 ᄒᆞ더라도 ᄀᆡ인(個人) ᄯᅩᄂᆞᆫ 샤회(社會)의 로력(努力)으로 ᄀᆡ인이나 샤회가 ᄀᆡ션(改善)될수 잇고 향상(向上)될수 잇다하고 그네ᄂᆞᆫ 모든 일의 ᄎᆡᆨ임이 젼혀 사ᄅᆞᆷ에게 잇지안이ᄒᆞ니 다만 되ᄂᆞᆫᄃᆡ로 사라갈ᄯᆞ름이오 사ᄅᆞᆷ의 의지(意志)로 ᄀᆡ션ᄒᆞᆷ도 업고 ᄀᆡ악(改惡)ᄒᆞᆷ도 업다 ᄒᆞᆫ다"[60]라고 생각하고 그것이 조선의 인생관이라

59) 위의 책, 338-339쪽.

60) 위의 책, 372쪽.

고 논평한다. 그러나 노파는 "「셰상」을 보는 외에 「사름」을 보"고 "이제는 모든 일의 칙임이 사름에게 잇는 줄을 씨다랏다"[61]는 점에서 참 사람에 이미 근접해 있다. 노파에 대한 관찰을 통해 '무정'한 세상에 대한 형식의 동정은 비로소 가능해진다. 그것은 이광수가 1914년 『청춘』에 발표한 「동정」이란 글에서 말한 바, "인도의 기초는 동정이니, 동정 없는 인도는 상상키 불능할 바라. 인도의 발달이 인류의 이상이라 할진댄, 인류의 전심력(全心力)을 다하여 할 일을 동정의 涵養이라 할지로다."[62]라고 말한 것의 문학적 수행이라 할 것이다.

2) 교양의 변증법

하타노 세츠코는 영채가 청량리에서의 사건이 일어나기 이전에 이미 자살을 결심하였다는 것을 지적하며 그럼에도 불구하고 굳이 이 장면을 집어넣어야 했던 이광수의 무의식에 대해서 문제를 제기하고 있다. 그녀에 따르면 청량리 사건의 의미는 형식에게 일종의 해방으로 기능한다는 것이다. 즉, 형식이 자신의 은사의 딸과 결혼하도록 정해져 있던 구세계의 가치체계로부터 양심의 가책을 느끼지 않고 해방되기 위해서는 영채가 청량리의 사건을 통해 순결을 상실하여 결혼의 권리를 박탈당하는 과정이 필요했고, 그것이 영채와 재회하는 순간에 형식의 내면 깊은 곳에서 싹튼 무의식의 원망이었다는 것이다.[63] 실제로 형식과 재회한 후, "그러나 만나고 본즉 그저 그러훈 ᄉ

61) 위의 책, 373쪽.

62) 이광수, 「동정」, 『이광수 전집 제1권』, 삼중당, 1966, 560쪽.

63) 波田野節子, 「ヒョンシクの意識と行動にあらわれた李光洙の人間意識について－『無情』の研究(上)」, 『朝鮮學報』 第147輯, 49-51쪽 참조.

람이로고나 올타 죽는슈밧게 업다 대동강으로 가는슈밧게 업다"[64]라고 결심한 영채의 모습에서는 이미 죽음을 결심한 자의 모습이 드러나고 있는 것이다.

영채의 결심을 이해하기 위해서는 좀 더 상세한 분석이 필요하다. 영채가 자신의 죽음의 장소를 '대동강'으로 상정하고 있다는 점과, 김현수에게 정절을 빼앗긴 후에 집으로 돌아와서 "혼즈 말로 「월화 형님! 월화 형님」ᄒᆞ며 빠드득 니를 간다"[65]라고 묘사하는 대목은 그의 행동의 전범이 월화라는 인물임을 알게 해준다. 월화는 영채가 유일하게 따르던 기생으로 조선 사람의 무지하고 야속함을 원망하던 깨인 존재였다. 그는 평성의 모란봉 아래 모여드는 인류명사들을 가리켜 "져 소위 일류명ᄉᆞ란것이 모도다 허자비에게 옷입혀 노흔것이란다"[66]라고 말할 정도로 개화하지 않은 조선 사회의 퇴폐에 대해 비판적이다. 청류벽 위에서 노래를 부르는 대성학교의 학생들 속에서 '참시인'을 발견하고 기뻐하는 그녀는 그러나 영채에게 "지금 셰상에는 우리의 몸을 의탁ᄒᆞ만ᄒᆞᆫ 사ᄅᆞᆷ이 업나니라"[67]라고 말하며 자신의 과거가 그런 것처럼 영채의 장래에 설움이 많을 것을 예감한다. 월화는 부벽루에서 연설하는 함교장의 풍채를 보고 참사람을 발견하지만 "나는 이십년 동안 찻던 친구를 이제는 챠쟈 마낫ᄃᆞ 그러나 만나고본즉 그는 잠시 만날 친구요 오러 니야기ᄒᆞ지못ᄒᆞᆯ 친군줄을 알앗다"[68]라고 말하며 대동강에 몸을 던져 자살한다. 그의 죽음에 대해 이야기

64) 이광수, 『무정』, 앞의 책, 232쪽.

65) 위의 책, 265쪽.

66) 위의 책, 207-208쪽.

67) 위의 책, 215쪽.

68) 위의 책, 224쪽.

하는 서술자의 마지막 목소리가 "비도 안이셰웟스니 지금이야 어느 것이 일딕 명기 계월화의 무덤인줄을 알리오 함교장은 이런줄이야 알앗는지 말엇는지"[69]로 끝나는 것은 월화의 죽음에 함교장의 책임이 있음을 암시하고 있다.

월화는 르상티망을 지닌 인간의 전형적인 모습을 보여준다. 막스 셸러는 르상티망에 젖어 있는 인간에게는 신체적인 무력성이든 정신적인 무력성이든 어떤 종류의 무력성이 존재한다고 말한다. 그 무력성은 모든 적의적 감정들을 영혼의 컴컴한 구석으로 나아가게 하는 심적 억압으로 취급되며 그 억압의 대상은 고통받는 자들이 살고 있는 사회 체계라는 것이다.[70] 영채에게도 자신과 같은 원한이 발생하리라는 월화의 예감은 정확하게 적중하였고, 영채는 월화의 길을 따라 대동강으로 가게 되는 것이다. 르상티망의 주체자가 대상이 되는 인간이 행한 모든 것을 가능한 한 용서해 주고 싶음에도 불구하고, 그 대상 인간의 어떤 현존의 상태를 참아낼 수 없을 때 그의 사회적 지위나 명성에 대한 강력한 시기가 생겨난다면,[71] 함교장과 형식에 대한 월화와 영채의 판단은 이러한 맥락과 관련이 있을 것이다.

형식은 영채와 처음 대면하면서부터 그녀의 지위에 관심을 기울이고 그녀를 선형과 비교해 본다. 즉 "만일 션형으로 ᄒᆞ야곰 이 영치의 신셰를 보게ᄒᆞ면 단뎡코 ᄌᆞ긔와는 싼 나라 사ᄅᆞᆷ으로 알렷다 즉 ᄌᆞ긔는 결단코 영치와 ᄀᆞᆺ치 되지못ᄒᆞᆯ 사ᄅᆞᆷ이오 영치는 결단코 ᄌᆞ긔와 ᄀᆞᆺ히 되지 못ᄒᆞᆯ 사ᄅᆞᆷ으로 알렷다"[72] 하는 판단이 그것이다. '순수'와

69) 위의 책, 226쪽.
70) M. S. 프링스, 금교영 역, 『막스 셸러 철학의 이해』, 한국학술정보, 2002, pp.88-89.
71) 위의 책, p.92.
72) 이광수, 앞의 책, 67-68쪽.

'불순'이 신분의 표지로 대립되고 마침내 인간과 인간 사이에 전율하지 않고는 건널 수 없는 깊은 간격이 발생한다[73]는 니체의 지적은 영채의 신분에 대한 형식의 판단과 관련하여 의미 있는 대목이다. 이후로 형식의 선형에 대한 감정이 그녀와의 결합으로 인해 얻게 될 자신의 사회적 지위와 관련을 갖게 되고, 선형의 그것 또한 대상이 자신과 어울리는지 아닌지에 대한 판단과 관련된다면, 그것은 생산되는 상품과 시장의 법칙으로 지배되는 세계 속에서만 존재하는 사랑의 양식이다. 그러므로 형식의 사랑이 대상으로부터 끊임없이 달아나고 있다면, 자신의 충동에 따르고 그 결과에 책임지는 영채의 사랑은 '행위'라는 결과를 낳는다.[74]

영채의 사랑은 대립되는 이익에 기초한 사회 속에서 진정성을 포함하고 있다는 점에서 내부로부터 죽음을 포함하고 있다. 이익의 대립이 개체화의 원리(principum individuationis)가 되어 있는 사회에서 완전한 헌신은 오직 죽음에서만 순수하게 나타나는데, 왜냐하면 오로지 죽음만이 지속적인 연대를 저해하는 모든 외적인 제약들을 제거해 주기 때문이다.[75] 영채의 유서는 그런 외적인 제약들을 제거함으로써 자아의 순수함을 회복하려는 자기 희생의 양식을 보여준다. 영채는 형식에게 보내는 그 유서의 끝에 "죄인 박영채(朴英采)는 읍혈백배(泣血百拜)"라고 적고 있다. 죄의 감정과 개인적인 의무의 감정에서 비로소 개인이 개인과 상대하고, 개인이 스스로를 개인과 견주는 관계가 발생했다면,[76] 자신의 죄인이라고 적시하는 영채의 행위는 스스로를 한 사

73) 프리드리히 니체, 김정현 역, 『도덕의 계보』, 책세상, 2002, pp.360-361.
74) 차미령, 「무정에 나타난 '사랑'과 '주체'의 문제」, 『한국학보』 110집, 2003 참조.
75) 마르쿠제, 「문화의 긍정적 성격에 대하여」, 김문환 역, 『마르쿠제 미학사상』, 문예출판사, 1989, 42쪽.

람의 인간으로 정립하는 행위라고 평가할 수 있다. 형식에 대한 도덕적 의무뿐만 아니라 부친과 가족들에 대한 채무까지도 자신의 죄를 돌리는 행위는 필연적으로 새로운 인간의 탄생을 예감케 한다.

니체는 원한을 지닌 인간과는 달리 고귀한 인간은 비록 원한을 지니고 있다고 하더라도 세련되게 그것을 조절해 가는 무의식적 본능을 지니고 있다고 말한다. 그는 스스로를 다시금 인지하도록 만들어 준 분노, 사랑, 감사 등을 열광적으로 분출하며, 또한 자신의 적, 자신의 재난, 자신의 비행(非行)까지도 그렇게 오랫동안 진지하게 생각할 수 없다는 점에서 조형하고 형성하며 치유하고 또한 망각할 수 있는 힘을 넘치게 지닌 강하고 충실한 인간이라고 말하고 있는데,[77] 영채의 죽음을 알고난 후에 계향과 산보하며 즐거워하고, 경성으로 돌아와 선형과 약혼을 하는 등 형식이 보여주는 이해할 수 없는 행동들은 이와 관련해서 생각해 볼 때 흥미로운 문제를 던져준다. 그는 선형의 집에서 돌아와 자신의 집 대문으로 들어서며, "ᄌᆞ긔는 갑자기 귀히지고 놉하진듯ᄒᆞ얏다"[78]라고 말하고 있다.

하타노 세츠코는 일가가 파산하고 자신이 기생으로 전락했음에도 부모가 자살하고 형식에게 버림받고 순결까지 빼앗긴 영채의 기구한 운명의 서사에는 작가 이광수의 내적인 동기가 개입하여 있다고 말한다. 고아로 성장한 자신의 잊을 수 없는 유년의 기억과 고독감으로부터 자기를 구제하고자 하는 노력이 자신의 또 하나의 분신인 영채로 하여금 극한의 불행을 체험하게 하고 그것을 독자 앞에 이야기하

---

76) 프리드리히 니체, 앞의 책, p.412.

77) 위의 책, pp.370-371 참조.

78) 이광수, 앞의 책, 498쪽.

는 것으로 나타났다는 것이다.[79] 이광수는 형식과 영채라는 두 개의 자아에 대해서 그 자체로 계몽의 변증법에 속한다고 할 수 있는 배제의 정치학을 작동시키고 있다. 이를 통해서 자신의 무의식 속에서 해결되지 않은 채로 존재하는 주인과 노예의 변증법을 펼치고 있는 것인지도 모른다.

루카치의 파우스트론은 형식이 작동시킨 계몽의 변증법과 관련하여 의미 있는 참조를 제공한다. 루카치는 파우스트와 그레트헨의 사랑을 근대 시민사회에 비로소 가능하게 된 시민계급의 자기 성취와 연애의 불일치로 읽고 있다. 외적으로는 계급의 차이와 내적으로는 화해하기 어려운 문화의 차이로 인해 발생한 그 불일치는 필연적으로 사랑과 결혼이 인물의 경제적이고 사회적인 안녕과 출세에 유리한가의 문제로 전개된다는 것이다. 루카치에 따르면 그레트헨을 죽음으로 몰아가고 마는 파우스트의 행위는 그녀를 향한 파우스트의 열정과 그 충만이 강화됨과 함께 그녀를 초월하려는 이윤추구도 강화되는, 발전의 동기 때문이다. 그것은 파우스트가 작동시킨 '자기 기만의 변증법'이다.[80]

근대의 시간의식을 최초로 문제 삼은 헤겔이 근대를 진보와 소외된 정신이 한꺼번에 경험되는 세계로 파악하였을 때, 그 진보와 소외의 주체로 상정된 것은 서구정신의 자기전개였다. 그것은 유럽중심주의라고 알려진 현상을 보여준다. 헤겔은 19세기 제국주의의 기획이 낯선 방식으로 실험하였던 지식의 형식으로서 타자를 전유하는 철학

79) 波田野節子,「ヨンチェ・ソニョン・三浪津—『無情』の研究(下)」,『朝鮮學報』第157輯, 60-61쪽.

80) Georg Lukács, "Faust Studien", *Probleme der Realismus III*(Brelin : Hermann Luchterhand Verlag, 1965.) s.586-590.

적 구조에 대해서 분명하게 말했다. 타자를 합병하고 착취하는 형식을 통해 작용하는 지식의 구조는 유럽의 비유럽 세계에 대한 지리적이고 경제적인 합병을 개념적인 층위에서 모방하고 있다.[81] 헤겔이 정립한 교양의 이념도 이러한 맥락 속에서 위치한다. 정신이 통제하고 명명하고 정의하는 것을 통해 타자를 자신 속으로 병합시키면서 동일자의 자기 실현이 가능해지고, 개인에서 아무 것도 아닌 자로 변화 하는 것이 타자의 위치라면, 기생으로 전락하고 정조를 상실한 영채에게 주어진 자리는 아무 것도 아닌 자로서의 타자, 바로 그것이다. 그 타자로부터 다시 동일자로 귀환하기 위해서는 '독립한 한 사람'이 되는 자각의 과정이 필요했다.

> 지금것 영치는 독립ᄒᆞᆫ 한 사ᄅᆞᆷ이안이오 엇던 도덕률「道德律」의 한 모형「模型」에 지나지못ᄒᆞ엿다 마치 누에가 고치를 짓고 그 속에 들어업데인모양으로 영치도 알슈업ᄂᆞᆫ 뎡졀이라ᄂᆞᆫ 집을 짓고 그 쇽을 ᄌᆞ긔 셰샹으로 알고잇셧다 그러다가 이번 ᄉᆞ건에 그 집이 다 ᄭᆡ어지고 영치ᄂᆞᆫ 비로소 넓은 셰샹에 ᄯᅱ여나왓다 더구나 긔차속에셔 병욱을 만나며 ᄌᆞ긔가 지금것 유일ᄒᆞᆫ 셰상으로 알아오던 셰상이 기실 보잘것업ᄂᆞᆫ 헛갑이에 지나지못ᄒᆞᄂᆞᆫ것과 인ᄉᆡᆼ에ᄂᆞᆫ ᄌᆞ유롭고 질거운 넓은 셰상이 잇ᄉᆞᆫ 것을 ᄭᆡ닷고 이에 비로소 영치ᄂᆞᆫ ᄌᆞ유로운 사ᄅᆞᆷ이 되고 졂은 사ᄅᆞᆷ이 되고 졂고 어엽분 녀ᄌᆞ가 된것이라[82]

영채가 스스로 자각하는 과정은 형식의 그것과 비슷하다는 점에서 형식과 영채에게 작가인 이광수 자신이 투영되어 있다는 것을 방증한다는 지적[83]은 납득할 만하다. 두 개의 자아로 나뉘었던 주체는 삼

81) Robert Young, *White Mythologies : Writing History and the West* (London, Routledge, 1982.) p.3.
82) 이광수, 앞의 책, 552-553쪽.
83) 波田野節子, 앞의 책, 65쪽.

랑진에 이르러 “너와 나라는 챠별이 업시 왼통 혼 몸 한 마음이”[84] 된다. 르상티망이 가장 세련되게 번창했을 때, 그것은 공동선으로서의 인류의 행복과 복지의 증진에 관여한다는 셸러의 주장은 『무정』의 삼랑진 장면을 통해서 하나로 통합된 형식과 영채라는 자아의 모습에 대한 유력한 설명으로 기능할 수 있다. 호르크하이머와 아도르노는 “자기 자신에 대해서도 폭력을 휘두를 수 있는 그러한 ‘사유’라야 신화를 파괴할 정도로 충분한 것이다”라고 썼다.[85] 그들에 따르면 그러한 사유의 보편성은 실제적인 지배의 토대 위에 세워지는 것이다. 세계를 정복하는 과정 속에서 질서를 조직하는 법을 배운 ‘자아’는 외부에 대해 이런저런 처분을 내리는 자기중심적인 사유와 진리 일반을 동일시한다.[86] 그것은 작가 이광수가 이형식이라는 인물을 내세워 은밀하게 작동시킨 교양의 변증법의 내용이다.

3) 부르주아적 교양의 기획

앞에서 살핀 것처럼 이형식이 영채의 뒤를 좇아 평양으로 가는 장면은 이형식이 근대적 주체로 탄생하는 과정을 보여준다는 점에서 『무정』에서 가장 중요한 대목 중 하나라고 할 수 있다. 이와 더불어 이형식의 변신을 보여주는 장면으로 빼놓을 수 없는 대목이 수해를 입은 동포들을 구해기 위하여 삼랑진에서 음악회를 여는 작품의 결말부분일 것이다. 이 두 개의 장면은 각각 주체성의 발견과 민족적 자아의 발견을 보여주고 있다는 점에서 소설사적 광경이라 할 수 있을 것이다.

---

84) 이광수, 앞의 책, 708쪽.

85) 호르크하이머/아도르노, 김유동 외 역, 『계몽의 변증법』, 문예출판사, 1995, 25쪽.

86) 위의 책, pp.38-39.

또한 이 두 개의 국면은 공동체에서 분리된 주체의 자유와 자각한 주체의 공동체로의 복귀라는 대립적인 함의를 지니고 있어서, 『무정』의 문학성을 평가하는 데 중요한 논란거리를 제공해왔다. 권영민은 이를 이중적인 자기모순으로 파악하여 이광수의 계몽론이 근대성의 기준에 미달한다고 판단하였고,[87] 김윤식은 임화의 논의를 인용하여 현실을 주관적 관점에서 파악한 낭만적 이상주의의 한계라고 보았으며,[88] 김우창은 당대의 현실 자체가 미숙했다는 점에 보다 큰 원인이 있다고 해석하였고,[89] 서영채는 개인주의적 근대성에 대한 회의와 환멸을 통해 전통과 근대의 자기 지양의 접점으로서의 민족주의를 발견하는 것이라고 설명하였다.[90] 보다 최근의 연구 중에서 이광수가 문학을 감각적, 감정적 삶과 연결하여 심미화하는 동시에 국민적 주체를 산출하는 민족적 헤게모니에 편입시켰다는 견해나[91] 자신의 육체성을 자유롭게 풀어놓음으로써 전통사회의 도덕적, 윤리적 강제로부터 해방되는 지점이 또한 개인의 감각, 본능, 육체를 일정한 방향으로 통제해야 할 필요성을 절감하는 지점이라는 지적은 주목할 만하다.[92]

『무정』에서 발견되는 심미주의와 민족 계몽주의의 계약관계가 불분명한 동거는 미적인 것이 근대 부르주아 이데올로기와 갖는 친연성을 강조하며 변증법적 사유를 통해 미적인 것의 모순을 포용해야 한다는 이글턴의 주장을 바탕으로 접근할 때 보다 설득력 있는 해명

---

87) 권영민, 「이광수와 그의 소설 『무정』의 자리」, 이광수, 『무정』, 동아출판사, 1995, 437-439쪽.

88) 김윤식, 「『무정』의 문학사적 성격」, 『한국 근대문학사상사』, 한길사, 1994, 37-80쪽.

89) 김우창, 앞의 글.

90) 서영채, 「『무정』 연구」, 서울대대학원, 1992.

91) 황종연, 앞의 글.

92) 이철호, 「『무정』과 낭만적 자아」, 동국대대학원, 1999, 34쪽.

에 이를 수 있을 것이다. 그는 미적인 것이 현대사상에서 차지하는 역할에 대해 언급하면서, 그것이 현대 유럽에서 중요한 위치를 차지하게 된 이유는 예술에 대한 담론이 곧 부르주아의 정치적 헤게모니를 위한 투쟁의 중심에 있는 것과 관련이 있다는 주장을 펼치고 있다. 그렇기 때문에 미적 형성물이라는 현대적 관념의 구성은 현대 계급 사회의 지배 이데올로기의 각종 형태들의 구성과 떼어놓을 수 없고, 또한 그런 사회적 질서에 적합한 전혀 다른 형태의 인간 주체성의 구성과도 떼어놓을 수 없다는 것이다.[93] 낭만주의 이후의 민족주의가 넓은 의미의 낭만적 표현주의의 범주에 속한다는 테일러의 견해[94] 또한 이광수의 민족주의를 이해하는 데 중요한 참조점을 제공한다. 인간이 자기규정적인 주체로 스스로를 정립하면서도 자연으로서의 자기 자신이 우주와 일치하기 위해서는 먼저 근본적인 자연적 경향이 자발적으로 도덕성과 자유에로 향하는 것이 필수적이기 때문이다.

이광수가 창출하고자 한 국민적 주체의 면모를 좀 더 자세히 살피기 위해서 문제의 삼랑진 장면을 보자. 그 장면은 부산으로 가는 기차 안에서 영채를 만나고 자신의 '죄'에 대해서 알게 된 형식이 선형과 영채 사이에서 갈등하는 대목에서부터 시작된다. 자신의 사랑이 "문명의 셰례를 바든 전인격뎍(全人格的) 사랑"[95]이 되지 못함을 자각한 형식이 스스로를 아직 성장하지 못한 아이로 인식하게 되는 것은 『무정』에 나타나는 교양의 구조와 관련해서 중요한 대목이다.

---

93) 테리 이글턴, 방대원 역, 『미학사상』, 한신문화사, 1995, 「서론」 참조.
94) 찰스 테일러, 박찬국 역, 『헤겔 철학과 현대의 위기』, 서광사, 1988, 「제3장」 참조.
95) 이광수, 앞의 책, 656쪽.

나ᄂᆞᆫ 션형을 어리고 ᄌᆞ각업ᄂᆞᆫ 어린ᄂᆡ 라 ᄒᆞ얏다 그러나 이졔보니 션형이나 ᄌᆞ긔나 다ᄀᆞᆺ흔 어린ᄂᆡ다 조상젹부터 젼ᄒᆞ야오ᄂᆞᆫ ᄉᆞ상(思想)의 젼통(傳統)은 다 일허바리고 혼도ᄒᆞᆫ 외국ᄉᆞ샹속에셔아직 ᄌᆞ긔네에게 뎍당ᄒᆞ다고 ᄉᆡᆼ각ᄒᆞᄂᆞᆫ바를 ᄐᆡᆨᄒᆞᆯ줄 몰나셔 엇절줄을 모르고 방황ᄒᆞᄂᆞᆫ 오라비와 누이 ᄉᆡᆼ활(生活)의 표쥬도 셔지못ᄒᆞ고 민족의 리상도 셔지못ᄒᆞᆫ 세상에 인도ᄒᆞᄂᆞᆫ자도 업시 ᄂᆡ어던짐이 된 오라비와 누이—이것이 자긔와 션형이 모양인듯ᄒᆞ얏다[96]

젊음의 불확실한 요소들 속에서 서사적 잠재력을 이끌어 내고, 그러는 가운데 온갖 반성적 지혜를 공공연하게 부정하기도 하며, 서사 구조 안에서 그리고 그 구조로부터 하나의 세계관이 생겨난다. 그것을 거의 무의식적으로 흡수하는 것은 변화에 압도된 사회가 원하는 것이고, 바로 이것을 교양소설이 충족하고 있다고 모레티는 말한 바 있다.[97] 『무정』은 변화에 압도된 사회로서의 조선 사회에서 살아가는 젊은이들로부터 서사를 이끌어내고 있다. 이형식의 자기부정은 인물들의 사회화를 위한 필연적인 과정이다. 교양소설에 담긴 사회화과정 이야기는 국민적 공동체에 튼실히 뿌리박은 만큼 새로운 상황에 대해 훨씬 더 적절한 대응방식이고, 그렇기에 교양소설은 민족국가적 공간을 재현할뿐더러 광범위한 지리적, 사회적 탐험에 나설 수 있었다는 모레티의 지적이 옳다면,[98] 경성에서 출발하였지만 평양을 거쳐 삼랑진에까지 내려와서 인물들의 사회화를 완성하고 민족국가적 공간을 재현하는 『무정』의 서사는 국민적 공동체를 만들어가는 교양소설의 이야기로 손색이 없다고 볼 수 있을 것이다.

96) 위의 책, 659-660쪽.

97) 프랑코 모레티, 설준규 역, 「근대 유럽 문학의 지리적 소묘」, 『창작과비평』 1995년 봄호, 331쪽.

98) 위의 글, 331-332쪽.

이광수가 꿈꾸었던 국민적 주체는 교양을 갖춘 부르주아 계급이었을 것이다. 그는 「중추계급과 사회」라는 논설에서 발달된 사회에는 중심인물인 개인보다 중추계급인 일계급이 그 사회의 형성과 유지의 핵이 되고 역점이 된다고 주장하면서 "현대제국의 중추계급을 조성하는 자는 일언으로 말하면 식자계급, 유산계급이니 「……」 이 비교적 소수의 식자계급과 유산계급이 비교적 다수의 무식계급, 무산계급을 率하고 導하여"[99]라고 말한 바 있다. 배우는 자들과 부를 가진 자, 이 두 계급은 이광수가 상정한 중추계급의 핵심이다. 안창호가 주도한 신민회가 양성하고자 했던 신민(新民)이란 대상이 자본주의 물질문명과 문화를 받아들여 새로운 사회를 만드는 데 주도적인 역할을 담당할 신지식층을 포함한 시민층을 의미했다면,[100] 이광수가 염두에 둔 것도 바로 그러한 계급이었을 것이다. 그것은 '부와 지식'에 의해 자신들을 정의하고 그것을 통해 기득권을 유지하려는 근대 부르주아 계급의 모습과 다르지 않다.

유럽의 교양소설에서 교양의 사명을 수행하는 인물들이 문화엘리트(Bildungsbürgertum)나 교양 있는 부르주아 계층이었으며, 그들이 종종 귀족 세계에서 이미 발전되어 있는 사회화의 형식으로서의 인문학적 교양을 자신의 문화적 형성에 재활용했다면,[101] 이광수의 세대는 부르주아 자산가들과 기독교 교양인들과의 연대를 통해 사회화의 양식을 성취하기를 원했을 것이다. 그것은 이광수가 꿈꾸었던 새로운 질서의 내용이다. 그러한 새로운 질서는 경성학교에서 일어난 구질서의

99) 이광수, 「中樞階級과 社會」, 『이광수전집 제17권』, 삼중당, 1966. 151-153쪽.

100) 서중석, 「한말·일제침략하의 자본주의 근대화론의 성격」, 『한국근현대의 민족문제연구』, 지식산업사, 1989, 87쪽.

101) 프랑코 모레티, 성은애 역, 『세상의 이치』, 문학동네, 2005, 13-14쪽.

붕괴에 의한 혼란과 자아들의 경쟁상태를 수습하고 근대적 연애에 부수되는 자아갈등을 해소하고, 동시에 민족의 문명화를 위하여 일한다는 대의명분에 의해 형식의 신분상승을 정당화했던 것이다.[102)]

『무정』 이후로 이광수가 「민족개조론」을 통해서 주장하고 있는 '민족개조'의 내용이 곧 자본주의 근대화운동과 다르지 않다는 지적[103)]은 그가 꿈꾸었던 식민지 조선의 교양의 이념이 어떠한 것이었는지 알게 해준다. 『무정』은 이광수가 그려내는 조선의 문화에 대한 인간적 실천 menschlichen Praxis의 진정한 장을 제시한다. 그는 민족을 교양하는 정신의 힘이 어떻게 개인에게서 생겨나고, 어떻게 그들이 장애를 극복하고 직면한 운명을 발전시키고, 어떻게 그와 관계없는 실제로서 그에게 작용하는 주어진 자연과 사회 역사적 세계를 발전시키고, 어떻게 동시에 생산물이거나 혹은 그 자신의 창조활동의 산물이 되는지, 이 과정이 어디서 출발하여 어디로 이끌어지는지를 보여주는, '정신의 오딧세이'로서 형식의 이야기를 만들어내었다. 괴테의 작품이 '부르주아 독일의 각성'을 가능케 한 자본주의적 생산의 힘을 인식하는 것과 기원이 맞닿아 있다면,[104)] 이광수는 자신의 작품인 『무정』을 통하여 '부르주아 조선의 각성'을 염원하고 있었던 것인지도 모른다. 그것을 위해서 해방된 감성을 영혼의 지배 아래 편입시키는 문화교육의 이상이 필요했던 것이다.

그렇다면 자신을 개조하고 식민지 조선의 근대적 건설의 사명을 자임한 이형식이 꿈꾸는 조화로운 사회화의 이상은 무엇이며 그 이

102) 波田野節子, 「ヨンチェ・ソニョン・三浪津—『無情』の研究(下)」, 114쪽.
103) 서중석, 159쪽.
104) Georg Lukács, op. cit. 1장 참조.

상을 가능하게 해 주는 후원자는 어떠한 방식으로 존재하는지 살펴보자. 고전적 교양소설의 전범인 『빌헬름 마이스터』에서 '탑의 사회'는 빌헬름의 자아발전을 촉진시키고 그의 사회화를 유도하는 후견인으로서의 역할을 한다. 빌헬름의 자기 형성은 '탑의 사회'에 자신을 통합시킴으로써만 가능했으며, 그것은 근대적인 사회화의 이상적인 패러다임이었다. 이러한 후견인이 『무정』의 이형식에게는 존재하지 않는다는 것은 성급한 판단이다. 이형식에게 그러한 후견인의 역할을 담당하는 존재는 서사의 층위에서는 드러나지 않고 있다. 동경 유학생 출신으로 동경의 책방에서 서적을 구해다 보는 것을 유일한 낙으로 삼고 있으며, 조선 민족의 길이 일본의 문명을 배우는 데 있다고 생각하는 이형식에게 후견인이 존재한다면, 아마도 그것은 '문명한 나라'라는 추상적인 존재라고 할 수 있을 것이다. 자산가 김장로의 딸인 선형과의 결혼을 택해 미국으로의 유학을 떠나는 그의 행로가 보여주듯이 그에게 부르주아 사회로의 편입을 의미하는 사회화는, 문명에의 투신이라는 추상적인 방식으로 추구되고 있다. 그것은 또한 점진적으로 세상을 조금씩 바꾸어가야 하는, 시간이 많이 걸리고 오랜 준비가 필요한 과정이었을 것이다.[105)]

공동체의 특수하고 구체적인 토양에서 자라난 문화를 습득하면서 전체적인 삶의 세계로 나아가는 것이 문화(Bildung)의 이상이라면, 추상적이고 형성되어 가는 과정에 있는 문명에 투신하는 이형식의 여정은 교양의 사명을 달성하는 것이라고 판단하기 어렵다. 자신의 삶을

105) 안창호는 자신이 세운 학교를 '점진학교'라고 이름붙인 데서 보이듯이 급진적인 방식의 개화가 아닌 점진주의를 추구하였다. 강력한 일제의 지배 아래서 신흥 부르주아가 성장하기 위해서는 오랜 시일을 준비해야 한다고 판단한 것이다(서중석, 앞의 책, 113-114쪽 참조).

스스로 결정해나가는 배움의 과정이 곧 더 넓은 공동체에 속해 있다는 소속감을 강화하는 과정이 되는 것이 고전적인 교양소설의 성장의 면모라면 문명이라는 추상적 가치에 맹목적으로 투신하는 이형식의 여정은 성장이라는 이름을 부여하기는 너무도 공허하다. 그리고 그 공허함은 1910년대의 식민지 조선의 젊은이들이 직면한 성장의 곤경을 대변하고 있다.

그러나 교양의 관점에서 이 심미주의와 민족 계몽주의의 동거관계를 다시 읽어 볼 필요가 있다. 헤겔은 교양이 개체가 자신을 국민으로 해방하는 실천적 과정을 의미한다고 말했다. 그에게 교양이나 문명의 도야란 해방의 기획이며 더 높은 해방을 위한 노동이지만, 그 노동은 보편성의 형태로 고양된 무한히 주체적인 인륜의 실체성을 향한 매개적인 관문이 된다. 교양의 기획으로 인하여 주관적인 의지 그 자체가 이념의 현실성을 획득하고 객관성을 자신의 내면에서 발견하게 되는 것이다.[106] 이광수의 국민형성의 기획은 이러한 맥락에서 새롭게 이해될 수 있다. 스스로를 교양하는 개인은 시민의 의무에 대한 이성적 통찰을 바탕으로 국가의 일원으로 자신을 편입시켜야 한다. 이러한 방식으로 나타나는 '교양의 무의식'이 복종의 다른 이름이라면,[107] 식민지 지식인들에게 그러한 맥락은 식민지적 무의식으로 작동하게 된다.

이광수가 맹목적으로 투신하고자 했던 문명의 가시적인 비전은 그가 1916년 『매일신보』에 게재한 「대구에서」, 「농촌계발」 등의 논설에서 발견할 수 있다. 조선의 청년들에게 부르주아적 주체로 자립할 것

106) G.W.F.헤겔, 앞의 책, 311-314쪽 참조.
107) 김수용 외, 『유럽의 파시즘. 이데올로기와 문화』, 서울대출판부, 2001, 144쪽.

을 주장한 「대구에서」의 주장에 이어, 그들이 몽매하고 빈궁하여 음침한 기운으로 가득찬 농촌을 계발하고 그곳에 이상적 문명촌(文明村)을 세우는 역할을 담당할 부르주아 사회의 중추인물이 될 것을 역설하고 있다. 아동에서 노인에 이르기까지 보통교육을 받고 독서를 통해 과학과 예술을 이해하고, 산업에서 독립하여 부를 획득하여 "개인으로나 단체로나 세계 최고문명인의 사상과 언어와 행동을 가질 것"[108]인 가상의 공간 금촌(金村)의 모습은 『무정』의 '삼랑진 장면'을 통해서 이형식과 청년들이 이룩하기를 꿈꾸는 조선의 이상과 다르지 않다. 그것은 또한 메이지 청년 담론의 주창자였으며 이광수를 친자식처럼 아꼈던 도쿠토미 소호가 「조선의 인상」에서 쓴 바, "정의가 행해지고, 치안은 확보되며, 철도, 도로, 운수교통의 편은 열리고, 학교나 농사시험장, 공업강습소나 모든 인지를 개발하여, 물질적 진보를 할 수 있는 수단이 갖추어"[109]진 부유한 조선의 모습과 다른 것이 아니다. 『무정』의 서술자는 생물학을 공부하겠다는 이형식에 대하여 생물학이 무엇인지도 모르면서 그것을 공부하겠다는 그들이 가련하다고 논평하였지만, 아마도 그 생물학의 내용은 민족개조론과 사회진화론으로 상징되는 바, 제국주의의 침략을 정당화하기 위해 동원된 근대적 학문의 체계로서의 논리를 의미했을 것이다. 지배 계급을 통한 전체 사회질서의 정당화, 이것이 교양소설의 틀이라면,[110] 『무정』이 추구하는 교양의 모습도 그것과 다르지 않다.

---

108) 이광수, 「농촌계발」, 『이광수 전집 제17집』, 삼중당, 1966, 137쪽.

109) 德富蘇峯, 「조선의 印象」, 1912, 강동진, 『일제언론계의 한국관』, 일지사, 1982, 162쪽에서 재인용.

110) Franco Moretti, *The Way of the World : Bildungsroman in European Culture* (London : Verso, 1987.) p.209.

이광수를 포함한 근대문학 초창기의 일본유학생들은 일본의 메이지 청년담론의 전유를 통해서 주체를 구축하고 교양을 형성하기 위해 분투하는 모습을 보여주었다. 메이지 청년들이 정치에서 문학으로의 전환이라는 여정을 통해 '정치적인 것'의 위치이동을 보여주었다면, 식민지 조선의 청년들은 자아의 성장을 국민의 성장으로 치환하여 문학과 정치를 공유하는 '청년'의 상을 제시하고 있다. 그것은 자각한 개인의 형성이 곧 국가 발전의 기초가 되는 국민의 양성과 다르지 않다는 생각으로 드러나고 있다. 식민지 제국을 이끌어간다고 생각되는 청년담론을 피식민지의 젊은 세대들이 전유하는 것은 지배자의 상을 흉내냄으로써 그것을 따라잡고자 하는 전략의 일종이다. 문명개화와 주체 확립이 마치 자발적인 의지인 것처럼 지배자를 모방하는 것에 내재하는 자기 식민지화를 은폐하고 망각하는 것이 구조화된 '식민지적 무의식'[111]이라고 할 수 있다. 그 무의식은 자신의 동포들을 응시하는 다음과 같은 시선에서 분명한 모습을 드러내고 있다.

> 그네의 얼골을 보건ᄃᆡ 무슨 지혜가 잇슬것갓지안이ᄒᆞ다 모도다 미련ᄒᆡ보히고 무감각(無感覺)ᄒᆡ 보인다 그네ᄂᆞᆫ 멋푼엇치 안이되ᄂᆞᆫ 농ᄉᆞᄒᆞᆫ 지식을 가지고 그져 ᄲᅡᆼ을 팔ᄲᅮᆫ이다「……」그ᄅᆡ셔 그네ᄂᆞᆫ 영원히 더 부(富)ᄒᆞ여짐 업시 졈々 더 가난ᄒᆞ여진다 그ᄅᆡ셔 미련ᄒᆞ야진다 져ᄃᆡ로 ᄂᆡ어버려두면 맛참ᄂᆡ 북히도에 아이누가 다름업ᄂᆞᆫ죵ᄌᆞ가되고말것ᄀᆞᆺ다[112]

식민지의 청년 담론에서 주목해야 할 것이 주체가 주체로 형성되는 과정이라면, 위의 인용은 형식으로 상징되는 식민지 주체가 어떠

111) 고모리 요이치, 송태욱 역, 『포스트콜로니얼』, 삼인, 2002 참조.
112) 이광수, 『무정』, 앞의 책, 703쪽.

한 방식으로 스스로를 구축하는가를 분명하게 보여주고 있다. 이형식으로 대표되는 민족 부르주아 주체의 시선에 보여진 민중들의 모습은 자연의 폭력적인 힘으로부터 자신을 보호할 아무런 방도를 갖지 못한 인간의 모습, 바로 그것이다. 이들은 문명의 혜택을 아직 입지 못한 자연의 인간들이며, 이들에게 문명의 혜택을 부여해서 그들을 '인간화'시켜야 할 임무를 작가는 민족 부르주아 주체에게 부여하고 있다. 자연과 문명이라는 근본적으로 근대적인 대립 구도 속에 상정된 부르주아 주체의 정치적 역할은, 그들로 하여금 농민과 민중들을 자본주의 속으로 편입시키게 하는 헤게모니 전략의 일환으로 채택된 것이다. 이러한 헤게모니의 과정을 통해 농민은 국민으로 자연스럽게 편입되며, 민중들 개인의 혈연적, 지역적 역사는 민족의 역사를 대표하는 것으로 변화하게 된다. 자신의 동포들의 무감각한 얼굴을 발견하면서, 또다른 제국의 내부 식민지인 아이누의 표상을 떠올린다는 것은 그들의 신체를 새롭게 구성될 국가의 일원으로 동원하기 위한 정치학이다. 그것은 민중이라는 대상을 인식의 대상으로 응시함과 동시에 분절된 식민지의 질서 속으로 스스로를 위계화시키는 담론이다. 오리엔탈리즘이 원래 외부의 대상을 심상지리 속으로 통합하여 담론으로 구성하고 규율함으로써 가능했던 것처럼, 민족주의는 어떤 민족의 역사 속에 내재한다고 생각되는 풍속이나 가치들을 발견하여 그것을 규범으로 만듦으로써 형성된 것이다.

'자아의 형성'이나 '주체의 형성'이라는 과정은 자발적이고 능동적인 과정으로 이루어지는 것은 아니다. 식민지의 교육 속에서 국가를 운영할 리더십을 자임하는 주체들은 식민지 담론의 언표 속에 이미 지배되고 통합되는 것이라고 할 수 있다. 주체가 식민지 권력을 정당화하는 잠재적 오리엔탈리즘의 '무의식'을 지니지 않는다면, 피지배 주체가 식민지 담론의 내부에서 주체화되는 과정은 상상하기 어렵다.[113] 식민지 청년의 담론은 바바가 '지식의 코디네이트(coordinates)라고 말한 전략과, 식민지 권력의 놀이 속에 지식의 생산을 기입하는 놀이 속에 비로소 형성된 것이다.[114] 그러한 식민지 담론의 장치 속에서 지식을 담지한 청년으로 주체는 탄생하는 것이다. 그것은 식민지 청년들이 힘들여 획득한 교양의 구조라고 할 수 있을 것이다.

113) 호미 바바, 나병철 역, 『문화의 위치』, 소명출판, 2002, 156쪽.
114) 위의 책, 158-159쪽.

제3장 염상섭과 문화의 사명

1. 문화주의와 교양의 이념

1) 개성의 가치와 자율성의 이념

한국 근대문학사에서 문학의 자율적이고 독립적인 가치에 대한 인식이 이미 1910년대의 담론에 일반화되어 있었다는 것은 문학사의 상식에 가깝다. 이광수와 그의 동세대들은 문학이 독립적인 가치를 지닌 대상이며 그것이 창조적 자아의 표현에 기여한다는 점을 인식한 최초의 세대였다. 그들은 그러한 문학과 자아의 자율성에 대한 인식을 자기 정의의 핵심적인 규범으로 작동시켰고, 그러한 자기 정의를 이전 세대를 넘어서는 독자적인 세대론으로 정립한 최초의 세대이기도 했다. 자율적 개체로서의 '자아'의 창조적 자기표현을 추구하는 문학 개념이 등장한 것은, 인간의 내면과 자아의 문제에 관심을 기울이는 문학의 계보가 근대적 기획의 하나로 정립되어 나갈 것임을 시사하는 것이었다. 그러나 자아의 발견을 통한 개인성의 이념이 좀 더 분명한 목소리를 띠고 나타나기까지는 염상섭과 그의 문학을 기다려야 했다. 염상섭은 1922년 『개벽』에 발표한 「개성과 예술」이란 글에서, 근대인의 자아 발견이 일반적 의미로는 인간성의 자각이며, 개개인에 대하여는 개성의 발견이라고 주장한 바 있다. 그에 따르면 개성이란 '개개인의 품부(稟賦)한 독이적(獨異的) 생명'이며, '그 거룩한 독이적 생명의 유로(流露)가 곧 개성의 표현'이다. 이러한 개성의 표현이 나타나는 곳이 바로 예술이라 할 것인데, "예술미는, 작자의 개성, 다시 말하면, 작자의 독이적 생명을 통하야 투시한 창조적 직관의 세계요, 그것을 투영한 것이 예술적 표현"이라고 그는 말하고 있다.[1)]

근대문명의 정신적 수확물 중 가장 본질적이고 중대한 의의를 가진 것이 자아의 각성이라고 하는 염상섭의 주장이 근대의 시대적 원리로서의 주체성(Subjectivität)을 상정하고 있다는 것은 분명해 보인다. 그것은 헤겔이 주체성이라고 명명하는 자기관계의 구조가 일반적으로 현대를 특징짓는다고 말하면서, "새로운 세계 자체의 원리는 정신적 총체성 속에서 존립하고 있는 모든 본질적 측면들이 자신의 권리를 획득하여 발전한다는, 주체성의 자유이다"라고 말했던 근대의 시대 원리이다.[2)] 염상섭은 같은 해 『신생활』지에 발표한 「至上善을 爲하야」[3)]라는 글에서, 데카르트의 코기토와 서구 계몽주의를 통하여 자아의 발견이 이루어졌다고 설명하고 있거니와, 여기서 나타나는 자아의 개념은 서양 낭만주의의 예술원리로서의 절대적 내면성을 의미하고 있는 것이다. 그것은 헤겔이 생활 형식으로 등장하는 예술의 원

---

1) 염상섭, 「個性과 藝術」, 『개벽』 제22호, 1922.4.

2) 위르겐 하버마스, 이진우 역, 『현대성의 철학적 담론』, 문예출판사, 1994, 36-37쪽 참조.

3) 염상섭, 「至上善을 爲하야」, 『신생활』 1922.7 : 『염상섭 전집 12』, 민음사, 1987 참조.

리가 표현적 자기실현임을 주장하였을 때의 주체의 이념과 맥락을 같이하는 것이며, 또한 미적 자율성의 이념을 정립하였다고 알려진 쉴러가 피히테의 주관철학에 대해 설명하면서 '자아는 자신의 표상을 통해서도 창조적이며 모든 현실은 자아 속에서만 존재한다'[4]고 언급한 자아의 개념을 충실히 따르는 것이다.

개성의 가치에 대한 강조가 중요한 것은 그것이 인간의 발전과 문화의 형성이라는 이념과 밀접한 관련을 지니고 있기 때문이다. 훔볼트는 각자의 능력을 완전하고 전체적으로 일관되게 최대한, 그리고 가장 조화 있게 발전시키는 것이 이성의 명령이고, 이것이 곧 개별성과 독창성의 바탕이 된다고 생각했다. 스스로의 판단과 감정에 따라 행동하는 것은 완전한 인간을 만드는 데 필수적인 요소로 인식되었고, 자신의 욕망과 충동을 지니고 그것을 자신이 속한 문화 속에서 발전시키고 가다듬는 것은 서양의 휴머니즘이 생각한 인간 완성의 이념과 긴밀한 관련을 갖고 있다. 그들에게 인간이란 생명을 불어넣어주는 내면의 힘에 따라 여러 방향으로 스스로 자라고 발전하는 나무와 같은 존재이다. 각자의 개별성이 발전하는 것에 비례해서 사람은 자기 자신에게 대해 더욱 가치 있는 존재가 되고 각 개인이 의미 있는 삶을 영위할 때 그 개인들이 모인 사회도 더욱 의미 있는 영역이 될 수 있다.[5]

개인이 선조의 지위나 신이 아니라 자기자신에 의해 주체성을 증명해야 했던 새로운 시대가 시작되던 시기에 개성은 영혼을 인간적

4) 최문규, 「역사철학적 현대성과 그 이념적 맥락」, 『세계의 문학』 1993년 가을호, 196쪽.
5) 개성이 인간 형성에서 갖는 중요성을 지적하고 있는 글로는, 존 스튜어트 밀, 서병훈 역, 『자유론』, 책세상, 2005, 제3장을 참고할 것.

인 구체성 속에서 완성해야 했다. 그렇기에 개성은 영혼과 마찬가지로 개인의 부르주아적 해방이라는 이데올로기에 속했다. 인격(Person)은 개인을 자기 운명의 주인이 될 수 있도록 만들고, 환경을 자기 요구에 따라 꾸밀 수 있도록 만드는 모든 능력과 특성의 원천이었다. 그러나 긍정적인 문화의 완성과 더불어 개성은 기존 사회의 기초들을 존중해야 하는 과제를 안게 되었다. 개인의 내면성 안에서 도덕적인 인격은 그가 소유할 수 있는 유일하게 안전한 소유물이 되었다. 개성은 주어진 환경 안에서 자기의 행복을 찾는다. 개인을 개성으로 만드는 문화적 개별화는 개인을 인격으로 존속하게 하며, 이러한 노동과정에 내재하는 법칙들과 경제적인 힘들로 하여금 인간의 사회적인 통합을 돌보게 한다.6)

근대의 합리화와 분화에 의해 성립된 미적인 것의 '자율성'이라는 개념이 근대적 합리성에 대한 비판을 수행할 수 있는 능력을 획득하게 되는 것은, 낭만주의에서 비롯된 표현적 전환과 관련이 있다. 찰스 테일러에 의하면, 18세기 말 이래 나타난 낭만주의적 저항은 "속악하며, 범용과 순응을 낳고, 소심한 이기주의적 인간을 배양하며, 독창성과 자유로운 표현 그리고 모든 영웅적 덕목들을 질식시키는 또한 '비루한 안일'에 집착하는 것"으로 근대문명을 파악한 많은 저술가와 예술가에 의해 이루어졌다. 이들은 근대 사회가 순응시키는 힘을 통하여, 혹은 효용을 최고의 가치로 내세워, 모든 행동, 대상, 제도가 효용은 갖지만 인간은 무엇인가 또는 인간은 무엇을 할 수 있는가를 표현하지 않는 세계를 산출하므로 분명히 죽은 사회이며 표현적 충실을

6) 마르쿠제, 「문화의 긍정적 성격에 대하여」, 김문환 역, 『마르쿠제 미학사상』, 문예출판사, 1989, 53-55쪽.

질식시키는 사회라고 규정하였다.[7] 분석적인 인간 과학에 대한 이러한 비판적 견해에 있어서 표현이라는 표상이 중심적인 의미를 갖는 것은, 그러한 표상이 인간적 삶의 통일에 모델을 제공한다는 점뿐만 아니라, 사람들은 표현활동을 통해서 자신을 최고로 실현한다는 사실에서 기인하는 것이다. 이 시기에 예술은 처음으로 인간의 최고 활동이자 최고의 자기 실현으로 간주되게 되었다.[8]

2) 문화주의와 교양의 이념

염상섭의 문학론에서 서양에서의 자아와 내면성의 형성 과정에 대한 학습을 발견하는 것 이상으로 중요한 것은 당대 조선의 문화주의적 사명이 놓인 자리를 이해하는 것이다. 그는 「지상선을 위하야」에서 "대저 엇더한 시대 엇더한 社會에든지, 그 시대와 사회의 기조가 되고, 인심의 귀추(歸趨)와 생활의 준승(準繩)이 되는 것은, 소위 시대사조라는 것이다. 함으로 이 시대사조 혹은 시대정신에 合致되는 자는 흥할 것이요 이에 배치(背馳)하는 자는 망할 것이 필연한 사이다."[9]라고 말한 바 있는데, 이때의 시대정신이란 근대적 주체성의 원리를 의미하고 있지만, 그 구체적인 양상을 살피기 위해서는 사회개조론과 문화주의로 나타난 당대의 담론을 참조해야 한다. 개성의 본질을 기초로 해서 인격의 완성을 지향하는 것을 문화의 의미로 이해하였던 것은 동시대의 논설들 속에서 발견되는 문화주의의 모습인데 이는 당시 일본에서 유행하던 일본 문화주의의 영향을 받은 것이다. 쿠와키 겐요쿠로 대표되

7) 찰스 테일러, 박찬국 역, 『헤겔철학과 현대의 위기』, 서광사, 1988, 220-221쪽.
8) 위의 책, 21쪽.
9) 염상섭, 「至上善을 爲하야」, 『염상섭 전집 12』, 민음사, 1987, 48쪽.

는 일본 문화주의는 '자아의 자유로운 향상 발전'을 문화의 의미로 이해하였다. 그에 따르면 문화는 절대적인 가치를 갖는데 그것은 바로 사람들의 자아를 자아답게 만드는 것을 의미하고, 이는 곧 칸트의 선험적 자아와 연결되는 것이다. 그는 문화(Kultur, culture)의 어원이 수양의 의미를 지니고 있음을 지적하면서 그 목표가 인성의 완성에 있다고 주장하였다. 1920년대 초반의 한국의 '문화주의 운동'이 인격의 수양을 강조한 것은 대정기 문화주의에 대한 학습의 결과였던 것이다.[10]

『개벽』 6호(1920)에 실린 「문화주의와 인격상 평등」이란 글은 세계의 신사조가 '문화'라고 지적하면서 그 문화의 의미를 '자연'과 대립하는 것으로 설명하고 있다. 또한 정치 경제 등과 대립하는 이상적인 것으로 문화의 위치를 지시하고 있다.

> 문화는 인의 능력의 자유 발달이라 운하는 사에 귀착할 것이라 사할지니 즉 인은 인격을 가지고 잇는 것인데 그 인격잇는 인으로의 여러 가지 자유로 발전케 하는 사가 즉 문화라 할 것이다. 즉 단히 도덕이라던가 혹은 학술이라던가 운하는 협의의 자에뿐 지치 아니하고 여러 가지 인의 활동력이 자유로 발달하야 향상에 향상을 가하는 발전이엇다. 딸아서 차 문화로써 생활의 중심으로 하는 사상에 즉 문화주의라할 것은 다언을 불요할 것이엇다.[11]

사람의 능력이 자유롭게 발달하여 향상되고 발전하는 것이 문화의 개념이고, 그런 문화를 생활의 중심으로 놓는 사상이 문화주의라는 설명은 이 글에서 소개하는 세계의 신사조인 문화주의가 일본의 대정 문화주의를 의미하고 있다는 것을 알게 해준다. 염상섭의 논의는

10) 박찬승, 『한국근대정치사상사연구』, 역사비평사, 1992, 181-183쪽.

11) 백두산인, 「문화주의와 인격상 평등」, 『개벽』 6호, 1920.12.1, 12-13쪽.

개성과 자기표현을 강조하고 있다는 점에서 일본 대정기 문화주의와의 관련을 염두에 둘 때 보다 분명한 모습을 드러낼 수 있을 것으로 보인다. 또한 대정기 문화주의의 영향을 받아 자기긍정의 강렬함을 문학적으로 구현한 문학자들의 집단이 시라카바였다는 점을 기억한다면, 시라카바 문학의 영향을 가장 많이 받은 작가가 염상섭이라는 점 또한 그의 문학에 미친 문화주의의 영향을 짐작할 수 있게 만드는 대목이다.[12]

개성에 입각한 교양론을 주창한 교양파[13]의 존재는 염상섭의 초기 문학론을 이해하는 데 중요한 또 하나의 참조점이다. 가라키 준조는 '교양'이라는 용어가 유교적인 '수양'을 대체해서 나타난 새로운 개념이었다고 지적하면서 수양이라는 문자의 고루함에 대해서 교양은 무언가 신선한 점이 있었다고 말한다. 그는 형식주의를 근절하고 인류가 남긴 풍부한 문화를 향유하는 교양 속에서 대정기의 교양파가 자신의 개성을 확대할 수 있다고 말하고 있다.[14]

염상섭이 당대 일본의 문화주의와 교양론을 통해 습득한 이러한 자아와 주체성을 중시하는 개인성의 이념은 그의 초기 삼부작에서 내면의 발견으로 나타나고, 「만세전」에서 그 뚜렷한 문학적 표현을 얻게 된다. 염상섭이 지녔던 자아와 개성의 이념에 문화주의의 사명이 자리하고 있다면 그것의 문학적 표현을 위해서 고백의 형식이 필요했다는 것은 잘 알려져 있다. 염상섭이 이 고백이라는 형식을 빌려왔을 때, 근대적 자아를 탐구하는 문학적 양식이 성립하게 된 것이고,

12) 김윤식, 『염상섭연구』, 서울대학교출판부, 1989, 78-82쪽.

13) 唐木順三, 『現代史への試み』, 筑摩書房, 1963, 17-33쪽 참조.

14) 위의 책, 22쪽.

내적인 자기에 대한 탐색이 가능해진 것이다. 고백이란 진술의 주체가 스스로의 자의식을 표출함으로써 자신을 언어화하고, 그러한 과정을 담은 작품을 통해 자신을 실현하는 양식이다. 그리고 그러한 고백체를 통해서 발견된 내면, 혹은 고백을 통해 '주체'로 존재할 것을 목표로 삼고 있는 그러한 자아의 모습은, 『만세전』의 주인공 이인화의 자기인식의 핵심을 이룬다.

> 실제로 금일의 소위 가정이라는 것이, 엇다헌 형식과 실질로써, 성립되여 잇는가를, 세밀히 규찰하야 보라. 가장권의 전제, 횡포, 남용, 위압과 이에 대한 노예적 굴종과, 도호적 타협과 위선적 의리와, 형식적 허례와, 뇌옥적 감금과 질타, 매리, 오인, 원차……등 모든 죄악의 소굴이, 금일의 소위 가정이 안인가. 거기에는 개성의 자유롭은 발전도 기대할 수 업거니와, 인생의 가장 아름답은 인정의 짯듯한 유로도 볼 수 업다. 짜라서 부절히 활약하고 성장하는 생명의 빗침이 잇슬 리가 업다. 음산하고 침정하며 살풍경한 묘지속에, 오즉 존재하얏슬 다름이요, 생활이라는 것을 모르는 생물이, 준동함을 볼뿐이다.[15]

「지상선을 위하야」에 나오는 위의 구절은 그대로 『만세전』의 이인화의 발화라고 해도 좋을 것이다. 조선의 현실을 '음산(陰酸)하고 침정(沈靜)하며 살풍경한 묘지'로 파악하고 동경으로 돌아가는 이인화는 개성의 자유로운 발전과 생명의 성장을 통해 지상선을 위한 자아실현을 이루고, 그로 인해 하나의 '생활'을 얻게 되기를 꿈꾸었을 것이다. 그는 실제로 조혼한 아내가 위독하다는 소식을 듣고도 카페의 여급들과 술을 먹고 희롱하면서, "사람은 그릇된 관념의 노예다. 그릇된 도덕적 관념으로부터 해방되는 거기에 진정한 생활이 잇는 것이

15) 염상섭, 앞의 글.

다"[16]라고 말하고 있다. 조선 사회의 가부장제 질서와 윤리를 그릇된 관념이라고 비판하고 실생활과 참인생을 연애와 내면에서 발견하고자 하는 이인화의 면모는 이광수의 초기 논설과 『무정』에 나타나는 자기 인식의 양상과 크게 다르지 않은 것이다. 그런 그가 식민지와 민족의 현실에 대해 자각하는 계기를 제공하는 장면으로 관부연락선의 목욕탕에서 일본인들의 대화를 엿들은 후에 다음과 같은 발화를 하는 모습을 드는 것은 『만세전』에 대한 기존 연구들의 통념이라고 볼 수 있다.

> 스물두셋쯤된 책상도령임인 그때의ㅅ나로서는, 이러한 이야기를듯고 놀라지 안을수업섯다. 인생이 엇더하니 인간성이 엇더하니 사회가 엇더하니 하여야, 다만심々파적으로하는 탁상의공론에 불과할것은물론이다. 어버지나, 그러치안으면 코ㅅ백이도보지못한 조상의덕택으로, 공부자나어더하얏거나, 소설권이나 들처보앗다고, 인생이니 자연이니 시니 소설이나한다야 결국은배가불너서, 포만의비애를호소함일다름이요, 실인생 실사회의이면의이면 진상의진상과는 아모관계도 연락도 업슬것이다.[17]

자신이 책상도련님에 불과하며, 자신의 현실 인식이 실제 인생의 진면목과는 관계없는 추상적인 관념에 그친다는 이인화의 깨달음은 이후 민족의 현실에 대한 발견과 그에 대한 각성으로 이어질 수도 있는 장면들을 보여주는 서사로 전개된다. 그러나 그는 이후로도 책상도련님이기를 포기하지 않는다. 배의 삼등실에 모인 조선 사람들을 바라보면서 "하층사회의 아귀당(餓鬼黨)"에 대한 자신의 '경원주의(敬遠主義)'를 토로하고, 그것이 "나 자신보다 몃층 우월하다는 일본 사람이

16) 염상섭, 『만세전』, 『염상섭 전집 1』, 민음사, 1987, 20쪽.
17) 염상섭, 앞의 책, 40쪽.

라는 의식만"이 아니라, "단순한 노동자라거나 무산자라고만 생각할 때에도 잇삿흘 어울르기가실타"[18]라고 표현하는 대목은 이인화가 삼랑진 열차의 삼등칸에 탄 사람들을 아우르는 민족주의를 염원하였던 『무정』의 이형식과는 근본적으로 다른 인물이라는 것을 적시한다.

그렇기에 노동자와 무산자에 대한 그의 경멸이 부르주아적 주체를 통한 민족적 교양의 기획으로 이어지지 않을 것도 분명해 보인다. 그러기에는 그의 개인주의적 면모는 너무나 명료하고, 그의 현실인식은 너무나 냉정하다. "사랑이란 것이 간섭이나 소유에 있는 것이 아님"을 알고 있는 그 냉정함은 "현실을 정확하게 통찰"[19]하는 근본적인 동력으로 작용할 수 있을 것이다. 그러므로 이인화의 여로가 식민지 현실에 대한 발견의 여로가 아니라 내면화된 식민주의적 인식을 연역적으로 확인해 가는 과정[20]이라는 지적에 동의한다고 해도, 그 식민지적 무의식이 이광수의 그것과는 다른 양상으로 발현되리라는 것을 짐작하기는 어렵지 않다. 「지상선을 위하야」에서 가부장제 하의 조선 가정의 모습을 비판하고, 『만세전』에서 "고식, 미봉, 가식, 굴종, 비겁" 등의 '음울한 성질'이 조선 사람의 모습이라고 비판하고 있다고 해도, 그것이 조선 사람의 죄가 아니라, "재래의 정치의 죄"[21]라고 지적하고 있는 점에서 염상섭의 비판은 민족성에 대한 이광수의 비판을 넘어 선다. 그러므로 염상섭에게 중요한 것은 '민족성'을 개조하는 것이 아니라, 건강한 정치의식을 지닌 시민 사회를 건설하는 것이

---

18) 위의 책, 48쪽.

19) 위의 책, 105쪽.

20) 서재길, 「『만세전』의 탈식민주의적 읽기를 위한 시론」, 사에구사 도시카쓰 외, 『한국 근대문학과 일본』, 소명출판, 2003, 140쪽.

21) 염상섭, 앞의 책, 78쪽.

고 그렇기 때문에 그는 개인성에 대한 인식과 근대적 이성의 비판 정신을 버리지 않고도 '교양'의 과제와 대면하는 것이 가능했던 것이다.

2. 정체성의 정치, 주체성의 비준

1) 집행유예된 부르주아의 드라마

근대사회에서 교양이라는 과제가 한 개인이 근대적인 시민으로 사회화되는 과정이라면, 그 개인은 자아완성이라는 내면적 요구를 사회적 조건과 결합해내는 문제에 직면하게 된다. 그러므로 교양소설의 성취는 근대사회를 형성한 부르주아 사회가 자기형성과 사회화라는 양면성을 결합해낼 수 있는 토대를 가지고 있을 때 유지될 수 있다. 『만세전』의 이인화가 자기 완성의 내면적 욕구를 구현하는 인물의 형상을 보여주었다면, 공동체와 전통적인 문화의 구현자라고 할 수 있는 할아버지로부터 곳간의 재산을 물려받는 『삼대』의 조덕기가 보여주는 모습은 공동체의 토양에서 자라난 문화를 습득하면서 전체적인 삶의 세계로 나아가는 교양인의 예시로 볼 수도 있을 것이다. 그렇게 볼 때 그의 좌절은 당대의 조선사회가 안고 있는 교양과 문화적 사명의 파탄으로 읽을 수 있다. 문화주의와 자아 발견의 사명이 『만세전』(1922)에서 『삼대』(1931)에 이르는 시기의 염상섭의 주요한 주제를 대변하고 있으며, 이 시기의 염상섭 소설의 전개를 풍속의 재현이나 '돈'과 '성'을 둘러싼 세속적 욕망의 탐구라고 판단한다면, 그 도정 속에 놓인 주요한 작품으로 『사랑과 죄』를 주목해야 한다. 특히 『사랑과 죄』에서 형상화되고 있는 '연애'의 모습은 자아의 형성의 핵심을 이룬다는 점에서 교양의 형성에 중요한 참조점을 제공한다.

1927년 8월부터 이듬해 5월까지 동아일보에 연재된 『사랑과 죄』는 자작(子爵)인 이해춘과 간호부 지순영의 사랑의 서사를 중심축으로 설정하고 있다. 해춘은 한말의 주일공사였던 이판서의 아들로, 합병 후 이판서가 취득한 자작이라는 지위를 물려받은 청년 귀족이다. "자작 리해춘이란 말은 내가 귀족이란 말입니다. 귀족이란 놈하고 누가 정말 마음을 주고 가치 일하려고 한답듸까? 내가 사회에 나서지 못하는 것도 그 까닭이지마는 지금 청년이 다른 방면으로 가지 안코 문학이니 음악이니 미술이니 하는 데로 방향을 고치는 것도 제 길을 마음대로 거러갈 수가 업스닛가"[22]라는 해춘의 자기 항변에서 알 수 있듯이 계급의 유산은 그의 활동을 제약하는 조건이고, 어떤 가치를 위해 싸우는 젊은이로서 그가 벗어던져 버려야할 질곡이 된다. 해춘은 뚜렷한 목표도 없고 기준도 없이 세상 앞에서 느끼는 비결정과 불안을 지닌, '집행 유예된 부르주아'의 전형적인 인물이다. 잠정적으로 지식인의 자세를 모방하고 채용해야하는 그는 정치적인 권력과 귀족적인 특권 사이의 대립으로 구성되어 있는 힘의 장에 위치하며, 그 힘들이 균형을 이루는 사회적 무중력의 영역 속에 있다. 그는 스스로 자기 자신이 될 수 있는 힘이 없어서 자신의 사회적 정체성을 설정하지 못하고 있는 존재이다.[23] 그런 무중력의 영역에 존재하던 '청년'으로 등장한 해춘이 상속인의 위치를 벗어나기 위해 갈등하고 결국은 상속을 포기하기에 이르는 서사는 『사랑과 죄』가 주목한 핵심적인 스토리의 하나이다.

22) 염상섭, 『사랑과 죄』, 『염상섭 전집 2』, 민음사, 1987, 36쪽.

23) 피에르 부르디외, 하태환 역, 『예술의 규칙』, 동문선, 1999, 31-32쪽.

원톄 동경에서 집어 너흔 급진뎍 자유사상은 김호연이 말이 아닐지라도 이 졃은 귀족으로 하야금 구습타파 가뎡개량을 단행케 하얏겟지마는 하여튼 이 모양으로 한아들식 사대 오대ㅅ 동안 쌘즈르를하게 기름대가 무든 <량반> <귀족>의 우썹질이 위선 벗기여 젓다.[24]

'동경에서 집어 넣은 급진적인 자유 사상'과 사회주의자인 김호연의 감화가 이해춘의 자기 결정에 하나의 동인으로 작용한 것은 분명하다.[25] 그러나 그것은 아직 그의 존재를 자기 자신의 힘으로 결정지을 만큼의 중요한 계기가 되지 못하여서, 해춘은 어떠한 실제적인 행동도 하지 못한다. 그는 『만세전』의 이인화가 그런 것과 같이, 자신의 가족의 일과 주변 친구들의 사회운동에 대해서도 좀처럼 '간섭'하려 들지 않는다. 누이인 해정이와 매부인 류진의 결혼이 위태로운 지경에 처하고 류진이 러시아로 떠나려 한다는 것을 전해 듣고도 그는 스스로 "간섭할 처디도 못 되거니와 무어라고 의견을 표시하고도 십지 안헛다."[26]라고 말하고 있다. 해춘은 자신의 모호한 정체성에 대해서 그런 것만큼이나 '홍수의 조선, 퇴폐의 서울'의 현실에 대해서 비판적으로 인식하고 있다. 그러나 "음험(陰險)과 살긔(殺氣)와 음미(淫靡)의 긔분 속에 싸여서 들어 안젓기에는 숨이 막힐 것 가타얏다."(123쪽)는 현실인식은 그를 어떠한 행동의 결행으로 내몰지는 못한다.

이해춘의 자아는 아직 불확정적인 깊은 어둠 속에서 나아갈 길을 찾지 못하고 있다. 귀족이자 예술가인 해춘의 신분을 들어 그의 한계

24) 염상섭, 앞의 책, 54쪽.

25) 이보영은 이해춘이 성 밖으로 주거를 이전하는 것을 귀족에서 평민으로의 신분 전환이라는 정치적인 행위로 파악하며, 이런 결단에는 김호연이라는 사회주의자의 영향이 중요한 매개였다고 주장하고 있다(이보영, 『난세의 문학』, 예림기획, 2001, 268쪽).

26) 염상섭, 앞의 책, 58쪽.

를 지적하는 사회주의자 적토에 대해서 "나도 현대 청년이요! 나도 조선 청년이요! 나도 피가 잇소!"[27]라고 대꾸하는 대목은 그의 자기 결정의 시작이 청년으로서의 자기 인식에 기반하고 있음을 알려준다. 그러나 그것은 단지 선언의 측면에서만 그러할 뿐, '조상의 죄값으로' 어쩔 수 없이 받았다고 말하는 귀족이란 '작위'는 그의 출생으로 그를 되돌려 놓는다. 사회주의 청년들과의 논쟁 후에 마리아와 첫날밤을 보내는 장면은 그가 아직까지 자아의 지향을 찾지 못하고 방황하고 있음을 알려주는 대목이다. 이 장면이 나온 다음에 등장하는 다음과 같은 서술자의 논평은 이해춘의 사회적 위치에 대해서 하나의 중요한 국면을 알려주고 있다.

> "그에게는 아직도 예술가라는 자존심과 책임이 잠을 자지 않고 순영이에게 대한 애욕을 단념할 수 없으며 마리아의 퇴폐적 정욕을 달게 받을 수 없는 귀족적 결벽을 버릴 수 없었다. 이 모순된 세 가지 생각과 감정과 기분은 이 사람을 세 갈래로 잡어 흔들어서 력학적 원측에 의하여 공중에 떠올르게 한 것이다. 어데로 기울겠느냐는 것은 힘의 균형이 깨어질 때일 것은 물론이다."[28]

무중력의 공간 속에 있던 해춘이 '어디로 기울겠냐'의 문제, 그것은 이해춘이 어떠한 방식으로 사회 속으로 들어가는가에 대한 그의 자기 결정의 시작을 의미하게 될 것이다. 예술가로서의 자존심을 지니고 있으며, 젊은 여성에 대한 애욕을 지닌 청년이고, 귀족적 결벽을 완전히 버리지 못한 모호한 정체성을 지닌 존재인 그가 조선의 문화적 사명에 부응하는 청년이 되기 위해서는 스스로의 출생을 부정해

27) 위의 책, 210쪽.

28) 위의 책, 220-221쪽.

야만 하고, 그를 통해 자신의 정체성을 물려받는 것이 아니라 스스로 창조해내는 것이라는 점을 입증하여야 한다.

스스로 자신의 정체성을 창조해내려는 청년으로서 이해춘이 지닌 문화와 성장의 이상은 개인의 자기표현이 공공선의 증진과 합류한다는 것이다. 염상섭의 소설에 대한 많은 선행연구에서 지적하고 있듯이, 민족주의와 사회주의 이념을 용해시킨 보수주의적 현실주의가 염상섭의 특징적인 정치학이라는 것은 그에 대한 작가론의 일반적인 통념이다. 『사랑과 죄』에서 그 현실주의는 개인들이 더욱 더 자기 자신이 될수록, 사회의 공적인 선은 진보한다는 신념으로 드러나고 있다. 작품의 서두에서 그는 마리아와 대화하면서, 그녀와 자신이 담당한 예술에 대해 "사오천 년이라는 세월이 공드려 노흔 것을 일조일석에 제것으로 만들 수 잇다면 그것은 문화가 아니지요"[29]라고 말한다. 그럼에도 그러한 것을 가지고 문화를 만들어가는 방식에 대해서 그는 "아무거나 저 마튼 소임을 제 힘으로는 이것이 씩이라고 생각할 때까지 꾸준히 충실하게"[30] 하는 것이라는 소박한 견해를 제시하고 있다. 그는 또한 자손들이 장성하여 자기 역할을 하고 있는데도 묵묵히 돗자리를 짜는 것을 자신의 직분으로 삼고 있는 노인의 예를 들며, "이 로인이야말로 정말 산 사람이오 사는 게 무엔지 깨다른 사람이라고 나도 생각합니다."[31]라고 말하고 있다.

자신의 직분에 충실함으로써 문화의 사명을 추구한다는 이념은 미적인 것의 자율성에 대한 신념을 가능하게 만들어주고 있다. "예술가

29) 위의 책, 31쪽.
30) 위의 책, 32쪽.
31) 위의 책, 33쪽.

는 미의 창조로 자긔를 창조하야 나가면서 인류의 감정을 순일(純一)케 하는 것이오 감정의 순일이야 말로 신의 도(神道)에 들어가는 길이며 여기에서 인생의 행복은 열리는 것이란 말일세. 이 뎜에서 예술과 도덕은 합치되는 거라고 생각하네"[32]라는 자기 변호는 예술지상주의자의 그것과 가까워서, 그 미적인 자기 인식이 부르주아의 헤게모니를 위한 정치학으로 변환되기는 어려워 보인다. 그것은 미적인 것의 자율성을 통해서 인간의 자유와 도덕적 존엄을 실현하는 것이 자아실현의 이상이라는 미적인 주체성의 발현이다. 미적인 것과 도덕적인 것이 합치되는 주체의 이상이 문화를 만들어내기 위해서는 윤리적이고 정치적 의무가 자발적인 성향으로 내면화된 시민의 산출이 요구된다. 그것은 필연적으로 법의 질서에 의해 유지되는 정치적 국가에 대한 사유를 필요로 할 것이다.

『사랑과 죄』에 등장하는 집행유예된 부르주아의 또 다른 전형은 류진이다. 친일 자본가 류택수의 서자인 그는 어머니가 일본인이란 사실로 인해 또 다른 유형의 출생에 대한 번민을 안고 있는 존재이다. 혼혈이라는 혈통과 매판 자본가인 아버지에 대한 반감은 그를 지극히 개인적인 허무주의자로 만든다. "국적이 잇서서 조흘 것도 업지만 비국민도 아니요 비국민 아닌 것도" 아닌 그는 "나는 나라는 존재일 따름이지!"[33]라고 말하며 "내게 남은 것은 컴컴한 숙명뿐일세!"라고 자조하도록 만든다. 그러나 김호연과 이해춘이 연루된 사회주의 운동의 사건에 휘말리게 되고 해춘과 순영의 연애를 돕게 되는 류진이 종국에는 새로운 시작의 의지를 보이게 되는 서사는 『사랑과 죄』

32) 위의 책, 139쪽.

33) 위의 책, 135쪽.

가 보유하고 있는 정체성 정치의 중요한 자원을 이루고 있다. "나는 위선 일체의 관계 일체의 상태에서 자긔를 빼내 가지고 전연히 새 출발점으로부터 자긔 생활을 다시 시작하랴네."[34]라고 류진 스스로가 말하는 새 출발의 내용은 진정한 개인주의의 길을 통해 자아의 품성을 함양하는 것과 다르지 않다. "제각기의 생활을 제각기가 길러 나가는 것일세! 개인주의라고 할지 모르나 진정한 개인주의면야 인류애 생명미의 정당한 표현일 것이 아닌가?"[35]라고 말하는 그 개인주의는 앞서 살펴보았던 해춘의 자기 표현과 다른 것이 아니다.

일본말로 '야나기 스스무라고 읽도록 애를 쓴' 류진의 이름은 혼혈이라는 혈통의 조건을 암시하고 있기도 하지만, 한편으로는 염상섭의 지인이자 시라카바의 창립 멤버였던 야나기 무네요시를 떠올리게 만든다. 앞 장에서 염상섭의 문화주의가 일본 대정기 문화주의와 시라카바파의 영향을 받았음을 지적하였지만, 이해춘과 류진으로 대표되는 염상섭의 부르주아 청년들은 시라카바의 청년들의 길을 따라가고 싶어하는 듯하다. 그들이 『사랑과 죄』의 서사를 통해 힘들게 획득하게 된 자아는 '자기'라는 말을 특정한 사회나 국가 또는 민족을 뛰어넘어 인류라는 개념과 곧바로 연결되는 것으로 포착하였던[36] 시라카바파의 자아개념에 가깝다. 그들의 청춘은 신분이나 혈통의 문제로 인해 '폐쇄된 장에서 살아가는 자아의 드라마'로 전개되었던 점에서도 시라카파의 청춘과 닮았다.

선험적으로 주어진 유산으로 인한 폐쇄된 장을 갑갑하게 느끼는

34) 위의 책, 256쪽.

35) 위의 책, 335쪽.

36) 미요시 유키오, 정선태 역, 『일본 문학의 근대와 반근대』, 소명출판, 2002, 222쪽.

자아는 이 작품에서 이해춘이나 류진 같은 남성 주체만은 아니다. 해춘의 동생이자 류진의 부인인 해정이 또한 “량반의 집 딸이라고 하야 대문 밧만 나서랴도 의례 몸하인이 딸아설 줄로만 아는 자긔 처디를 생각하면 새시대의 의식과 감정을 가진 젊은 여자로서는 한층 더 갑갑하지 안흘 수 업섯다.”[37]라고 말하고 있다. 그녀가 자신의 이혼을 둘러싼 주변의 우려섞인 시선에 대해서 “귀족의 딸이라니까 누구나 그러케 생각하겟지요마는 문벌을 집어치지요! 체면을 집어치지요! 저는 무엇보다도 감정의 해방부터 어드랴 합니다. 순일하고 자유스러운 감정을 가지고 살려고 합니다.”[38]라고 말하는 것은 이 작품이 보여주고자 하는 청춘의 이상이 남성에게만 국한된 것은 아니라는 점을 증명하고 있다. 작품 속에서 지순영이나 정마리아에 비해서 적은 비중을 차지하는 해정에게서 자아의 형성에 대한 관념이 두드러지게 나타난다는 점에 주목한다면 염상섭에게 자아 실현을 꿈꾸는 청년의 이상은 남성에 국한된 것이라고 하기 보다는 오히려 부르주아 청년들에게 제한되어 있는 것이라는 추측을 가능하게 만든다.

『사랑과 죄』에 대한 가장 주목할 만한 연구라고 할 수 있는 이보영의 논의는 이 작품의 중심적 주제를 염상섭의 난세의식으로 인한 식민지적 조건의 투쟁적 극복이라고 보고 있으며, 그렇기에 이해춘의 인간관계가 김호연을 중심으로 한 저항세력의 활동과 밀접하게 얽히게 되는 과정을 살피는 것이 중요하다고 지적한 바 있다.[39] 그러나 그러한 지적은 『만세전』에서 이인화가 식민지 현실의 발견을 통해

37) 염상섭, 앞의 책, 248쪽.

38) 위의 책, 261쪽.

39) 이보영, 앞의 책, 283쪽.

현실 극복의 의지를 구현하고 있다고 보는 관점이 그런 것과 같이 일면적인 것이다. 그것이 일면적인 이유는 무엇보다도 이 작품에서 이해춘과 지순영의 사랑이 갖는 의미를 파악하는 것이 중요하기 때문이다. 지순영의 혼담에 대해서 김호연은 "한 계집이나 한 사나희의 사랑이란 것이 진리보다도 진리를 위한 사업보다도 더 굿세인 것—더 소중한 것이라는 망상을 물리칠 용긔가 잇거든 내 말대로 하시오."[40]라고 충고하고 있다. 그러나 순영이는 "사랑의 물결이 어대서 든지 고비처 올 것을 소녀다운 민감(敏感)으로 깨닷고 잇"고 "불 가튼 애욕(愛慾)이 남보기엔 잔잔히 흘으는 듯한 푸른 힘줄 미테서 숨겨워"[41] 하는 것을 느끼고 있다. 이후로 작품의 서사는 김호연이 제시하는 '진리의 사업'의 전개를 향해 나아간다고 하기 보다는 그것을 둘러싸고 벌어지는 이해춘과 지순영의 사랑의 서사를 중심으로 나아간다고 보는 편이 옳을 것이다.

2) 연애와 주체성의 비준

염상섭은 1925년『조선문단』'칠월특대호'에서 기획한「제가(諸家)의 연애관」이란 특집에 응하여 쓴 글인「감상과 기대」에서 자신의 연애에 관한 생각을 발표한 바 있다. 이 글에서 그는 당대 조선의 연애의 유형을 연애지상주의자, 이혼직접행동자, 자유연애를 제창하는 이상주의자, 완고부정론자의 네 가지로 분류하고 이들 각각에 대한 자신의 생각을 전개하고 있다. 이 중에서 먼저 연애지상주의자에 대해서는 "어쩌한정도의자각을가지고 충분한체득과 명민한반성으로써, 늘

40) 염상섭, 앞의 책, 95쪽.

41) 위의 책, 96쪽.

그순화와 인격적향상에노력하야간다하면, 완전에갓갑고 인생의행복을 엿볼것이다"[42]라고 말하고 있으며, 자유연애를 제창하는 이상주의자에 대해서는 "교양잇고 사려잇고용기잇스며, 물질, 정신으로자립자율력이잇는남녀끼리는 가능하나, 그외에는 이론으로—이상으로 숙제가 되고말것이다."[43]라고 말하고 있다. 그러나 이 네 가지 경우가 공히 '물질문제'와 관련을 지니는 것이어서, "인류의생활이 물질의노예인 비참한디경에서해방되지안코는"[44] 그 자체로 온전한 의미를 지닐 수 없으며, 그러기에 연애문제는 '사회문제'의 중요한 지점을 점하게 되고, 사회운동과 보조를 함께하게 될 것이라고 평가하고 있다. 이 글의 결론은 세상의 연애 결신병자들이 '자기생명의 고귀함'을 알아야 하며, 일세를 풍미하는 성적 퇴폐적 경향과 그 타락은 오직 그네들의 "教養向上"으로만 겨우 구제될 수 있다는 것을 깨달아야 한다는 계몽적 훈계로 끝나고 있다. 이상이 염상섭의 연애 문제에 대한 '객관적 관찰'인데, 연애의 문제를 교양과 계급의 문제로 바라보는 그의 시각은 그의 소설에 대한 분석에 있어서도 중요한 통찰의 지점을 제공한다.

그러나 위에서 살핀 「감상과 기대」라는 글에서 보다 중요한 대목은 그의 '주관적 관찰'이 전개되는 부분이라고 판단된다. 여기에서 그는 연애와 개성의 관계와 그것이 갖는 자기형성의 힘에 대해서 주목할 만한 주장을 펼치고 있다.

독이성이란 개성을 이름이요, 개성이란 자기생명의울림이다. 그럼

---

42) 염상섭, 「感想과 期待」, 『조선문단』 1925년 7월, 3쪽.
43) 위의 글, 4쪽.
44) 위의 글, 6쪽.

으로 우리가 예술에대하야 요구함과가티, 인생을통하야—더구체적으로말하면, 애인될사람을통하야 대자연의위대한책임=즉큰생명의크고적은파동의「리즘」을엿보고, 그영성의 아름다운과신비로움과 또한그오묘한활동을 체득함으로말미암아, 커다란생명의흐름과 포옹하고 합류되고 그에동화되어, 그큰생명속에서 자신이헤엄을치고 자신의 영성속에서 큰생명의키가 울리어, 일대씸포니를 듯게될제, 우리는 비롯오 그상대형상즉애인될사람의생명속에서자기를발견하는 것이다. 그리하야 이것이 건전하고완전한주관의세계를전개식힐제, 우리는 거긔서 또한 자기의독이성을 발견한다.

상대형상내의자기발견의 깁븜! 이것이 강조되면 그야말로 신성한 연애에 끌고간다. 그리고 연애는예술화한다. 우리가 만일 보담더 나흔 생활—보담더향상된생활을욕구하며, 또그욕구가 필경은 창조적생활을 의미한다하면, 여긔서 우리는 연애생활도 예술화한생활이되는것이다. 그리하야 고귀한인격적완성을 얻는것이다. 생명력의활약의 정점에달하는것이다.[45]

인용한 대목에서 연애가 상대의 형상을 통해서 자기를 발견하는 과정이라는 생각은 주목할 만하다. 물론 연애가 자기발견과 인격적 완성의 매개가 된다는 그 생각은 염상섭 개인의 것만은 아니다. 이것은 당대 조선사회에 유행했던 연애의 관념과 관련이 많다. 당대에 많은 관심을 끌었던 엘렌 케이의 사상은 당시에도 요약되었듯이 영혼의 성장과 개인의 행복에 제일가는 요건이라는 자리에 '사랑'을 놓음으로써 개인과 사회, 남자와 여자, 부모와 자녀 사이의 관계를 근본적으로 재편할 필요를 주장하는 것이었다.[46] 이 연애라는 관념은 근대의 다른 많은 관념들이 그러한 것처럼 서양의 관념에 대한 일본의 역어로서 성립된 것이다. 1880년대 후반에 영어의 'love'와 프랑스어

45) 위의 글, 7쪽.

46) 권보드래, 「연애의 형성과 독서」, 『역사문제연구』 7호, 2001 참조.

'amour'에서 번역되어 채택된 새로운 어휘였던 '연애'란, 보다 정신적이고 깊이 있으며, 남성과 여성의 더 높은 가치가 부여된 성숙한 관계를 의미하는 것으로 이해되었다. 연애의 이데올로기는 기독교 교육을 받은 메이지의 젊은이들에게 근본적으로 간직되어 유행하였던 것을 의미하였고, 그것은 문학적인 연애의 이상에 의해 추동되고 강화되었다.[47] 그러나 낭만적 사랑의 역어로서 성립하였던 연애에 대한 일반론을 염상섭이 되풀이하고 있는 것에 지나지 않는다고 할지라도, 그것이 염상섭의 '주관적'인 관점으로 발화되고 있다는 것은 중요하다. 그것은 연애를 통한 인격의 성장이라는 이상이 그의 작품인 『사랑과 죄』의 심층 주제가 되고 있기 때문에 그러하다.

물론 염상섭이 다루는 사랑에서 문제적인 것이 남녀 간의 결합을 만들어내는 현실적이고 심리적인 구조의 역학[48]이며, 그에게 있어 연애 관계는 필연적으로 가부장제의 이데올로기와 부딪힐 수밖에 없는 만큼 가장 구체적이면서 현실적인 문제[49]임을 이해하는 것은 중요하다. 루만이 지적하고 있듯이, 매체로서의 연애란 그 자체로 감정이 아니라 의사소통의 코드이다. 연애의 의미론은 상징적 매체와 사회적 구조 사이의 이해를 제공한다.[50] 특히 20년대에서 30년대 초반에 이르는 염상섭의 장편들은 당대의 문화적 체계로서의 '성'과 '사랑'이라는 풍속에 대한 염상섭의 이해를 뚜렷하게 보여주고 있다는 점에

---

47) Tomi Suzuki, 'Love, Sexuality, and Nature', *Narrating the Self*: Fictions of Japanese Modernity (Stanford, Califonia : Stanford University Press, 1996) pp.74-76.

48) 서영채, 『사랑의 문법』, 민음사, 2004, 132쪽.

49) 김경수, 「염상섭의 초기 소설과 개성론과 연애론」, 『어문학』, 제77호, 2002, 229쪽.

50) Niklas Luhmann, *Love as Passion : The Codification of Intimacy*, tr. by Jeremy Gaines & Doris L. Johns, Cambridge, Mass. : Harvard University Press, 1986, p.20.

서 주목해야 한다. 기든스의 지적처럼, 연애가 성(gender) · 계급 · 경제적 수준 등과 같은 외부적인 영향력에 의존하지 않고 그 자체의 내재적인 속성에 따라 유지되는 순수한 관계(pure relationship)에 기반하는 것이라면[51] 당대의 조선에서 유행했고, 그리고 염상섭이 비판적으로 바라보았던 연애는 결코 순수한 방식으로 존재하지 않았다. 여기에는 낭만적 사랑이 식민지 조선의 사회문화적 조건 속에서 지니는 특징이 개입되어 있다는 짐작을 가능하게 해준다. 그러므로 『사랑과 죄』에 나타나는 특정한 사랑의 양태가 어떠한 현실적인 모순들을 드러내고 있는가에 주목하면서, 또한 그것이 어떠한 방식으로 자아 실현의 매개가 되는가를 살피는 작업이 필요하다.

『사랑과 죄』의 서사는 남대문에서 남산으로 올라가는 조선 신궁의 신작로의 거리 풍경을 보여주는 것으로 시작하고 있다. 을축년 대홍수 직후의 식민지 수도를 함축적으로 제시하고 있는 이 장면이 일제의 식민화에 대한 비판적 시각을 보여주는 상징적 의미를 갖는다는 지적[52]은 이 작품에 대한 선행연구의 통념으로 기억할 만하다. 그러나 그 속에 구현된 역사의식이 작품 전체를 통어하는 하나의 의미있는 시각으로 유지되고 있는가는 고려의 대상이다. 서술자의 시각은 이 장면을 통해서 홍수에 무너진 용산 인도교를 구경하러 가는 '불상하고 가엽슨 백성'들 속에서 덕진이라는 인물에게 초점을 맞추고 있다. 그리고 그 초점은 다시 덕진의 누이인 순영에게로 이동한다. 그녀

51) 앤터니 기든스, 『현대사회의 성 · 사랑 · 에로티시즘』, 배은경 · 황정미 역, 새물결, 1996, p.26.

52) 정호웅, 「식민지현실의 소설화와 역사의식」, 『염상섭 전집 2』 해설, 463-464쪽 ; 김경수, 「식민지의 삶의 조건과 윤리적 선택」, 『염상섭 장편소설 연구』, 일조각, 1999, 47-49쪽 ; 김병구, 「염상섭의 『사랑과 죄』론」, 『어문연구』 제31권 2호, 2003, 293쪽.

는 오라비인 덕진에게 돈을 뜯기고 남대문 문루 밑에서 성병에 걸린 젊은 거지의 추악한 몰골을 목격한다. "세상이란 웨 이리두 더러운구?"라는 독백은 오라비와 거지 둘 다를 향한 것이면서, 또한 자신의 부정한 어머니를 향한 것이기도 하다. 그러므로 "대관절 남녀의 그 짓이란 무어람? 에이 더러워! 그러기로서니 사람이 엇더캐 되면 부끄러운 줄도 모르고 그 따위 짓을 하드람!"[53]이라는 탄식은 그녀의 자아를 억압하고 있는 가족과 성이라는 두 가지 대상을 향하고 있다. 특히 자신의 출생이 근원부터 부정한 것이었다는 자각은 억압적인 가족과 불결한 성이라는 두 개의 대상을 긴밀하게 연관시킴으로써 자아의 혼란을 가중시키고 있다.

서두의 장면에서 제기된 지순영의 자아의 혼란은 그녀가 호감을 지닌 이해춘이라는 인물이 등장하고 그와의 사이에 정마리아가 끼어들어 삼각관계가 형성됨으로써 더욱 가중되게 된다. 그러한 혼란을 난마와 같이 얽힌 미궁으로 만드는 것은 지순영에 대한 백만장자 류택수의 구애와 청년 변호사 김호연의 존재로 인한 사회 운동에의 연루이다. 그러나 이러한 미궁 속을 빠져나가는 길은 비교적 선명해 보인다. 이해춘과 지순영이 놓인 삼각 관계의 초점이 자아를 억압하는 가족의 문제와 자신의 욕망을 스스로 알지 못한다는 점에 있다면, 자신이 진정으로 욕망하는 바가 무엇인가를 분명하게 아는 것이 그들을 미궁에서 벗어나게 만들어줄 것이기 때문이다.

이해춘이 지순영에게 호감을 지니고 있으면서도 쉽사리 그녀에게 다가서지 못하는 것은 일차적으로는 자신이 결혼한 귀족의 신분이기 때문이다. "자긔의 안해가 설사 세상을 떠나서 순영이를 들여안칠 형

53) 염상섭, 앞의 책, 20쪽.

편이 된다손 치드라도 작위(爵位)와 문벌과 싸워야 될 일이 또한 해춘이의 정열을 부러 버리는 것이엇다."[54]는 서술자의 설명이 그러한 사정을 친절하게 전달해 주고 있다. 그러나 그가 지순영에 대한 정열을 적극적으로 표출하지 못하도록 만드는 보다 직접적인 이유는 정마리아의 존재 때문이라고 보는 편이 좋을 것이다. 그가 정마리아의 유혹을 쉽게 물리치지 못하는 것은 순결한 미인인 지순영에 대한 호감 이상으로 "육신의 애착이라는 것"이 지닌 "미묘한 힘"[55]이 크기 때문이다. 정마리아는 "젊은 남자의 풍부한 상상력과 갈망을 쑤슥여 내는 환락의 모든 장면이라든지 해춘이의 미술안을 만족시킬 만한 그 테격"[56]을 지닌 존재인 것이다. 그런 환상이 지니는 비밀스런 유혹의 힘은 좀처럼 벗어나기 어려운 것임을 해춘을 잘 알고 있다.

> 그 쑨 아니라 한편으로는 해춘이 자신도 자긔는 스스로 부끄러운 듯이 어대까지 부인하고 제 마음을 싸고 싸지만은 마리아의 육톄의 비밀에 대한 유혹을 그러케 용이히 물리칠 것 갓지 안핫다. 두 남녀의 관계가 첫 서슬이니만큼 쏘는 해춘이가 이 년 넘어의 금욕 생활에 꽤 시달인 뒤인 만큼 책격하면 머리에 떠올으는 새로운 경험과 비밀한 광경의 환상에서 버서나기가 어려운 것을 자긔 자신도 겁을 내이엇다.[57]

그러나 이해춘이 지닌 이러한 갈등이란 해결되기 어려운 문제는 아니다. 성적인 유혹을 쉽사리 뿌리치지 못하는 데서 온 이해춘의 망설임에 대해서 작가인 염상섭이 어떠한 해결책을 준비하고 있는지는

54) 위의 책, 196쪽.
55) 위의 책, 215쪽.
56) 위의 책, 239쪽.
57) 위의 책, 237쪽.

분명하다. 그는 이미 연애지상주의자와 이상주의자에 대해서 "어떠한 정도의 자각을 가지고 충분한 체득과 명민한 반성으로써, 늘 그 순화와 인격적 향상에 노력한다면, 완전에 가까운 인생의 행복을 엿볼 것이며", "교양과 사려와 용기와 자율성"을 갖춘 존재라면 능히 애욕에 빠져드는 위험으로부터 언제든지 벗어날 수 있음을 지적한 바 있다. 그러니 문제는 이해춘이 인격적인 향상과 교양을 갖추기를 기다리면 해결되는 것이다. 작품의 결말에서 순영과의 사랑이 성취되고 난 후, "아모 노력도 아모 희생도 아모 수양도 업이 이러한 행복을 사양치 안코 바다도 조흘 것인가?"[58]라고 해춘이 독백하는 장면은 이러한 전개의 자연스런 귀결이다. 그에게 필요한 성숙의 과제는 "다만 이러한 풍파를 격글스록에 순영이를 노처서는 아니 되겟다는 결심이 더 구더가고 사랑하고 사랑하야도 부족할 것 가튼 애욕이 깁허 가는 자긔 마음을 가만히 들여다볼 뿐이엇다."[59]는 자신의 내면을 돌보는 교양의 프로세스로 나타난다.

지순영이 지닌 문제 또한 이와 유사하다. 그녀는 백만장자이자 류진의 아버지인 류택수의 일방적인 청혼과 그 혼담을 어떻게든 성사시키려는 오빠 지덕진의 간계로 인하여 고통받고 있다. 그러나 "한때 유혹을 늣긴 것도 사실이오 집안 형편을 생각하면 딱하기도 하지만 그럿타고 계집이라면 사족을 못 쓰는 류가에게 팔려갈 자기라고는 끔에도 생각할 수 업섯다."[60]는 서술자의 변호가 잘 보여주듯이, 류택수와의 혼담은 그녀에게 큰 동요를 불러일으키지 못한다. 변변치

58) 위의 책, 380쪽.
59) 위의 책, 363쪽.
60) 위의 책, 98쪽.

못한 자신의 집안을 위해 돈에 대한 유혹을 느낀 것은 사실이나 그러한 가능성에 대해서는 이미 단념한 상태인 것이다. 문제는 그녀가 "두 남자를 자긔의 염통의 좌우에다가 매어달고 저울질을 하고 있다."[61]는 점이다. 그 두 남자는 이해춘과 김호연이다. 그러나 이러한 갈등 또한 진정한 삼각관계를 성립시키지는 못한다. 이해춘에 대한 그녀의 마음이 이성에 대한 연모의 정이라면, 김호연에 대한 그것은 "김선생의 사업을 위하여 일생을 고스란히 바칠 수 잇슬까?"라는 가짜 망설임에 불과하기 때문이다. 그러한 충동이 가짜인 것은 이해춘의 사랑을 받을 수 있는 확신의 부족으로 '위험과 불안'을 느낄 때, 그녀에게 일종의 도피처로 다가오는 것이기 때문에 그러하다. 그녀는 이미 해춘에게 보내는 편지에서 "사람은 언제든지 또 무슨 일에든지 <자긔>라는 것 <자긔의 행복>이라는 것을 니저버리고 생각할 수는 업는가 봅니다"[62]라고 고백한 바 있는 것이다.

이해춘과 지순영, 그리고 정마리아의 관계에서 편지는 특별한 기능을 지니고 있다. 위의 대목에서 지순영이 '자기의 행복' 운운하는 것에서 알 수 있듯이, 일상의 만남에서는 전혀 드러나지 않던 개인의 내면이 편지를 통해서는 원초적으로 드러나고 있다.[63] 이해춘 또한

61) 위의 책, 99쪽.

62) 위의 책, 73쪽.

63) 순영이 편지의 마지막 구절에서 "이러한 사정에 노힌 자긔자신이 원통합니다마는 엇지하는 수 업습니다. 다만 용서하야 주시기만 비옵나이다!"(73쪽)라고 말하고 있는 것은 주목할 필요가 있다. 자신이 책임질 필요가 없는 가족과 시대의 문제에 대해서 자기에게 죄가 있음을 고백함으로써 자신의 진정성을 드러내는 방식은 이미 『무정』에서 영채가 '죄인 박영채는 읍혈백배' 운운했던 편지를 통해 살펴본 바가 있는 고백의 양식이다. 한국의 근대 소설에서 여성 주체에게 부여된 자기 변호의 방식이 편지를 통한 죄의 고백으로 나타난다는 것은 별도의 고찰을 필요로 하는 주제이다.

'난생 처음'으로 여자의 편지를 받아본 후, "가슴 속이 까닭 업시 어수선하야지는 것"을 느끼고, "「내가 이 여자를 사랑하랴는 생각이 잇섯든가?」"[64]라는 질문을 스스로에게 던지게 된다. 이러한 맥락은 「편지」라는 소제목을 달고 있는 작품의 중반부에 이르면 더욱 뚜렷해진다. 이해춘이 정마리아와 지순영의 편지를 동시에 전달받는 장면이 그것이다. 정마리아에게서 온 '일본말'로 쓰여진 편지는 "계전(階前)의 실솔의 소리" 운운하며 시작해서 자신이 겪는 운명의 희롱에 대해 한탄하는 내용으로 이어지고 있다. 편지를 읽다가 만 해춘은 알 수 없는 불쾌감을 느낀다.

> 「이러한 것이 요사이의 남녀 간의 소위 <러—브레터>—(연서)의 투인가?」하는 생각을 하고는 엇전지 속이 근진근질하는 불쾌까지 늣겻다. 해춘이는 물론 이때까지 진정한 련애라는 것은 경험하야 본 일이 없섯다. 다만 그가 문학에 착념하는 동안에 지식뎍으로 자긔의 정서를 훈련하고 귀족뎍 긔분과 예술가다운 공상으로 련애를 꿈꾸어 본 일밧게 업다고 하야도 가하다. 그러타고 련애란 소설가가 공상으로비저내는 것이라고 생각하는 것은 아니나 이 편지가티 생명 업는 공소(空疎)한 글자나 말로 표시되는 그 속에서 인생을 좌우하는 사랑의 힘을 발견하리라고는 미들 수 업섯다.[65]

짐멜은 편지의 사회학에 대한 간명한 에세이에서 편지가 전적으로 주관적이고 개인적인 특성을 지니면서도 그 주관적인 것을 객관화시키는 형식적인 특징을 가지고 있다고 말한 바 있다. 이렇듯 순간적이고 주관적인 것에 지속적인 형식을 부여함으로써 실제적인 요구와 상황에 적합한 심리학적 기술로 이끌기 위해서는 발달된 문화라는

64) 위의 책, 73쪽.
65) 위의 책, 233-234쪽.

조건이 필요하다.[66] 1920년대의 조선에서 그러한 문화적 조건은 이식되고 번역된 것이었다. 해춘이 후에 마리아의 편지가 "전반은 노래가락가티 되고 후반은 녀학생 작문가티 된 것"[67]을 떠올리고 실소하였듯이, '일본어'로 쓰인 그녀의 편지의 진정한 저자는 그녀 자신이라기보다는 당대의 유행하던 번역된 연애의 담론이라고 보는 편이 옳을 것이다. 그러므로 그것이 생명이 없고 공소하다고 느끼는 해춘의 반응은 '연애 걸신병자들'에 대한 염상섭의 시각을 떠올리면 충분히 납득할 만한 것이다. 이에 반해 "가겟습니다. 그림을 그려 주십시요—사뢰올 말씀 이뿐이외다!"[68]라고 말하는 순영의 편지는 자신의 결백에 대한 단호한 표현으로 이루어져 있다. 그러므로 해춘은 그 편지에 대해 "로골적으로 순영이의 그림을 업새 버려라—그림을 치여 버려라고 하는 마리아의 말에 비하여 보면 여간한 차이가 아니엇다."[69]는 판단을 내리게 된다. 그 차이에 대한 감각은 이후 순영과 마리아에 대한 해춘의 감정이 어떠한 방향으로 종결될 것인가에 대한 암시를 담고 있다.

정마리아의 편지를 통해서 보여준 바와 같이, 그녀에 대한 서술자의 시각은 매우 냉소적이며 비판적이다. 그것은 시대에 앞선 예술가인 그녀를 "천재(天才)가 고향에 용납되지 못함과 가티 선각자란 매양 시대에 용납되지 못하는 것이다. …… 그러면 시대에 압선 자는 엇더한 사람이냐?"[70]라고 조롱하듯이 묘사하는 대목에서 여실히 드러나

66) 게오르그 짐멜, 「편지, 비밀의 사회학」, 『짐멜의 모더니티 읽기』, 김덕영·윤미애 역, 새물결, 2005, 195-199쪽.

67) 염상섭, 앞의 책, 238쪽.

68) 위의 책, 235쪽.

69) 위의 책, 236쪽.

고 있다. 염상섭 소설의 애정 서사가 열정의 배제에 기초하여 사랑과 일상의 현실적 결합을 추구하는 특징을 보여준다는 지적[71]을 염두에 둔다면, 마리아의 범죄 행각이 "다분히 공상적일지라도 자기파멸적일 만큼 강하고 탐욕한 사랑의 결과이기 때문에"[72] 가치를 지니고 있다고 해도, 그것이 함유한 강렬한 열정과 탐욕이 정당한 평가를 받지 못하리라는 것은 쉽게 짐작할 수 있다. 작품의 서술자가 "물질덕으로 생활보장이라는 것보다도 정신덕으로 신 긔축을 세워서 새 생활에 오늘부터 들어간다고까지 단단히 마음을"[73] 먹는 정마리아의 자기 변신을 향한 장면을 보여주기도 하고, "아비 업시 남의 눈칫밥 먹고 자라난 가련한 인생이다. 너의들은 게다 대면 상팔자다."[74]라는 한탄을 통해 그녀의 처지를 동정하기도 하지만, 서술자가 염두에 두고 있는 정마리아에 대한 단죄의 결말은 냉정하기 이를 데 없다.

이에 반해서 자신의 진정을 담은 편지를 전달한 지순영에 대해서 서술자는 "오늘은 순영이가 그림의 <모델>로 오는 것이 아니라 난생 처음으로 사랑하는 남자와 밀회를 하랴 오는 듯십허서 부끄럽고 겁이 나고 애처롭고 모든 사람이 자긔의 얼골을 치어다보는 듯십고 하야"[75]라고 말하며 그녀의 순정한 사랑이 성숙해 가는 과정에 대한 묘사로 서사를 이어간다. 순영이가 류택수와의 혼담과 관련된 간계로 인해서 그리고 어쩔 수 없이 말려든 사상 사건으로 인해서 고난을 겪

70) 위의 책, 223쪽.
71) 서영채, 앞의 책, 제3장 참조.
72) 이보영, 앞의 책, 296쪽.
73) 염상섭, 앞의 책, 326쪽.
74) 위의 책, 434쪽.
75) 위의 책, 242쪽.

어가는 장면들이 주목하는 것은 그녀가 지닌 순정한 마음과 자질, 바로 그것이다. 그녀가 숭고한 영혼을 지니고 있는 존재로 묘사되기 위해서, 그녀의 성숙은 작품의 서두에서 제기되었던 '추악한 성욕'을 긍정하는 방식으로 이어지지는 않는다. 그렇기에 정마리아가 함유하고 있는 '비밀한 광경'으로서의 애욕은 그녀에게 허용된 것이 아니다. 평양의 감옥에서 풀려나온 순영과 해춘이 경성으로 돌아오는 장면에서 "두 사람은 제각기 크나큰 비밀을 고이고이 씨서 넣고서 제각기 혼자 속으로 바르르를 떨엇다."[76]라고 묘사되는 그 '크나큰 비밀'의 내용은 정마리아가 전해줄 수 있는 '비밀한 광경'과는 차이를 지닌 것이다. 해춘은 그 차이에 대한 인식을 통해 마리아의 '비밀'을 거부하고 순영의 비밀을 공유함으로써 세상에 맞서서 두 사람이 가꾸어 가야하는 '비밀한 행복'을 얻게 된다. "그러나 그 유혹과 불안을 이기고 거긔에서 해방되어 갈스록 가장 자유로운 심경이 전개됨을 딸하서 동정과 경외에 가득한 애욕이 차차-차차 승화하야 가는 상태이엇다. 이것이 진정한, 그리고 순결한 첫사랑인 줄은 어찌 자긔 자신인들 알앗으랴"[77]라는 서술은 그 관계의 한 절정에 대한 증언이다. 한 주체가 사랑 속에서 '주체성의 절정'에 서게 되며, 이 쾌락과 욕망 속에서 성장한다면,[78] 이러한 비밀의 공유는 해춘과 순영의 성장을 예고하고 있다.

기든스는 낭만적 사랑이 개인의 삶에 어떤 서사의 관념을 도입한다고 말하면서, 그것이 어떤 개인적 서사 안에 자아와 타자를 삽입하는 그러한 이야기를 이룬다고 말하고 있다.[79] 낭만적 사랑을 통해서

76) 위의 책, 346쪽.
77) 위의 책, 346-347쪽.
78) 줄리아 크리스테바, 김영 역, 『사랑의 역사』, 민음사, 1995, 16쪽.
79) 기든스, 앞의 책, p.84.

개인들이 행복을 추구하려는 충동과 내적 탐구에 대한 열정, 자아발전의 기나긴 여정을 시작하려는 욕구가 구현되기 시작하는 것이고, 그것은 개인의 자아실현이 공동체의 요구보다 중요해지기 시작했음을 의미한다.[80] 이해춘은 순영과의 사랑을 통해서 자신을 오랫동안 얽어매던 귀족 작위를 반납할 결심에 이르게 되고 이로써 자신의 정체성을 형성하기 위한 여정을 준비하게 된다. 지순영은 가족과의 결연한 단절을 통해서 자아의 욕망에 다가서는 길을 연다.

> 순영이는 숨이 훅 꺼진 듯이 문 미테 그대로 얼어부텃다. 백랍 가튼 그 얼굴은 영원한 활동의 상(活動之相)이오 또한 영원한 정지의 상(靜止之相)이엇다. 제군은 미인의 절망한 얼굴을 보앗는가? 또한 미인의 노긔등등한 얼굴을 상상할 수 잇는가? 순영이는 그 절망과 노긔를 한꺼번에 그 불출세의 미모에 찰나뎍으로 새기엇다. 그러고 그 마음에 잡된 티끌이 석기지 안흔 것은 이 여자의 숭고(崇高)한 영혼이 보는 자에게 위대한 힘으로 수결이라는 감화를 무의식간에 주게 하는 것이다. 또 그 찰나(刹那)의 상(相)을 포착하는 자는 거긔에 영원한 생명을 가진 예술미(藝術美)가 실재한 것을 감격하리라.[81]

인용한 장면은 평양에서 돌아와 여관에 머물고 있는 이해춘과 지순영의 거처를 지덕진의 일파가 습격했을 때, 순영이 보여주는 반응에 대한 서술자의 인상적인 묘사이다. 서술자가 사건에 이례적으로 깊이 개입하고 있다는 느낌을 주는 이 묘사는 작품의 서두에서부터 이해춘이 그리고 있는 그림이 지순영의 초상화라는 점과 관련해서 파악할 때, 하나의 상징 이상의 깊은 의미를 갖는다. 예술가가 미의 창조를 통해 자기를 창조하야 나가는 것이고 그것을 바탕으로 예술

80) 재클린 살스비, 박찬길 역, 『낭만적 사랑과 사회』, 민음사, 1985, 24-25쪽.
81) 위의 책, 359쪽.

과 도덕이 합치되는 것이라는 이해춘의 예술관은 순영의 '찰나의 상'을 포착하는 것을 통해 완성에 이르고 있다. 그 완성의 장면은 또한 지순영의 자아 인식의 순간을 의미하는 것이기도 하다. 한 개인이 사랑이나 친밀한 관계를 통해서 찾으려 하는 것이 무엇보다도 자기 초상의 비준the validation of self-portrayal이라는 것[82]을 이 장면 이상으로 잘 표현하기는 어려울 것이다. 한 개인의 고유한 개인성의 형성으로서의 자기 초상이 사회적 통제로부터 자유롭다면, 다시 말해 그것이 어떻게든 우발적으로 만들어진 것이라면, 특히 그것은 사회적인 토대를 필요로 한다. 개인이 그 자신의 고유한 '자기 표상'을 일상생활 속에 등록한다는 점에서 개인의식의 발단은 근대적인 삶의 조건 속으로 적지 않게 뿌리를 내린다. 자기 초상의 비준이 친밀한 관계를 가능하도록 만들기 위해서는 학습되고 훈련되는 과정이 필요하다.[83] 자기 표현과 자아 각성에 관한 서사의 핵심을 제공하는 연애의 서사는 그런 맥락에서 교양의 서사 속으로 합류한다.

3. 부르주아의 자기부정과 문화의 사명

1) 문화의 체제로서의 법과 계급

『사랑과 죄』에는 그 제목이 상징하는 것과 같이 사랑의 영토 외에도 법과 관습의 영역이 인물들의 일상생활을 규제하는 하나의 중심으로 자리하고 있다. 김호연으로 인하여 연루되게 된 사회운동과의

82) Niklas Luhmann,, op.cit, p.165.

83) Ibid.

관련이 이해춘과 지순영을 끊임없이 죄의 영역으로 포획하려는 기도를 멈추지 않고 있으며, 정마리아의 자기 파멸은 결국 법의 심판을 받음으로써 종결되게 된다. 뿐만 아니라, 이해춘의 여동생인 해정이가 김호연에게 관심을 갖게 되면서, "이 경우에 반기어야 조흘지 안반기는 것이 죄인지 알 수 업섯다."[84]라고 말하는 것에서 단적으로 드러나듯이, 인물들이 끊임없이 부정하려고 하는 사회적 관습의 영역 또한 '죄'의 이름으로 그들을 위협하고 있다. 법의 영역이 시민 사회와 일상생활에 확대된 양상을 탐구하는 것이 교양소설론의 중요한 주제 중의 하나라면,[85] 『사랑과 죄』의 심층에 놓인 의미를 이해하는 데 있어서도 사정은 그러하다. 이 작품에서 법의 영역은 한편으로 보편적인 교정의 역할을 정당하게 수행하는 것이면서 다른 한편으로는 주인공들의 정당한 활동을 규제하는 억압의 역할을 담당하고 있다.

근본적으로 그러한 상황은 "혼혈성 또는 잡종성과 그로 인한 인물들의 운명적인 정체성의 위기를 일종의 식민지 조선의 근본적인 문제 상황으로 설정"[86]한 작품의 관점과 관련이 있을 것이다. 그러한 문화적인 조건은 개인이 사회 속에서 자신의 위치를 발견하는 것을 진정으로 문제적인 것으로 만든다. 개인의 사회화가 법의 이념과 실천이 지시하는 기본적인 가치들을 통해서 정당화되지 못한다면, 그것은 위태로운 상황 속으로 빠져들 수밖에 없기 때문이다. 그것은 관습과 법의 규제로부터 벗어나 개인의 자유를 추구하는 것이 근대적 삶

84) 염상섭, 앞의 책, 255쪽.

85) Franco Moretti, *The Way of the World : Bildungsroman in European Culture* (London : Verso, 1987.) p.209.

86) 김경수, 「식민지의 삶의 조건과 윤리적 선택」, 김종균 편, 『염상섭소설연구』, 국학자료원, 1999, 83-85쪽.

의 요구에 답하는 것이라는 점을 누구보다도 잘 알고 있는 염상섭의 인물들이 놓여진 역설적인 상황이다. 그들의 삶의 진실을 증명해야 할 사랑과 윤리적 태도의 선택이라는 문제는 사회의 법정이라는 무대 속에서 변론되어야 할 것으로 규제되고 있다. 이인화에게는 끊임없이 감시의 시선이 따라다니고, 이해춘과 조덕기는 사상의 문제로 인하여 수시로 경찰서의 호출을 받아야만 하는 상황에 처한 것이다. 자유민주주의적인 문명의 가장 기본적인 기대 중 하나인 욕망, 즉 법의 영역이 확실하고 보편주의적이며, 교정과 통제의 메커니즘을 지니고 있어야 한다는 욕망[87]은 그들에게 허용된 것이 아니다. 만일 그들이 그러한 문명에 대한 욕망에 충실했다면 『사랑과 죄』는 『무정』의 결말이 그러한 것과 같이 해춘과 순영이 동경으로 떠나는 해피엔딩으로 끝나야 했을 것이다. 그러나 순영의 동경행이 좌절되고 법의 영역을 피해 두 사람이 만주로 떠날 수밖에 없는 것은 바로 식민지 근대의 속박이 작용하였기 때문이다. 식민지 조선의 화가인 이해춘은 자신이 그린 순영의 초상화를 일본의 미술전람회에 보냄으로써 사회적인 인준을 받으려 한다. 앞 장에서 살핀 것처럼 개인이 자신에게 주어진 소명에 충실하는 것이 사회의 공공선의 증진에 기여한다는 그의 신념은 예술에 대한 헌신을 정당화한다. 그러나 그러한 정당성 또한 식민지의 속박에서 자유로운 것은 아니다. 그가 작품을 출품한 '동경미술전람회'가 국가가 보증한 미술이라는 권위의 틀 안에서 국가가 추구하는 문화적 동일성의 근거로 작용한 제도적 장치였다면,[88] 그의 예술적 자율성의 가치는 훼손될 수밖에 없는 것이다. 조선에 대

87) Franco Moretti, op.cit. p.213.

88) 吉見俊哉 外, 『擴大するモダニティ』, 岩波書店, 2002 ; 김병구, 앞의 글에서 재인용.

한 미적 지배의 상징적 인물이라고 할 수 있는 심초매부에 대해서 "아모 욕망도 고통도 업는 양이 젊은 사람에게는 부럽기도 하나 자긔네와는 딴 세상 사람 갓기도 하얏다."[89]고 느끼는 이해춘의 심사는 그런 맥락과도 관련이 있다.

"국경과 인종과 전통과 디위와 로소를 초월한 사람의 본심의 소리"[90]로 자신들의 처지를 동정할 줄 아는 그 인물에게는 염상섭의 지인이었던 야나기 무네요시의 그림자도 투영되어 있음은 물론이다. 일본 다이쇼기의 담론이 '세계'가 바로 '식민지' 지배로 현재화하고 있다는 사실을 무시하고 이상화된 '세계'를 추상적으로 그 주제로 삼고 있다면,[91] 다이쇼의 문화주의적인 담론으로부터 영향을 받은 염상섭은 그 추상적 보편주의에 대한 모순된 신념을 결코 폐기하고 싶지는 않았을 것이다. 그러한 모순은 그 자체로 미적인 것이 지니는 모순적 본성이기도 하다. 인간의 도덕적 자유는 결코 물리적인 것에 대한 불가피한 종속에 의해 폐기되어서는 안 된다라는 실러의 미적 이상에 대한 선언[92]은 염상섭 스스로도 믿고 싶은 미학의 이데올로기였을 것이다. 그 이상은 사회의 통일은 규제에 의해서 입법화되는 것이 아니라, 미적으로 변혁되거나 이데올로기적으로 재구성된 시민 사회로부터 산출되어야 한다고 말한다. 미적인 것은 부르주아 사회를 위한 결실 있는 인간 주체의 이데올로기적 모델을 제시하는 한 편으로 그 사회를 가늠할 수 있게 해 주고 그 사회에 심각하게 결여되어 있는

89) 염상섭, 앞의 책, 366쪽.

90) 위의 책, 363쪽.

91) 하시미 시게히코, 「'다이쇼적' 담론과 비평」, 가라타니 고오진 외, 송태욱 역, 『근대 일본의 비평』, 소명출판, 2002, 171쪽.

92) 테리 이글턴, 방대원 역, 『미학사상』, 한신문화사, 1995, 122쪽.

인간적 능력들에 대한 비전을 내놓는 것이다.[93)]

염상섭이 주목한 것은 바로 그 능력을 결여하고 있는 조선의 토착 부르주아들의 비루한 현실이다. 『사랑과 죄』에서 심초매부의 입을 통해 "당신네들은 <정말 조선>이 어쩌한 것을 아시오. 지금 조선은 <틔기>입넨다."[94)]라는 질책으로 나타나고, 『삼대』에서는 일본인 순사부장을 통해 "조선이 오늘날 왜 이렇게 되었소? 모두 당신 같은 늙은이 때문이 아니오? 그 큰일났소! 난 이 덕기 군이 가엾소."[95)]라는 훈계로 나타나는 준엄한 타자의 시선은 염상섭 자신이 내면화한 시선이었던 것이다.

식민지의 무의식은 남성 주체에 의한 타자로서의 여상에 대한 억압이라는 맥락 또한 지니고 있다. 『사랑과 죄』의 서사에서 정마리아와 지순영이 서술자에 의해 극단적으로 대립되는 이미지로 표상되고 있으나, 남성 주체의 시선에 의해 구성되고 표상된 존재라는 점에서 동일한 위치를 부여받고 있다는 지적[96)]은 기억할 만하다. 지순영의 장래에 대해서 "직업부인을 맨들 필요도 업고 장래에 내노하서 벌어먹지 안흐랴면 의학을 배운댓자 썩일 것이라는 귀족뎍 생각"[97)]은 이해춘의 주체적 위치가 갖는 입장에 대해 증명해 준다. 그러나 그에게 그런 주체위치의 모순에 대한 자각이 완전히 부재하는 것은 아니다. "해춘이는 무의식한 귀족뎍 감정으로 <지원용>이라고만 불르다가 죽은 사람이라 할지라도 장래의 장인이라는 생각을 하자 씨자를 놓

93) 테리 이글턴, 앞의 책, 125쪽.
94) 염상섭, 앞의 책, 309쪽.
95) 염상섭, 『삼대』, 동아출판사, 1995, 533쪽.
96) 김병구, 앞의 글, 298-299쪽 참조.
97) 염상섭, 『사랑과 죄』, 앞의 책, 408쪽.

았다."[98]는 대목은 그의 내면에 자리잡은 귀족적 의식의 잔여물이 서서히 사라져 갈 것임을 암시한다. 그가 감금에서 풀려나오자 '작위반상의 수속'을 먼저 마치는 것은 자신의 계급에 대한 부정을 통해서만 새로운 문화를 만들어갈 수 있다는 자각의 반영이다. 앞 장에서 살펴보았듯이 그 변신은 사랑을 위한 자기 변신을 꿈꾸는 낭만적 주체의 모습이기도 하였다. 『삼대』에서 사랑에 대한 서사가 건조해지고 돈을 둘러싼 욕망의 암투로 서사의 중심이 이동하는 것에 비추어 본다면, 염상섭의 정치학은 낭만적 사랑의 영토를 지나 일상성의 세속적인 공간 속으로 빠르게 움직여 간 것으로 이해할 수 있다.

2) 부르주아의 자기부정과 문화의 사명

부르주아 사회를 위한 결실 있는 인간 주체의 이데올로기적 모델을 제시하는 것은 염상섭이 그의 장편들을 통해서 추구한 가장 중요한 주제의 하나이다. 인간의 주체적인 힘을 풍요롭고 전면적으로 발전시키려는 그런 이상은 부르주아지 이전의 전통적 휴머니즘의 교양 이념으로부터 발원한 것이다. 근대적 통일 국가의 기초를 세울 수 없었던 독일 시민이 구사회의 붕괴와 더불어 파편화된 인간이 되어버린 시대의 산물이 '교양개인주의'라면,[99] 염상섭의 인물들 이상으로 교양의 개인주의를 구현하는 인물은 찾기 어렵다. 염상섭 스스로 내면화한 그 교양의 이념과 미적 사유는 개인주의의 닫힌 내면성을 벗어나 사회에 대한 시선을 확보하기 위해 분주히 활동하고 있다. 그것은 당대 조선의 기형적으로 균형을 잃은 부르주아 사회에 대한 신랄

98) 위의 책, 409쪽.
99) 김명순, 「교양소설의 본질」, 『독어독문학』 17호, 1981, 49쪽.

하고 준엄한 고발로 나타나고 있다. 사회에 미만해 있는 법과 욕망, 이성과 육체의 관계를 조명하고 그 갈등의 국면을 새롭게 부상하는 사회질서에 기여하는 쪽으로 개조하려는 염상섭의 노력은 『삼대』에 와서 한 정점을 이룬다. 그곳에서 욕망과 육체를 자각한 자아의 사랑을 향한 열정은 환상 속에서만 나타났다 부질없이 스러지고 마는 것이다. 이를테면, "참 정말 처자가 있는 남자를 사랑한다는 것은 죄인가? 불명예인가? 그러나 저편에서 너는 사랑을 거절한대도 나 혼자라도 마음으로 일평생 사랑할 자유가 있다고 하면 그때는 어떻게 할꼬?"[100]라는 필순의 독백은 자신을 부르는 덕기가 서로의 관계에 관하여 무슨 긴요한 이야기를 할 것이라는 불안한 기대를 담고 있지만, 그 기대는 무참하게 좌절되고 만다.

덕기는 필순에게 김병화와 결혼하여 가정을 꾸리라는 당부를 하지만, 그녀를 향한 스스로의 감정을 어떻게 통어해야 할 지 몰라 망설이고 있다. 그는 자신의 당부에 대해 필순이 보여주는 반응 속에 담긴 노여움에 놀라면서 그것이 "자기에 대한 어떤 호감이나 기대가 어그러진 데서 생긴 것이나 아닌가 하고 놀라우면서도 내심으로는 은근히 반가운 생각이 드는 것을"[101] 깨닫는다. 그리고 그는 병화와 필순이 자신의 권유대로 결합한다면 자기가 "일생의 처음이요 마지막일지도 모르는 마음의 상처를 고이 덮어서 가슴속에 넣어두고 평생을"[102] 살아갈 것이라는 예감을 한다. 덕기가 필순에게 이끌리는 자신의 마음을 애써 감추려는 것은 "그 사람을 위한다는 것보다 자기를

100) 염상섭, 『삼대』, 앞의 책, 466쪽.

101) 위의 책, 474쪽.

102) 위의 책, 484쪽.

위한 일"이고 그는 스스로를 '이기적'인 존재이고 '위선자'라고 생각하지만, 서사가 종결될 때까지 덕기와 필순의 관계에는 어떠한 변화의 가능성도 나타나지 않는다. 덕기의 관심은 자신의 마음의 동요를 돌보는 일보다는 자기를 끊임없이 호출하는 법의 영역과 자신의 계급의 운명에 대한 이성적인 탐구 쪽으로 더 기울어져 있기 때문이다.

> 르네상스(문예부흥) 이후에 하느님을 잃고 산업혁명으로 빵(밥)을 잃은 현대인에게는 그래도 싸워 뺏겠다는 의기도 있고 희망도 있다. 적어도 새로운 신앙을 얻었다. 그 신앙은 싸움을 시도하고 싸움 속에서 빵이 나올 것을 다시 신앙케 하였다. 그러나 아버지는 신앙과 빵을 차차 잃어버려 가는 도중에 있는 양반이다. 「……」 집의 아버지는 현대인도 아니었다. 몰락의 운명을 앞에 두고 화에 뜨니까 저러시는 것이다. 그것을 생각하면 도리어 가엾으시기도 하나 그것은 아버지 일개인의 운명만도 아니다. 전 유산계급인의 공통한 고통이다.[103)]

덕기는 할아버지 세대에 대한 비판적인 시각을 지니고 있으면서도 유산에 따라서 금고의 열쇠와 제사의 책임을 물려받고, 아버지 세대의 몰락의 이유를 분명하고 판단하면서도 그것을 자신이 속한 계급의 운명과 더불어 생각할 수 있는 존재이다. "덕기—이 사람은 금고지기이다. 그러나 금고지기로 늙지 않겠다고 보채는 서방님이니만치 그에게는 또 숨은 고통이 있겠지만"[104)]이라는 덕기에 대한 김병화의 시각이 분명히 드러내 보여주는 바와 같이, 또한 "그의 지체와 재산과 교양을 벗어 놓은 덕기란 사람만은 어디인지 모르게 아담하고 탐탁하고 언제 보나 반가운 것을"[105)]이라고 말하는 필순의 관점이 보여

---

103) 위의 책, 459쪽.
104) 위의 책, 407쪽.
105) 위의 책, 423쪽.

주는 바처럼 덕기는 자신의 신분과 직분에 충실한 것 만큼이나 그것을 넘어서는 인간 이해를 함양하고 있는 인물이다.

이보영이 지적하고 있듯이, 조덕기의 집안과 '산해진'이라는 공동체는 둘 다 집이 상징하는 유기적 전체성에 대한 그리움을 담지하고 있는 장소이다. "공동의 목적을 향한 인격적 결합체"106)로 평가되는 '산해진'의 존재는 작품 속에서 조덕기의 집안이 차지하는 것 이상으로 중요한 위치를 차지하고 있다. 그 공동체를 주도하는 것이 김병화라는 관점에서 본다면 '산해진'이라는 작은 공동체가 사회주의적인 전망으로 발전하여 갈 것이라고 보고 그것이 일제에 대한 저항적 중심으로 작동할 것이라고 보는 것이 가능하겠지만, 그러나 또한 그 공동체의 숨은 원조자가 조덕기임을 잊어서는 안 된다.

자아발전의 인간주의적 이상을 함양한 모더니스트 문화와 그것이 발생된 근대화된 세계의 부르주아 경제·사회 사이의 관련을 명확하게 파악하는 것107)이 근대성에 대한 원초적인 탐구의 중심에 놓이는 것이라면, 『삼대』가 주목하고자 하는 조선 사회의 근대적 성격에 대한 탐구도 바로 그러한 것이라고 볼 수 있다. "각 개인의 발전과 전체로서의 사회의 발전을 포함하는 자본주의 발전의 동력학에서 훌륭한 생활의 새로운 이미지, 즉 분명하게 완성된 생활이 아닌, 규정된 정태적 본질의 구체화가 아닌, 지속적이고 활동적이며 종결 없는, 무한한 성장의 과정을 발견하는"108) 것이 모더니스트라면, 조덕기와 염상섭은 그러한 의미에서 분명히 모더니스트라고 불려야 할 것이다. 그들

106) 이보영, 앞의 책, 352쪽.

107) Marshall Berman, *All that is Solid Melts into Air : The Experience of Mordernity* (London:Verso ; Harmonsworth : Penguin, 1988) p.90.

108) Ibid. p.98.

의 사회에 대한 탐구가 사회주의적 전망에 대한 동정 혹은 인정을 보여주고 있다고 해도, 무엇보다도 그것은 부르주아적 개인의 발전의 동력학이라고 이해되어야 하는 것이다.

염상섭이 주목한 부르주아적 개인의 동력학이 그들이 기반한 계급에 대한 철저한 자기부정으로 구현된다는 것은 흥미롭다. 『만세전』으로부터 『사랑과 죄』를 거쳐 『삼대』에 이르는 염상섭의 서사적 여정은 기든스가 "개인과 집단을 그들의 삶의 기회에 불리하게 작용하는 구속으로부터 해방시키는 것에 관심이 있는 일반적 전망"[109]이라고 정의한 해방정치의 기획과 다른 것이 아니다. 염상섭의 소설에는 계급의 분할에 대한 분명한 자각을 지닌 인물들이 중요한 역할을 담당하고 있으며, 주인공들은 그러한 인물에 대한 동정을 보여줌으로써 그러한 자각이 중요하다는 것을 인식하고 있다. 그러나 그들이 완전한 사회주의자가 되지 않는 것은 계급 분할이 아닌 다른 분할에 더 광범위한 중요성이 있을 수 있다는 문제를 자각하고 있기 때문이다. 거기에는 지배와 종속의 문제, 가문의식과 계몽의식의 몰락, 성의 대립과 연애의 출현, 금전을 둘러싼 천민적인 욕망의 발현 같은, 식민지 조선을 축약하는 온갖 욕망들이 출몰하고 있다. 그러한 현실의 세목들을 분명하게 기록하고 그것에 대한 전체적인 전망을 제시하는 것은, 근대적 개인의 자유로운 자아발전과 정체성의 형성에서 중요한 계기로 작용할 것이다. 또한 그것은 사회활동의 실존적 변수들을 근본적으로 성찰함으로써 자아실현에 관한 정치적 전망까지도 기획하고 근대적 개인의 내적 진정성을 발전시킬 수 있는 가능성을 추구할 수 있을 것이다.

---

109) 앤서니 기든스, 권기돈 역, 『현대성과 자아정체성』, 새물결, 1997, 334쪽.

제4장 김남천과 교양의 기획

1. 1930년대 후반 교양의 기획

1) 1930년대 후반과 새로운 교양의 요구

전통에 관련된 논의는 종종 위기에 대한 의식을 기반으로 삼는다. 전통에 대해 말하는 것은 단순히 과거를 되돌아보는 회고의 취미가 아니라 현실의 격동을 헤쳐나갈 새로운 사고의 근거를 과거의 유산으로부터 발견하여 주체의 존립을 재확립하고자 하는 의지의 소산이다. 그러므로 전통을 문제화함으로써 구성하고자 하는 주체의 모습이란 어떠한 것인가에 대해 질문하지 않으면 안 된다. 30년대 후반에 전통의 발견이 화두로 등장하고, 새로운 문학에의 요구가 언급되며, '교양'의 재검토와 함께 가족사 소설의 필요성이 대두되는 것은 주체의 문제와 무관하지 않다. 임화는 「본격소설론」에서 이광수 · 염상섭의 신문학과 이기영 · 한설야의 경향문학이 조선에서 소설양식으로서의 완성을 이루지 못하였던 것은, 개성의 가치를 알려줄 소설의 근대적 전통이 완성되지 않았기 때문이라고 말하고 있다.[1] 또한 '새로운 문학적 탐구에 기하여'라는 부제가 붙은 「사실주의의 재인식」에서 임화는 '레알리즘'의 발전과정에 대해 설명하며 "문학활동의 공동형태와 통일적 방향이 상실된 이후" 로맨티시즘이나 휴머니즘이 대두한 것은 "방향의 상실과 혼돈한 암중모색의 제요소가 반영"된 것이라고 말하면서 '레알리즘'의 재인식을 통해 새로운 방향을 찾으려는 노력을 보이고 있다.[2)]

30년대 후반의 조선문학이 찾고자 한 새로운 방향의 기획 중에서도 교양에 관한 논의는 주목할 필요가 있다. 이 시기를 대표하는 잡지인 『문장』과 『인문평론』은 각각 그 출발과 동시에 교양에 관한 중요한 논의들을 게재하고 있다. 이원조는 『문장』의 창간호에 실린 「교양론」에서 지식과 교양을 갖춘 인텔리겐차란 사회의 방관자가 아니라 직접적으로 사회에 대한 발언과 비판을 하는 존재라는 점을 강조한다. 그는 그러나 "近來에 와서 인테리겐챠가 사회에 대한 발언이나 비판의 길이 杜塞됨에따라"[3)] 대두하게 된 것이 지성론과 교양의 필요라고 말하고 있다. 그의 결론은 "우리가 이야기하려는 教養의 據點은 다른것이 아니라 바로 현대적 모랄 그것이라는 것"을 주장하며 "사회에 대한 개인의 양심"을 강조하는 것이다.

『인문평론』 제2호의 권두사는 「문화인의 책무」라는 제목을 갖고 있다. 이 글의 저자는 '사변에 대한 책임'이 당대의 문화인의 어깨 위에 놓여져 있음을 강조하면서, 사변에 의해 파괴된 구질서와 새롭게

1) 임화, 「본격소설론」, 『문학의 논리』, 학예사, 1940.
2) 임화, 「사실주의의 재인식」, 앞의 책.
3) 이원조, 「교양론－지성론의 발전으로서의」, 『문장』 창간호, 1939년 2월, 136쪽.

탄생될 신질서를 어떻게 조정하느냐의 문제가 중요하다고 말한다. 그는 "전체적인 문화의 운명에 대하야 개인의 책임과 운명에서 생각하는 것이 교양의 정신이다. 현대는 무엇보다도 개개인의 교양이 문제되는 시대이다."[4]라고 말하고 있다. 이 글의 저자로 추정되는 『인문평론』의 편집인 최재서는 『인문평론』의 특집으로 교양론을 마련하고는, 자신이 직접 「교양의 정신」이란 평론을 싣고 있다. 이 글에서 그는 "교양은 궁극에 있어서 개성에 관계되는 문제"라고 말하면서, "휴-매니즘이 그 근저에 있어서 인간적 가치의 옹호와 증진이라면 그것은 개인적 교양없이는 성립되지 않을 것이다"라고 말한다. 그는 영문학 전공자답게 매슈 아놀드의 교양논의를 소개하면서, "교양의 목표는 인간性의 자유롭고 조화러운 발달에 있"음을 강조하고 있다. 따라서 그의 논의는 인문주의 교육에 대한 강조로 이어지고 있다.[5] 교양의 정신이 결국 비평의 정신임을 강조하는 그의 논의는 권두언의 시각과 미묘하게 길항하고 있다. 만약 최재서가 권두언의 필자가 맞다면, 이러한 문제는 30년대 후반 조선의 지식계에 드러워진 식민주의의 어두운 그림자와 관련이 있을 것이다.

『인문평론』의 특집에는 최재서 이외에도 박치우, 이원조, 유진오, 임화 같은 당대의 비평가들이 등장하고 있다. 박치우는 「교양의 현대

---

4) 「문화인의 책무」, 『인문평론』 제2호, 1939년 11월, 3쪽.

5) 최재서, 「교양의 정신」, 『인문평론』 제2호, 1939년 11월, 24-29쪽. 최재서는 이 글의 모두에서 "才能은 孤獨속에서 길러지고/ 性格은 世界의 大河속에서 形成된다"는 괴테의 시를 인용하고, "이 詩에서 才能의 養成이란 두말할것도없이 敎養이다."라고 말하고 있다. 인문사의 의뢰에 의해 전작장편으로 기획된 『대하』의 제명은, 최재서도 주목한 이 시에서 취해진 것일 가능성이 있다. 또 다른 가능성은 김남천이 「청년 숄로호프」란 글을 통해 자신이 영향을 받은 작품으로 직접 거론한 바 있는 숄로호프의 『고요한 돈강』의 인유일 것이다.

적 의미」에서 교양의 의미가 역사적으로 변천을 겪어온 과정을 살피고는, 지금 우리 문화에 필요한 것이 휴머니즘적인 의미의 교양이 아니라고 주장한다. 그는 "우리는 모름직기 인간성의 개발이니 완성이니하는 막연한 이야기보담도 시대를 정당히 꿰뚫고 미래를 예견할수 있을 눈과 세계관을 준비해야 하며 이것을 위하여서 특히 역사의 구조와 방향에 대한 깊은 역사철학적인 교양을 무엇보다도 먼저 쌓어둘 필요가 있는 것이다."[6]라고 말한다.

이원조는 앞에서 살펴본 「교양론」에 이어서 「조선적 교양과 교양인」이라는 글을 발표하고 있다. 이 글에서 그는 '수신'으로 상징되는 동양의 교양에 대해서 언급하면서, 그것이 현대적 교양의 개념으로 정립되지 못하고 단순히 하나의 사교술로 전락하고 만 이유가 '인격의 자유를 인정하지 않은 점' 때문이라고 말하고 있다. 그는 영정조 시대의 실학 운동이 이러한 침체를 바로잡을 '지성의 갱생'이었다고 평가하면서, 완당을 동양적 교양인의 대표로 내세우고 있다.[7]

유진오는 「구라파적 교양의 특질과 현대조선문학」이라는 글에서 근대의 문화라는 것은 유럽의 근대문화를 의미하는 것이고, 그것의 기본정신은 '자아의 자각'과 '자아의 발전과정'이라고 말한다. 그는 현대 조선의 작가가 이 근대정신을 얼마나 자기의 것으로 체득했는가의 문제에 대한 질문을 하고는 "조선에는 그 씨를 키우고 개화식힐 지반이 성숙되어 있지 못했기 때문"에 일본의 근대 작가처럼 난숙한 근대의 정신 밑에서 찬란한 신문학을 건설하는 것이 가능하지 못했다고 지적하고 있다. 그는 근대정신에 철(徹)하지 못한 것에 현대 조선문

6) 박치우, 「교양의 현대적 의미」, 『인문평론』 제2호, 1939년 11월, 30-35쪽.
7) 이원조, 「조선적 교양과 교양인」, 『인문평론』 제2호, 1939년 11월, 35-40쪽.

학의 비극이 있다고 말하면서 근대문학의 역사적 전개를 간략하게 검토하고 있다. "이곳에 조선의 작가된 사람이 한층 근대정신의 체득—구라파적교양의 획득에 노력해야할 필요가 생겨나는 것이다."라고 말하는 그의 주장은 조선문학이 '자기의 자각'과 '리얼리즘의 정신'을 획득해야 한다는 것이다.[8)]

임화는 「교양과 조선문단」이라는 글에서 "교양에 대한 관심은 넓은 의미의 지식에 대한 요구를 수반하며, 그 근저에는 사회심리의 개성화에의 경향이 성장하게 된다."라고 말한 후, 몇 년 전에 문단에 교양논의가 일어난 점을 언급하면서, 작가들에게 교양을 요구하는 그런 경향이 "특히 경향문학말기에 이러난 것은 우리에게 흥미있는 것으로, 이유는 경향문학의 강한 이식성과 절대화된 객관성에 구할 밖에 없다."라고 분석하고 있다. 그는 조선의 신문학이 본래부터 이식성을 지닌 것임을 전제한 후, "그러나 경향문학에 있어서는 그 내용의 국제성 때문에 이 집단적주체성이나마 아주 포기되어 이식문화 그것을 이식문화라 생각느니 보다 오히려 자기를 외래문화에로 동화시켜 버릴랴고한 경향까지 있었다."고 말하고 있다. 임화에 따르면 교양의 논의가 제기되었던 것은 "전체로 이식성과 국제주의에 대한 반성이 이 시기의 한 성격이 되든 때문"이라는 것이다. 그리고 오늘 다시금 이 교양의 문제가 제기된다면, 그것은 "집단 대신 개성이 생의 단위가 된 시대에 적응한 성격의 이론이라 할수 있다."고 말하고, "그것은 우리의 사회나 문학이 한번도 완전히 시민적이되지 못했다는 특수성에서 오는 부족감의 충족욕이다."라고 부연하고 있다.[9)]

8) 유진오, 「구라파적 교양의 특질과 현대조선문학」, 『인문평론』 제2호, 1939년 11월, 41-44쪽.

위에서 살펴본 교양논의들은 '교양의 부재'를 당대 조선문학의 결핍의 주요한 요소로 상정하고 있다는 점에서 하나의 합의를 이루고 있다고 보아도 좋을 것이다. 그 결핍에 대한 구체적인 세목들은 조금씩 상이하고, 그것의 대안적 전망 또한 조금씩 다르게 제시되고 있으나 조선의 문학이 그 이식성으로 인하여 자아의 자각에 이르지 못하였으며, 사회에 대한 책임이나 역사적 의식의 확보, 혹은 시민적인 교양의 함양을 통해 위기를 벗어나야 한다는 데에 논자들은 의견을 같이하고 있는 것이다. 시민사회의 형성이라는 문제에 관해서는 김남천의 논의 또한 참조할 만하다.

> 서사시나 전설이나 로만스는 자기의 역사적 과거나 정치적 현재를 영웅화하고, 그것 가운데 자기의 운명의 최고의 설계를 인정코자 하는 인종이나 종족의 예술적 지향으로서 생겨났으나, 시민적 장편소설은 별개의 사회적 자각 밑에 별개의 사상적 요구에 답하기 위해 생겨난 것이다. 즉, 시민의 사상적 표현수단으로서 시민적 환경 밑에 생겨난 것이다. 그러한 환경, 그러한 사상이란 무엇일까. 그것은 인식된 개인주의였다. 이것이 장편소설을 장르로서 또는 양식으로서 형성시킨 본질적인 것이었다.[10]

김남천은 헤겔의 미학에 기대어 장편소설의 이념형에 대한 논의를 진행하면서, 그것이 시민의 사상으로서의 개인주의를 시민적 환경 밑에 추구하는 것이라고 정리하고 있다. 그리하여 시민사회의 모순이 심화되고 개인적 의식의 심각한 모순과 갈등이 유출될 때 장편소설이 시민사회의 서사시로 등장한다는 것이다. 이어서 그는 자신의 시

9) 임화, 「教養과 朝鮮文壇」, 『인문평론』 제2호, 1939년 11월, 45-51쪽.

10) 김남천, 「소설의 운명」, 정호웅·손정수 편, 『김남천 전집 1』, 박이정, 2000, 661-662쪽.

대를 전환기와 위기의 상황으로 인식하면서 자신을 비롯한 조선의 소설가가 나아갈 길에 대해서 이렇게 말하고 있다. "전환기를 감시하지 못하고, 시민사회가 남겨놓은 가지각색의 왜곡된 인간성과 인간의식과 인간생활에 눈을 가리면서 어떠한 천국의 문을 그는 두드리려 하는 것일까. 자기고발에 침잠했든 전환기의 일 작가가 안티테제로서 관찰문학을 가지려 하였다고 하여도, 그가 상망(相望)코자 한 것은 의연히 소설의 운명을 지니고 감람산(橄欖山)으로 향하려는 것임에 다름은 없었던 것이다."[11] 이는 곧 시민사회가 남겨 놓은 왜곡된 인간성과 인간의식과 인간생활에 대한 관찰로서의 소설이 자신이 짊어질 운명임을 선언하고 있는 것이다. 이는 또한 교양의 추구와 다른 것이 아니며, 『대하』를 비롯한 김남천의 소설이 그것을 증명하고 있다.

김남천은 「자기분열의 초극」이라는 글에서 자기분열과 향락을 넘어서는 문학의 전형으로 괴테의 예를 들면서, 그를 "개성의 반역과 사회에의 순응과의 간(間)에 능순(凌巡)하기를 거부"한 존재로 들고 있다. 김남천이 "개인에게 있어서는 귀속한다는 것은 오직 사회에 봉사하는 것만으로 되는 것이 아니라, 자기 자신에 대하여 봉사하는 것으로도 된다"고 한 괴테의 말을 인용하고 있는 것은 주체의 분열을 초극할 수 있는 생기 있는 문학적 전형의 한 예를 제시하는 맥락에서이지만,[12] 이는 또한 주체의 자기 결정과 사회화의 요구라는 갈등에 대한 해결책이 김남천이 고민하던 당대 소설의 문제와 다르지 않다는 것을 보여주고 있다. 두말할 것도 없이 이것은 당대의 조선 문단이 직면한 교양의 요구이며 교양소설의 맥락이다.

11) 위의 글, 669쪽.

12) 김남천, 「자기 분열의 초극」, 『조선일보』 1938.1, 『김남천 전집 1』, 앞의 책, 322쪽.

김남천은 일련의 장편소설 개조론에서 "풍속을 통해 전형을 묘사하고, 연대기를 가족사의 가운데 현현"시킴으로써 시대에 대한 인식을 강화하려는 시도를 보여주고 있다. 『대하』는 김남천이 그의 일련의 장편소설 개조론에서 강조하였던 바, '풍속을 통해 전형을 묘사하고, 연대기를 가족사의 가운데 현현시킨다'는 의도를 직접 창작으로 구체화한 작품으로 알려져 있다. 기존의 『대하』에 관한 연구들 또한 가족사소설 혹은 가족사 연대기소설의 맥락에서 작품에 접근하고 있는 것이 주류를 이루고 있다. 김동환은 30년대 후반기의 장편소설을 살피면서 이들 작품에 나타나는 풍속의 의미가 작품에 등장하는 인물들이 자신들의 삶과 성장의 계기에 필수불가결한 요소라고 할 수 있는 공동체적 체험을 구하는 대상이라고 지적하고 있다. 그것은 금기의 체계로서, 그리고 공동체적 이념의 구현으로서의 의미를 지니며, 현실의 힘에 의해 좌절을 겪은 30년대의 작가들이 현실과 대체될 수 있는 세계로 발견한 것이 개화기의 풍속이라는 것이다.[13)]

일급의 비평가이자 작가였던 김남천이 당대의 문학현실을 위기로 인식하고, 그 상황을 타개하기 위해 제출한 '로만개조론'과 『대하』의 창작의도는 그가 쓴 여러 논문을 통해 확인할 수 있는데, 그중 한 대목을 들면 다음과 같다.

> 풍속을 가족사로 들고 들어가면 우리 작가가 협착하게밖에 살펴보지 못하던 넓은 전형적 정황의 묘사가 가능할 수 있으리라고 생각한 때문이고 그것을 다시 연대기로 파악하자는 생각은 우리의 정황의 묘사를 전형화하고 그 묘사의 핵심에 엄밀한 합리성과 과학적 정신을

13) 김동환, 「1930년대 후기 장편소설에 나타나는 '풍속'의 의미」, 『한국소설의 내적 형식』, 1996, 183-191쪽.

보장하겠다는 심사이다. 다시 말하면 작가의 지적 관심을 높이겠다는 심사이다. 한편 우리가 현순간에서 발견하지 못하였던 발랄한 생기 있는 인물로 된 이데를 현세인의 형성 내지는 생성과정에서 잡아보려는 야심을 일으키어 현세인 그 자체에 대한 새로운 발견이 가능하지는 않을까. 그것을 희망하는 마음도 실인즉 없지 아니하다.[14]

인용한 대목에는 풍속이나 가족사, 혹은 연대기에 대한 김남천 자신의 생각이 드러나고 있는 바, 여기에서 풍속과 가족사에 대한 서술 이외에도, '현세인의 형성'을 통해 현세인 자체에 대한 새로운 발견을 이루어 보고 싶다는 의사를 피력하고 있는 부분은 주목할 필요가 있다. '발랄하고 생기 있는' 청년을 주인공으로 삼아 그의 자아가 형성되어가는 과정을 살펴보는 서사라면 그것은 교양소설, 혹은 성장소설의 양식이라고 할 수 있을 터, 실제로 『대하』에는 그것을 교양소설의 맥락에서 파악할 수 있도록 만드는 여러 가지 모티브들이 존재한다.

시대정신의 구현된 성격으로 발랄하여 전통의 파괴자, 가족계보의 이단자를 청소년에서 구하되, 서자 학도로 할 것. 이리하여 박성권의 3남, 서자, 19세의 박형걸이가 선발되었다.[15]

가령, 작가가 『대하』의 주요 인물 중 하나인 형걸에 대해 설명하고 있는 위의 인용에서, '전통의 파괴자', '가족계보의 이단자'로 하여금 시대정신을 구현하도록 하겠다는 의도는 앞에서 살펴본 "현세인의 형성 내지는 생성과정에서" 하나의 이상을 택하여, "현세인 그 자체에 대한 새로운 발견"을 시도해 보겠다는 창작 의도와 부합하는 측면이 있다. 특히 서자가 '가족 로망스'에서 차지하는 위치를 고려해 본

14) 김남천, 「현대 조선소설의 이념」, 『김남천 전집 1』, 앞의 책, 405쪽.
15) 김남천, 「작품의 제작과정」, 위의 책, 499쪽.

다면, 『대하』의 서사는 가족로망스나 교양소설의 측면에서 새롭게 읽혀질 가능성을 내장하고 있다는 판단을 내릴 수 있다.16)

프로이트의 '가족 로망스'가 알려주는 바에 따르면, 한 인간이 성장하고 발전하는 과정에서 반드시 겪어야 할 통과의례 중의 하나는 부모로부터 독립을 이루는 것이다. 사회의 발전은 아버지의 세대와 아들의 세대간의 반목을 통해 이루어지는 것이므로, 모든 아들들은 자신의 부모의 권위를 의심하거나 비난하게 되며, 자신을 정당화하기 위해서 스스로가 업둥이거나 사생아라는 생각을 갖게 되기도 한다. 말할 것도 없이 이와 같은 가족 로망스가 개인의 성장의 조건이 되는 상황은 근대적인 것이다. 한 개인의 신원이 생득적인 것이고 그의 정체성이 상속되는 안정된 공동체에서 아버지의 역할은 아들에게 고정된 질서를 부여하는 것이며, 그 질서에 복속할 것을 요구하는 것이다. 이러한 안정된 공동체에서 젊은이의 성장은 커다란 문제로 대두하지 않으며, 아버지의 권위는 도전 받지 않는다. 땅이나 자연에서 분리되어 있지 않으며, 한 치의 어긋남도 없이 통일되어 있는 시간의 힘과 이념적 생산성은, 순환성에 의해 제한되어 있다. 순환과 반복이 이 시간 안에서 일어나는 모든 사건의 특징을 이루며, 그러므로 이 시간 안에서의 발달은 진정한 '성장'을 달성하지 못한다.17)

젊음이 문제적인 것이 되는 것은 개인의 자아가 생득적 신원에 의해 결정되거나 상속되지 않으며, 개인이 끊임없이 스스로의 자아를

16) 천이두는 가족사 소설이 성장소설적 요소와 겹치는 경우가 많다고 지적하면서, 그 이유가 가족들 가운데 성년으로 접어드는 인물이 작품에서 중심인물로 부각되기 때문이라고 말하고, 『대하』를 성장소설의 관점에서 다루고 있다(천이두, 「성장소설의 계보와 실상」, 『우리 시대의 문학』, 문학동네, 1998).

17) 미하일 바흐친, 「소설 속의 시간과 크로노토프의 형식」, 전승희 외 역, 『장편소설과 민중언어』, 창작과 비평사, 1995, pp.408-412.

창출해내고 정당화시켜야 할 과제에 직면하게 되는 근대의 국면에 이르러서이며, 이러한 역동적 근대가 산출해낸 사회적 유동성에 의해 아버지의 권위는 도전 받게 된다. 근대적 주체를 구성하는 중요한 특질 중의 하나이자 고유한 성격인 '정치적 고아의식'은 가족 로망스를 통해 아비를 부정하고 스스로를 고아 또는 서자로 규정하는 근대 가족 로망스의 산물인 것이다.[18] 새로운 패러다임을 기호화하고 젊음을 삶의 가장 의미있는 부분으로 다루는 교양소설이 등장하는 것은 이러한 맥락에서이다. 김남천의 『대하』 또한 가족 로망스로부터 자유롭지 못하며, 그렇기 때문에 이 소설에서 가장 문제적인 인물은 박성권의 셋째 아들이며 서자인 박형걸이라고 할 수 있다. 형걸이 서자라는 사실은, 이형식에게 있어서 고아라는 상황이 그런 것과 마찬가지로, 주어진 신원에 자족함으로써가 아니라 자아의 형성을 모색함으로써 스스로를 정당화해야 하는 숙명을 그에게 안겨준다. 그가 보여주는 성장의 여정을 좇아가는 것은 김남천이 기획하였던 근대 조선의 사회와 청년의 형성을 파악하는 데 중요한 국면을 드러내 보여줄 것이다.

2) 자기결정과 사회화의 대립

『대하』의 서사는 자수성가하여 신흥부호가 된 차함 참봉 박성권의 신분상승담을 포함하고 있다. 그는 중인 신분으로 청일전쟁의 혼란기를 발판으로 삼아 재산을 모은 인물이다. "무엇을 한번 결정하면 무엇이든지 해놓고야 마는 괴팍한 성질"을 지니고 있으며 "돈의 위력을 누구보다도 확신하는 날카로운 선견의명"[19]을 가진 인물이라는 묘사

18) 권명아, 『가족이야기는 어떻게 만들어지는가』, 책세상, 2000, 23쪽.
19) 김남천, 『대하』, 백양당, 1947, 18쪽.

는 그의 자수성가가 어떤 경로를 통해 이루어진 것인가를 짐작하게 만든다. 그는 기회가 있을 때마다 토지를 매입하여 지주의 위치에 올라섰으며, 고리대금업을 통해 재산을 축적해나가는 자산가이다. 그는 아직까지 가문이나 문벌이 행세하고 있으나, 자신의 돈 앞에 세상이 머리를 숙일 날이 얼마 남지 않았음을 확신하고 있다. 박성권이 "때때로 뒤곁에 나가 십이봉(十二峰) 밑으로 유유히 흘러 대동강을 이루는 비류강(沸流江)의 강물을 만족하니 바라보"며, "이십 년 가까운 동안 저 강물은 나와함께 노력과 공포와 기쁨을 일시에 휩쓸어 삼키면서, 몇천년을 한날처럼 대동강으로, 황해 바다로 흘러가는, 그의 거름을 멈춘적이 없었다"[20]라고 생각하는 대목은 그가 이제 막 펼쳐지기 시작한 '근대성의 소용돌이'의 역동적인 국면을 어느 누구보다도 빠르게 간파하고, 기민하게 그 흐름에 몸담은 인물이라는 것을 적시한다.

풍속과 세태를 다룬 가족사소설이라는 작가의 지향이 드러내듯이, 『대하』의 서사는 박성권의 자산 축적 과정뿐만 아니라, 부흥하기 시작하는 자본주의적 시장경제의 국면을 단편적으로 보여주고 있다. 나카니시 상점을 중심으로 한 몇몇 잡화점들이 단오를 대비하여 평양으로부터 물건을 실어오고, 고장 사람들이 남포등이나 성냥이나 양말 같은 잡화들에 비상한 관심을 보여주는 장면을 묘사한 장면이 그것이다. 그것은 장날의 분주함과 흥겨움에 대한 묘사 이상으로 무언가 세태가 빠르게 변해가고 있다는 느낌을 주기에 충분한 서술들로 이루어져 있다. 이러한 자본주의적 시장경제의 대두가 지니는 의미를 상징적으로 드러내고 있는 에피소드로 박리균 형제의 일화를 들 수 있다. 조상 중에 열녀가 나온 양반가임을 드러내놓고 자랑하고 다니던 박리균 형제

20) 위의 책, 20쪽.

는, 박성권이 자신들과 같은 밀양 박씨라고 주장하는 것을 못마땅해하며 그를 근본 없는 인물라고 멸시하여 왔지만, 결국은 국수집을 여관으로 개축하는 데 필요한 자금을 융통하기 위해 그에게 비굴하게 돈을 빌리게 되기에 이른다. 이 일화는 신분적 질서가 중시되던 사회에서 물질적 거래가 주도적이 되는 시장 경제로 변화하는 사회의 새로운 양상을 상징적으로 보여주고 있다. 별다른 관련이 없는 인간활동들을 매개하는 '연결망'을 발견하기에는 시장이 가장 적합한 체계라는 것이 나카니시 상점과 박리균 형제의 일화에서 잘 드러나고 있다. 나카니시 상점의 잡화들이나 칠성이가 평양에서 사온 자전거에 대해 사람들이 보이는 지대한 관심들은 시장 경제 속에서 가장 사소하고 무의미한 대상이 의미를 지니게 되는 과정을 보여주고 있는 것이다.

단오날의 운동회 행사장에서 다른 양반가의 인물들을 모두 제쳐놓고 대운동회 부회장의 자리에 박성권이 앉아 있는 장면 또한 이러한 시대의 움직임을 유감없이 보여준다. 『대하』의 서사에서 단오의 운동회가 지니는 상징적 의미는 간과되어서는 안 될 것이다. 형걸과 대봉이를 비롯한 청년들이 운동회를 준비하며 보여주는 역동적이고 활기찬 모습들은, 사람과 사람 사이의 교류와 화합이 새로운 형식을 통해 이루어지는 근대적인 집회로서의 운동회가 젊은이들에게 매우 중요한 비중으로 다가오고 있음을 암시하고 있다. 그것은 낯선 고장의 사람들을 한 자리에 불러 모으고, 위생과 체육이라는 근대적 사상을 계몽하기 위한 중요한 장소로 기능한다. 신사상과 신학문을 장려하자는 취지를 대회의 주지로 삼고 있는 이러한 운동회의 부회장으로 박성권이 추대되어 있다는 것은 자본주의적 근대화의 면모를 단적으로 파악하도록 만들어 준다.

박성권이 청일전쟁의 와중에 재산을 축적하였다는 것은 흥미로운 대목이다. 그것은 이기영의 장편 『고향』에서 "똑똑하고 장래를 내다보는 선견지명이 있는 사람이라면 앉아서도 돈벌이를 상당히 할 수 있었던" 시기로 개화기를 묘사하면서 안승학이나 권상철의 치부과정을 설명하고 있는 대목을 떠올리게 한다. 봉건사상이 해체되고 새로운 개화사상이 대두하던 시기에 상승한 이들 계층은 이인직의 「혈의 누」 「은세계」 등에서는 긍정적으로 그려지던 중인 계층이었다.[21] 그러나 『고향』에서 그러한 것처럼 『대하』에서도 이들 중인계층은 부정되고 극복되어야 할 대상으로 그려지고 있다. 여기에는 부르주아 시민사회가 정당하게 성립하지 않았다는 비판적인 시각이 개입되어 있는 것으로 보인다. 박성권의 치부 과정이 "자신만만하여 묵묵히 실행하는" 근면성과 "그의 생각한 바가 한 번도 그릇된 적이 없는" 치밀함으로 이루어져 있다고 해도, 그것이 부르주아적인 '자본주의 정신'을 함양한 것이라고 보기는 어렵다. 프로테스탄티즘에 기반한 고유한 에토스로서의 윤리적 색채를 띤 생활영위의 격률을 '자본주의 정신'이라고 불러야 한다면, 무분별하며 아무런 규범과도 내면적인 관련을 갖지 않는 영리활동의 추구는 자본주의적 근대성에 미달하는 형식이기 때문이다.[22] 풍속이 '제도'를 말하는 동시에 '제도의 습득감(習得感)'을 의미하는 것이며, 그러므로 풍속이 생산관계의 양식에까지 현현되는 일종의 제도를 말하는 동시에 그 제도 내에서 배양된 인간의 의식과 윤리를 포괄한다고 설파한[23] 김남천에게 박성권의 치부과정이 비

21) 류보선, 「현실적 운동에의 지향과 물신화된 세계의 극복」, 『민족문학사연구』, 1993, 148쪽.

22) 막스 베버, 박성수 역, 『프로테스탄티즘의 윤리와 자본주의 정신』, 문예출판사, 1999, 33-43쪽 참조.

판될 것임은 자명하다.

『빌헬름 마이스터』를 전범으로 삼는 독일의 고전적 교양소설에서 교양의 이상은 개인의 자아 형성과 사회로의 통합의 조화를 통해서 성취되는 것이다. 빌헬름의 성장은 '탑의 사회'라는 후견인들의 원조를 바탕으로 한 사회로의 통합을 통해 성숙으로 이어지게 된다. 『대하』에서 성장의 과제를 수행하는 인물인 형걸은 빌헬름과 마찬가지로 '교양의 발견'을 수행하기 위한 여정의 한 가운데에 있다. 그러나 형걸에게 교양의 발견을 가능하도록 해 주는 토대로서의 사회가 존재하고 있었던가는 의문이다. 고전적 교양소설에서 개인에게 '고향'을 구축해 주고 교양을 부여해주는 후견인으로서의 사회가 개인의 성장에 필수적이었음을 상기한다면, 형걸에게는 그런 후견인이 결여되어 있거나, 그것이 있다고 해도 그 역할이 사회적 통합을 이루도록 만드는 데 있지 않다는 것을 예견할 수 있다. 형걸의 경우, 자기 결정과 사회화의 요구 사이에는 통합의 가능성이 존재하지 않는다. 『대하』는 오히려 "공적인 영역과 사적인 영역을 동일시하려 하지 않고, 그것들의 갈등하는 관계를 조망하려 하고 그 균형과 타협이 파괴되는 것을 지켜보는"[24] 소설의 양식에 가깝다. 그것은 충만하게 공적인 존재와 엄격하게 개인적인 열정의 양 극단을 탐구하는 양식이다. 이러한 점에서 『대하』의 주인공 형걸이 보여주는 성장의 드라마는 부르주아 사회로의 편입을 시도하였던 『무정』의 이형식이나, 할아버지가 모은 곳간의 재산을 물려받는 『삼대』의 조덕기의 행로와는 상반되는

23) 김남천, 「일신상(一身上) 진리와 모랄」, 『김남천 전집 1』, 앞의 책, 350-361쪽.

24) Franco Moretti, *The Way of the World*: Bildungsroman in European Culture (London : Verso, 1987) p.79.

것이다. 그렇다면 형걸은 조선의 사회가 경험하고 있는 혼란과 역동성에서 어떠한 성장의 가능성을 보여주고 있는가.

2. 자유의 각성과 주체의 동력학

1) 결혼의 장애와 섹슈얼리티의 발견

고전적 교양소설에서 결혼은 사회적 계약의 새로운 유형에 대한 모델이다. 결혼은 위태로워진 가족의 토대가 될 뿐만 아니라 개인과 세계 사이의 협정으로 기능한다. 결혼은 자유로운 개인으로 하여금 스스로의 자유를 제한하도록 만드는, '사회적 계약에 대한 은유'이다. 박성권이 자신의 신분을 상승시키기 위하여, 재산의 축적뿐만 아니라 아들들의 혼사에도 세심한 배려를 보이는 것도 그러한 맥락에서 파악할 수 있다.

> 아들의 혼인에도 박참봉은 머리를 썼다. 맏아들 형준은 이미 삭명(朔明) 경주 김씨(慶州金氏)와 혼사를 지내, 벌써 장손과 손녀를 보았고, 또 보아하니 가도 범절이 옳아서, 며늘아이의 하는 품이 상냥하고 손 쓰는 법도, 맏며느리 되기에 흠잡을 곳이 없다.
>
> 둘째 아들 형선이는 한고을 안 상부(上部), 강선루 뒤에 있는 연일 정씨(延日鄭氏)와 혼사를 작정하여, 편지도 부쳤고 선채도 보냈다. 오래지 않아 장갓날이 올 것이다. 정씨 집안일은 한고을 안이니 손에 끼어들게 잘 안다. 지금은 그만두었으나 벼슬도 높았고, 또 재산도 상당하다.[25)]

인용한 구절에서 박성권에게는 그의 며느리감이 어떤 인물인가보

25) 김남천, 앞의 책, 19쪽.

다는, 그들이 누구의 자손인가가 더욱 중요하다는 것과 그가 양반들과의 혼사를 통해서 무엇보다 자신의 지위를 확고히 다지려한다는 점을 알 수 있다. 이러한 '사회적 계약에 대한 은유'로서의 결혼을 하는 젊은이의 자유는 제한되고, 그의 자기결정은 무망해지리라는 것을 예상하는 것은 어렵지 않다. 맏아들 형준이가 결혼한 이후에 "젊은 사람의 정력을 이끌어 디릴만한 힘"[26]을 가진 일을 하지 못하고 권태로워 하다가 쌍네의 방을 기웃거리고 도박에 빠지게 되는 것이나, 형선이가 결혼식을 올린 날 밤에 "행복되게 부귀를 누리면서 첫아들낳고 잘 살어보기를 이렇도록이나 저도 모르게 희망하고 있는"[27] 것은 그들이 개인의 자유를 제한하도록 만드는 결혼이라는 계약 속에 안주하는 인물들임을 보여주는 대목이다.

고전적 교양소설에서 젊은이가 직면하게 된 자기결정과 사회화의 대립은 그가 결혼을 통해 안정된 사회 속으로 편입하게 됨으로써 조화를 이루게 된다. 고전적 교양소설의 결말에 등장하는 주인공의 결혼 장면은 곧 그의 '성숙'을 의미하는 것이다. 그러나 결혼이라는 결론으로 젊은이들을 인도하는 화해로운 결말은 근대성의 경험을 구현하는 성장의 서사에는 더 이상 어울리지 않는다. 형걸이 근대적인 교양소설로서의 『대하』의 주인공으로 등장하는 것은 이러한 맥락과 무관하지 않다. 『대하』에서 형걸이 최초로 경험하게 되는 성장의 시련은 결혼의 장애로부터 발생한다. 그와 그의 어머니가 신부감으로 여겨오던 보부라는 고을의 처녀가 그의 이복형인 형선과 결혼하게 되는 것은 형걸에게 쓰라린 경험으로 다가오게 된다.

26) 위의 책, 173쪽.
27) 위의 책, 70-71쪽.

어머니가 오늘 아침 형걸이의 태도에서 아모말을 못건닌것도 이런 일이 있는 때문이었고, 또 형걸이 자신도 어머니의 심경을 모르는배 아니다. 그러나 가슴에 속구처 오르는 지향없는 울분을 또한 어떻게 처치할길이 없었다. 그 울분을 억눌러서 삭발로 인도해 놓은것만 지극히 온당한 행동이였다고 아니 할수 없을것이다.[28]

이복형 형선과 정좌수집의 보부가 혼인을 올리는 날, 형걸은 “가슴에 솟구쳐 오르는 지향없는 울분”을 느끼게 되고, 그 울분은 삭발을 감행하는 것으로 이어진다. 결혼의 장애가 삭발이라는 전통파괴의 행위로 이어지는 것은 자연스럽다. 공동체적 사회에서 결혼이란 신분이나 연고를 바탕으로 하여 한 사람의 성인으로 추인받는 자연스런 성숙의 과정이다. 형걸이 결혼에 장애를 느끼고 결국 결혼이라는 제의를 거부하게 되는 것은 공동체로부터 추인받는 성숙을 거부하겠다는 것을 의미하며, 삭발은 그러한 공동체와 전통에의 거부를 가장 극명하게 드러내 주는 상징으로 기능한다. 그것은 “한 사람의 정체성은 창조되는 것이지 상속되는 것이 아니라는 관념”[29]의 발현이다. 이와 같이 자각한 개인들이 출현하는 것은 이전의 사회와는 근본적으로 다른 정체(政體)를 지닌 사회의 도래를 가능하도록 만든다. 한 사람의 남성과 한 사람의 여성이 자유롭게 계약하는 개인으로 등장하고, 그들의 계약적 관계가 새로운 정체의 근본적인 단위를 이루게 되는 사회란, 아버지에 의해 전제적으로 조정되던 가부장적 가족관계를 대체할 수 있는 힘을 지니게 될 것이다.[30] 『대하』의 형걸은 결혼을 거부함으로써 개인의 자유에 대한 각성의 징후를 보여주는 인물로 한국

28) 위의 책, 92쪽.

29) Franco Moretti, op.cit, p.214.

30) 린 헌트, 조한욱 역, 『프랑스 혁명의 가족로망스』, 새물결, 1999, 69쪽.

문학사에서 뚜렷한 맨 얼굴을 드러내고 있다.

결혼에 장애가 발생하고, 공동체적 성장에 대한 막연한 기대가 좌절되었을 때 형걸에게 생겨나는 것은 리비도적인 애욕의 출현이다. 그것은 전통과 관습으로부터 자신을 분리시키도록 만드는 섹슈얼리티의 발견이라 말할 수 있다. 형걸은 머리를 깎은 후에도 울분을 다스리지 못해 산으로 배회하다가 자기 집의 막서리인 두칠이의 아내 쌍네를 만나게 된다. 그런데 그가 발견하는 것은 지금까지 보아 오던 쌍네라는 존재가 아니다. 그는 "비로소 그의 앞에서 어려서부터 그의 집에 팔려와서 잔뼈가 굵은 종간나도 아니오, 지금은 막서리 두칠이의 안해도 아닌 하나의 난만한 원숙한 여자의 육체를 발견하는것"이다. 그 발견은 "이렇도록 아름답고 탐스런 색시를 어째 자기는 여태껏 몰라보았을가"[31]라는 자각을 불러온다. 그는 이후로 쌍네에 대한 가눌 수 없는 그리움을 감추지 못하며, 두칠이의 처인 쌍네가 아니라 "눈, 코, 입, 등골, 그리고 가슴, 저고리 속에 감춰진 채 불룩한 가슴, 이런 것을"[32] 갖춘 여자인 쌍네를 생각하게 된다. 그는 결국 두칠이가 없는 틈을 타서 쌍네의 방으로 찾아가기에 이른다. 그러한 형걸의 행동은 아버지 박참봉과 전통의 관습으로부터 형걸을 더욱 멀어지도록 만들게 된다.

쌍네에 대한 애욕이 형수가 된 보부를 향한 욕망의 대리만족이라는 의미를 지니고 있기에 일시적인 것이라면, 그에게 보다 더 의미 있는 사랑의 대상으로 다가오는 것은 기생 부용이다. 대봉이와 함께 나선 전도의 과정에서 일어난 부용과의 만남은 형걸의 자아의 성장

31) 김남천, 앞의 책, 94쪽.
32) 김남천, 앞의 책, 121쪽.

에 결정적인 계기로 작용하게 된다. 그것은 쌍네에게 지녔던 강렬한 애욕을 일시에 무화시킬 만큼 그에게 깊이 있는 체험이 된다. 그는 부용이와 나눈 약속을 생각하며, 기생인 그와 자신의 관계를 계속 이어나가기 위해서 무엇이 필요한가를 심각하게 고민하게 된다.

> 그러나 막상 당하고보니, 형걸이로써 부용의 애정은 적지 아니 그의 행동을 견제하였다. 부용이는 어떻게 생각하는지 모르나, 형걸이 자신만은 부용이를 잊을수는 없을것 같다. 그렇다고 그와 어였하니 결혼생활을 이루어 보자면, 어떻게, 무엇부터 차비를 차려야 옳을런지 도무지 염이 나질 않었다.[33]

부용과의 관계를 통해 형걸이 보여주는 것은 사랑을 위해 스스로 무언가를 준비해야 되는 존재로서의 자아를 인식한 주체의 모습이다. 그는 부용이라는 타인에 대해 각별한 관심을 갖게 되면서, 자신이 지니게 된 사랑을 의미 있는 것으로 만들기 위해, 타인들이 느끼고 필요로 하는 것이 무엇인가를 돌아보게 되고, 그것을 준비하기 위해 노력하는 모습을 보이게 된다. 그것은 버먼이 그의 파우스트론에서 말한 연인으로 변신한 주체의 모습[34]을 닮아 있다. 삭발이라는 행위를 통해 아버지와 전통의 권위에 도전을 하고도, 구체적으로 어떠한 행동을 취해야 할지 알지 못하던 형걸은, 사랑을 통해 자아를 돌아보게 되고, 무언가 다른 것이 되고 싶다는, 자신을 바꾸고 싶다는 발전의 가능성을 염두에 두게 된다. 이러한 점은 형걸에게 애욕적인 생활이 "그가 어떻게 살아가고 어떻게 행동할 것인가를 처음으로 알게 해준

33) 위의 책, 382쪽.

34) Marshall Berman, 'Goethe's Faust : The Tragedy of Development', *All That is Solid Melts into Air : The Experience of Modernity* (New York : Penguin Books, 1988) p.52.

영역"이 되며 그 속에서 그의 자아가 "실제적이고 찬양할 만한 인간의 성장"[35]을 이루어 갈 것이라는 점을 암시한다. 푸코가 보여준 것처럼, 섹슈얼리티의 발명(invention)은 근대적 사회제도가 형성되고 굳어지는 가운데 자리잡고 있는 뚜렷한 과정 중의 하나이다.[36] 그리고 프로이트가 알려준 것처럼, 그것은 자기정체성의 문제와 연관되는 것으로, '자아에 대한 성찰적 서사를 창출하는 환경'을 만들어 내는데 도움을 주었다.[37] 형걸에게서 나타나는 자아각성과 자기발견의 욕망을 강조하는 것은, 섹슈얼리티의 발견으로 인하여 그가 '자아의 서사'에 눈떠가는 과정에 주목할 필요가 있기 때문이다. 섹슈얼리티를 자각하고, 애욕적인 삶을 받아들임으로써 성장을 이루어가는 형걸의 모습은 섹슈얼리티와 사랑이 한 개인을 주체로 만들어 주는 원천이자 동력학이 된다는 것을 깨닫게 한다.

형걸과 부용이가 사랑을 나누는 장면에서, 그들은 같은 고을의 기생이었던 김부용이 어느 선비와 주고받았던 사랑의 노래들을 인유하는 방식으로 그들의 감정을 나누고 있다. "차라리 비류강물이 다하여라(寧有沸流江盡) 어이 그대와의 이 기약을 잊으리오(妾心終不負初盟)"라고 옛 연인들의 사랑의 언약을 종이에 적으며 그들의 사랑 방식을 전유하고 있는 형걸과 부용의 행위는, 그러나 단지 이전과 같은 '열정적 사랑'의 표현이라고 이해해서는 안 된다. 기든스는 열정적 사랑과 구분되는 낭만적 사랑의 요소로 개인의 삶에 어떤 서사의 관념을 도입하는 점을 들면서, 낭만적 사랑은 어떤 개인적 서사 안에 자아와 타자

35) Ibid, p.52.

36) 앤서니 기든스, 배은경 · 황정미 역, 『현대사회의 성 · 사랑 · 에로티시즘』, 새물결, 1999, 59쪽.

37) 위의 책, 70쪽.

를 삽입하는 그러한 이야기를 이룬다고 말하고 있다.[38] "개인적인 행복을 추구하려는 충동과 내적 탐구에 대한 열정, 즉 성격의 발전과 자아발전의 기나긴 여정을 시작하려는 욕구"는 낭만적 사랑의 모습으로 구현되는 것이다. 낭만적 사랑의 토대 위에서 개인적이고 낭만적인 구혼과 그에 이어지는 사랑에 의한 결혼이 자유의 이념과 결합하게 되고, 사랑과 결혼이 개인의 권리와 인간애를 나타내는 표지가 된다.[39] 전통적인 관습 안에서의 결혼을 거부하는 형걸이 부용과의 결혼을 꿈꾸게 된다는 점은 그 결혼이 이복형들의 그것과는 분명하게 다른 함의를 지니고 있다는 점을 암시하고 있다. 그의 이복형들에게 결혼이 가문이나 어른들의 계약에 의해 증여되는 것이었다면, 형걸의 결혼은 스스로의 자각에 의해 성취되어야할 성질의 것이다. 그것은 개인간의 사랑과 자기결정에 의해 결혼을 만들어 가겠다는 관념의 발현으로, 그것을 일러 낭만적 사랑이라고 부를 수 있을 것이다. 형걸이 스스로 걸어들어 간 낭만적 사랑의 영토는 그가 사회로 편입되는 것을 더욱 가로막게 되는 장애로 작용한다. 그에게 '서자로서의 원한'이 조화로운 사회화를 방해하는 장애로 작용하는 것처럼, 낭만적 사랑 또한 그것이 지닌 반사회적 측면으로 인해 그를 사회로부터 추방하는 요소로 기능하게 된다.

2) 기독교, 주체확립의 동력학

『대하』의 서사에서 형걸의 삭발은 문명의 개화를 상징하며, 시대의 진보적인 분위기를 대변하고 있다. 형걸과 대봉이가 학교의 언덕에서

38) 기든스, 앞의 책, 84쪽.

39) 재클린 살스비, 박찬길 역, 『낭만적 사랑과 사회』, 민음사, 1985, 24-30쪽.

삭발식을 감행할 때, 주위에 모여든 동료 학도들이 "우리는 덕을 닦고/ 지혜 길러서/ 문명의 선도자가/ 되어봅세다."[40]라는 창가를 불러주는 장면이 보여주는 것은 삭발로 대표되는 문명개화가 젊은 청년들에게 공통의 소명을 이루며, 그러한 소명을 학교라는 근대적 교육기관이 뒷받침하고 있다는 점이다. 특히 형걸을 비롯한 젊은이들의 후원자 역할을 하는 것은 문우성이라는 젊은 교사이며, 그의 교사로서의 역할의 대부분이 기독교에 기반한 것이라는 점은 중요하다. 형걸은 문교사로부터 신분차별이나 적서의 관념이 안고 있는 문제들과 조혼의 희생이 되어서는 안 된다는 점을 배우게 되며, 기독교는 이러한 개화의 사상과 등가를 이루는 것이다. 그러나 기독교는 형걸과 같은 근대적 교육을 받은 청년들에게만이 아니라 '연일 정씨' 가문의 '열아홉 살 맞은 처녀'라는 것 말고는 그의 교육에 대한 어떤 정보도 없는 정보부의 의식에까지 심대한 영향을 미치고 있다.

> 그것은 용서 할수없는 일이였다. 이 원망스런 환영을 가루가되도록 부숴 버리고, 그가루를 다시 안개처럼 날려없애일, 새로운 또한개의 환영을 급작히 부뜰어 세워야만 한다. 여태껏 사나히다운 얼굴이라고 생각하든 총각의얼굴은, 지금 이 시각부터 당장에, 징그럽고, 추잡하고, 망칙하고, 해괴하고, 더러운 얼굴이라는것을, 억지로라도 제 마음에 타일러야 한다. 「……」 그러나 마음 한귀퉁이에 자리를잡고있든, 총각의 환영을 들어내기 위하여는, 그것에 대신할 새로운것이 있어야 할것이다. 귀신 당지기를 들어낼려면은, 성경책과 예수가 필요하지 않았던가. 보부는 제 마음을 도무지 가눌수가없었다.[41]

보부는 자신이 결혼할 상대로 여기고 가슴 속에 품어 오던 존재인

40) 김남천, 앞의 책, 84쪽.

41) 위의 책, 52-53쪽.

형걸이 실은 자신의 시동생될 사람이라는 것을 알고난 후 깊은 상심에 빠진다. 그러나 그녀에게는 자신의 실망감을 위로하고 상심한 자아를 돌보는 과정보다는 스스로를 단죄하는 마음이 생겨한다. "시동생이 될 사나이, 그를 남편과 바꾸어서 남몰래 사모해 왔다는 것은", 그녀에게 말로 표현할 수 없는 부끄러움과 죄의식을 안겨준 것이다. 그녀는 자신이 품어온 환영을 스스로의 내면에서 어떻게 처리해야 할지 몰라 괴로워하며, 그 환영을 제압하고 자신의 죄를 속죄하기 위해서 성경과 예수의 도움을 받아야만 한다고 생각하고 있다. "그의마음에 오랫동안 품고 지냈던것이 사실이므로, 마치 몸을 간음당한 때나처럼 줄기찬 자책과 회오가 등골을 스치고 지내가지않던 못했든것이다."[42] 라는 표현에서 드러나는 선명한 기독교적인 죄의식은 열아홉 어린 소녀의 정신과 육체를 점령한 기독교의 영향력을 분명히 보여주고 있다.

개화기에 본격화된 기독교의 수용이 당대의 조선 사회에 끼친 가장 큰 영향은 개화의 사상을 전파하고, 사회개혁운동과 자주독립운동에 기여한 점이었다는 것은 잘 알려져 있다. 기독교의 수용에 앞장섰던 당대의 지식인들은 봉건사회의 병폐를 지적하고 풍속을 개선하는데 많은 주의를 기울였다. 기독교인들은 합리적 사고와 노동 관념을 일깨우고 우상숭배와 미신을 타파할 것을 가르쳤으며, 장례와 혼례 등에 나타난 구습을 개혁할 것을 계몽하였다.[43] 이러한 사정은 일본 메이지 시기에 서구의 교육을 받았던 청년지식인들에게 기독교가 계몽과 자유, 독립에 대한 리버럴한 정치사상, 그리고 서구 낭만주의와

42) 위의 책, 54쪽.

43) 이만열, 「기독교 수용과 사회개혁」, 『한국 기독교수용사 연구』, 두레시대, 1998, 404-435쪽.

밀접하게 연관되어 받아들여졌던 것과도 비슷한 맥락이라고 이해할 수 있다.[44) 『대하』에서 기독교는 인물들과 사회를 문명개화로 인도하는 주도적인 역할을 담당하고 있어서, 기독교와 관련되지 않은 것은 올바른 개화의 모습이 아닌 것으로 인식되기까지 한다. 이를테면, 형걸이 부용의 집을 찾아갔다가 그녀의 집에서 패악을 부리고 나오던 측량사들과 만나 다툼을 벌이는 에피소드는 기독교와 관련되지 않은 문명개화의 부정적인 이미지에 대한 예시라고 볼 수 있다.

앞장에서 지적했듯이 형걸의 삭발에 결정적인 계기로 작용한 것은 그의 이복형에게 마음에 두어 왔던 여인을 빼앗겨 버리고 "가슴에 솟구쳐 오르는 지향없는 울분"을 품게 된, 서자로서의 그의 정체성이다. 니체는 적대적인 외부세계와 외부의 자극에 대한 반작용으로서의 '원한(ressentiment)'에서 창조적인 가치를 발견하고 있다. 그는 자신을 고귀하다고 느끼고 자신의 행위를 제일급의 것으로 평가하는 사람들이 '거리의 파토스(Pathos der Distanz)'에서 가치를 창조하고 가치의 이름을 새기는 권리를 가졌다면, 이에 대한 복수와 증오의 나무줄기에서 그와는 비교할 수 없는 새로운 사랑이, 가장 깊이 있고 숭고한 사랑이 자라날 수 있었다고 말하고 있다.[45) 이과 더불어, "원한으로 가득한 음울한 심성"에서 근대적 주체가 탄생한다는 가라타니 고진의 언급[46)은 주목할 만하다. 가라타니에 의하면 무력감과 한으로 가득찬 마음에 파고 들어간 것이 기독교였으며, 사랑을 처음으로 말하기 시작한 것도 기독교였다. 사랑이나 문학의 영역을 통해 내면을 형성하

44) Tomi Suzuki, 'Self, Christianity, and Language', Narrating the Self : Fictions of Japanese Modernity (Stanford, Califonia : Stanford University Press, 1996) p.36.

45) 프리드리히 니체, 김정현 역, 『도덕의 계보』, 책세상, 2002, 351-365쪽.

46) 가라타니 고진, 박유하 역, 『일본 근대문학의 기원』, 민음사, 1997, p.116.

도록 만드는 데에 기독교가 기여한 역할은 적지 않다. 기독교는 보편적인 진리에 대한 확고한 신념을 제공함으로써 문학의 권위와 타당성을 고양시켰을 뿐만 아니라, 리얼리티의 인식, 특히 내적인 자아와 정신적인 자유의 가치를 구체화시킴으로써 그것으로 사회적이고 역사적인 억압들을 초월할 수 있게 만들었다.[47] 그리고 이러한 기독교라는 내면적 영역의 바탕에서, 형걸은 자신을 주체로 인식하기 시작한다. 기독교로부터 발원하는 이러한 주체확립의 동력학은 "가장 강력한 자기인식이 그가 억압하도록 강요받았던 그러한 충동들을 인식하는 것에 정확하게 달려 있는",[48] 교양소설의 프랑스적 모델이 지닌 내면성의 원리를 닮아 있는 것으로 보인다. 그 속에서 서사의 주인공은 '세상의 이치'와는 상반되는 '마음의 법칙'이라는 내면성의 영역으로 퇴출될 운명에 처한다. 형걸 또한 그러한 운명 앞에 선 자신의 모습을 정확히 인식하고 있다.

> 문우성 교사에게나, 혹은 부용이에게나, 이런걸, 털어놓고 상의 하는건, 결코 잘못된일이 아닐것같다. 될수록은 말썽을 일으키지 않고 해결을 지울수 있는 방책을 찾아보던가, 그렇지 않으면 그들의 조력이라도 구하야, 어떻게든지 이 난관은 벗어나야, 첫번 당하는 히생에서 자기 자신을 구원할수 있을 것처럼 생각키었다.[49]

형걸은 부용과 자신의 관계를 어떻게 정립해 나갈 것인가의 문제를 상의하기 위해서 문교사를 찾아가기로 결심한다. 그것을 그는 '자기 자신의 구원'을 위한 것이라고 분명히 인식하고 있다. 그러나 문

47) Tomi Suzuki, op.cit, p.37.
48) Franco Moretti, op.cit, p.85.
49) 김남천, 앞의 책, 383쪽.

교사를 만나러 가는 길에서 그는 자신을 찾아온 쌍네와 조우하게 된다. 형걸은 자신이 커다란 강물의 흐름 속에서 스쳐 지나가는 만남이라고 생각했듯이 쌍네에게도 그러할 것이라고 여겼던 그들의 관계가, 실제로 그녀에게는 그렇게 가벼운 것이 아니었다는 점을 깨닫게 되고, "뭉게뭉게 회오와 자책에 섞인 뉘우침"[50]을 가슴에 지니게 된다.

> 누구에게 모든 것을 말하고, 제 행동의 그릇됨을 사죄하고 싶은 마음이 생긴다.[51]

형걸이 쌍네로부터 자신의 행동에 대한 추궁을 받고 문교사에게로 가면서 "누구에게 모든 것을 말하고, 제 행동의 그릇됨을 사죄하고 싶은 마음이 생긴다"고 말하는 것은 그의 내면이 자라나는 경로를 적시한다. 자신의 문제를 털어놓고 상의하고 싶어하고, 제 행동의 잘못을 사죄하고 싶어하는 형걸이 발견한 것은, 기독교를 통해 알게 된 고백의 형식이다. 그는 원한으로 가득한 심성을 지닌 자로서, 내면성의 영역에서 자아를 구원하려 하며, 고백이라는 형식을 통해 스스로를 주체로 산출하는 동력학을 작동시키려 하고 있다. 그러므로 부용의 집 앞에서 아버지를 만나게 되고 "가슴속에 이상한 격정이 끓어오르는 것을 참을 수가 없[52]"어 하는 그가 "이 고장을 떠나서 평양으로든가, 더 먼 곳으로든가, 새로운 행방을 잡아"[53] 떠나기로 결정하게 되는 것은 어찌 보면 예정된 운명에 지나지 않는다. 그는 내면성이라는, 공적인 영역과는 적대적인 영역 속에 있는 자로서, "그들의

50) 위의 책, 384쪽.
51) 위의 책, 389쪽.
52) 위의 책, 392쪽.
53) 위의 책, 395쪽.

세계에 의도적으로 도전하였기 때문에 떠나도록 강요받는 주인공"54) 의 사명을 부여받은 것이다.

3. 성장의 과제와 주체의 초극

1) 길떠남과 성장의 과제

『대하』는 미완으로 남겨진 작품이기 때문에, 형걸의 길떠남이 어떤 운명으로 귀착하게 될 것인가를 짐작하는 것은 쉽지 않은 일이다. 가출을 결심한 형걸이 문우성 교사를 찾아가면서, "문선생은 벌써 전도자의 지위에서, 수단을 조력해 주는 원조자의 지위에 내려선 것이다"(p.276)라고 독백하고 있는 부분은 그가 이미 스스로의 주체를 확립하고, 그러한 자아를 인식하고 있다는 점을 암시하고 있다. 그러나 그에게 "특정한 연고나 관계에 국한되지 않는 인간 현실의 표상들을 제공하며, 또한 그러한 표상들을 가지고 자기가 살아가는 세계를 능동적으로 구성하게"55) 해 줄 보편적 문화가 존재할 수 있을 것인가에 대해 답하는 것은 식민지 조선의 역사적이고 문화적인 맥락에 대한 고려와 성찰을 필요로 하는 대목이다.

자아감을 획득함으로써 자유를 찾은 개인, 해방된 개인은 자신의 자유와 해방을 위한 기획을 가능하게 하고 고무시켜주는 특정한 사회적 여건을 필요로 한다. 피터 버거는 자본주의 혁명과 개인의 해방

---

54) Franco Moretti, op. cit, p.203.

55) 황종연, 「편모슬하, 혹은 성장의 고행－성장소설의 한 맥락」, 『비루한 것의 카니발』, 문학동네, 2001, 51쪽.

에 관해 언급하면서 서구의 개인주의가 내포하고 있는 개인의 자율성과 해방은 개방적이고 보편적인 문화를 필요로 하고 있다고 말하였다.[56] 형걸에게 나타나는 개인의 자유와 해방이 사회제도 혹은 문화의 차원에서 받아들여지기 위해서는 그가 자라난 정신적 토양인 기독교 문명이 그에게 삶의 표상들을 이해하도록 만들고 세계를 구성할 수 있는 현실적 토대로 작용할 수 있어야 할 것이다.[57] 형걸이 보다 넓은 기독교적 문명 속에서 자유를 획득하고 독립된 자아의 성숙을 이룰 수 있을 것인가는 좀 더 고려해 봐야 할 사항이다.

무엇보다도 그것은 식민주의라는 조선의 근대가 당면하고 있던 제약 아래에서 그들이 감당해야할 고투의 과정 때문에 그러할 것이다. 이혜령은 『대하』를 비롯한 가족사연대기 소설에 표상된 조화로운 공동체의 이미지는 1930년대 후반의 불안과 위기에 대한 상상적 대응이었다고 주장한다. 그는 그러한 전통과 과거는 근대성 자체의 요구에 의해 소환된 것이었음을 밝히면서 그것이 타자의 재현질서가 투영된 제국의 심상지리의 영역에 자리잡고 있다고 주장한 바 있다.[58] 그러나 적어도 『대하』의 경우만을 놓고 볼 때, 작품 속에서 상상되는 공동체의 이미지가 균열과 갈등을 봉합하고 균질적이고 조화된 것으로 제시되는 전통이나 공통체의 표상이라고 볼 수 있을지는 의문이

56) 피터 버거, 명순희 역, 『자본주의의 혁명』, 을유문화사, 1988, 114쪽.

57) 근대 교육기관의 설립을 통한 교육사업, 서구식 의료기관 설치를 통한 진료기회의 확대, 평등사상의 유포를 통한 신분질서 해체와 교회를 중심으로 일어난 여러 조직의 자율적 활동을 바탕으로, 기독교 선교가 하나의 지역 공동체를 근대 사회로 이행하도록 하는데 중요한 기여를 했다는 것은 구체적인 지역사례의 분석을 통해 밝혀진 바 있다(김종섭, 「초기 개신교 선교와 지역공동체의 변화－진주지역을 중심으로」, 한국사회사학회 편, 『사회와 역사』, 1997년 가을 참조).

58) 이혜령, 「1930년대 가족사연대기 소설의 형식과 이데올로기」, 『한국 근대문학 양식의 형성과 전개』, 깊은샘, 2003, 116-147쪽.

다. 이를테면, 서사의 초반부를 풍요롭게 장식하는 형선과 보부의 결혼 장면이 보여주듯이, 그 서사는 결혼식이라는 풍속과 관련한 공동체의 조화로운 유산을 풍부하게 보여주는 것만큼이나 보부라는 인물의 의식에 개입된 기독교의 억압적 지위에 대해서도 선명하게 증언하고 있다. 시대의 정신에 따라 유동하는 윤리의 개입 또한 하나의 풍속이고, 그것이 가시적인 규범의 체계만큼이나 중요한 문화의 의미를 갖는 것이라면, 『대하』는 균열과 갈등을 통해 생산되는 문화의 한 장면을 포착하고 있는 것이다.

또한 이 작품의 남성 주체에 의해 표상된 타자로서의 여성이 성과 계급의 위계질서에 의해 구축되어 있다고도 보기 어렵다. 애욕의 발견을 통해 자아를 돌보는 주체의 면모는 보부와 쌍네와 부용의 모습에서도 파악될 수 있기 때문이다. 형선이와 결혼한 후에도 형걸에 대한 미묘한 감정을 이기지 못하다가 자신에게 상의를 하러온 쌍네를 질투하고 그녀에게 오히려 고통을 줌으로써 쾌감을 맛보는 보부의 내면에 대한 섬세한 고찰이라던가, 두칠이와의 결혼 전에 큰도련님인 형준에게 연정을 느끼다가 다시 형걸에 대한 애욕을 키워가는 쌍네의 육체와 욕망에 대한 묘사라든가, 형걸이 부담을 가질 만큼 적극적으로 애정을 표현하는 부용의 모습의 제시는 이 작품이 생산한 가장 종요로운 장면들을 구성하고 있다. 특히 쌍네는 사랑의 자각을 통해 자아의 인식과 성장의 가능성을 보여주는 여성 인물로서 유래를 찾기 힘들만큼 뚜렷한 모습을 보여준다. 그녀는 유랑민의 딸로 박참봉의 집에 팔려와서 두칠이의 아내가 되었지만, 형걸과의 단 이틀 간의 만남은 그녀의 삶을 송두리째 바꾸어 놓을 만한 경험이 된다. 형걸의 관심을 통해서 “비복의 지위를 망각한, 순수한 하나의 젊은 색시인 자기를 의식"[59]하는 그녀는 형걸을 찾아가서 자신의 모든 것을 버리고 그와 도주하고 싶어하는 욕망을 전달하게 된다. 그녀의 애욕과 욕망은 유혹당한 하층계급 여인의, 탐색되지 못한 또 다른 자아의 모습으로 남아 있다.

그러므로 『대하』에 나타난 개성과 내면, 자율과 자유 등이 가족이나 공동체적 유대와 타자의 재현질서에 기초한 것이라는 지적[60]은 작품의 구체적인 맥락에 기반한 해석이라고 보기 어렵다. 그것은 『대하』가 주목한 가족의 이야기가 가족 로망스의 구조로 구현된다는 점을 간과하고 있다. 스스로를 외부적이고 이질적인 존재로 의식하는 사람들은 고향이라는 장소를 기억술에 의해 재소환하여 그것과의 거리를 친밀하고 내면적인 것으로 연출함으로써 그 장소를 점유하거나 재점유한다. 그런 맥락에서 고향이라는 공간 속에 담보되고 있다고 상정되는 과거성이나 역사성, 예스러움 그리고 가족성과 자연스러움의 고색창연한 풍모가 사실은 문화적 생산물과 인정의 관계가 시대와 관습과 상호작용을 거침으로써 획득한 것으로 볼 수 있다면,[61] 한국 근대문학이 포착한 고향의 서사와 그 속에 재현된 풍속에 그런 '발견된 전통'의 국면이 개입되어 있다는 것은 분명하다. 그러나 그것이 30년대 후반의 교양의 의지와 공모하는 것은 아니다. 그러한 전통이나 고향의 구체적 참조물들이 일상생활의 경험이나 미래의 가능성의 영역으로부터 지워지고 약화되고 사라질 때, 기억술의 초점화를 통해 나타나는[62] 것에 반해, 교양은 일상생활에 대한 실천을 기반으

59) 김남천, 앞의 책, 124쪽.

60) 이혜령, 앞의 글, 143쪽.

61) Jennifer Robertson, It Takes a Village : Internationalization and Nostalgia in Postwar Japan, *Mirror of Modernity*, Stephen Vlastos, ed.(University of California Press, 1998) p.117.

로 존재하는 것이기 때문이다.

'문화'라는 용어에 대한 '진정한' 정의 따위는 존재하지 않기 때문에, 우리가 그 용어를 인간 존재가 자신과 타자들을 구성하고 표상하며, 그리하여 사회와 역사까지도 구성하고 표상하는 복합적인 시공간으로서 이해할 수 있다면,[63] 『대하』에서 진정으로 문제가 되는 것은 형걸이 떠나기로 결정한 세계가 아니라 그가 떠나갈 세계의 문화를 구성하고 표상하는 것이라고 할 것이다. 주체의 일신상의 진리로서 풍속의 현상 이면까지 탐구하려는 작가적 세계관이나 과학적 정신을 뜻하는[64] 도덕을 통해 세태를 파악하고 환경과 성격의 전형적 창조에까지 나아가고자 한 김남천의 기획이 올바로 전개된다면, 형걸의 여정이 『무정』에서와 같이 추상적인 문명에의 투신으로 이어지지는 않을 것이라고 짐작할 수는 있다. 인간의 사회를 전체성과 연관성에 있어서 묘파(描破)하려는, '산문정신'[65]이 구현된다면, 그것이 식민지 근대성에 대한 나름의 성찰을 이끌어 주리라는 기대 또한 가능할 것이다. 그러나 그 주체가 자신의 삶을 기획해 나가야 할 그 장소가 '제국의 심상지리'로부터 자유로울 것이라고 보기는 어려울 것이다. 그것은 이를테면, 기성관습에 대한 개인의 심정상의 부조화로 인한 '부재의식'에 대해 고민하는 인물이 등장하는 『낭비』나, 소명으로서의 직업의식을 견지하고 만주에 대한 환상을 지닌 채 살아가는 '현대의 청년'을 그린 『사랑의 수족관』에 대한 분석을 통해 더욱 분명해 질

62) ibid.

63) Ibid, p.111.

64) 김남천, 「도덕의 문학적 파악」, 『조선일보』 1938.3.12 ; 『김남천 전집 1』, 앞의 책, 349쪽.

65) 김남천, 「관찰문학소론」, 『인문평론』 1940.4. 위의 책, 594쪽.

수 있을 것이다. 그것은 “식민주체의 형성과 소멸, 그 사이의 동요와 불안”[66]에 대한 보다 면밀한 분석을 요구하는 문제이다.

2) 주체분열의 초극과 직분의 윤리

김남천은 「자기 분열의 초극」에서 소시민 지식인과 시민사회의 서자로서의 문학자가 주도하여 온 것이 조선문학의 문제였음을 지적하면서, 새로운 주체의 수립이 필요함을 강조한 바 있다. 그는 “시민사회의 카타스트로피의 시대에 있어서의 사회와 개인과의 복잡하고 격화된 분열을 광범히 개괄하는 동시에 이의 초극과 통일을 위하여 쓰여지는” 문학을 위하여 주체의 생활에 대한 재인식과 그것의 문학적 실천이 필요함을 지적하고 있다.[67] 그러한 주체의 모습은 곧 『대하』의 형걸이 고향을 떠나 당면해야 했을 생활의 문제와 주체 형성의 과제와도 관련이 있을 것이다. 그러한 맥락에서 『사랑의 수족관』의 의미는 새롭게 다가온다.

『대하』가 출판된 해인 1939년부터 『조선일보』에 연재되고 그 이듬해 인문사에서 간행된 이 작품의 서두에서 주인공인 김광호는 자신의 형이 위급하다는 전보를 받고 급히 고향으로 돌아가고 있다. 그가 이경희의 자동차에 동승하여 기차를 타기 위해 평양으로 향하는 장면에서 운전수는 강선루와 십이봉과 비류강으로 유명한 성천의 절경에 대한 칭찬을 늘어놓고 있는데, 그 고장이 바로 『대하』의 무대였음을 기억하기는 어렵지 않다. 또한 김광호는 토목기사라는 직업을 가

66) 김철, 「‘근대의 초극’, 『낭비』 그리고 베네치아(Venetia)」, 『‘국민’이라는 노예-한국 문학의 기억과 망각』, 삼인, 2005, 71쪽.

67) 김남천, 「자기 분열의 초극」, 『김남천 전집 1』, 앞의 책, 330쪽.

지고 있는 바, 그러한 직종에 종사하는 자라면 『대하』에서 "이 고장선 며칠 전부터 처음 볼 수 있는 측량사"[68]로 등장하여 형걸과 싸움을 벌였던 이들의 후예라고 추정해 볼 수 있을 것이다. 그 측량사들이 개설하였을 철도는 『사랑의 수족관』에서는 이미 '히까리'나 '노조미' 등의 특급 열차로 등장하여, 김광호와 이경희와 같은 등장인물의 공간적 이동의 주요한 수단으로 이용되고 있다. 범박하게 말하자면 자본주의가 대두하고 시민 사회가 형성되기 이전의 조선의 근대적 주체와 형성의 문제를 형걸이 담당하였다면, 이미 시민사회가 '카타스트로피'의 위기를 맞이하여 자기 분열의 상황에 직면하였을 때 그것을 초극해야 할 주체의 과제가 김광호를 통해 그려지고 있다고 할 수 있을 것이다.

전술하였듯이 자동차 안에서 운전수가 성천의 경치에 대해 설명하는 것을 무심히 넘겨들었던 김광호는 이경희와 대동강을 구경하면서 "양덕서 보던 맑은 시냇물이 성천서 보던 비류강을 거처서 맥전강을 지내 이렇게 대동강을 이룬 것입니다"라며 "경희의 감격을 공감하며"[69] 설명을 이어간다. 작품의 서술자는 이미 김광호가 근무하는 '니시다구미'의 철로공사장에 대해서, "소나무로 산허리를 덮은 줄기찬 커다란 산맥이 사면에서 모여드는 적은 가장자리를 쓸어합처 도두선 봉오리를 이루었고, 그것이 그대로 뻗어선 함경도의 경내로 침입하여 거대한 장백 산맥을 곳바로 쫓어가고 있는데, 산ㅅ줄기의 사이사이 마다 깊숙한 골짜기를 만들고, 삼사백리 흘러 흘러 연광정(練光亭) 앞을 감도는 대동강의 원천의 한가닥을 이곳에 이루어놓고 있는것이

68) 김남천, 『대하』, 219쪽.

69) 김남천, 『사랑의 수족관』, 인문사, 1940, 26쪽.

다."[70]라고 설명한 바 있다. 그가 근무하는 성천은 비류강이나 대동강이라는 커다란 흐름(大河)의 기원의 장소에 위치하고 있는 것이다.

'대하'의 비유와 지리적 관심에 대해서 서술자는 김광호의 입을 빌려 '직업의 덕분'이라고 말하고 있다. 개화기의 근대적 형성의 무대에서 더 거슬러 올라간 '원천'의 장소에 30년대 후반을 사는 김광호의 생활과 직업의 무대가 설정되어 있다는 점은 흥미롭다. 그 무대에서, 김광호는 이경희의 자선사업 구상에 대해서 "자선사업이라면 물론 크리스챤들이 위선적(僞善的)으로 해오는, 그런 범연한 자선사업은 아닐테지요."[71]라고 냉소적으로 평가하고 있다. 기독교를 주체확립의 동력학으로 받아들이고 측량사들과 싸움을 벌였던 박형걸의 주체위치는 김광호에게서 극적으로 전도되고 있다. 그에 따르면 기독교도들이 흔히 벌이는 자선사업 같은 것으로는 '사회의 결함'이 영구히 소멸되기란 불가능하다. 이러한 '전도'의 문맥이 작가가 상정한 '주체의 초극'과 관련이 있는 것임은 자명하다.

김광호가 상경하는 서두의 장면에서 또 하나의 중요한 맥락은 김철의 지적처럼 사회주의 운동가였던 형의 위독함이 그 상경의 이유가 되었다는 점이다.[72] 그의 형인 광준은 사상 운동에서 좌절을 경험한 후, 박양자라는 카페의 여급과 동거하다 병을 얻은 인물이다. "옛날사람이 삼사세기에 걸쳐서 경험하던것을 우리는 삼십여년에 겪는것같다."[73]는 것이 병실에서 광호를 맞이하는 광준의 소감이다. 그의 퇴폐적 생활에 대해서 중학생인 광호의 동생 광신은 "성격파산을 가

70) 위의 책, 4쪽.
71) 위의 책, 43쪽.
72) 김철, 앞의 글, 99쪽.
73) 김남천, 앞의 책, 66쪽.

지구 습관과 세태에 역행해서 하나의 시대적인 항거를 하구있는" 것이라고 변호하지만, "인제 그만 지껄이구 어서 병원에나 가보자"[74]라는 것이 광호의 불쾌함을 동반한 반응이다. 박형걸의 기독교가 조선사회의 문화적 형성에 실패하였다면, 김광준의 사회주의 운동의 결과 또한 마찬가지라는 것이 서술자의 판단인 듯하다. 서술자는 광준과 광호라는 인물에 대한 평가를 박양자의 동생인 강현순의 시선을 통해 다음과 같이 제시하고 있다.

> (사상을 가졌던 사람이 사상을 잃어버리면 저렇게도 되는것일까?)하고 비참하게 생각되는 경우도 없지않았다. 「……」 그러나 지금, (이청년이 그들이 동기간인 광호임에 틀림없다)하고 생각되는 그 사나이는, 광준의 형제가 갖는 얼굴의 특징이 가장 아름답게 나타나면서도, 그것이 균형이 잡힌몸집과 옷매무시와 어울리게 조화를 이루어서 현순이의 눈에는 거의 완성에 가까운 청년의 모양으로 느껴지는 것이다.[75]

강현순의 시각을 통해 제시되는 광호의 모습은 현대의 이상적인 청년, 바로 그것이다. 그러므로, 이경희와 강현순이라는 젊은 처녀들이 그를 보자마자 연애의 감정에 빠져드는 것은 작품의 서사적 전개에서 당연한 맥락이다. 이경희는 단 한 번 만났던 김광호를 떠올리며 "가슴에서 끓어오르는 환희에 찬 홍분"을 느끼고 "그것은 건강한 나의 정신의 명령이다! 아름다운 나의 육체의 요구다! 처녀만이 향락할 수있는 가장 고귀한 권리다!"[76]라고 말하고 있다. 이러한 김광호의 매력에 대해서 당대의 작가 채만식은 다음과 같은 논평을 하고 있다.

---

74) 위의 책, 62쪽.

75) 위의 책, 76-77쪽.

76) 위의 책, 141쪽.

"단편은몰라도 조선문단의 허다한장편들가운데 「사랑의 수족관」의 「김광호」처럼 젊은사람으로 치기가없는 인물을 그려낸작품은 아마도 전무했다고해도 과언이아닐것이다. 항상 문제에오르는 「무정」의 「형식」이나 「고향」의 「김희준」은 「사랑의 수족관」의김광호에비하면 완연히 어린애들이다. 「김광호」의 사람됨이 어떠케도으젓한지 시럽슨말이지만 세상의여자가 만일「김광호」와같은 사람을 애인내지남편으로 마지한다면 그여인은 만년반석우에올라앉은듯 행복과아울러 안전한생애를 노릴수가 있을것이다."[77] 김광호에게 이경희와 강현순이 쉽게 빠져들 수밖에 없는 근본적인 이유를 이보다 더 알기 쉽게 설명하기란 어렵다.

『무정』의 이형식이 경성과 평양과 삼랑진을 오가는 기차 안에서 끊임없이 자기 반성의 순간을 맞이하고, 『만세전』의 이인화나 『사랑과 죄』의 이해춘 또한 공간을 이동하는 기차 안에서의 사유를 통해 내면성이나 연애의 서사 속으로 합류하는 것과는 달리, 기차를 타고 성천과 평양과 경성과 만주를 끊임없이 오가는 김광호는 그 이동을 통해서 어떠한 자기 변신의 면모도 보여주지 않는다. 그가 보여주는 자기 확신의 면모는 『사랑의 수족관』의 서사가 형성하기를 목표로 삼고 있는 회의할 줄 모르는 '현대 청년'의 전형적인 모습이다. 그러한 이유로 이 작품의 주인공으로 사회주의의 실패로 타락하여 세상을 버린 형 광준이나, "장차 위대한 문호가 될 양으로 학교를 경멸하고 과학이나 기술을 멸시하고 있는 중학생 광신"[78]이가 아니라 "현대청년으로서의 자긍과 자존심"[79]을 지닌 채 당당하게 대흥광업 사

77) 채만식, 「김남천 저 <사랑의 수족관> 평」, 『매일신보』 1940.11.19.

78) 김남천, 앞의 책, 311쪽.

79) 위의 책, 278쪽.

장의 집으로 들어가는 김광호가 등장하였던 것이다. 그렇다면 그가 지녔다는 '현대청년의 자존심'의 내용은 무엇인가.

> 만주처럼 아직 세밀한 지도가 되어 있지 않은곳엔 험준한 산악이나, 어디가 어딘지 분간할 수 없는 산림속에 무턱대고 측량기계를 들어 세울수가 없었다. 「……」 기관차가 이끄는대로 그는 제도대우에 「이메-지」와 「이류-종」을 그리면서 만주의 풍토를 느껴본다. 빙그레 웃고 그는 담배를 피운뒤 다시 자를 들고 계산에 몰두하는 것이다.[80]

인용한 대목이 보여주고 있는 것은 자신의 직분에 충실할 것을 윤리적 사명으로 삼고 있는 청년의 자화상이다. 그것은 작가가 불안과 동요를 벗어나 '생활에 대한 재인식'을 바탕으로 새롭게 형성되어야 할 주체의 모습으로 제시하는 이상적인 인물의 형상이다. 이러한 형상은 『사랑의 수족관』에서 주요한 인물들의 자기 확인을 추동하는 자명한 윤리로 작동하고 있다. 이경희는 자신이 몰두하는 세계에 대한 건조한 보고를 담은 광호의 편지에 대해서 "시시평덩한 수작이나 되지도 않는 풍경묘사를 하느니 보다 침착하게 제가 가지는 세계의 한 가닥을 적어보내는게" 아름답다고 느낀다. '행복'과 '안전한 생애'를 보장하는 '직분의 윤리'에 대한 맹목적 투신은 김광호와 이경희와 강현순이라는 젊은 주인공들이 공유하고 있는 작품의 윤리와도 같다.

김광호에 대한 이경희와 강현순의 애정이 그러한 것처럼, 강현순에 대한 이경희의 호의 또한 이러한 작품의 이데올로기적 맥락을 알지 못한다면 납득하기 어려운 모습을 보여준다. "건실한 직업부인"에 대한 "막연한 동경과 선망"[81]이 아니라면 이경희가 강현순이라는 인물

80) 위의 책, 325-326쪽.

81) 위의 책, 191쪽.

에게 관심을 갖고 그녀에게 다가가도록 만드는 어떠한 근거도 발견하기 어려운 것은 그러한 이유이다. 강현순 또한 직분의 윤리를 수락하여 김광호에 대한 연정을 단념하고 언니인 박양자를 좇아서 만주로 가서 새로운 '생활과 직업'을 찾으려는 결심을 보여준다.[82]

김광호가 경희에게 보내는 편지에 쓴 다음과 같은 대목은 교양의 이념과 결부시켜 볼 때 흥미로운 장면을 보여주고 있다.

> 우리는 기술이 하나 하나 자연을 정복해 가는 그 과정에 흠빡 반하고 맙니다. 「……」 그것이 어디에 씨이건 석탄을 가지고 석유를 만드는것만은 새로운 하나의 기술의 획득이었고, 그것을 운반하는데 철도로 하여금 충분히 그의 힘을 다하게 만드는것만이 우리의 의미올시다.[83]

매슈 아놀드는 기계적이고 물질적인 문명에 대해 적대적인 교양의 완전한 형성의 이념을 제시한 바 있다. 그는 동시대의 영국인들을 사로잡고 있던 기계에 대한 믿음(Faith in machinery)에 대해서 이렇게 말했다. "마치 기계가 그 자체 속에 그리고 그 자체를 위해서 가치를 지니고 있는 듯이 기계를 신앙하고 있다. 「……」 석탄이란 기계가 아니고 무엇인가? 철도란 기계가 아니고 무엇인가? 「……」 마치 그것들이 그 자체로 고귀한 목적이 되고 그러므로 완전의 성격들이 얼마만큼 그것에 논란의 여지 없이 결부되어 있는 듯이 말하고 있다."[84] 교양 이

---

82) 이러한 직분의 윤리와 만주에 대한 동경이 어떠한 주체의 모습을 형성하는가의 문제를 당대 일본의 제국주의와 연관하여 파악한 논의로는, 김철의 앞의 논문을 참조할 수 있다. 또한 그것이 만주의 스펙터클을 전유한 일제의 총제적 재현의 체계와 갖는 관련에 대해서는 이경훈, 「만주와 친일의 로맨티시즘」, 『한국근대문학연구』 7호, 2003 참조.

83) 위의 책, 485쪽.

념의 결핍에 대한 이 신랄한 논평은 그대로 김광호에게도 돌려줄 수 있는 평가가 될 것이다.

『대하』의 형걸이 스스로 구현하기를 원했던 것이 조선 사회의 문화적 형성이었다는 판단이 옳다면, 『사랑의 수족관』의 김광호에게서 그러한 교양의 이념은 제국주의적 직분의 윤리 속으로 통합되고 있다. 이러한 교양 이념의 좌절은 40년대를 전후한 한국 근대문학의 총체적 맥락과 무관한 것이 아니다.

---

84) Matthew Arnold, *Culture and Anarchy* (Thoemmes Press ; Bristol ; 1994) p.16-17.

제5장 이태준과 자기의 창출

1. 자전의 양식과 성장의 무의식

1) 자서전과 교양소설의 형성적 성격

바흐찐은 자서전과 전기의 글쓰기에 대한 역사적 고찰을 통해 고대의 자서전 양식의 특성을 밝힌 바 있다. 공적인 성격을 지니던 자전은 개인의 자기의식이 새롭게 등장한 것을 계기로 변해가기 시작했다. '자의식'을 포함하여 하나의 삶을 전기로 변화시킬 때 사용되는 성공이나 행복, 혹은 업적 등 일련의 범주들은 사적인 자기의식의 대두와 더불어 공적인 의미를 상실하고 개인적인 차원으로 넘어갔다. 그러나 이런 사적인 공간들이 만들어낸 것은 완결되고 고립된 문학적 풍경일 뿐이었고, 그 속에서 진정으로 고립된 개인은 존재하지 않는 것이었다.[1] 편지나 일기 등의 사적인 영역 속에 등장하던 자아는 부르주아 개인주의의 발현과 함께 새로운 양식의 자기노출을 경험하게 된다.

1) 미하일 바흐찐, 전승희 외 역, 『장편소설과 민중언어』, 창작과비평사, 1988, 330-334쪽.

자서전을 그 개념에 대한 사전적인 권위를 갖는 정의에 따라 "한 실제 인물이 자기 자신의 존재를 소재로 하여 개인적인 삶, 특히 자신의 인성(人性)의 역사를 중점적으로 이야기한, 산문으로 쓰여진 과거 회상형의 이야기"[2]로 규정할 수 있다면, 그것은 근대 이후에 비로소 가능해진 글쓰기의 양식으로 이해할 수 있을 것이다. 작가의 개인적인 진실, 내면의 개별적인 진실을 드러내는 글쓰기란 진정으로 근대적일 수밖에 없는 것이기 때문이다. 폴드만이 18세기 이전에 자서전이란 양식이 과연 존재할 수 있었을지 묻고 있는 것은 이런 맥락에서 비롯된 것이다.[3] 루소의 고백록에 나타난 자아의 양상이 중요한 것은 이런 자서전의 기원과 관련이 있다.

우리가 어떤 행위가 그 결과를 산출하듯이 삶이 자서전을 산출한다는 것을 상정할 수 있다면, 자서전의 기획(autobiographical project) 또한 그 자체가 삶을 생산하고 확정할 수 있다는 것을, 그리고 작가들은 자기초상의 기술적인 요구에 지배되어 자신의 삶의 자산에 관한 모든 국면을 확정하고 있음을 상상할 수 있을 것이다. 그러므로 폴드만에게 자서전과 소설을 구분하는 것은 불가능한 작업이 된다. 그에게 자서전이란 하나의 확정적인 장르나 양식이 아니라, 모든 텍스트에서 어느 정도까지 발생하는 읽기와 이해의 표상방식이 된다. 자서전적 순간(autobiographical moment)은 이런 읽기의 과정에 포함된 두 주체가 서로를 상호적인 반영의 실체로 간주할 때 발생한다.[4]

---

2) 필립 르죈, 윤진 역, 「지드와 자전적 공간」, 『자서전의 규약』, 문학과지성사, 1998, 17쪽.

3) Paul de Man, Autobiography as De-Facemant, *The Rhetoric of Romanticism* (New York : Columbia University Press, 1984) p.68.

4) Ibid. pp.69-70.

토미 스즈키는 1890년 이후의 일본의 모더티니에 대해 살피면서, 사소설의 독법은 일반적으로 일본의 근대화로 언급되는 거대한 역사적 과정의 일부로 문학, 소설(소세쯔), 언어, 표상과 '자아'에 대한 관점의 가정들의 변화를 포함한다고 말했다. 사소설 담론은 문학 작품이 무엇보다 우선 작가가 충실하게 그 혹은 그녀의 '진정한 자아'를 드러내는 과정이라고 생각되는 순간에 나타난다. 사소설 담론은 문학 작품이 작가의 경험적인 또는 '진정한' 자아에 대한 표현이 되어야 한다는 생각뿐만 아니라 소설의 언어를 작가의 '자아'를 직접적으로 제시할 수 있는 투명한 매체로 간주할 때 출현했다. 강력한 문학적, 문화적 메타-서사를 산출하는 기표로서의 사소설의 신비한 능력은 '나(I)' 또는 '자아', 즉 私(watakushi)라는 관념의 특별한 신비와 소설이라는 문학장르에 주어진 특권적 지위로부터 나오는 것인데, 이 둘다 서구 모더니티의 문화적 헤게모니로부터 연원한 것[5]이다. 그런 문화적 헤게모니는, 지금까지 이 글이 주목하였던 교양의 헤게모니 과정과 별개의 것이 아니다.

자기자신을 언어화하는 자전적 소설의 미적 주체들은 고백과 기억을 통하여 자기자신의 모습을 보여주는 상(像)을 이루고 만들어내는 것을 지향한다. 그들은 다양한 글쓰기의 유희를 통하여 자신의 인성(人性)을 구성하는 것을 목표로 삼고 있다.[6] 여기에서 인성을 구성하는 것이 자전적 소설의 주요한 목표 중의 하나라는 판단은 이 양식이 교양소설과 맺는 관련에 대한 중요한 암시를 제공한다. 교양소설이 한 개인의 성장과 발전을 통하여 그의 인성이 형성(Bildung)되어 가는 과

5) Tomi Suzuki, *Narrating the Self : Fictions of Japanese Modernity*(Stanford, Califonia : Stanford University Press, 1996) pp.2-8.

6) 필립 르죈, 앞의 책, 249쪽.

정에 대한 서사라면, 그것이 자서전과 밀접한 미학적 관련을 지니고 있을 것임을 짐작하기는 어렵지 않다.

교양소설에 대한 개념이 처음으로 정립되고 그 양식이 출현한 독일에서 1인칭 자전적 소설과 교양소설이 지니는 상동성은 여러 차례 주목된 바가 있다. 독일의 교양소설은 대체로 일인칭 소설(Ich-Roman)과 밀접히 관련을 갖는 것으로 이해되고 있다. 그것은 교양소설이 1인칭으로 쓰여지거나 3인칭으로 쓰여지는 것과 관계없이, 교양소설의 주체가 작가 자신의 자아(Ich)와 동일한 것으로 상정되기 때문이다. 주체의 자기형성을 향한 서사적 여정에서 작동하는 자아의 원리는 교양소설과 자전소설의 핵심적인 기제이다. 그것은 벤야민이 말한 바, "자의식 속에서 자기 자신을 반추하는" 낭만주의적 성찰의 궤적을 찾는 작업과 다르지 않다. 성찰은 "자기 자신에게로 돌아가려는 행위의 권한, 내가 나일 수 있는 능력"[7]으로서의 의미를 갖는다. 자신의 육체에 대한 생각을 '반추'하는 것은 성찰의 대상으로서의 자기 자신의 모습을 바르게 인식하는 과정이다.

자서전은 auto-bio-graphie로서, 자기－삶－글쓰기라는 세 가지 축의 관계맺음을 통해 이해되는 것이고, 그것은 결국 글을 쓰는 주체의 정체성의 문제로 귀결될 것이다.[8] 그러므로 자신의 삶을 돌보는 글쓰기로서의 자전소설을 통해 자아가 추구하고자 한 교양의 형성에 주목할 수 있다. 본 장에서는 자전으로서 교양소설의 가능성을 보여주고 있는 이태준의 『사상의 월야』에 대해서 살펴볼 것이다.

---

7) 발터 벤야민, 「독일 낭만주의에서의 예술 비평의 개념」, 박설호 편역, 『베를린의 유년시절』, 솔, 1993, pp.148-149.

8) 윤진, 「진실의 허구, 혹은 허구의 진실 : 자서전 글쓰기의 문제들」, 『프랑스어문교육』 제7집, 264쪽.

2) 출세의 정당성, 성장의 무의식

이 책의 제2장에서 이광수의 『무정』을 통해서 피식민 주체가 형성되는 교양의 과정에 관해서 살펴보았다. 식민자와의 동일시와 모방을 통해서 성장을 꿈꾸는 피식민 주체의 욕망 속에는 필연적으로 식민지적 무의식이 존재하며 그것이 식민지 조선의 청년들에게 주어진 교양의 조건이었다는 판단은 이광수와 그의 세대에게만 해당되는 것은 아닐 것이다. 식민지에서 형성된 한국 근대문학의 역사는 그러한 혼성적인 성장의 조건이 더욱 강화되고 내면화된 결과일지도 모른다. 이태준의 『사상의 월야』[9]에 대한 재독이 필요한 것은 그 때문이다. 이 작품은 『매일신보』에 1941년 3월부터 이듬해 7월까지 연재되었으며, 해방 후 개작되어 단행본으로 간행된 바 있다.

『사상의 월야』를 성장 소설의 관점에서 바라보는 논의의 축적은 참조할 만하다. 장영우는 이 작품이 작가의 전기적 사실이 짙게 반영된 자전적 소설인 동시에 그의 유소년기에서 청장년기까지의 생장과 고난의 연속과 한 젊은이의 정신적 성장을 객관화한 일종의 교양소설로 볼 수 있다고 지적하고 있다.[10] 천이두는 「성장소설의 계보와 실상」에서 송빈이 보여주는 성장의 여정은 달밤, 모계, 정감의 세계가 아닌 새벽, 부계, 논리의 세계를 지향하는 것으로써 나타나는 공인적 소명의식의 확인이라고 보았다.[11] 황국명은 「성장소설의 정치적 환상 연구」에서 성장 과정에서 근대적 현실주의자가 된 송빈이 결국 과거를 떨치고 미래로 나아가는 근대주의자의 면모를 보여주고 있으

9) 이태준, 『사상의 월야』, 깊은샘, 1996.
10) 장영우, 『이태준 소설연구』, 태학사, 1996, 221쪽.
11) 천이두, 「성장소설의 계보와 실상」, 『우리 시대의 문학』, 문학동네, 1998.

며, 세속적인 성공을 목적으로 삼은 그의 성장은 근대세계가 가르치는 방식으로 욕망주체가 되는 것이라고 분석하고 있다.[12)]

『사상의 월야』의 형성 주체 이송빈의 여정을 따라가며 이형식 이후의 식민지 청년들의 성장을 조명해 보자. 개화파의 선각자였던 아버지 '이감리'를 어린 나이에 여의고 고아로 자라는 송빈의 삶의 이력은 벽촌인 배기미 땅에서부터 고향인 철원 용담으로, 다시 원산, 중국 안동, 순천, 서울, 그리고 동경으로 이어지는 고행과 유랑의 여정이다. 이 여정에서 특히 고향마을의 가족을 떠나 서울에서 학업을 쌓고 동경으로 유학을 떠나게 되는 경로는 주목할 만하다. 프랑코 모레티는 유럽의 교양소설의 세 가지 공간들에 대해서 흥미로운 도표를 제시한 바 있다. 그에 따르면 그 소설에 등장하는 것은 고향마을(village), 지방(province), 자본주의적 도시(capital city)로 유형화된다. 이들은 각각 가족과 학교, 그리고 법률, 정치학, 문학, 저널리즘 등의 문화를 대표하는 장소가 되며, 교양소설의 주인공의 여정은 고향을 떠나 지방을 경유하여 자본주의 도시를 향해가는 것이다.[13)] 송빈이 벽촌인 배기미에서 태어나 서울에서 학업을 쌓고 동경의 문화적 공간으로 나아가는 여정은 이러한 유럽의 교양소설적 맥락과 정확하게 일치한다.

송빈이 겪는 이러한 성장의 여정은 그가 무엇보다도 변화와 유동성, 불안정을 특성으로 하는 근대성의 소용돌이의 한 가운데 서 있다는 것을 직핍하게 보여주고 있다. 길 위에서 자라나고 길 위에서 자아를 발견하는 그의 여로는 그 자체로 모더니티의 조건을 이룬다. 그 모더니티 속에서 그는 "윤선 보다도 더 빠른" 기차에 놀라고, "굴을

12) 황국명, 「한국 현대 성장소설의 정치적 환상 연구」, 『한국문학논총』 제25집, 1999.12.
13) Franco Moretti, Atlas of the European Novel 1800-1900 (London : Verso, 1998.) pp.64-69.

뚫되 양편에서 같이 파들어가도 한치의 어긋남이 없이 땅 속에서 만나는 그들의 재주를 보고는, 사서삼경을 외는 것만으로는 살 수 없으리라는 것을 늦게나마" 깨닫는다. 송빈이 '남아입지출향관'[14]이라는 한시를 가슴 깊이 새기며 "사람이란 죽으면 고만 아닌가? 그까짓 뼈야 어디 묻힌들 무슨 상관이랴!"[15]라는 자각을 하는 것은 근대적 인간으로서의 그의 성장을 예고한다. 이토 히로부미가 지은 것으로 알려진 이 한시를 송빈이 자신의 성장의 동력으로 제공받는다는 것 자체가 그의 성장에 식민지적 무의식이 각인되는 순간이라고 볼 수도 있을 것이다. 그의 한시에 나타나는 발전과 지배의 사유구조는 『사상의 월야』에 나타난 성장의 전략과 다르지 않을 것이다. 흥미롭게도 이 구절은 메이지 청년의 입신출세적 인간상을 문학적으로 처음 형상화하였던 기쿠테이 고스이의 『세로일기(世路日記)』에도 등장한다. 이 작품에는 메이지기의 출구를 찾지 못한 청년들의 비분강개형의 구절이 도처에 등장하여, 메이지 10년대의 청년들을 고무하였다. 주인공이 유학을 위해 동경으로 상경하는 것은 메이지 청년들에게는 따듯한 공동체를 떠나 냉혹한 타인의 세계로 투신하는 것을 의미하였다. 그들은 결국 현실의 고립감을 완화시켜주는 고향으로의 회귀를 꿈꾸게 되고, 입신출세주의의 허망함을 깨닫게 된다.[16]

모더니티에 대한 자각 이상으로 송빈의 성장에 의미 있는 경험을 안겨주는 것은 가족 질서로 유지되는 안정된 관계가 사라지고 돈에 의해 재편되는 인간관계가 삶의 조건이 되는 변화되어 가는 현실의 모습이다.

---

14) 송빈이 소개하고 있는 한시의 전문은 다음과 같다. 男兒立志出鄉關 學若無成死不環 埋骨豈期墳墓地 人間到處有青山.

15) 이태준, 앞의 책, 70쪽.

16) 前田愛, 『近代讀者の成立』, 筑摩書房, 1982, 88-108쪽 참조.

송빈이는 신지도 않고 아끼던 경제화가 눈에 선하였다. 그러나 경제화보다도 생각할수록 분한 것은 제 마음이었다. 그를 동정했던 제 마음이었다.

「동정이란 이처럼 무가치한 것인가? 사람이란 이다지 못 믿을 것인가?」

이 연기처럼 사라진 압대 손님 하나는 송빈이의 인생관이라고까지는 몰라도 아무튼 인생을 생각하는 마음의 눈에 한점의 티가 되어 버렸다.[17]

자신이 동정을 보여 준 사람이 가차없이 자신을 배반하고 떠나버리는 경험은 송빈이 '무정'한 세상의 이치에 대해 자각하는 순간을 보여준다. 『무정』의 주인공 이형식은 영채를 찾아 평양으로 가는 기차에서 동승한 노파를 '더러온 계집'이라고 인식하지만, 그 노파 또한 자신과 같이 십몇 년의 새로운 교육을 받을 기회를 가졌다면 자신과 같은 사람이 되었을 것이라고 생각한다. 그것으로부터 '무정'한 세상에 대한 그의 동정이 시작된다. 이광수에게 정, 혹은 동정은 감정의 차원에서만 아니라 윤리적이고 사회적인 차원에서 탐구되었으며, 그것이 사회와 민족의 발견을 가능하게 만든 감정의 동일화로 이어졌다는 지적은 개인의 자각이 민족국가라는 공동체에 대한 상상으로 이어지는 경로를 이해하는 데 중요한 암시를 준다.[18] 송빈이 절실하게 체험한 '동정'의 상실에 대한 심경의 토로는 전근대적 공동체를 표상하던 인간관계의 소멸에 대한 증언으로 보는 것이 옳지만, 동시에 그것은 인간에 내재한 도덕 감정에 기반하여 조화로운 사회의 이상을 탐구하는 '동정'(sympathy)의 능력의 근원적인 결핍이 그의 성장의

17) 이태준, 앞의 책, 82-83쪽.

18) 김현주, 「문학 · 예술교육과 '동정(同情)'」, 『1960년대 소설의 근대성과 주체』, 상허학회, 2004, 참조.

기반이 되었음을 암시하는 것이기도 하다. 이것은 송빈의 성장의 조건을 이해하는 데 중요한 맥락이다. 그것은 교양의 형성과정에서 반드시 체험해야 하는 '마음의 진실'과 '세상의 이치'가 대립하는 순간이기도 하다.

그러나 송빈은 '세상의 이치'에 대항해서 '마음의 진실'을 지켜가려는 모습을 보여주지 않는다. 소유에 의해 인간관계가 재편되는 현실은 그에게 좌절과 고난을 안겨준 직접적인 원인이지만, 한편으로 "돈이 보편적인 매개물이 됨에 따라 각 개인은 강력히 그 물질적 문화의 일부분을 점유할 수 있게 된다."[19]는 근대성의 매혹을 의미하기도 한다. 그것은 "새로운 악을 소유했으나, 또한 새로운 위대함을 지니고 있는 사회적 유동성의 세계"에 대한 경험이다. 송빈은 누구보다도 그러한 사정을 빠르게 체득한다. 그는 지불능력이 있는 소비자가 되기를 열망함으로써 복수를 꿈꿀 수 있는 것이고, 이제 그에게 의미를 제공하는 것은 자신의 닫혀진 내면성이 아니라, 그를 재단하고 그에게 새로운 지위를 부여해 줄 수 있는 사회이다.

세상이 가변적이고 불확정적이며 새로운 질서에 의해 재편되어 가고 있다는 깨달음은 송빈에게 자신이 지향해야 할 가치가 무엇인가를 분명하게 알려준다. 지식과 지위의 획득을 통한 '출세'가 그것이다. 원산의 객주집에서 일할 때, 중학생의 모자 때문에 수모를 겪은 그가, "복수하자! 돈으로! 명예로!"[20]라고 다짐하는 장면에서 그가 지향하는 가치는 분명히 드러난다. 또한 서울에서 가난으로 인해 배재

---

19) Franco Moretti, *The Way of the World : Bildungsroman in European Culture* (London : Verso, 1987) p.172.

20) 이태준, 앞의 책, 86쪽.

학당을 포기하고 야학을 다니던 그가 청년회관의 토론회에 참석했다가 직접 연설에 나서는 계기가 되는 것은 "내가 돈이 없어서 못 다닌 배재학당이다! 돈과 배재학당에 복수를 하자!"[21]는 생각이다.[22] 이날 토론회에서 여러 사람 앞에서 자신의 주장을 펼쳐서 인정을 받은 경험은 송빈의 자아 확립에 중요한 계기로 작용하게 된다. 그것은 여러 사람들 위에 군림할 수 있는 지식의 힘에 대한 각성을 가져다준다. 그는 방학 중에 서울에 온 동경 유학생들의 강연회를 보고는 "세상에 어려운 일, 청년들만 할 수 있는 일은 그들이 먼저 맡아 버린 것처럼 부러웠다."[23]라고 탄식한다. 강연회의 체험은 송빈으로 하여금 "이 무한한 가능성에 찬 것이 사람의 힘이요, 그 중에서도 사내의 힘이요, 그 중에서도 청년의 힘일 것이다!"라고 말하며, "첫째도 공부요, 둘째도, 셋째 넷째도 공부다!"라는 판단하에 동경유학을 감행하도록 만든다. 송빈이 그런 결심을 한 끝에 "한 폭의 지도처럼 서울을 짓밟는 기세로 종현을 뚜벅뚜벅 내려왔다."[24]는 서술 속에 드러나 있는 지배와 권력의 이미지는 그의 내면에 존재하는 성장의 목표를 분명하게 보여주고 있다. 식민지 계몽의 대표적 형식인 유학생 강연회를 통해 계몽의 정신을 출세의 정당화로 전유하는 방식은 이태준의 소설에 나타나는 계몽의 구조에 대해 의미 있는 통찰의 지점을 마련하고 있다.

21) 위의 책, 105쪽.

22) 사에구사는 굴욕감이 자기의 내면에 대한 물음의 계기가 됐어야 했음에도 불구하고 반대로 외부를 지향하고 자기 합리화를 꾀한 것이 이태준 작품의 특색이라고 말한 바 있는데, 이러한 지적은 한국의 근대문학 연구자들에게는 부인되었으나 간과할 수 없는 통찰이다(사에구사 도시카쓰, 심원섭 역, 『사에구사 교수의 한국문학 연구』, 베틀북, 2000, 402쪽).

23) 이태준, 앞의 책, 135쪽.

24) 위의 책, 163쪽.

2. 세상의 이치와 식민주의의 내면화

1) 세상의 이치와 자기의 합리화

『사상의 월야』에서 송빈에게 처음 서울이라는 장소를 선명하게 각인시킨 것은 어린 그에게 최초의 연애 감정을 느끼게 해 주었던 먼 친척 은주이다. 이후 서울로 진입한 송빈이 은주와의 사랑에 빠지게 되는 장면은 『사상의 월야』에서 중요한 성장의 과정이 된다. 송빈의 성장에서 은주와의 사랑의 체험은 독서의 체험과 맞물려서 그의 자아에 심대한 영향을 미친다. 그는 자신이 읽은 소설의 주인공들의 이름을 따서 은주를 부르는 자신만의 호칭을 만들어내기도 한다. 흥미있는 것은 그가 수행하는 특정한 독서의 방식이다. 이를테면, 위고의 『레 미제라블』에 대한 그의 독후감은 "다 읽고 책을 덮을 때 쟈베르 역시 공사(公私)의 분별과 책임감의 엄격한 법(法)의 옹호자로 인류사회에 반드시 필요한 한 훌륭한 성격자였다."[25]는 것이다. 투르게네프의 『그 전날 밤』과 관련해서는 "편안한 조국을 버리고 파란 많은 망명 청년의 뒤를 따라 끝까지 사랑과 정의의 편이 되는 에레나의 숭고한 사랑! 아아! 위대한 사랑의 힘!"[26]이라는 감격을 내보인다. 그 독서의 경험을 통해 자신과 은주의 미래를 상상하는 장면에서 그는 "내가 생각하는 모든 게 진실하기만 하다면, 내가 흥분하는 게 언제든지 정의이기만 하다면, 나를 사랑하는 은주에게 그것들이 감염되지 않을 리 없는 거다! 그렇다!"라는 희망을 제출한다.

송빈이 보여주는 독서감상법에서 '법의 옹호자'나 '정의의 편' 같

25) 이태준, 앞의 책, 126쪽.

26) 위의 책.

은 용어들이 중요한 의미를 가진다는 점은 주의 깊게 살필 필요가 있다. 송빈의 무의식과 관련하여, 강박증적 주체는 규칙과 법을 열렬히 존중하는 사람으로 기꺼이 자신을 나타내 보인다는 지적을 떠올릴 필요가 있기 때문이다.[27] 이러한 주체의 모습은 은주와의 사랑이 실패로 돌아가고 나서 송빈이 보이는 행동에서도 분명히 감지된다. 그가 동경으로 유학을 떠나서 펼치는 달밤의 사상에는 은주에 대한 자신의 감정을 철회시키는 합리화의 모습이 선명하게 나타난다.

> 그럼 은주는 첫재인 건강과 건강미가 잇는가? 소위 선병질미라고 할가. 현대적인 건강미는 아니다. 교양정도가 나와 가튼가? 현재도 나보다 유치한 데다 나는 작고 공부하고 그는 고만두고 장래는 너머나 층하가 질 것이다. 「……」 은주? 한가지도 취할 게 업는 여자다! 다시 은주를 생각한다면 이 이송빈이는 정신병자 감성병 환자란 것 박게는 아모것도 아니다! 은주 생각이 난다면 나는 병원으로 가는 게 올타![28]

자신이 거절당한 사랑의 대상을 사후적으로 부정하는 송빈의 독백은 징후적이다. 프로이트와 라캉이라면 송빈을 강박신경증 환자라고 불렀을 것이다. 강박증 환자는 사랑의 대상에 대하여 특히 효력이 있는 다른 방어 장치, 즉 사후적 취소라는 방어 장치를 가동시킨다. 리비도 투여와 철회라는 이중적인 강박적 경제의 메커니즘을 통해서 사랑의 측면을 취소하려고 애쓰는 것이 강박증 환자에게 나타나는 증오의 측면이다.[29] 계몽주의를 동반한 교양의 서사가 대체로 그런 것처럼, 『사상의 월야』의 송빈 또한 사랑과 관련하여 타자를 배제하

---

27) 조엘 도르, 『프로이트·라캉 정신분석임상』, 홍준기 역, 아난케, 2005, 154쪽.
28) 이태준, 앞의 책, 203쪽.
29) 조엘 도르, 앞의 책, 158쪽.

는 견고한 자기중심적 주체의 형식으로 나타나고 있다.

그 주체가 배제하는 또 다른 대상은 자신의 할머니와 고향의 공동체이다. 학내 분규로 휘문고보를 중퇴한 송빈이 동경유학을 결심하는 데에 유일한 장애로 작용하는 것은 그와 고난의 여정을 동반한 '인생의 불쌍한 동무'인 할머니에 대한 염려이다. 고아인 송빈에게 모성의 보호를 평생토록 베풀어준 인물이며, 그가 학교를 졸업해서 어서 취직을 하는 것을 유일한 낙으로 삼고 있는 인물인 할머니는 전통적인 가정의 이미지를 구현하고 있는 인물이다. 송빈은 이러한 할머니의 바람을 들어주지 못하고 자아의 성장을 실현해 줄 것이라고 기대되는 동경유학의 길을 떠나게 된다. 송빈이 동경유학을 떠나며 "나는 우리 할머니와 우리 할머니의 친족 한 집을 그 가난한 진멩이에서 끌어낼 수 있기를 바랐다! 왜 진멩이 전체를 구할 생각은 못하였던가?"[30]라고 독백하는 장면은 그가 자아의 실현을 민족현실에 대한 자각으로 승화시키는 대목인 것으로 보인다. 그러나 앞에서 살핀 바처럼 송빈의 자아 확립에 가장 중요한 계기로 작용하는 것이 돈과 명예와 지위에 대한 염원이라고 판단한다면, 민족현실이라는 이데올로기는 그의 입신과 출세를 정당화하는 알리바이라고 보는 것이 더 올바른 판단일지도 모른다. 동경행 기차에서 만난 한 노파가 손 씻는 물을 송빈에게 먹으라고 권할 때, "인정 구수한 할머니가 은근히 정은 들면서도 바라볼수록 울분의 대상이 되었다"[31]라고 그가 말하는 대목은 문명과 과학의 세계로 나아가는 송빈의 여정에서 토속적인 정으로 가득한 할머니들의 세계는 설 자리가 없다는 사실을 증명하고 있다. 또

30) 이태준, 앞의 책, 183쪽.
31) 위의 책, 194쪽.

한 동경에서 지진을 체험하고 난 뒤 연애의 감정과 모성의 본능을 부정하고 과학의 세계가 제일이라고 역설하는 대목은 그에게 계몽에의 의지 또한 입신출세의 한 방편에 지나지 않음을 보여주고 있는 것이다.

「과학이다! 과학적 사고(思考)라야 한다! 모-든 어버이는 자식을 사랑하는 본능을 가젓다. 외할머님께서 나를 사랑하심도 자기의 딸을 사랑한 나머지엿슬 것이다. 그 뿐일 것이다! 「……」 무비판의 정렬 그것은 언제나 리성의 백주(白晝)를 암야(暗夜)로 만드는 날 독까비일 것이다! 할머님께 대한 미안 쓸데업는 거다! 먼저 내 완성이 잇고 볼 거다!」[32]

과학적 사고를 통해 자신의 완성을 추구하는 송빈에게 중요한 것은 '마음의 진실'이 아니라, '세상의 이치'이며, 그는 기민하고 역동적으로 그 세상에 몸담음으로써 세상의 이치에 따라 출세한 인물이 되는 것을 최고의 목표로 삼고 있는 것이다. 그것은 "어떠한 정당화도 요구하지 않는 완전히 자연스러운 욕망"[33]이라고 모레티가 말한 출세의 욕망이다. 이렇듯 맹목적이고 부단하게 전진하는 세상의 이치에 몸담는 젊음의 표상에 성장이라는 이름을 부여해야 한다면, 그것은 교양에 대한 결별로서의 성장이라고 불러야 할 것이다. 그것은 진정한 자아의 발견이 아니라, 자기 자신과 결별하는 성장의 이미지이다. 그것은 루소라면 자기 소외라고 불렀을 그러한 자아의 양식이다.

루소는 지속적으로 자신을 초월하려는 요구를 인간 진보의 결과로 보았다. 그가 자기에 대한 사랑이라고 부른 것에 바탕한 자아-정체성의 새로운 형식은 "오직 사회 속에서 발생하고, 각각의 개인으로

32) 위의 책, 202-203쪽.

33) Franco Moretti, op. cit. p.130.

하여금 다른 누구보다도 더 자신을 낮게 만들도록 이끌고, 사람들이 서로 상처를 주는 모든 상호적 피해를 일으키고, 우리가 명예라고 부르는 것의 진정한 근원"이 되었다. 자기에 대한 이 감각은 순수하게 경쟁적인 것이다. 그것은 사람들로 하여금 그들의 재능을 이전에는 존재한 적이 없는 높이와 깊이로 발전시키도록 강요한다. 그들 자신을 위한 어떤 본질적인 장점으로가 아니라, 다른 사람에 대한 무기로서의 그들의 가치 있는 재산으로서 그들의 재능이 발휘되는 것이다. 그리하여 사람의 가장 진정한 추진력들과 힘들의 전개는 그의 가장 작은 진정한 요구들에 의해 작동한다. 이중의 근원에서 솟아나서, 인간의 자기발전의 과정은 심원하게 모호한 결과를 발생시킨다. 루소는 인간에게 특유한 이 무한한 재능이 또한 모든 인간의 불행의 원천이라는 점을 파악했다. 그래서 인간의 자기 발전의 역사는 동시에 그의 자기소외의 역사이기도 하다.[34] 그것을 일러 버먼은 모더니티의 역설이라고 불렀지만, 그것은 또한 근대 휴머니즘이 추구한 교양의 역설이기도 하다. 이런 송빈의 성장 과정을 탐색하여 세계 속에서 자신이 점유할 장소를 어떻게 찾아낼 것인가를 합리화하는 작가의 모습을 발견하는 것[35]은 『사상의 월야』에 대한 분석을 넘어 이태준의 문학 전반을 다시 읽어야 할 과제를 던져주고 있다.

2) 유아 낫 마이 써번트

『사상의 월야』의 이송빈은 이형식이 그런 것과 마찬가지로 공동체 안에서 성숙의 가능성을 발견하지 못하고 자신이 속한 세계에서 유

34) Marshall Berman, *The Politics of Authenticity* (New York ; Atheneum ; 1970) pp.145-151.
35) 사에구사, 앞의 책, 409쪽.

리되어 있는 문화에 기반하여 자신을 규정하는 젊음의 모습을 보여준다. 그러나 송빈의 성장의 여정에서 놓치지 말아야 할 것은 그가 추상적인 문화의 이상을 추구하는 것이 아니라 동경에 도착해서 직접 제국의 담론을 체험한다는 점이다. 송빈의 그러한 체험의 장면에는 식민주의에 저항하면서도 그것을 내면화하여 공모하는 주체의 혼종성이 드러나고 있다. 그 속에서 식민지 담론이 어떻게 권력을 행사하는가, 그리고 피식민 주체로서 송빈이 어떤 경로를 통해 주체화되는가를 살피는 것은 식민지 청년의 주체 형성을 이해하는 데 중요한 준거틀을 제공한다.

동경에 도착한 송빈은 신문 배달을 하며 어려운 생활을 꾸려나가다 빼닝호프라는 미국의 선교사를 만나게 된다. 그는 송빈에게 호의를 보이며 비어 있는 기숙사를 숙소로 제공한다. 그가 자유와 평등이라는 계몽 이념의 전달자라는 것은 송빈을 대하는 그의 태도 속에 자연스럽게 드러나고 있다.

> 그리고 무슨 책이든 한권 사줄 터이니 「가구라사까」까지 산보를 나가자고 하였다. 송빈이는 웃어룬의 좌우에 서지 안는 동양의 예의대로 그의 뒤를 따럿더니 그는 멧번이나 송빈이가 여페까지 오기를 기다리고 섯군 하다가 나중에는
> 「유아 낫 마이 써-벤트.(넌 내 노예가 아니다)」
> 하엿다. 송빈이는 그의 너머나 평민적임과 함게 여태것 자기가 묵겨온 동양적인 모든 「근엄」에서 해방되는 것 가튼 경쾌를 전신으로 느끼엿다.[36]

송빈은 빼닝호프와의 만남을 통해 자신을 속박하고 있던 동양적인

---

36) 위의 책, 199쪽.

'근엄'에서 해방되는 기분을 맛본다. 서양의 식민 주체와 어깨를 나란히 한 경험에서 체험한 그 해방감은 자신이 떠나온 조선에서 여전히 봉건적으로 군림하던 휘문의 교주나, 체육에 대한 몰이해를 보여주던 과거의 훈련대장 원섭이 할아버지의 세계를 넘어설 지반을 발견한 것에 대한 기쁨이라고 할 수 있을 것이다. 송빈이 삐닝호프와 산책을 한 지 사흘 뒤의 밤에 지진을 경험하고 "땅뿐이 아니라 세상 모든 것에 대한 미신이 깨여지는 것 가텃다"[37]라고 말하며 '달밤의 사상'을 펼쳐보이는 것은 우연이 아닐 것이다. 그러나 너는 '써번트'가 아니라는 식민 주체의 선언이 송빈이라는 피식민 주체를 '써벌턴'의 지위에서까지 면제해 주는 것은 아니다. 그것은 오히려 써벌턴의 각인을 피식민 주체의 몸 속에 기입하는 선언과도 같다.

> 「그럼! 이군은 체격이 조타구 내 안해두 칭찬을 허는데 체육에 취미가 업나?」
> 「체육요!」
> 「미국 가 체육을 연구허구 와 여기 체육부를 마터 가지구 우리와 함게 스코트 홀 사업을 해 줬으면 조켓는데.」[38]

삐닝호프는 송빈에게 책을 사주면서 그가 문학에 관심을 갖고 있다는 사실을 알게 되고 소설가가 그의 운명이 될 것이라는 덕담을 하기도 하지만, 정작 송빈에게 미국유학을 권유하며 전공하도록 요구하는 것은 체육이다. 피식민 주체에게 식민 모국에서의 훈육을 권유하고 그것을 바탕으로 식민사업을 함께 하는 주체로 변신할 것을 권유하는 삐닝호프의 모습에는 지배자의 자기 투영, 자기애적 동일시가

37) 이태준, 앞의 책, 201쪽.
38) 위의 책, 207쪽.

드러나고 있다. 그것은 보편적 가치와 전체성을 강제하는 지배의 담론이다. 그 담론은 바바가 '늠름한 기독교주의'[39]라고 말한, 문명화의 미션을 수행하기 위해 건강한 육체와 쾌활한 정신을 숭상하는 근대주의의 식민지적 실천과 다르지 않다.

"나는 이군만은 첫인상부터 조흐나 조선청년들에겐 대체로 호감을 못 갓는다."[40]고 말하는 뻬닝호프가 서 있는 지반은 분명하다. 그것은 타자에 직면하여 그 타자를 동질화시키거나 아니면 철저히 차이로 인식하는 식민 주체의 전형적인 반응이다.[41] 그러한 뻬닝호프의 양가적인 태도는 송빈에 대한 호감에 비해 훨씬 공격적인 반응을 조선청년들에게 내보이고 있다.

「조선청년들이 우리 스코트 홀 강당이 세가 싼 바람에 가끔 그들의 집회를 여기서 열엇섯는데 보면 대체로 평화적이 아니다. 조선학생들은 연단에 올라가면 공연히 싸우듯 큰소리를 내고 연단을 부시듯 차고 바로 구르기까지 하다가 결국은 싸홈도 버러진다. 그뿐인가, 으레 걸상이 한둘씩은 부서진다. 구두들은 도모지 털지도 안는지 강당안은 흙투성이가 된다. 가래침을 여기저기 뱃는다. 작년 봄부터는 될수잇는대로 강당을 빌리지 안키로 하고 잇다.」[42]

조선이라는 피식민지의 청년들을 바라보는 뻬닝호프의 양가적인 태도는 식민주체가 지닌 나르시시즘적인 동일화 전략과 그 분열의 장면을 보여준다. 타자를 동일화하려는 식민주체의 욕망에 의해 분열

39) 바바, 앞의 책, 200쪽.

40) 이태준, 앞의 책, 205쪽.

41) 박주식, 「제국의 지도그리기」, 고부응 편, 『탈식민주의 – 이론과 쟁점』, 문학과지성사, 2003, 276쪽.

42) 이태준, 앞의 책, 205쪽.

이 발생하는 장면은 식민 권력에 불가피하게 발생하는 균열을 의미하는 것이기도 하다. 송빈이 "사실인 줄은 압니다. 그러나 선생께선 한 사실을 보시기만 햇지 생각은 안허섯단 겁니다."라고 뻬닝호프에게 반박하는 장면에는 식민주체가 엿보인 균열의 틈새를 파고드는 저항의 가능성이 엿보이기도 한다. 저항이란 지배담론이 문화적 차이의 기호들을 분절하고 식민지 권력의 예속적 관계들 내부에 그 기호들을 다시 연계시킬 때, 지배담론의 규칙들 내부에서 생산되는 양가성의 효과이다.[43] 식민지 권력의 모방적이고 나르시시즘적인 요구를 해체하고, 그 동일화 과정을 전복의 전략 속에 다시 연계시켜서, 권력의 시선 위에 피차별자의 응시를 되돌리는 것은 피식민 주체가 저항을 시작하는 준거지점이 된다. 피식민 주체의 혼성성은 차별받는 주체가 편집증적인 분류에서 궤도를 이탈한 두려운 대상으로 양가적으로 '전환'됨을 나타내는 것으로서, 권위의 이미지와 현존에 대한 방해적인 문제제기를 드러낸다.[44]

그러나 송빈의 저항이 '궤도를 이탈한 두려운 대상'으로 자신을 구성하는 전략으로 이어질 것이라고 보는 것은 성급한 판단이다. 오히려 그것이 효과적으로 수행되지 못하고 지배 이데올로기에 포섭되리라고 판단하는 것이 더 자연스러워 보인다. 그는 저항하기 전에 이미 식민지적 무의식을 내면화한 존재이다. "그들 중의 한 사람으로 선생님께 간청"하며, "그들이 떠러뜨리는 흙, 담배공초, 가래침, 모다 제가 마터 치겟습니다."[45]라고 말하는 송빈의 입장은 이미 근대의 식민지

43) 바바, 앞의 책, 223쪽.

44) 위의 책, 226-228쪽.

45) 이태준, 앞의 책, 206쪽

규율권력을 내면화한 자의 위치를 보여준다. 그는 조선을 대변하기 위해서 자신이 유학생들보다 우월한 존재임을 증명해야 한다. 그것은 그가 동경을 향해 떠나는 기차에서 조선의 현실을 "문명국 사람의 눈에 돼지우리로밖에는 보이지 않는 저런 똥과 파리와 헌데와 무지와 미신으로 찬"[46] 것으로 바라보던 시각과 다르지 않다. 송빈에게는 돼지우리 같은 삶을 사는 조선의 민중뿐만 아니라 자각하지 못한 동경의 유학생들 또한 자기식민화를 이룬 존재가 우월한 위치에서 바라보는 내부 식민지의 신민일 뿐이다. 그들은 식민 주체를 모방하는 송빈이 발견한 야만적인 타자들이다. 조선 민족의 문명화를 기획하는 그의 시선은 식민자가 지닌 차이의 기호를 민족공동체 속에 기입하고 있다.

제국주의적 법과 교육의 에피스테메적 폭력의 회로 안과 밖에서, 하위주체는 과연 말할 수 있는가 하는 질문[47]은 『사상의 월야』의 송빈에게도 물어져야 한다. 전술하였던 동경에서의 '사상의 달밤'에 그가 과학의 이름으로 사랑의 대상인 은주와 '평생의 동지'인 할머니를 단호하게 부정하는 것은 여성이라는 내부의 식민지를 전유하는 방식에 대한 하나의 예를 보여준다. 식민지적 생산이라는 맥락에서 하위주체가 역사도 지니지 못하고 말할 수도 없다면, 여성 하위주체는 이중의 식민지적 억압이라는 더욱 깊은 어둠 속에 있을 뿐이다. 이태준 장편의 결말구조를 "돈에 의해 여자가 떠나버리는 현실에 대한 증오가 돈을 초월한 민족전체를 문제삼는 결말"[48]로 이해하는 분석도 있거니와, 송빈이 지배 이데올로기의 담론을 빌어 내부의 식민지인 여성을 전

46) 이태준, 앞의 책, 183쪽.

47) 가야트리 스피박, 태혜숙 역, 「하위주체가 말할 수 있는가?」, 『세계사상』 4호, 1998, 78-135쪽.

48) 김진기, 「고아의식과 의미구조」, 이태준, 『별은 창마다』, 깊은샘, 2000, 284쪽.

유하는 장면은 그의 주체화 과정의 실제적 조건을 노출하고 있다. 그러한 전략이 예속된 국민(subject, 신민)이라는 식민지 주체를 창출하는 기도를 내장하고 있음은 분명해 보인다. 송빈이 보여주는 모습은 "식민지 엘리트의 자부심과 제국주의 서구에 대한 콤플렉스로 분열되는",[49] 피식민 주체의 '욕망의 분열'로 일그러진 내면성의 형식이다.

3. 자기의 창출과 식민지적 주체성

1) 지사의 탄생

이태준은 1941년 3월부터 이듬해 7월까지 『매일신보』에 연재하던 『사상의 월야』의 집필을 중단하며 그 사정을 다음과 같이 설명하고 있다.

> 이 소설에 나오는 시대가 대단 복잡햇섯고 이야기가 사실을 존중햇던만치 주인공의 이 앞으로의 모든 것은 좀더 신중히 생각할 여유가 필요하게 되엿습니다. 독자와 신문사에 미안합니다만 우선 상편으로 쉬이겟습니다.[50]

작가에 따르면 소설에 나오는 시대가 복잡했던 점, 이야기가 사실을 존중했던 점이 연재를 중단하는 이유이다. 후대의 연구자들은 대체로 작가의 입장을 존중하여 일본의 검열을 연재 중단의 이유로 들

49) 황병주, 「근대와 식민의 오디세이」, 트랜스토리아 제2호, 2003 상반기, 박종철출판사, 155쪽.

50) 이태준, 앞의 책, 208쪽.

고 있다. 그러나 '사실을 존중했던' 이야기의 어떤 부분에 검열을 염려해야 할 사정이 있었는지를 판단하기는 쉽지 않다. 또한 『사상의 월야』가 중단된 바로 그 해 12월, 이태준이 같은 지면에 "한민족의 재발견과 민족성 회복이라는 심정적 민족주의"[51]가 구현된 텍스트로 평가되는 『왕자호동』의 연재를 시작하는 것으로 보아, 작품을 완결하지 못한 원인을 검열 탓으로만 돌리는 것은 정당하지 않은 것으로 판단된다.

작가는 해방 후 작품을 단행본으로 간행하면서 연재본의 결말부분을 축소하면서 개작한 바 있다. 단행본에서 두 페이지 정도로 축소된 결말부분에서 눈에 띄는 대목은 송빈이 현해탄을 바라보며 자신의 아버지를 떠올리고 스스로 민족의 사명을 완수할 것을 다짐하는 장면이다.

> 이런 악한 이웃 일본에 아니, 지금은 무서운 통치자 일본에 나는 공부를 가고 있다! 오늘 우리들은 비인 머리를 가지고 과학과 사상을 거기로 담으러 가게 되었다. 슬픈, 너무나 쓰라린 역전이다! 「……」 일본에 협력하기 위해서가 아니라 이 앞으로 일본과 투쟁하여 조선을 찾을 그런 준비로 학문과 사상을 배우러 가는 진정한 애국청년들이 더러는 있을 겁니다![52]

송빈이 다소 격분한 듯한 급한 호흡으로 펼쳐놓는 '현해탄의 사상'은 도탄에 빠진 민족의 현실에 대한 울분과 '악한 이웃'인 일본과의

51) 이명희, 「역사적 사실과 이야기적 요소의 만남」, 이태준, 『왕자호동』, 깊은샘, 1999, 309쪽. 『왕자호동』을 이런 방식으로 평가하는 것은 일면적이다. 이 작품에서 발견되는 민족주의의 구조는 네이션과 제국의 혼종을 보이는 모호한 경계에 위치하고 있다(정종현, 「제국/민족담론의 경계와 식민지적 주체」, 『이태준과 현대소설사』, 상허학회, 2004 참조).

52) 이태준, 앞의 책, 188-189쪽.

투쟁을 준비하는 비장한 각오의 다짐을 내용으로 하고 있다.53) 특히 현해탄의 사상에서 주목되는 것은 아버지에 대한 호명이다. 어려서 고아가 된 이태준이 성장하면서 아버지에 대한 사실을 스스로 조작하고 미화한다는 지적이나,54) 그의 아버지 이창하가 덕원 감리서의 '주사'를 역임했으나 소설에서는 주사보다 훨씬 상위의 관직인 '감리'를 맡는 명망가 개화파로 등장한다는 지적55)은 참고할 만하다. 『사상의 월야』의 개작의 내용은 흔히 일제의 압력에 의해 드러낼 수 없었던 민족주의적 의식의 발현으로 해석되고 있다. 이와는 조금 다른 맥락에서, 와다 토모미는 작품의 개작에 관해서 다음과 같이 말하고 있다.

> 해방직후, 창작활동을 소홀히 할 만큼 정치활동에 분주했던 이태준이 지향했던 것은, 해방전의 순문학자로 보이던 입장에서의 표변이라는 비난이었다. 그러한 비난에 대해서 자전적 소설 『사상의 월야』의 개작부분은 자신이 해방 전부터 참된 애국청년이었다고 하는 메시지를 보내고 있다. 거듭 부친을 언급하는 것에 의해 자신이 핏줄부터도 참된 민족주의자라는 것을 주장한다.56)

이러한 민족주의자의 탄생을 극화하기 위해서, 이태준은 『사상의 월야』의 개작을 송빈이 현해탄 새벽 하늘이 밝아올 때 새로운 운명을 준비하는 장면으로 끝맺고 있다. 작가는 식민지 일본의 땅에 송빈이 발을 내려놓는 것을 심정적으로 거부하고 있는 것이다. 이 '거부'로

53) 이와 관련하여, 강박증은 장엄함과 순교로써 리비도 투여가 실행되는 인기있는 영역이라는 지적은 흥미롭다. 조엘 도르, 앞의 책, 155쪽.

54) 장영우, 「이태준 소설의 특질과 의의」, 『이태준과 현대소설사』, 깊은샘, 2000, 178쪽.

55) 양문규, 「『탑』과 『사상의 월야』의 대비를 통해 본 한설야와 이태준의 역사의식」, 『이태준 문학의 재인식』, 소명, 2004, 97쪽.

56) 和田とも美, 「李泰俊の文學の底流にあるもの」, 朝鮮學報, 1996.1, 190-191쪽.

종결된 무의식이 내면의 어떤 지점을 은폐하고 있는가는 좀더 고찰을 요하는 대목이다. 본래의 연재본에서 일본의 시모노세끼에 발을 디딘 송빈의 눈에 가장 먼저 띈 것은 '조선의 흰옷'이다.

> 저게 조선옷이엿나! 하리만치 처음처럼 조선옷부터가 새삼스럽게 보혓다. 차에서 배에서 석탄연기에 끄을고 꾸기고 말리고 한 베것 모시것들은 흰옷이 힌옷다운 면목이라고는 옷고름 하나가 제대로 업섯다.
>
> 「우선 기차와 기선생활을 못할 옷이다! 현대인의 옷일 수 업다!」[57]

식민모국인 타자의 땅 일본에 발을 디뎠을 때 송빈의 시선이 '새삼스럽게' 포착하는 것은 미개한 동족의 차림새이다. 송빈이 조선의 흰옷에 대한 부끄러움을 가감없이 드러낸 위의 장면 바로 다음에는, 앞 장에서 살폈던 '인정 많은' 할머니와의 만남이 나온다. 와다 토모미가 "일본이라는 땅에 와서 본 동족에 대한 거부감을 지금까지 적나라하게 표현했던 부분은 독자로서의 동족을 의식한다면, 해방 후 삭제되어진 것도 무리는 아니다."[58]라고 말한 것처럼, '흰옷 입은 조선인'에 대한 경멸은 개작 후의 단행본에서는 삭제되었지만, 이태준의 텍스트라는 참조적인 맥락 속에서 완전히 사라진 것은 아니다.

> 오래간만에 보는 조선옷은 더구나 석탄 연기에 그을은 노동자의 바지저고리는 아무리 보아도 을리는 구석이 없이 어색스러웠다.
>
> '저 옷이 찬란한 문화를 가진 역사 있는 민족의 의복이라 할 수 있을까?'[59]

---

57) 이태준, 앞의 책, 192쪽.

58) 和田とも美, 앞의 책, 192쪽.

59) 이태준, 「고향」, 『달밤』, 깊은샘, 1995, 127쪽.

위의 인용은 이태준의 단편 「고향」의 한 대목이다. 여러 논자들이 지적한 것처럼, 「고향」의 주인공 윤건은 그 삶의 이력을 살펴볼 때, 송빈과 동일한 자아라 할 수 있을 것이다. 위에 인용한 대목에서 윤건이 '흰옷 입은 조선인'을 발견하는 것은, 그가 유학생활을 마치고 다시 조선으로 들어가기 위해서 시모노세끼에 도착한 시점의 일이다. 결국 송빈의 또다른 자아 윤건이 보여주는 것처럼, 작가가 삭제하기를 원했던 송빈의 유학생활의 결과는 민족주의의 신념으로 무장한 계몽주체가 아니라 식민자의 시선을 내면화한 주체의 귀환이었던 것이다. 보다 정확하게 말하자면, 민족주의와 식민주의가 공모하여 내면화된 모습이 송빈과 윤건의 동경 생활을 전후한 장면에서 드러난다고 할 수 있다. 작가가 은폐하려 했던 이런 우월한 계몽주체의 의식은 「해방 전후」에서 "현은 고개를 푹 수그렸다. 조선이 독립된다는 감격보다도 이 불행한 동포들의 얼빠진 꼴이 우선 울고 싶게 슬펐다."[60]라고 현이 독백하는 대목에서도 알 수 있듯이, 해방 후의 작품에서도 발견할 수 있다.

이태준의 텍스트에는 혼종적인 발화의 장면이 자주 등장한다. 이는 앞에서 말한 '욕망의 분열'로 일그러진 내면성과도 관련이 없지 않을 것이다. 이를테면, 이 글이 출세의 정당화 과정으로 읽었던 송빈의 이력에는 다음과 같은 장면도 기재되어 있다.

> 「취직! 행세! 전문 졸업장엔 얼마구 대학 졸업장엔 얼마구…… 취직이 목표루 우리가 하는 공불까? 그런 실제적인 인물만이 필요헌 델까? 우리 팔백 명, 아니 서울 와 있는 몇만 명 학생이 죄다 그래 취직이 목표란 말이냐? 그렇다면 난 오히려 반동하구 싶다! 소리치구 반동

60) 이태준, 「해방 전후」, 『해방전후 · 고향길』, 깊은샘, 1995, 34쪽.

하구 싶다!」[61)]

위의 인용에서 볼 수 있는 것처럼, 텍스트의 문맥에서만 보자면 송빈은 출세나 성공과 관련 없는 비실제적인 인물이 되려는 결심을 내비치기도 한다. 「고향」의 윤건 또한 출세에만 혈안이 되어있는 고국의 청년들에게 이유를 알 수 없는 폭력을 행사하는 장면을 연출하고 있다. 그러나 송빈이 '비실제 인물'을 찾으려 하는 것은 알고 보면 자신의 가난으로 학교에서 지정한 내복을 입지 못해서 당한 봉변에 대한 반항심 이상은 아니다. 그것은 미숙한 난동에 가까우며, 「고향」에서의 윤건의 모습 또한 그러하다. 실제로 송빈과 함께 '비실제 인물'에 대해 논하던 동료들이 송빈이 동경으로 떠나는 정거장에 나와서 "「성공」이란 말들로 잡았던 손을" 놓으며 배웅하고 있는 장면이나 그가 열차에서 내내 이 '성공'이란 단어를 되뇌는 것은 송빈의 내면에 자리잡은 동경행의 목표가 출세를 통해 세상에서 행세하는 것과 다르지 않다는 것을 다시금 확인해 준다. 이러한 욕망의 분열을 봉합하기 위해서 종종 폭력이 수단으로 채택되기도 한다. 와다 토모미는 이태준의 작품에 보이는 이러한 '공격성'에 특히 주목하고 있다.

『사상의 월야』의 연재중단을 이태준은 해방 직후에 당시의 일본에 의한 검열이라는 작품 외적인 이유에 의한 것이었다고 설명하고 있으나, 내적인 요인으로서 이야기의 중간에 송빈의 연대가 작자가 가장 세상에 대해 배반감을 느낀 시기가 되어, 표현하려고 한다면 다시금 강한 공격성을 노정할 가능성이 강한 장면, 쓰기 어려운 장면에 이른 것도 확실한 것이다.[62)]

61) 이태준, 『사상의 월야』, 앞의 책, 173쪽.
62) 和田とも美, 앞의 책, 195-196쪽.

이태준이 동족에 대해서 강한 배반감을 느끼고 있었고, 그것이 공격성으로 표출되었다면, '사실을 존중한' 자전적 장편인 『사상의 월야』에서 그 공격성이 「고향」에서와 같이 허구적인 방식으로 처리되는 것은 불가능했을 것이다. 결국 좌절을 내면화하는 작업을 하지 못한 채, 민족주의 작가로 자신을 합리화[63]하고 있는 것이 진정한 개작의 이유에 더 가깝다고 보는 것이 옳을 것이다. 다음과 같은 진술은 그 진실성에 대한 검증의 필요에도 불구하고, 『사상의 월야』를 개작할 당시의 작가 이태준이 보여준 한 면모를 포착하고 있다.

> 과거에, 일제에 적극적으로 협력한 것은 아니지마는, 그래도 신변의 협위로부터 소심긍긍하여 「대동아전기」란 것도 역술했고 「조선문인보국회」에도 잘 다니고 하였으니 소극적이나마 타협하던 상허였다. 그러던 것이 8·15 이후부터는 아주 기승해서 바루 무슨 수절하던 지사(정말 지사는 그렇게 천박치 않지만)연하게스리 웬만한 사람과는 노상에서 인사도 안 바꾸고…….[64]

지사는 이렇게 탄생한다. 그러므로, "지금 이 시대에선 이하(李下)에 서라고 비뚤어진 갓(冠)을 바로잡지 못하는 것은 현명이기보단 어리석음입니다. 처세주의는 저 하나만 생각하는 태돕니다. 협의는커녕 위험이라도 무릅쓰고 일해야 될 민족의 가장 긴박한 시기라고 생각합니다."[65]라는 발화는 이태준의 자기 합리화가 도달한 완결지점을 이룬다. 그것은 자기 합리화의 결과일 뿐, 진정한 자아의 성장이 도달한 지점은 아닐 것이다. 지배자의 이념을 모방하기를 끊임없이 요구하는

---

63) 사에구사, 앞의 책, 414쪽.
64) 방준원, 「이태원론」, 『백민』 5호, 1946.10, 26-28쪽. 사에구사, 앞의 책에서 재인용.
65) 이태준, 「해방전후」, 앞의 책, 45쪽.

식민지에서의 성장은 그 자신을 약화시키고 굴욕감을 주는 타자들, 우월감의 대상인 내부의 타자들과의 지속적인 상호교섭 아래 이중적으로 예속되어 있다. 그 속에서 그는 자신의 자아가 누구인지 그리고 그것이 함유하는 진실이 무엇인지 점점 더 알기 어렵다는 것을 깨달았던 것은 아니었을까. 자아의 모습이 모호하여 그 진실을 드러내기 어려운 지점이 『사상의 월야』를 미완으로 머물게 만들었다면, 해방 후의 개작은 이러한 양가성의 균열의 흔적을 봉합하고 민족주의적 주체의 상을 창출하려는 의도에서 기획된 것이다.

2) '자기'의 창출과 식민지적 주체성

토미 스즈키는 자전적인 소설은 문화적 정체성의 재형성과 강화에 기여했는데, 한편으로는 그러한 정체성의 서사적 형성을 탐색하고 문제화했다고 말한 바 있다. 사소설의 문화적 기원은 그 소설에 선행하지 않고 오히려 자신의 기원을 요구하고 창출한다는 것이다.[66] 이태준은 『사상의 월야』, 「고향」, 「해방전후」 등의 자전적인 작품을 통해 정체성의 서사적 형성을 문제화하고 있다. 자기의 이름을 걸고 자기 삶의 이야기를 출간하는 것은 삶에 의무와 제약을 부과하는 행위이다. 자기 삶의 이야기란 의식의 이야기, 판단의 실천을 의미하는 것으로 이런 맥락에서 자서전은 윤리의 영역으로 편입되는 것이다.[67] 그것은 자아에 대한 글쓰기가 교양의 영역으로 편입되는 지점이기도 하다. 고백이나 자전과 같은, 개인적 정체성의 모든 현존하는 양식들이 어떻게 실제적인 비개인화, 그 자신이 되려고 하는 개인적 자아를

66) Tomi Suzuki, op.cit, p.131.

67) 윤진, 앞의 글, 280쪽.

붙잡는 더듬거리는 장애물이 되었는가를 살피는 것은[68] 교양의 형성을 지켜보는 것과 다르지 않다. 이태준은 자신의 작품들을 통해서 독자들이 받아들여주길 원하는 '진정한 자기'의 기원을 요구하고 창출해낸다. 그가 작품 속에서 진정한 자기동일성을 끊임없이 암시하는 것은 서사학의 경계와 사회지리학적 경계를 횡단함으로써 기억과 모방을 환기하는 공간을 만들어내는 전략이 된다. 궁극의 자기라는 것을 분명하게 말하지 않은 채로 자기의 흔적을 도발적으로 환기하는 것은 '진정한 자아'의 신화를 구축하는 책략과도 같다. 자신의 '진정한 동일성'을 위한 인물들의 자기 유폐(self-confinement)는 서사학 상의 경계와 사회지리학적 경계를 뛰어넘는 이 특별한 텍스트의 운동이 끝났다는 것과 더불어 서사 또한 종결되었다는 것을 의미한다.[69]

'진정한 자기'의 신화가 만들어지고, 자아의 서사적 형성이 기획되는 이 장소는 서술자의 '고백의 내재적 책략'이 이루어지는 장소이기도 하다. 이 고백의 내재적 책략은 우리가 자기자신에 관해 말할 수 있거나 말해야 하는 진실의 담론을 통해 존재의 정당성을 인정받도록 만든다. 그것은 피지배자-주체로서 인간이 형성되는 것과 관련이 있다.[70] 그러므로 문제는 그가 창출해낸 '자기'의 기원에 은폐되어 있는 무의식을 이해하는 것이다. 천꽝신은 제3세계의 민족주의와 본토화운동이 식민주의에 대한 반작용이자 탈식민운동의 일부로서 자기 정체성의 동일시 대상을 단지 식민지배자에서 자기 자신으로 바꿔내는 과정에 불과하다면 그것은 여전히 식민주의의 한계에 머물게

68) Marshall Berman, op.cit, p.88쪽.

69) Tomi Suzuki, op.cit, p.150.

70) 미셸 푸코, 이규현 역, 『성의 역사1-앎의 의지』, 나남, 1990, 75-78쪽.

되고 식민적 정체성의 그림자에서 결코 완전히 벗어날 수 없다고 말하고 있다.[71] 그러므로 식민지의 문화와 주체성의 형성을 이해하려면 식민의 역사가 특정한 시공간에서 조성해온 영향의 구조에 주목해야 한다. 지금까지 살펴본 이태준의 자전적 소설들에 나타나는 식민적 정체성은 식민지 권력의 놀이 속에 지식의 생산을 기입하는 지배의 내면화 속에 비로소 형성된 것이다. 그러한 식민지 담론의 장치 속에서 지식을 담지한 청년으로 주체는 탄생하는 것이다.

정체성이란 정치의 밖에 존재하거나 선행하는 것이 아니라 언제나 특정한 역사 속에서 각인되는 것이다. 피식민 주체의 정신과 육체에 각인된 식민의 기억은 부정되거나 해체될 수 있는 것은 아니다. 모든 주체화가 타자에 대한 모방의 결과라면, 식민 이전의 순수한 주체성을 찾아나서는 것은 무망한 노력에 지나지 않는다. 제3세계의 민족주의가 자신의 입지를 강화하기 위해 식민주의를 민족국가의 공동의 적으로 삼아 전유한다는 점에서 식민주의는 민족주의의 헤게모니를 공고히 하는 숨은 우군의 역할을 하기도 한다[72]는 것을 기억한다면, 그리고 식민지 민족주의 담론은 '문제적인 것'의 수준에서 식민주의 담론을 거부하지만 동시에 '주제적인 것'의 수준에서 계몽주의의 보편적 인식틀에 기반을 두고 있다[73]는 점을 잊지 않는다면, 이태준의 민족주의적 측면을 강화하려는 노력 또한 탈식민의 해법은 될 수 없을 것이다. 식민지 주체성의 형성과 그것에 대한 연구의 시각에 내면화된 탈식민의 획일성을 지양하고 새로운 담론의 실천을 통해 진정

71) 천광신, 「탈식민과 문화연구」, 『제국의 눈』, 창작과비평사, 2003, 115쪽.

72) 이석구, 「탈식민주의와 탈구조주의」, 고부응, 앞의 책, 193쪽.

73) 배성준, 「식민지 민족주의의 모순 구조와 수동적 혁명」, 『트랜스토리아』, 제2호, 2003 상반기, 박종철출판사, 19쪽.

한 탈식민을 추구하는 것이 식민지 문학의 연구에 필요한 전략이 될 것이다.

이태준이 『무서록』과 『문장』에 실린 수필들을 통해 보편적 근대에 대한 대안으로 문화적 특수성을 담지한 공간으로서의 동양을 상정하였던 것은 식민지 지배의 내면화로 이해할 수 있다. "명상은 동양인의 천재다."라고 시작되는 「동방정취」라는 글에서 이태준은 동양과 서양의 대립틀을 확립하고 동양의 고유한 가치를 상정하는 문화본질주의적인 시각을 내세우고 있다. 서구 근대의 거울에 비추어 동양의 가치를 구성하는 담론은 일본의 근대초극론이 제기한 동양론의 넓은 틀과 공모하는 혐의가 있다. 일본 낭만파를 포함한 근대초극론자들이 그러하였던 것처럼 동양에 대한 상상은 30년대 후반 조선의 식민지 주체가 피해가기 어려운 자기 해방의 서사로 이해되었다. 야스다 요주로가 일본낭만파로서 자기 형성을 이룬 계기가 '사상으로서의 만주'에 있으며 '오족협화', '왕도낙토'를 표방한 만주국 건국에서 촉발된 것이었음을 고백하면서, "정치로 더렵혀지지 않은 형태로 순수하게 이 새로운 세계관의 표현에 마음을 빼앗겼다"[74]고 쓰고 있는 것은 간과해서는 안 될 것이다. 『문장』 39년 7월호에 실린 이태준의 『농군』이 바로 그러한 사상으로서의 만주라는 세계관과 무관하지 않다는 지적[75]은 순수한 문학의 이념이 어떠한 정치적 실천으로 이어지는가에 대한 주목할 만한 상징이 될 수 있다.

앞의 4장에서 김남천의 『사랑의 수족관』을 검토하면서, 김광호에게

74) 히로마쓰 와타루, 김항 역, 『근대초극론』, 민음사, 2003.

75) 김철, 「몰락하는 신생(新生) : '만주'의 꿈과 『농군』의 오독」, 『상허학보』 9집, 2002 참조.

나타나는 교양의 이념이 제국주의적 직분의 윤리 속으로 통합되고 있으며, 이러한 교양 이념의 좌절은 40년대를 전후한 한국 근대문학의 총체적 맥락과 무관하지 않다는 것을 지적한 바 있다. 이태준의 『별은 창마다』가 보여주는 서사 또한 그러한 맥락에서 이해될 수 있을 것이다. 1942년 1월부터 1943년 6월까지 『신시대』에 연재되었던 『별은 창마다』는 인물들의 배치와 서사의 전개에서 『사랑의 수족관』과 너무도 흡사한 양상을 보여주고 있다. 고학을 하는 어하영과 부호의 딸인 한정은의 사랑의 이야기가 서사의 중심에 놓인다는 점이 그러하고, 한정은의 아버지의 회사에서 주요한 역할을 맡고 있는 주익현이 이들의 사랑의 방해자로 등장한다는 점이 그러하며, 무엇보다도 어하영이 지닌 '현대 청년'의 전형적인 모습이 한정은의 마음을 사로잡고 있다는 점이 그러하다. 이뿐만이 아니다. 정은은 현대의 직업과 생활의 세계에 관심을 갖게 되어 음악을 포기하고, 정은과 하영 두 사람의 사랑의 서사는 만주에까지 그 영역을 확대한다. 좀 더 자세히 살펴보자.

한정은은 맨 처음 동경에서 어하영을 만났을 때, "그가 무엇을 번민하는 청년"[76]이라는 점을 느끼고 그에게 관심을 갖게 된다. 피아노를 전공하는 정은은 부유한 실업가인 자신의 아버지가 인생이나 문화에 관한 상념과는 전혀 관련 없는 삶을 사는 것을 딱하게 여기고 자신과 문화적인 대화를 나눌 수 있는 대상을 염원하고 있다. 그런 그녀에게 아버지의 실업의 세계를 공유하는 인물인 주익현보다 어하영이라는 청년이 더욱 매력적인 대상이 될 것임은 자명하다. 하영이 정은과의 대화에서 "예술을 위해서나 과학을 위해서나 그 빠사로프 같은 새 문화정신을 위해 싹이 되는 청년이 여기두 많이 났으면, 했어

76) 이태준, 『별은 창마다』, 깊은샘, 2000, 22쪽.

요."[77]라고 말하는 것과, 또한 "이윤만을 탐내는 그 장사란 것엔, 난 인류로선 하등의 존경할 무슨 정신적 가치의 일로는 아니봅니다."[78]에서 알 수 있듯이, 그는 조선의 문화적 사명에 관심을 보이는 인물로 등장하고 있다.

니시가와 나가오에 따르면 근대의 역사적 과정 속에서 문명의 개념은 인류의 진보와 보편성을 강조하게 되어 미래를 중시하게 되고, 문화의 개념은 인간생활의 다양성과 개별성에 역점을 두고, 물질적인 진보에 대한 정신의 우월성을 강조하게 된다. 따라서 미래보다는 과거가 중시되는 경향이 생겨난다.[79] 뚜르게네프의 소설 『아버지와 아들』의 주인공 바자로프에게서 현대 청년의 이상을 발견하고 장사를 하찮게 여기는 하영의 지향은 진보의 관점을 내장한 문명의 이상에 기반한 것이고, 따라서 조선의 미래를 더 나은 방향으로 개선시키기 위한 열정을 보여주고 있다.

학질에 걸려 병원에 입원한 정은은 간호부들의 모습에서 직업여성의 생활을 발견한다. 간호부들을 가리키며 "그들의 생활과 직업은 쑥쑥 진행하여 있는 것도 좋지 않어요? 옷서껀, 머리서껀, 퍽 행동적이게 장식된 것두 훌륭헌 현대미라구 할 수 있잖어요?"[80]라고 말하는 정은은 이어서 백화점의 점원과 '빠스걸'과 식당 소녀들에게서도 '생활의 미'를 발견할 수 있음을 하영에게 이야기한다. 그녀의 이야기를 듣는 하영의 반응은 이러하다.

77) 위의 책, 97쪽.
78) 위의 책, 98쪽.
79) 니사가와 나가오, 윤대석 역, 『국민이라는 괴물』, 소명, 2002, 103쪽.
80) 위의 책, 130쪽.

어떤 환경에서든 옳고, 참되고, 아름다운 것을 항상 탐구해 마지않는, 요즘 소위 양식(良識)이라 일컫는 교양된 지혜의 힘이 그 이마와 눈 속에서는 결코 마르지 않을 것 같았다. 그 교양된 지혜의 힘만이 그의 일생 동안 끊이지 않고 작용한다면 그는 언제든지 자기를 진선미(眞善美)의 세계에 두고 나가기에 가능할 것이었다.[81]

하영이 정은에게서 발견하는 '교양된 지혜의 힘'은 문화보다는 문명에 가까운 관념을 상정하고 있는 것으로 보인다. 내면적인 풍요와 순수하게 정신적인 가치를 상징하는 책, 학문, 종교, 예술, 철학의 차원에서의 업적, 즉 진정 가치 있는 것으로서 순수하게 정신적인 영역과 정치적 경제적, 사회적 영역들 사이에 뚜렷한 선을 그으려는 경향이 독일 지식층의 자아의식을 표현하는 '교양'이나 '문화'라는 표어에 담긴 함의라면,[82] 하영과 정은이 서 있는 자리는 그러한 방식의 교양에 대한 추구와는 거리를 두고 있다. 그것은 '교양있음'(kultiviert)이라는 개념으로 독일인들이 표현하고자 했던 '문명'의 개념에 보다 가까운 것이다. 문명은 일차적으로는 인간의 태도와 몸짓의 형식에 관계되는 개념이고, 인간의 사회적인 자질, 주택, 그들의 일상의례와 언어 그리고 의복을 지시한다.[83]

건축학도인 하영이 특히 조선의 주택에 관심이 많은 것과 하영이 피아노를 포기하고 양재를 배워 의복을 직접 만드는 것 등은 그들이 지닌 교양의 내용을 적시한다. 하영은 "그후 동경에 공부와서부터 방학에 돌아올 때마다 철도 연변의 조선집들 부락이란, 외국인이 부끄러워 내다보기가 싫었다."[84]라고 말하며, 조선의 낙후된 현실을 개탄

81) 위의 책, 132쪽.

82) 노르베르트 엘리아스, 박미애 역, 『문명화과정 I』, 한길사, 1999, 138쪽.

83) 위의 책, 107쪽.

하는 모습을 보여준다. 조선의 문명에 대한 그 개탄은 『사상의 월야』에서 송빈이 보여주었던 '흰옷'에 대한 상념의 내용과 다르지 않다. 그런 사고의 패턴은 정은에게도 동일한 방식으로 나타나서, "방학 때 나갈 때마다 부산서부터 한심스러운 건 무엇때문인가? 그 집들, 그 너무나 빈약한 건물들! 문명이란 문화란 먼저 우수한 건축운동이 병행해야 될 것 아닌가?"[85]라는 발화가 정은의 입에서 나오고 있는 것이다. 하영과 정은의 조선의 문화에 대한 동일한 형태의 발화는 이후 두 사람이 조선의 새로운 건축사업을 위해 동업을 하게 되는 계기가 된다.[86] 정은은 또한 '근로의 여성'에 대한 호감을 통해 촉발된 현대의복에 대한 자신의 감상을 다음과 같이 밝히고 있다.

> 정은은 길에서 문득, 히틀러의 사진을 생각해 보았다. 그 위엄, 그 활동적인 것, 얼굴의 기상뿐으로만 아니었다. 굵직굵직한 단추가 띄엄띄엄 자리를 잡고 켱켜 달린 것은 가슴의 건강과 면적을 얼마나 확대시키는 것이며, 선을 강조시켜 불룩 올려솟는 큼직한 포켓들은 또 얼마나 기능과 함축을 강화시켜 보이는 것인가?[87]

히틀러의 제복을 통해 발견한 현대의 기상을 함축한 장식적인 면

84) 이태준, 앞의 책, 210쪽.

85) 이태준, 앞의 책, 151쪽.

86) 와다 토모미는 이태준의 장편소설에서 그 주인공이 남성인 경우와 여성인 경우의 결말이 서로 다른 유형을 지니게 된다고 지적한 바 있다. 즉 "이태준의 장편소설에는 여성이 주인공인 경우에만 화해와 조화가 이루어지고 남성이 주인공인 경우에는 원망과 복수심이 드러나는 구조가 있다."는 것이다. 그렇다면 『별은 창마다』에서 하영과 정은의 동업으로 전개되는 결말이 『사상의 월야』의 송빈이 보여준 원망과 복수심의 세계와 갖는 거리는 짐작보다 크지 않을 것이다(와다 토모미, 「외국문학으로서의 이태준 문학」, 상허학회, 『근대문학과 이태준』, 깊은샘, 2000, 108쪽).

87) 이태준, 앞의 책, 148쪽.

모들은 그대로 정은 자신이 만들고자 하는 현대의 복장에 대한 포부가 되고, 이는 곧 새로운 생활과 직분의 윤리로 이어질 것이다. 나치즘의 논리를 수용하는 지점을 넘어서 그것을 적극적으로 옹호하고 추구하는 정은의 면모는 40년대의 신체제에 대한 작가의 입장과 무관하지 않은 것으로 보인다. 그것은 또한 하영과 정은이라는 인물이 보여주는 교양의 면모를 이해하도록 해 준다. 직분의 윤리에 투신하는 것은 분명한 하나의 직업의 세계에서 자신의 길을 발견하는 것이고, 자신의 주관적인 갈망을 그 분야의 단호한 법칙에 희생시키는 것을 수락하는 것이다. 직업에 헌신하는 것이 요구하는 그 일면성은 자기교양을 위한 그의 요구를 좌절시킬 것이다. 소명이란 어떤 의미에서든 탈개인화된 것이고, 객관적이며, 개인의 경험에 적대적인 것이고, 소명의 성취는 언제나 삶과 사랑의 희생을 요구한다.[88] 하영과 정은의 사랑이 소명 속으로 해소되어 버리는 서사는 그것을 증명한다. 그들이 이후 공동으로 지향하게 될 이상적 문화촌의 건설이 "국가적 문화운동의 일익으로 아름다운 동리, 튼튼한 동리, 능률적인 동리, 문화 동리 건설이 목표"[89]로 되는 것, "집을 가장 능률적이게 지어놓고 생활을 거기 맞도록 개혁할 필요를 깨닫게 된 것"[90]은 당대 신체제와 국가주의의 논리 속으로 어떤 회의도 없이 달려가는 교양 속물의 면모를 여실히 보여주고 있다.

교양의 모험이 교양의 주인공들을 이끌고 간 최종적인 정체성의 자리가 식민지적 주체성의 위치와 다르지 않다는 깨달음은 한국의

88) Franco Moretti, op. cit. pp.217-218.
89) 이태준, 앞의 책, 260쪽.
90) 위의 책, 211쪽.

근대문학 전반에 대해 의미하는 바가 많다. 사에구사 도시카쓰는 이태준의 『별은 창마다』에 나타나는 문화도시 건설운동이 이광수의 정신적인 조선 문명의 건설에 대한 희구와 다르지 않다고 말하면서, 이러한 동일한 주제의 반복 혹은 회구성이라 할 수 있는 것이 한국 근대문학의 특성과 관련이 있다고 말했다.[91] '문명에의 위안'으로 시작되었던 한국 근대문학의 교양 서사는 전체주의의 가치들을 적극적으로 수용함으로써 파시즘의 직분을 자신을 자양분으로 삼기에 이른 것이다. 그 지점에서 다양한 삶의 가능성들은 제한되어 버리고, 세상과의 갈등은 유기적인 문화에 의해 폐기되어 버린다. 사랑으로부터 자신의 삶의 자양분을 제공받지 못하고 예고된 해피엔딩을 향해 달려가는 주인공들과 더불어, 신체제의 제국주의 논리 속에서 자신의 직분과 사명을 발견하는 주인공들의 등장과 더불어 식민지 조선의 교양소설은 막을 내린 것이다.

91) 사에구사 도시카쓰, 「1940년대 전반기 소설에 대하여」, 앞의 책, 557-560쪽.

제6장 식민주의와 교양의 종결

이 글은 한국 근대문학에 나타난 교양의 이념과 그것의 형성이라는 문제를 교양소설과 그것을 산출한 작가의 문학적 행정(行程)을 통해 살펴보고자 했다. 폴드만은 자서전에 관한 그의 연구에서, 어떤 책이든, 읽을 수 있는 제명을 가진 텍스트는 어느 정도까지 자서전적이라고 말했다. 이 말은 교양소설에 관해서도 그렇게 이야기할 수 있을 것이다. 모든 청년의 서사가 등장하는 소설은 어느 정도까지 교양에 관한 이야기이고, 교양소설적이다. 이것은 교양소설에 관한 연구가 피해갈 수 없는 아포리아이다. 그렇기에 이 연구에서는 대상이 되는 작가와 작품을 제한하고자 하였다. 결론적으로 말하면, 그 대상 선정의 기준이 되는 것은 두 가지 정도라고 할 수 있다. 첫 번째 기준으로 들 수 있는 것은 대상 작품이 청년주체에게 드러나는 교양의 프로세스를 가치 있게 구현하고 있는가라는 관점이다. 다시 말해 작품의 서사가 성장의 여정이나 연애와 같은 과정을 통해 자아의 형성과 주체성의 구현을 분명하게 드러내고 있는가 하는 점이다. 두 번째로는 그러한 교양의 프로세스가 드러나는 작품과 그 작가가 한국 근대문학에 나타난 교양의 담론에 중요한 방식으로 기여하고 있는가 하는 점이다. 이러한 관점을 통해 네 사람의 작가와 그들의 작품에 대한 연구를 수행하였다.

교양이라는 근대적 자기 이해의 담론에 대한 연구는 교양과 문화를 둘러싼 두 가지 대립되는 관점들에 대한 이해를 요구한다. 자각한 개인들이 스스로를 주체로서 형성하고 확장하여 공동체 속에서 자신의 자리를 발견하는 문화적 형성을 교양이라고 보는 관점이 존재한다면, 의미의 생산과 주체의 탄생 과정 자체에 그러한 주체 구성의 조건으로서의 문화가 존재하며, 이러한 이데올로기로서의 문화에 의해서 주체가 형성되고 공동체의 의미가 재생산된다는 관점은 현대 문화연구의 출발점을 이루는 것으로 간과하기 어려운 또 하나의 관점이다. 문화가 우리 삶의 현실을 구성한다는 문화연구의 핵심적인 주장에서 보자면 문화 혹은 교양의 이념이 무언가를 형성한다는 관념은 설득력을 지니기 어렵다.

교양이라는 인간의 자기 개선의 양식을 통해 주체를 실현하고 그 주체들로 구성되는 국가의 완성을 꿈꾸었던 독일의 교양 이념이나 중간 계급의 헤게모니 형성을 승인함으로써 부르주아적 교양이 지배하는 국가의 형상을 최상의 자아로 추대한 매슈 아놀드의 논의는 교양 이념에 대한 연구가 그것이 지니는 이데올로기적 성격을 간과할 수 없다는 점을 분명히 보여준다. 한국의 근대에서 교양의 이념은 전통과 봉건의 가치에 묻혀 있던 주체들로 하여금 지속적으로 근대에 대한 갈등과 투쟁을 야기하기도 했으며, 또한 식민과 제국의 논리를 정당화하는 이데올로기로 작동하기도 하였다. 이러한 문화의 이데올로기적 측면이 한국의 근대와 근대소설에서 어떠한 방식으로 작동하였는가를 살피는 것은 교양의 이념을 이해하는 중요한 준거가 된다. 그러나 그러한 관점은 또한 고유하고 개별적인 주체의 삶의 구체적인 현실에 대한 사유를 어렵게 만들 위험을 내포하고 있다.

교양 담론이 안고 있는 이러한 난제들은 교양소설에 나타난 주체들의 구체적인 삶의 이력이 교양 담론 속에서 어떤 의미로 구현되는가에 대한 분석을 통해서 극복되어야 할 것이다. 교양소설이 근대성의 상징적 형식이라는 관점이 옳다면, 그러한 의미를 생산하는 상징적 재현행위로서의 교양이야기가 그것이 주목하는 개별적인 주체의 삶과 지니는 관련성을 살피는 것이 필요하다. 개인의 주체성에 대한 분명한 자각을 민족적 헤게모니에 편입시킨 이광수의 기획이나 고백이라는 제도를 통해 획득한 개인주의적 신념을 포기하지 않으면서도 사회주의적 전망을 포함한 사회의 역동적 형성을 추구한 염상섭의 노력은 그 자체로 교양의 모순적인 형성을 증언한다. 기독교와 사회주의적 전망을 단념하고 새로운 신념으로 나아가는 김남천의 인물들이나 교양의 과정 자체를 이데올로기적인 자기 창출의 조건으로 삼고 있는 이태준의 인물들 또한 한국의 교양 서사가 귀결하는 한 지점에 대해서 알려주는 바가 있다.

동경의 책방에서 서적을 구해 보는 것을 유일한 낙으로 삼고, 조선의 미래가 문명한 국가의 이상을 좇아가는 데에 놓여 있다고 생각하는 『무정』의 이형식에게는 이상적인 사회의 모습이 추상적으로 존재하기에 그의 성숙은 '가망없는 희망'에 그칠 가능성이 높다. 생물학이 무엇인지조차 알지 못하면서 생물학을 배우려고 떠나는 『무정』의 젊은이들이 유학을 마치고 돌아와서 자신의 정체성을 안정되게 구현한다는 소설의 결말은 지극히 관념적으로 읽히고 만다. 『사상의 월야』

의 이송빈은 이형식과 마찬가지로 공동체 안에서 성숙의 가능성을 발견하지 못하고 자신이 속한 세계에서 유리되어 있는 제국주의의 문화에 기반하여 자신을 규정하는 젊음의 모습을 보여준다. 그가 자아의 모습을 분명하게 창출하기를 원했다면, 그러한 안정된 자아를 구성하려는 욕망 속에 내재된 '정치적 무의식'이 무엇인지에 대해 관찰하는 것이 그의 성숙을 올바르게 조명하는 관점이 될 것이다.

조선의 현실을 구더기가 들끓는 무덤으로 파악하고 동경으로 돌아가는 『만세전』의 이인화에게, 자유와 성장을 부여해 줄 보편적인 문화를 발견하는 것은 지난한 과제가 될 것이다. 『사랑과 죄』의 이해춘과 『삼대』의 조덕기가 보여주는 모습은 공동체의 토양에서 자라난 문화를 습득하면서 전체적인 삶의 세계로 나아가려 하는 교양인의 예시로 볼 수도 있을 것이다. 그렇게 볼 때 그들의 좌절은 당대의 조선사회가 안고 있는 교양과 문화적 사명의 파탄으로 읽을 수 있다. 기독교 문명의 세례 속에서 더 넓은 세상을 향해 나아가는 『대하』의 형걸의 성숙과 발전의 도정에도 역시 감당하기 쉽지 않은 곤경이 잠복하여 있을 것이다. 그는 기독교 문명 속에서 자아의 해방과 자유의 가능성을 발견하였지만, 그 문화가 개인의 성장을 제약하는 여러 가지 곤경들을 모두 해결해줄 것이라고 기대하기는 어렵다. 그들이 자유를 통해 발견하게 된 불안한 내면성이 근본적으로 불길하고 파괴적인 것이라면, 식민지 조선의 문화적 상황은 더욱 더 자아의 정체를 근본적으로 위협하고 있다.

『무정』 이후의 한국 교양소설의 젊은 주인공들은 '열광적으로 세상속으로 뛰어들어가지만', 자신들에게 성장과 훈육을 안겨 줄 것으로 그들 스스로 상정하고 있는 어떤 이념이나 가치 혹은 신념체계가 곧바로 그들의 성숙을 보장하는 것은 아니다. 분명한 것은 근대가 부여한 사회적 유동성의 소용돌이 속으로 뛰어들어서 세상을 '전면적으로' 바꾸고 싶어하는 그들이 맞이하게 될 성장의 과정이, 결코 '기민하고 상처 없이' 지나가지는 않을 것이라는 점이다. 무엇보다도 그것은 식민주의라는 조선의 근대가 당면하고 있던 제약 아래에서 그들이 감당해야 할 고투의 과정 때문에 그러할 것이다. 교양에의 의지를 구현하는 인물들이 등장하는 한국의 소설에서, 성장의 과제는 아직 미완으로 남아 있다.

식민지라는 제약은 비단 교양의 이야기를 담당하는 소설의 주인공들에게만 작동하는 것은 아닐 것이다. 근대라는 사회적 변화의 경험을 담아내고 그것을 청년의 담론으로 형상화하였으며 그를 통해 주체의 형성과 자아의 창출이라는 과제를 수행했던 이들 한국 근대소설의 대표적 작품들은 온전한 교양의 형식을 지닐 수 없었다. 『무정』과 『사상의 월야』는 특정한 결말을 향해 나아가는 '분류'의 유형 속에 계몽주의적인 의식을 담아내고 있다. 『사랑과 죄』와 『대하』는 결말을 고정시키려고 하지 않는 '변형'의 유형을 통해 주인공들의 젊음의 가치를 고양시키려 하고 있다. 그러나 분류와 변형이라는 교양 소설의 두 가지 형식이 한국 근대의 교양소설을 이해하는 하나의 관점으로 기능할 수 있다고 해도, 식민지 근대라는 제약은 그러한 양식의 올바른 전개를 완성하는 데 어려움을 안겨 준다. 그것은 안정된 정체성으로 성숙을 얻고, '분류'되는 주인공의 모습이나, 종결을 거부하고 열려진 과정으로 나아가는 주인공들의 '변형'에 대해서 심각한 결락의 조건으로 작동한다.

『무정』의 서술자는 등장 인물들의 찬란한 미래를 서둘러 보여주고 있으나 그것은 진정한 결말은 아닐 것이다. 『사상의 월야』의 작가는 그 결말을 고쳐 써야 했지만, 그중 어느 것도 진정한 완결이라 말할 수는 없다. 무엇보다도 이들은 분류의 과정을 통해 '성숙'이라는 이상을 달성하는 온전한 교양이야기에 도달하지 못한 모습을 보여준다. 『대하』는 미완으로 끝났다. 『사랑과 죄』는 온전한 결말을 지니고 있는 듯이 보이지만, 그것 또한 『삼대』와 『무화과』를 거쳐 계속해서 보충되어야 했고, 그 방향은 좌절을 향해가는 모습을 보여준다. 이들 '변형'의 소설들 또한 '성숙'이라는 이상을 거부하는 젊음을 인도해야 할 지점을 알지 못한다. 한국 근대의 교양의 서사는 그 형식을 통해서 교양 이야기의 주인공들 개인의 마음속에 사회와 공동체를 각인시키고 그것을 정당화하는 데 실패한 것이다.

교양소설의 양식과 주인공들의 성장이 미완으로 남아 있다는 판단은 한국의 근대가 감당하여야 했던 교양의 모험 그 자체가 실패로 끝났다는 것을 의미하지는 않는다. 교양의 이념과 교양소설이라는 재현의 체계가 없었다면 한국의 작가들이 근대성이라는 거대한 흐름 속에 놓인 자신의 사회적 위치를 인식하고 정체성을 구현하기 위한 길을 나서는 것은, 그리하여 사회의 존재 조건과 대면하고 그 관계를 살아가는 상상적인 방식을 발견하기를 시도하는 것은 불가능했을 것이다. 근대의 사회화를 형상화하고 그것을 장려하려 했던 상징적 형식인 교양소설이 또한 근대의 상징적 형식 중에서도 가장 모순적인 형식이고, 우리가 사는 세상에서 사회화는 모순의 내면화와 다르지 않다는 모레티의 통찰은 한국 근대소설의 교양의 모험에 대해서도 진정으로 기억할 만한 의미를 갖는다.

제 2 부

제국과 교양

제1장 식민지 지식인과 그로데스크한 교양주의

-이효석의 1940년대 문학을 중심으로-

1. 교양의 정치학

교양은 인간이 특정한 공동체 속에서 새로운 의미 생산의 장을 만들어 내고 그것을 통해 자신과 타자를 구성하며 그러한 주체들이 이루는 공동체 속에서 삶의 내용을 기획해가는 과정을 지칭한다. 그것은 인간이 근대 이후의 사회적이고 역사적인 조건과 대면하며 주체적으로 설립하고자 했던 자기 이해의 담론이다. 식민지 시대에 교양은 새로운 시대의 정신을 표상하는 가치로서 다양하게 표상되었다. 교양이라는 이념은 이광수의 세대에게 '참사람'이라는 새로운 인간의 탄생을 가능하게 해 주었고, 20년대의 문화주의를 불러왔으며, 30년대 후반 새로운 정체성의 요구로 다시 호명되기도 하였다. 그 표상은 문화라는 이름으로 민족 구성원 사이에 공유되었고, 그 속에 존재하는 경제적 · 사회적 · 정치적 차이들을 억압하고 부정하는 기표로 작동하였다. 그런 다양한 교양 이념들은 식민지 시기에 새롭게 정립된 근대적 학지(學知)와 대학제도의 바탕 위에서 빠르게 자리잡게 되었다.

교양의 이념이 내면화되는 과정은 식민지의 지식인들이 스스로 근대인이 되려는 욕망을 드러내는 지점이면서, 동시에 자신을 이전까지의 유교적 교양인과 차별화시키는 배제의 정치학이 작동하는 장소이기도 하다. 그러므로 교양이라는 새로운 앎의 형식이 서구로부터 유입되고 변용되어 일상생활에 활용되기까지 그것을 추동한 에피스테메가 무엇인가 드러낼 필요가 있다. 교양의 프로세스를 통해서 시민사회의 기획을 이루려 했던 다양한 노력은 문화라는 장 속에서 상징투쟁을 통해 권력을 쟁취하는 과정과 다르지 않다. 이러한 문화의 구성방식을 분석함으로써 교양의 이념이 근대적 문화 형성의 기제로 작동하는 방식을 이해할 수 있을 것이다.

식민지 근대의 제국의 판도 안에서 타자이자 지배자인 '일본'을 대타적으로 인식했던 식민지 조선의 지식인은 그 타자가 체계적으로 구축한 교양의 이념을 내면화하고, 또 어느 경우에는 그것과 길항하며 자신의 주체성을 정립하는 데 활용했다. 가라키 준조는 일본에서의 '교양'이라는 용어가 유교적인 '수양'을 대체해서 나타난 새로운 개념이었다고 지적하면서, 형식주의를 근절하고 인류가 남긴 풍부한 문화를 향유하는 교양 속에서 대정기의 교양파가 자신의 개성을 확대할 수 있다고 말한 바 있다.[1)] 츠츠이 기요타다는 일본 구제 고등학교의 교양주의를 통해 전파된 교양의 개념에 대해 지적하고 있다.[2)] 근대 일본에서 교양이 존재하는 방식이 학력엘리트의 신분문화인 교양주의의 성립과 전개의 과정과 무관하지 않다는 점은 이미 많은 연

1) 唐木順三,『現代史への試み』, 筑摩書房, 1963, 234쪽.

2) 筒井清忠,「日本における 教養主義と修養主義」,『思想』812호, 1992.

구를 통해 밝혀져 있다.[3] 근대일본에서 교양주의가 학력엘리트의 신분문화로 자리잡게 된 것은 제국대학을 정점으로 하는 위계적인 교육체계가 확립된 것을 계기로 삼고 있다.

식민지 시대 교양담론은 식민지적 삶의 조건으로부터 파생된 다양한 갈등과 위기에 대한 일종의 문화적인 대응으로 제시되었다고 볼 수 있다. 물론 교양은 세련된 감수성의 획득이나 고상한 취미의 발견에 한정된 자기 발전의 동력학으로 해석된다. 그러나 이원조가 수신에 근본을 둔 교양이 단순히 하나의 실천윤리학으로만 기능할 때 "인격의 도야에서 행동의 제약으로 나중에는 단순히 한개의 사교술에 떨어지고 만다."[4]고 주장할 때, 교양은 단순히 자기 수양법에만 한정되지 않는다. 오히려 교양은 근대 계몽기 이후에 나타나는 다양한 사회역사적인 변화를 견인하는 시대담론인 동시에 그러한 변화의 결과물이기도 했다. 교양문제가 정치문제인 것은 이 때문이다. 일본 유학을 통해 근대적 지식체계를 습득한 식민지 엘리트 주체는 물론 그러한 고급 지식체계에 접근하기 어려웠던 식민지 대중 모두에게 근대적 내면을 구조화하는 핵심적인 요소로 작용한 것이 바로 '교양'이었던 것이다. 아울러 교양은 개인 수양이라는 사적 목적과 식민지 조선의 근대화라는 공적 목적을 수행할 때 반드시 동원되는 담론이었으며, 문화주의를 표방하는 것과는 달리 자주 정치적 목적에 이용되기도 하였다.

---

3) 筒井清忠, 『日本型「教養」の運命』, 岩波書店, 1995. 高田里惠子, 『文學部をめぐる病い』 ちくま文庫, 2006 : 신인섭, 「교양개념의 변용을 통해 본 일본 근대문학의 전개 양상 연구」, 『일본어문학』 Vol.23, 2004 ; 이향철, 「근대일본에 있어서의 『교양』의 존재형태에 관한 고찰」, 『일본역사연구』 Vol.13, 2001.

4) 이원조, 「교양론」, <문장> 창간호, 1939년 2월.

피식민지인의 주체 구성의 과정에는 식민지 시기 교양주의의 형성과 주체구성의 정치학의 작동원리가 구현되고 있다. 교양의 프로세스를 통해서 시민사회의 기획을 이루려 했던 다양한 노력은 문화라는 장 속에서 상징투쟁을 통해 권력을 쟁취하는 과정과 다르지 않다. 이러한 문화의 구성방식을 분석함으로써 교양의 이념이 근대적 문화형성의 기제로 작동하는 방식을 이해할 수 있다. 그러므로 교양 개념의 전개는 그 자체로 식민지 관계의 복잡성과 중층성을 그대로 재현하는 과정으로 볼 수 있다. 특히 민족, 계급, 젠더가 뒤섞이면서 짜여지는 식민지적 컨텍스트 내에서 형성되고 전개되어 온 교양 개념은 필연적으로 당대의 정치권력에 관한 연구로 통합될 수밖에 없다. 이 글은 1940년을 전후한 시점에서 식민지 지식인의 교양주의가 놓여진 맥락을 이효석의 소설을 통해 살펴볼 것이다.

2. 국민문학과 교양의 요구

근대사회에서 교양이라는 과제가 한 개인이 근대적인 시민으로 사회화되는 과정이라면, 그 개인은 자아완성이라는 내면적 요구를 사회적 조건과 결합해내는 문제에 직면하게 된다. 개인의 발전은 언제나 사회의 변화와 연동하면서 이루어지기 때문이다. 따라서 이때 발전의 의미는 단순히 자기 긍정이나 상승으로만 한정할 수 없는 다양하고 복잡한 것이 된다. 1940년을 전후한 상황에서 특히 이 교양의 문제는 새로운 쟁점으로 대두하게 된다. 김남천은 「자기 분열의 초극」에서 "시민사회의 카타스트로피의 시대에 있어서의 사회와 개인과의 복잡하고 격화된 분열을 광범히 개괄하는 동시에 이의 초극과 통일을 위"한 문학적 실천의 필요성을 역설하는데, 이때 사회와 개인의 분열을 초극하기 위해 동원된 논리는 바로 "새로운 하나의 기술의 획득"(『사랑의 수족관』)과 같은 새로운 교양의 이념이었다.[5] 그 이념이 당대의 일본 제국주의가 추구하였던 신체제의 요구와 별개의 것이 아니었음을 기억한다면, 1940년대를 전후한 상황에서 교양의 행방이 어떠한 것이었는가에 대한 물음은 다시금 논의될 필요가 있을 것이다. 스스로를 교양한다는 것은 어떤 의미에서는 국가나 공동체의 요청에 대해 주체가 자발적으로 참여하는 것의 다른 이름이라고 할 수 있다. 결국 식민지 후반기에 교양의 이념은 식민자와 피식민자를 통합하고 제국의 이념에 따라 사회를 변화시키려는 제국주의적 교화 정책에 통합되고 만다. 이것은 교양의 좌절이라고 부를 수밖에 없는 양상으로 이러한 교양 이념의 귀결은 1940년을 전후한 한국 근대 기획의 총체적 맥락과도 무관하지 않다.

1940년을 전후하여 일본 제국주의 국책의 일환으로 기획된 일련의 '국민문학'의 기획 속에서 교양 이념이 나아간 바를 살펴보자. 국민문학이란 제국의 이념은 전형적인 성장과 발전의 플롯을 따르고 있으며, 여기서 중요한 것은 백철이 강조한 바처럼 "현대인간을 개조하야 신인간을 형성"[6]하는 것으로 나타나고 있다. 이 시기 다른 작가가 그랬던 것처럼, 이효석 또한 국민문학의 요구 앞에 스스로의 입장을 제시해야 하는 과제에 직면한다. 「문학과 국민성」이라는 글은, 이러한

5) 김남천의 『사랑의 수족관』에 나타나는 교양의 윤리에 대해서는, 이 책 제1부의 4장 참고.

6) 백철, 「휴마니즘의 본격적 경향–현대인의 형성문제」, <청색지> 2집, 1938년 8월

시대의 흐름에 대한 작가 이효석의 입장을 대변하고 있는 글이다.

> 국민문학의 입장을 보아도 이 두면의 문학이 다 그 소성素性을 갖추어 있는 것은 물론이다. 더욱 한 걸음 뛰어서 우수한 문학이라면 그대로 바로 세계문학으로 편입되는 것이다. 문학 속에 세계적인 요소가 있어야만 세계문학이 되는 것이 아니다. 인간성에 뿌리박은 국민성의 우수한 창조라면 그대로 세계문학에 놀라운 플러스를 용이하게 되는 것이다. 폴란드 문학이나 핀란드 문학이 세계문학으로 통용되는 것은 그러한 이유로서다.[7]

이 글에서 이효석은 국민성의 우수한 창조가 곧 보편적인 문학의 우월성으로 이어지는 것이고, 그것을 바탕으로 세계문학의 반열에 당당히 설 수 있는 가능성을 지닐 수 있다는 논의를 전개해 가고 있다. 이는 식민지 '조선'의 지방성을 제국의 경계 속에서가 아니라 그것을 넘어선 세계 속에서 파악한 결과[8]로 이해할 수 있을 것이다. 제국의 식민지인 조선의 현실을 지방석을 넘어선 보편성의 관점에서 사유하고자 하는 이효석의 입장은 당대의 제국과 신체제에 대한 요구를 소거한 상태에서만 가능한 이념이며, 그러한 점에서 이효석의 '국민문학론'이 당대의 다른 작가와는 차이를 지닌 방향으로 제출되고 있음을 기억하는 것이 필요할 것이다. 그는 신체제 하의 문학활동에 대해 묻는 <삼천리>의 설문조사에 대한 응답으로 '국민의 마음 훈련과정을'이란 짧은 글을 제출하고 있다.

> 생활있은 뒤의 문학이기 때문에, 어떤 형태하에 있어서의 생활이 각층에 충分히 침투한 뒤 참으로 그 생활을 반영한 좋은 문학이 생기

---

7) 이효석, 「文學과 國民性-한 개의 文學的 覺書-」, 『이효석 전집 6』, 2003, 247쪽.
8) 오태영, 「'朝鮮' 로컬리티와 (탈)식민 상상력」, <사이間SAI> 제4호, 2008.5, 239쪽.

는 것이 아닐까. 신체제에 즉하여 국민 각자의 마음의 훈련이 더욱 더 건전해져 가는 과정을 묘사하는 것도 현하의 문학의 한가지 임무가 아닐까 생각합니다. 그러한 방향에 즉해서 이제로부터의 창작방침을 세워 볼 예정입니다.[9)]

이 글에서 나타나는 논의 또한 앞서 살핀 내용과 크게 다르지 않은 것인데, '국민 각자의 마음의 훈련'이 더욱더 중요한 것이라는 논의는 제국주의의 신체제 이데올로기를 가르친 상태에서 보편적인 교양의 필요를 제기하는 주장이라고 볼 수 있을 것이다. 김윤식은 이효석의 문학론과 '국민문학'의 관련에 대해서 "미의식에 바탕을 둔 이효석의 창작은 당초부터 탈이데올로기적이자 동시에 탈로컬 컬러적"[10)]인 것이라고 판단하고 있다. 이효석은 국민문학을 제창하고 선도할 목적으로 창간된 잡지 『국민문학』에 일본어로 발표한 「나는 이렇게 생각한다」라는 글에서도 다음과 같은 논의를 펼치고 있다.

국민적 정열을 담은 모든 문학이 좋은 국민문학이며, 시국에 걸맞은 표어를 늘어놓거나 부르짖는다 해도 관조가 얕고 연소가 희박한 것은 국민문학의 이름에 걸맞지 않기까지 하다. 「……」 마음가짐의 문제이다. 마음가짐을 세운 위에 각자의 소질에 따라서 최선의 문학을 만들면 그만인 것이다. 전선으로 내달려 참가하고, 총후의 책무를 다하는 것은 그 자체로 옳다. 그런 기회가 적은 작가는 역사를 서술하거나 서정을 노래하거나 해서 종래 마음에 두고 있던 소재에 기대어, 탐구해 오던 주제를 흡족할 때까지 파헤쳐 가면 그만인 것이다. 문학의 역사를 성급하게 규정해서는 안 된다. 세기의 척도와 넓은 시야로 임하는 것이야말로, 문학의 기나긴 생명을 중시하는 것이다.[11)]

---

9) 이효석, 「國民의 마음 訓練過程을」, 「新體制下의 余의 文學活動方針」, <삼천리> 제13권 제1호 1941년 1월, 246-247쪽.

10) 김윤식, 『일제말기 한국작가의 일본어글쓰기론』, 서울대학교출판부, 2003, 85쪽.

'새로운 국민문학의 길'이라는 주제에 대한 답변으로 제출된 이 글에서 이효석은 그것이 시국에 대한 표어를 제창하든, 그렇지 않든, '좋은 문학'이어야 하고, 이는 '마음가짐'의 문제에 달려 있는 것이라는 주장을 펼치고 있다. 이 글이 『국민문학』에 발표된 점과, 일본어로 쓰여진 것만으로 그가 당대의 다른 작가들이 그러하였던 것처럼 '국민문학'의 충실한 이데올로그였다는 판단을 내릴 수는 없을 것이다. 김양선은 이효석의 '국민문학론'을 그의 일본어 창작 작품과의 관련을 통해 파악하면서, 그가 "내선일체, 대동아공영론과 같은 당시 지배담론에 대해 다른 작가들과는 구별되는, 내적 논리상으로는 친일과 비일(非日) 사이의 경계에서 끊임없이 동요하는 행보를 보였다"[12]는 평가를 내린 바 있다. 그러므로 당대의 작가들과 구분되는 이효석 문학의 동요에 대해서 좀 더 자세한 분석이 필요할 것이다. 여기서 고려해야 할 것은 문학에 대한 보편적인 규정과 교양의 요구를 내세우는 것이 그 자체로 탈이념적인 것으로 평가하는 것은 일면적이라는 점이다. 앞에서 살펴본 교양이 갖는 정치적인 성격을 고려한다면, 그러한 주장은 당대의 신체제의 맥락과 교양의 성격에 대한 보다 면밀한 분석을 통해 탐구될 필요가 있을 것이다. 특히 이효석의 문학에 나타나는 심미주의적 경향이 당대의 일본 제국주의의 파시즘의 친연성에 대해서는 많은 연구자들의 논의가 엇갈리고 있으며, 이는 권명아의 지적처럼 이효석 문학의 근저에 놓인 심미주의, 교양주의, 이국주의에 대한 엇갈린 평가에 기반한 것일 터이다. 이는 식민지의 엘리

11) 이효석, 「私はかう考へてゐる」, <國民文學> 1942.4, 44쪽.

12) 김양선, 「공모와 저항의 경계, 이효석의 국민문학론」, <작가세계>, 2007 겨울호, 62쪽.

트로서 이효석이 지닌 주체위치의 양가성과 교양주의의 양가성의 문제로 논의되어야 할 필요가 있을 것이다.[13] 1940년을 전후해서 발표된 그의 장편소설을 통해서 이효석의 문학에 나타난 교양의 이념을 좀더 세밀하게 파악해야 하는 것은 그 때문이다.

3. 심미적 문화와 제국의 교차

이효석의 『화분』과 『벽공무한』은 1940년대 식민지 엘리트의 교양에 대한 인식을 엿볼 수 있다는 점에서 흥미로운 텍스트이다. 이효석은 조선문학이 지방성을 토대로 한 국민문학이 아니라 세계문학으로 나아갈 것을 역설하고, 이같은 견해를 그의 두 장편 속에 재현된 지식인의 행위와 욕망 속에 투사하고 있다.

1939년에 발표된 장편 『화분』[14]은 '푸른 집'의 현마와 세란 부부, 그리고 세란의 동생인 미란을 중심으로, 미란을 놓고 경쟁을 벌이는 영훈과 단주의 복잡한 애정관계를 펼쳐나가고 있는 작품이다. 이 작품에서 아직 미성년이 미란과 단주가 세상에 눈뜨는 계기로서 성숙한 문화의 세계와 성에 대한 발견이 등장하는 것은 흥미롭다. 성의 발견이 아이에서 성년으로 인물들을 성장하도록 만들어주는 양상은 단주와 미란에게 각기 다른 의미로 다가오게 되는데, 이에 대해서는 다음 장에서 언급하기로 하고, 미란이 문화의 세계로 입문하는 양상에

13) 권명아, 「심미주의의 <분열> : 실낙원과 낙원 사이」, <작가세계>, 2007 겨울호, 37-41쪽.

14) 이효석, 『화분』, 『이효석 전집 4』, 창미사, 2003.

대해 살펴보자. 세란의 동생 미란은 형부인 현마의 영화사에서 일하는 단주와의 밀월 여행을 꿈꾸지만, 미성년의 미숙함에 의해 현마에게 붙잡혀 다시 집으로 돌아가게 된다. 이후 미란은 현마의 동경 출장에 따라 나서게 되고, 이전에 단주와 도주를 꿈꾸던 것에 비교하여 "그 때의 알 수 없던 불안과 공포와는 다른 일종의 든든한 마음"(『화분』, 112쪽)을 느끼게 된다. 미란과 단주로 대표되는 미성년이 현마와 세란으로 상징되는 어른의 세계에 들어가는 것은 이 작품에서 중요한 상징으로 기능하고 있다. 미란이 현마를 따라 간 동경에 가서 가장 인상깊게 받아들인 것은 "호텔 객실과 식당에서는 탁자마다 국제적인 풍속이 눈에 띄면서 안계가 넓어졌다."(124쪽)는 고백에서 보이는 바처럼, 더 넓은 세상과 그 속에 존재하는 국제적인 풍속에 눈을 뜬 경험이었다.

> 그 한없이 착잡한 재료 속에서 골라낸 것은 역시 아름다운 것의 요소였고 그것의 배열-예술의 감동이 마음을 차차 정돈시켜 주고 의욕을 자극해 주었다. 세상을 해석할 한 개의 표준되는 열쇠가 어느 결엔지 손안에 잡히면서 그것이 새로운 힘으로 마음을 다시 불지르게 되며 평생의 방향과 결의가 작정되었다.[15]

동경 여행에서 미란이 새로운 세상의 존재를 자각하였다면, 그 속에서 발견한 자신의 새로운 길은 예술로 상징되는 문화의 영역이 된다. 또한 음악회에 갔다가 알게 된 음악의 세계는 "피아노 속에는 조그만 우주가 들어 앉고 사람의 혼이 숨어 있어서"라는 자각을 불러올 정도의 충격으로 다가오게 되고, 이후 현마를 졸라 피아노를 사러 간 가게에서 첫대면을 하게된 영훈과의 만남은 그녀의 이후의 생애를

15) 이효석, 앞의 책, 124-125쪽.

좌우할 결정적인 계기가 된다. "그 결과는 미란을 몰아다가 한갓 예술의 길로 향하게 했다. 정진에 대한 자각이 굳어지고 영훈에게 대한 존경이 극진해 갔다."16)는 서술에서 보이는 것처럼, 미란에게 초점이 맞추어진 교양의 자기 형성은 영훈이 지닌 예술에 대한 추구를 통해 그 길을 발견하게 되며, 이후 영훈이 지닌 교양인으로서의 면모가 이 작품이 지닌 교양의 이념을 말해주는 결정적인 장면으로 등장하게 된다.

> 영훈은 철저한 구라파주의자여서 그와 마주앉으면 대개는 이야기가 그 방면으로 기울어졌다.「……」그의 구라파주의는 곧 세계주의로 통하는 것이어서 그 입장에서 볼 때 지방주의같이 깨지 않은 감상은 없다는 것이다. 진리나 가난한 것이나 아름다운 것은 공통되는 것이어서 부분이 없고 구역이 없다.「……」같은 진리를 생각하고 같은 사상을 호흡하고 같은 아름다운 것에 감동하는 오늘의 우리는 한 구석에 숨어 사는 것이 아니요 전세계 속에 살고 있는 것이다. 동양에 살고 있어도 구라파에서 호흡하고 있는 것이며 구라파에 살아도 동양에 와 있는 셈이다. 영훈의 구라파 주의는 이런 점에서 시작된 것이었다. 음악의 교양이 그런 생각을 한층 절실하게 해 주었는지도 모른다.17)

『화분』의 주인공인 영훈은 그의 이른바 구라파주의를 제창하며, 그 참된 면모를 자신의 음악을 통해 구현할 수 있다는 신념을 지닌 인물이다. 그의 구라파주의는 앞서 살폈던 이효석의 보편적 교양론과 무관하지 않은 것으로, 식민지 조선의 '지방성'을 넘어 세계주의로 나감으로서 제국의 경계를 무화시키는 전략으로 이해될 수 있다. 그러나 제국적 경계를 넘어선 곳에서 자신의 주체위치를 발견하는 지식인의 행

16) 이효석, 앞의 책, 174쪽.
17) 이효석, 위의 책, 177-178쪽.

위가 곧 '경계'를 넘어서기 위한 기획으로 이어진다고 해도, 그것이 어떠한 가능성의 영역을 지니고 있으며, 어떠한 지점에서 제국의 맥락 속으로 다시금 포섭되고 있는가는 좀 더 섬세히 살필 필요가 있다.

이 경계넘기는 이국취향이라는 인물들의 정서와 겹쳐져서 제시된다. 영훈이 가야의 죽음을 계기로 하얼빈으로 음악여행을 떠나기로 결심하였을 때, 여행사의 사무원은 하얼빈이라는 장소에 대한 자신의 환영을 펼쳐보인다. "할빈만 가면 구라파는 다 간 셈. 인정으로 풍속으로 음악으로 풍경으로 하나나 이국적인 정서를 자아내지 않는 것 이없거든요……"라는 문맥에서 보이는 그의 이국취향은 "평생 원이 여행이예요. 외국에 대한 동경—이것을 버릴 수는 없어요."[18]라는 여행사 사무원의 공감 속에 좀 더 보편적인 향수로 위치를 부여받게 된다. 이에 대한 영훈의 공감, "외국을 그리워함은 고향을 찾아서 떠난 긴 평생 속에서의 한 고패요, 향수(鄕愁)인 것이다."은 그것을 인간의 근원적인 존재의 문제로 환원하는 것이다. 권명아는 『화분』에 나타나는 이 구라파와 하얼빈이라는 장소가 마지막 도피처의 현실적 대응물이며, 결국은 도달할 수 없는 상상의 장소에 지나지 않는다고 말하면서, 이 '실락원'의 상징을 이효석 작품의 내적 논리인 심미주의의 일환으로 파악하고 있다.[19] 이효석의 작품에서 음악이 갖는 교양/교양형성으로서의 중요성은 매우 큰데, 하얼빈은 이 교양과 이국취향을 동시에 만족시킨다는 점에서 그에게 인상적인 장소였던 것으로 보인다. 만주를 여행하고 쓴 '만주여행단상'에서 이효석은 하얼빈의 인상을 다음과 같이 전하고 있다.

---

18) 이효석, 앞의 책, 259-260쪽.

19) 권명아, 앞의 책, 45쪽.

특히 음악에 있어서는, 하얼빈은 어느 곳보다 풍요로움을 갖고 있다고 생각된다. 음악은 분명 이 거리의 커다란 윤택함의 하나이다. 어디서든 풍성하게 흐른다. 「……」 식사를 하는 사람들은 수런수런 떠들며 음악에는 주의를 돌리지 않는데도 차이코프스키의 애상적인 선율이 유감 없이 이어진다. 이것이 유럽적인 것인가. 또는 어느 곳의 것인가. 그런 따위는 전혀 상관이 없다. 이 땅에 뿌리내려 살아 있는 것은 지키고 키우는 것, 이는 정말이다.[20]

이 심미주의와 이국취향의 문제와 관련해서, 이효석이 1940년 『매일신보』에 연재하였던 장편 『벽공무한』[21]은 같이 검토해볼 필요가 있는 작품이다. 먼저 『화분』과 『벽공무한』에 나타난 심미주의와 세계주의의 양상을 단절의 면모로 파악하는 기존의 연구들을 살펴보자. 오태영은 『벽공무한』을 식민지 남성의 서사로 이해하여 식민지 지식인의 세계주의적 지향이 상실된 후 다시 '세계에서 조선으로' 돌아오는 과정을 그리고 있는 작품이라고 분석하였고,[22] 권명아는 『화분』의 '낙원상실의 윤리'가 『벽공무한』에 와서는 신체제라는 새로운 사회의 생존윤리를 '낙원의 생존윤리'로 내면화하는 지점에 이르렀다고 평가한다.[23] 적어도 지방성에 대한 인식에 있어서 『벽공무한』은 『화분』에서 한걸음 나아간 면모를 보여주는 것이 사실이다. 그러나 그것을 발본적인 전환이라 보기는 어렵다. 무엇보다도 이효석이 지니고 있는 세계주의적 교양주의의 면모가 이 작품에서 더 강화되고 있다는 점

20) 이효석, 「새로운 것과 낡은 것－만주여행단상」, <滿洲日日新聞>, 1940.11.27. 인용문은 김윤식, 『일제말기 한국작가의 일본어글쓰기론』, 서울대학교출판부, 2003, 295쪽.

21) 이효석, 『벽공무한』, 『이효석 전집 5』, 창미사, 2003.

22) 오태영, 앞의 책, 249-250쪽.

23) 권명아, 앞의 책, 50쪽.

에서 그렇다.

『벽공무한』의 서두에서 이른바 '문화사절'의 주역이 되어 만주로 가는 천일마가 '새로운 마음'을 지니고 무언가 새로운 생활을 꿈꾸는 장면은 어느 덧 봉천역에 이르러 변모한 만주를 바라보며 "낡은 것과 새 것이 바꾸어지고 위대한 정리가 시작된 까닭이다. 몇 해 동안의 엄청난 변화를 일마는 사실 경이와 탄식 없이는 볼 수 없었다."[24]라는 새로운 장소에 대한 인상으로 제시되고 있다. 이 대목에서 차창밖의 벌판에서 만주 사람이 바지를 내리고 용변을 하고 앉은 것을 보고 야만을 풍속을 대하는 문명인의 시각을 보여주고 있는 대목은 그의 교양과 제국주의의 연관을 암시하고 있는 대목으로 이해할 필요가 있다. "변하는 건 무심한 벌판이 아니고 그것을 지배하는 사람이요 주인이다. 참으로 사람만이 변하는 것이다."[25]라고 하는 천일마의 내면에서 보이는 자연에 대한 지배와 인간형성의 연관을 주목해야 하는 것이다.

천일마가 만주에서 보여주는 시선은 이국취향에 빠져있는 외부인의 그것이다. "키타이스카야가(街)에 들어서니 감회는 한층 더하다. 좌우편에 즐비한 건물이며 그 속에 왕래하는 사람들이며－거기는 완전히 구라파의 한 귀퉁이다"[26]라는 일마의 감상에 대해 그의 친구 한벽수는 일마의 "구라파 취미"에 대해 다시 지적하고 있다. 시내의 '추림백화점'에는 "반드시 한 가지 나라 말만이 쓰이는 것이 아니요, 러시아어도 들리고 영어도 들려서, 이 구석 저구석에서 언어의 혼란을 일

24) 이효석, 앞의 책, 16쪽.
25) 이효석, 위의 책, 17쪽.
26) 이효석, 위의 책, 51쪽.

으켜 흡사 국제백화점인 감이 있엇다."[27]라는 감상 또한 그의 세계주의의 한 모습을 적실하게 반영한다. 이후 나아자와 함께 귀향하는 일마에 대해서 친구인 소설가 훈이 그의 처지를 부러워하는 모습을 묘사한 후 서술자는 "실상 훈의 꿈도 일마의 그것과 비슷하다면 비슷했다. 부질없이 향수를 느끼는 것이었고, 그 그리워하는 고향이 여기가 아닌 거기였다. 현대문명의 발상지인 서쪽 나라였다."[28]에서 보이는 문명의 기원인 장소에 대한 환상은 이효석의 세계주의를 언급하면서 놓쳐서는 안될 중요한 대목이다.

앞서 살펴보았던 국민문학론에서의 입장이 그러하였던 것처럼, 이효석은 세계주의와 이국취향이라는 정서를 보편주의로 전환하여 제시하고자 하는 노력을 그의 작품에서도 아끼지 않는다.

> "일마의 꿈두 필경은 동양이었던 모양이지. 나아자의 얼굴은 아무리 봐두 동양의 얼굴이야. 눈이며 눈썹이며 코가 온순한 조선의 것이란 말야. 피부가 희구 머리카락이 노랄 뿐이지." (…중략…)
>
> 역 폼에서 일마가 세 사람을 차례로 소개하니, 머리는 숙이지 않고 방글방글 바라보던 그 눈이 선하게 떠오르는 듯하다. 자동차로 호텔에 이르렀을 때, 모든 새로운 것에 신기한 듯 눈을 보내면서도 끝까지 품격있고 의젓한 나아자였다. 묵은 전통에서 오는 교양의 빛이 은연중에 드러나 있었다.[29]

천일마와 동행한 미녀 나아자를 보면서 그의 친구들이 행하는 감상과 서술자의 평가는 일마가 추구하는 교양의 본래 면모를 알게 해

27) 이효석, 위의 책, 104쪽.

28) 이효석, 앞의 책, 183쪽.

29) 이효석, 앞의 책, 184쪽.

준다. 남성들의 서양숭배를 지적하는 은파의 발언에 대해서 "누가 서양을 숭배하나. 아름다운 것을 숭배하는 것이지. 아름다운 것은 태양과 같이 절대니까."[30]라는 훈의 대답은 이 작품의 남성 인물들과 작가가 공유하고 있는 심미주의의 면모일 것이다.

천일마는 이미 나아자와 함께 하얼빈의 시내에서 영화를 보고 나서 서로의 감상을 나누던 중 "국경이 없다는 것이 얼마나 아름다운 생각이오? 야박스런 세상에서."라고 자신의 국경에 대한 소박한 감상을 이야기한 바 있다. 이에 대해 나아자는 "제 눈에두 사람은 다 같이 일반으로 뵈여요. 구라파 사람이나, 동양 사람이나, 개인개인 다 제나름이지 전체로 낫구 못한 게 없는 것 같아요."(85쪽)라는 것이었다. 오태영의 지적처럼 그것은 제국—식민지 사이의 위계화된 관계를 고착화시키는 기제들—혈연과 풍속—을 무화시키는 전략이며, 동시에 그것은 제국적 경계 안에서 자신의 욕망을 펼쳐나가는 식민지 조선의 지식인이 그러한 경계를 넘어설 수 있는 기획으로 평가할 수 있다.[31] 그러나 이러한 제국의 경계를 넘어서려는 주체의 욕망은 환상의 강화에 기여하기는 하지만 실제의 윤리로 이어지지는 않는다. 에드워드 사이드가 『오리엔탈리즘』과 『문화와 제국주의』를 통해서 초연하고 무정치적인 문화 학문이 사실은 얼마나 제국주의적인 이데올로기와 식민주의적 실천의 참으로 비참한 역사에 의존하고 있는가를 보여준 이후에도 이런 믿음을 지속하기는 어렵다. 사이드는 "국경을 넘어 투자하는 자에게는 높은 배당이 돌아간다고 하는 안정성이라는 환상과 거짓된 기대를 창조한 제국 확장의 선전에 대해 말하는 것이

30) 이효석, 앞의 책, 185쪽.

31) 오태영, 앞의 글, 241쪽.

제국과 소설이, 인종 이론과 지리적 사고가, 민족 정체성 개념과 도시적 일상이 창조한 풍조에 대해 말하는 것과 같다고 지적한 바 있다.32)

이효석의 작품은 이러한 문화와 제국의 교차라는 맥락에서 이해하여야 하며, 그런 점에서 『화분』과 『벽공무한』에 나타나는 심미주의적 국경 넘어서기의 서사는 식민주의자들의 거짓된 기대와 환상의 창조, 바로 그것의 거울상이다. 제국주의가 단순한 축적과 획득의 행위와 그 결과를 지칭하는 것이 아니라 문화와 지식이라는 형태에 의해 지원되고 추인되는 행위이며, 이때의 문화와 지식이 가장 강력한 제국주의의 동력학으로 작동한다는 사실을 기억한다면, 이효석의 세계주의에 공감하며 마냥 그것을 인정해주기는 곤란하다. 소설이 갖는 세속성(wroldness)은 소설의 자율적 영역과 그 역사적 세계의 본질적 관련성을 분리불가분한 것으로 만든다. 문화와 제국의 관계가 역사적이고 복합적인 경험의 맥락에 놓인 것이라면, 지방성과 제국의 관계 또한 그러하다. 마치 최재서의 국민문학의 기획이 제국의 경계를 결코 넘어설 수 없었던 것처럼, 이효석의 지방성에 대한 부정 또한 식민주의적 실천의 범주를 쉽게 넘어서기는 어려운 기획이었다는 점은 충분히 논의될 필요가 있다.

4. 그로데스크한 교양주의

이효석의 세계주의가 어떠한 맥락에 자리하고 있는 것인가를 이해

32) 에드워드 사이드, 『문화와 제국주의』, 박홍규 역, 문예출판사, 2004, 56쪽.

하기 위해서 반드시 살펴야 할 것은 교양이 갖는 보편주의적 성격이다. 교양 이념은 근대 유럽의 휴머니즘 문화와 접촉한 결과로 받아들여진 것이다. 일반적으로 휴머니즘은 인본주의 전통을 내세우며, 인간애와 인류애의 보편타당함을 주창해왔다. 그러나 인간성의 보편적 모델이 특정 문화가 될 때, 이는 인간화의 특정한 방식을 규범화하면서 권력과 관계할 수 있다. 따라서 휴머니즘이 보편적 인간성의 함양이라는 이름으로 행하는 것은 실은 인간 사회를 일정한 질서 아래 두는 것이다. 이렇듯 교양주의가 특정한 맥락에서 어떠한 정치학의 구현으로 이어지는가를 파악하는 것은 중요하다.

『화분』에서 "이 고장에는 아름다운 것이 없나요?"라는 가야의 물음에 대한 영훈의 대답은 "버려 둔 정원이나 빈민굴 같은 속에 아름다운 것이 있으면 얼마나 있겠습니까? 고려나 신라 때에 얼마나 아름다운 것이 있었던지는 모르나 오늘 어느 구석에 아름다운 것이 있습니까?"[33]라는 것이다. 그러면서 그는 "제일 위대하고 힘을 가진 것이 아름다운 것이거든요"[34]라며 특유의 심미적 교양의 이론을 제창하고 있다. 이 위대한 힘이 가진 문화적 성격을 더욱 분명히 드러내기 위해 등장하는 것이 가야의 애인인 갑재의 등장이다. 가야와 영훈의 사이를 오해한 갑재에 의해 영훈이 곤경에 휘말린 장면을 묘사하면서, 서술자는 "공격하는 갑재와 당하는 영훈은 별것 아니라 야만과 문명과의 대립이었다."[35]라는 평가를 내리고 있다. 그것은 가야의 부모가 신체가 허약한 딸의 약혼자로 럭비선수인 갑재를 정해주었다는 것을

33) 이효석, 『화분』, 『이효석 전집 4』, 창미사, 2003, 179쪽.

34) 위의 책, 186쪽.

35) 이효석, 앞의 책, 197쪽.

알고 난 영훈이 "육체의 힘을 재주 삼는다는 것이 인간의 재주로서는 가장 하질인 것이어서 체육 편중의 현대주의라는 것이 원시로 돌아가라는 고함 소리같이 속되게 들리는 것이었다."[36]라고 생각하며 체육에 힘쓰지 않는다고 해서 문화가 멸망할 리는 없다고 생각하고 육체의 영광이 인간의 자랑거리가 될 수 없다고 말했던 문화주의의 재현이다.

이효석의 작품 속에서 이 문화주의는 또한 남녀간의 철저한 위계질서 위에 놓인 것이기도 하다. 실업가 유만해와 "현대여성으로서 교양이 높고 예술이나 문화에 대한 이해가 보통 이상으로 깊은"[37] 그의 아내 남미려의 대립은 "그럼 속을 채리구 난 후에 문화를 숭상해도 하는 것이지, 입에 밥두 못들어가는 처지에 음악이니 예술이나 하구 흰 멋들을 피우는 게 허영 아니구 무엇이란 말요?"라는 만해의 말을 통해 드러난다. 이후 녹성음악원의 결성에 이르는 계기 또한 이러한 만해의 교양에 대한 무지와 이에 대한 아내의 반발에서 비롯된 것이지만, "여자라구 가정에서 너무 놀구만 있기두 무료해서 무엇이나 일을 좀 해보았으면"[38] 한 것이라는 미려의 발언에서 보듯이 그것은 철저하게 남녀 간의 위계적인 질서를 상정한 것이다.

금광 사업의 실패로 파산에 이르게 된 유만해가 아내 남미려에게 퍼붓는 독설 속에서 "구라파니 개인주의니, 반지빠르게 배워가지구는 남녀동등이니, 아내의 지위가 어떠니 철없이 해뚱거리는 꼴들이 가관이야. 몸에서는 메주와 된장 냄새를 피우면서, 문명이니 문화니 하

36) 이효석, 앞의 책, 175쪽.

37) 이효석, 『벽공무한』, 『이효석 전집 5』, 창미사, 2003, 32쪽.

38) 이효석, 위의 책, 38쪽.

구"(『벽공무한』, 174쪽.)라며 독설을 퍼붓고 있는 장면을 보라. 이후 남미려가 녹성음악원의 계획을 구체화시키는 장면은 문화의 탄생과 관련해서 의미 있는 암시를 주고 있다. 부르디외는 부르지아지 계급의 여성들이 미학을 통해 위안을 얻거나 미학을 통해 복수를 하지 않을 수 없다고 지적한 바 있는데[39] 이는 미란이 현마와 단주의 손아귀를 벗어나서 음악의 세계에 몰두하고, 결국은 영훈과 함께 음악여행을 떠나게 되는 것에 대한 유력한 설명이 된다.

이때 살펴야 할 것은 이효석의 소설에 나타나는 서양숭배와 이국취향이 성적인 관계의 여러 뒤얽힘으로 제시되고 있다는 점이다. 이미 이효석은 관능적인 엑조티시즘을 환기하는 공간임이 명백한 『화분』의 '푸른 집'을 통해 자신의 이국취미와 에로티즘의 관련을 분명하게 보여준 바 있다. 이 공간 속에서 단주와 미란은 각기 미성년의 좁은 틀을 탈피하여 성년의 세계로 나아가게 된다. 그러나 미란에게 그 성의 경험이 순수함의 박탈이라는 의미를 띄고 있다면, 단주에게는 보다 남성적인 성인의 세계로 진입하는 계기로 작동하게 된다. 이는 육체의 욕망에 대한 긍정을 추구하는 이효석 문학의 일반적인 특질과 관련된 것이기도 하다. 이효석은 「서구정신과 동방정취」라는 글에서 서구의 문학을 다음과 같이 정의한 바 있다.

> 문예부흥 운동은 말할 것도 없이 헬레니즘 환원운동, 휴머니즘 복귀운동이었다. 종교적 압박에서 벗어나 인간적 정신을 부활시키고 자유와 개성의 자각을 촉진시키려고 함은 대체 무엇을 의미하는 것인가. 육체적 해방이 없이는 불가능한 일이며 이 중요하고 일의적(一義的)인 전제 위에 설 때에 비로소 참된 인간성의 해방이 있는 것이다. (…중략…)

39) 부르디외, 최종철 역, 『구별짓기－문화와 취향의 사회학』 상권, 새물결, 2005, 112쪽.

요컨대 서구문학이란 헬레니즘에서 비롯해서 연면히 흘러 내려오는 육체문학 혹은 체취문학(體臭文學)의 위대한 계열인 것이다.[40]

서구문학이 육체의 해방을 통해 비로소 가능해졌으며, 그것이 또한 인간의 해방을 의미하기도 한다는 주장은 이효석의 문학 전반을 이해하는 데 중요한 지점을 제시한다. 그러나 이 글에서 다루고 있는 교양주의의 면모에서도 그것은 큰 의미를 지니는데, 인간의 개성의 자각과 인간성의 해방이란 다름아닌 교양을 갖추게 된 인간의 면모를 지시하고 있기 때문이다.

이효석은 『벽공무한』에서 나아자라는 미모의 러시아 여성을 등장시켜 엑조티시즘과 에로티즘이 결합된 서양숭배를 강화하고 있다. 문제는 이 서양 숭배가 철저한 성의 위계를 상정하고 있으며 그것이 또한 교양주의와 관련을 맺고 있다는 점이다. 이러한 모습은 『벽공무한』의 남성 교양인들의 시선에 나아자의 미모를 노출시키고 있는 대목에서도 드러나지만, '녹성음악원'의 설립을 둘러싼 조선의 여성 교양인들의 논의를 통해서 더욱 분명히 나타나고 있다. 이 대목은 조금 인용될 필요가 있다. "원생 선발시험의 표준은 학력보다두 용모에 두어가지구 될 수 있는 대로 미모의 여성만을 모아서 교육시킬 것—이것이 녹성음악원의 무엇보다두 첫째의 방침이래야 해. 아무리 교육의 기회균등이니 무엇이니 해두 예술에 뜻을 둔다는 것부터가 선발된 특권이구 기회가 달러진 증좌가 아니겠수?"[41] 이러한 발화를 남성 서술자의 나르시시즘과 관련시키지 않고 이해하기란 불가능하다.

서울에 교향악단이 와서 공연을 하게 된 것을 두고 "시민 전반의

40) 이효석, 「西歐精神과 東方情趣－肉體文學의 傳統에 대하여」, 『이효석 전집 6』, 249-253쪽.
41) 이효석, 『벽공무한』, 『이효석 전집 5』, 창미사, 2003, 323쪽.

교양이 높아졌다는 좌증"[42]으로 이해하고, "수천의 음악의 팬들이 회장 안에 그득히 모여들어 거리의 교양의 정도를 그 외래의 단체에게 보였음은 통쾌한 일이었다."[43]라고 언급했던 것을 기억한다면, 여성들로 이루어진 이 음악원을 설립을 준비하는 과정에서 "원래 음악예술의 창조란 특별한 종족만이 능히 할 수 있는 일이니까."[44]라고 말하며 그 기준으로 여성의 외모를 제시하고 있는 것은 기괴하다.

이 작품에서 조선 사회의 문화적 성숙과 교양의 고조를 보여주는 것으로 설정된 이 음악회가 실제로는 일본의 후원으로 이루어진 정치선전의 일환이었다고 주장하며 그것이 일본제국의 동원을 무의식적으로 억압하고 식민지를 무의식 속으로 추방한 것[45]이라는 지적은 이 대목에서 주목할 필요가 있다. 이는 서양숭배와 교양주의의 기반에 놓인 제국주의의 이데올로기를 떠올리게 만들기 때문이다.

서양숭배와 제국주의적 질서에 대한 의미 있는 서사로 다니자키 준이치로의 『치인의 사랑』을 언급할 수 있다. 토미 스즈키가 『치인의 사랑』에 대한 분석을 통해 보여준 바처럼, 다니자키는 권력과 진리의 초월적 원천으로서의 서양이라는 것의 절대적인 권위를 상정하면서 동시에 알레고리컬한 비전의 제시를 통해 그것의 권위를 근본적으로 실추시키는 비판적 인식을 보여주었다. 그러한 인식은 제국주의와 문화의 관련에 대한 비판적 이해로 나아가지만, 그것을 이효석에게 기대하기는 어렵다. 무엇보다도 제국과 지방의 위계가 이분화된 성의 위계와 무관한 것이 아니라는 점은 강조될 필요가 있다. 이효석의 『벽

42) 이효석, 앞의 책, 223쪽.
43) 이효석, 앞의 책, 224쪽.
44) 이효석, 앞의 책, 324쪽.
45) 윤대석, 제의와 테크놀로지로서의 서양 근대음악, 상허학보 23집, 2008.6, 119-121쪽.

공무한』에 등장하는 여성 인물들은 결코 팜프 파탈이 될 수 없으며, 오히려 스스로를 파멸의 위험으로 내모는 존재들이다. 이들을 구원할 수 있는 것은 남성 주체인 천일마의 따듯한 시선이며, 그 다음으로는 서구적인 교양의 힘이다. 그리하여 어떠한 위험도 교양인으로서 천일마가 가진 지위를 위협할 수 없다. 서양숭배와 엑조티시즘과 성의 위계에 기초한 이 그로데스크한 교양주의[46]의 면모는 이효석의 문학과 1940년대의 교양의 상황을 다시금 돌아봐야 할 중요한 이유가 된다.

5. 제국과 교양

피에르 부르디외는 상속되는 문화자본과 학력자본의 관계를 통해 교양이 곧 아비투스로서의 성격을 지닌다는 점을 밝혀낸 바 있다. 그는 "부르주아 문화와 부르주아들이 문화와 관계를 맺는 방식을 감히 다른 계급이 흉내 낼 수 없는 성격을 갖는 이유는 이것이 그뢰투이센이 말하는 민중종교와 마찬가지로, 조기에, 즉 채 말을 배우기 전부터 교양이 몸에 밴 사람들, 교양을 갖춘 실천과 대상의 세계 속으로 잠겨들어야 비로소 획득가능하기 때문이다"[47]이라고 말한다. 음악과 미술에 관련되는 부르주아 계급의 교양 아비투스가 배타적으로 형성되는 것은 이 때문이다. 특히 부르디외는 다양한 정통 예술에 대한

46) 다카다 리에코는 엘리트라고 불리는 소수의 젊은 남성들을 위한 자기형성의 방법이 그 특권성을 잃게 된 것이 교양주의의 몰락과 관련이 있다고 말한다. 그로데스크한 교양주의라는 표현은 그녀의 책에서 가져온 것이다(高田里惠子, 『文學部をめぐる病い』 ちくま文庫, 2006 참조).

47) 부르디외, 위의 책, 149쪽.

취향 중에서 음악취향이 갖는 특별함에 대해서 상세하게 밝히고 있다. 음악이란 정신예술 중에서 가장 '정신적인' 것으로, 음악을 이해하고 그것을 사랑한다는 것은 정신적 깊이에 대한 보증이 된다. 음악은 모든 예술 중에서 가장 심원한 '내면성'을 지니고 있으며 이 때문에 음악에 대한 둔감함은 물질만 중시하는 야만적인 심성을 가장 뚜렷하게 드러내는 표지가 된다. 이효석의 40년대의 소설에 음악가들과 피아노를 구입하는 학생들의 이야기가 자주 등장하는 것은 이러한 계급적 교양의 아비투스와 무관하지 않을 것이다.

부르디외는 경제적 특권을 누리고 있는 동시에 경제 권력의 현실로부터 배제되어 있는 일부 부르주아지계급의 성원들이 부르주아지 세계로부터의 거리감을 토로하는 것은 그들이 실제로는 이 부르지아지 세계를 소유할 수 없기 때문이라고 말했는데,[48] 『화분』의 단주가 '푸른 집'의 식구들이 피서를 간 틈을 타서 하녀인 옥녀와 육체적인 쾌락 속으로 빠져드는 것은 이러한 계급 의식의 뜻하지 않은 발현으로 이해될 수 있을 것이다.

이효석이 보여준 이 그로테스크한 교양주의는 그와 경성제국대학 동기동창인 유진오에게도 발견되는 것이다. 그렇다면 이 교양주의는 이들 식민지 학력엘리트와 경성제국대학 법문학부의 멘탈리티와도 무관한 것이 아니라고 생각된다. 교양과 제국주의, 교양과 파시즘이 갖는 연관의 이해는 이들 경성제대 출신 문학자들의 작품과 담론에 대한 논의를 통해 보다 분명히 드러날 것이다.

이와 관련하여, 이효석이 1940년 『국민신보』에 일본어로 연재한 소설 『푸른 탑』[49]은 의미 있는 해석의 장을 제공하고 있다. 이 소설에

48) 부르디외, 위의 책, 112쪽.

서 경성제대로 추정되는 대학의 문학부 강사로 취임을 앞두고 있는 안영민이 보여주는 교양주의, 인물들의 이국취미 등은 이 작품이 『화분』, 『벽공무한』과 공유하고 있는 기본적인 서사를 이룬다. 영민은 자작의 딸인 소희와 같은 미모의 현대여성들의 구애를 뿌리치고 요코를 선택하게 되는데, 그것은 아무 것과도 바꿀 수 없는 그녀만의 "풍부한 정감과 높은 교양"[50]을 요코가 지니고 있기 때문이다. 영민은 요코와의 만남에서 '양식이나 환경이라는 문제'에 대해 고민하는데, 그것은 식민지 조선과 제국 일본의 내선결혼이라는 문제의 은유이다. 이 문제에 대한 고민은 여러 일화들을 거쳐 영민과 요코가 결합을 이루게 됨으로써 자연스럽게 해결이 되고, 영민은 "요컨대 우리들은 서로 아무것도 다르지 않았어요. 혈액형도 같았고, 지금 신체의 모습도 같아요. 다른 것은 다만 단체뿐이예요. 전통만이 달랐어요."[51] 라고 말하며 이른바 '피의 결혼'을 정당화하고 있다. 이 교양을 지닌 인물들의 만남으로 대체된 내선일체의 윤리에 대해서는 그 교양의 보편성과 제국주의적 동원의 정치성 사이에서 유동하고 있는 작가 이효석의 교양론과, 그것이 자리한 경성제국대학의 교양주의의 관련 양상을 통해 보다 심층적으로 분석해야 할 것이다.

---

49) 이효석, 『푸른 탑』, 『새롭게 완성한 이효석 전집 4』, 창미사, 2003.

50) 이효석, 위의 책, 347쪽.

51) 이효석, 위의 책, 421쪽.

제2장 내선일체와 교양주의

1. 교양의 정치

식민지 시대 교양담론은 식민지적 삶의 조건으로부터 파생된 다양한 갈등과 위기에 대한 일종의 문화적인 대응으로 제시되었다. 교양은 주체 산출의 효과를 발휘하는 것이었으며, 교양을 선취함으로써 식민지적 주체는 국가의 운명과 미래를 결정하는 사명을 부여받았다. 교양은 바로 그런 내적 사명감을 구성해내는 중대한 역할을 한 것이다. 이때 교양이란 식민지 청년 주체의 내면성의 정치학이 무의식적으로 발현되는 계기이다. 교양은 근대 계몽기 이후에 나타나는 다양한 사회역사적인 변화를 견인하는 시대담론인 동시에 그러한 변화의 결과물이기도 했다.

교양 이념의 사회적이고 문화적인 조건에 대한 탐구는 그것을 천명한 교양의 담당자들의 지향과 요구가 어떠한 '정치적 무의식' 속에서 탄생한 것인가에 대한 탐색과 병행되어야 한다. 근대의 정신적 아들들은 교양 이념의 전파자이기도 했다. 매슈 아놀드가 규정한 바,

'위대한 교양의 인간'이 되기를 열망하였던 그들은, 사회의 한쪽 끝에서 다른 쪽 끝까지 당대 최상의 지식과 최상의 사상을 보급하고 확산하고 전파하려는 열정을 지니고 있었으며 문화가 번영으로 이끄는 국가를 향한 위대한 희망과 계획을 지니고 있기에 교양이 무질서의 최대의 적이라고 생각했다. 그러므로 그들은 교양을 통해 헤게모니를 창출해 내고, 자신이 아니라고 믿는 것으로부터 자신을 구분하는 차이의 정치학을 작동하지 않을 수 없었다. 이런 의미에서 교양이란 구분과 가치평가의 체계이고 위로부터 규정된 배제의 정치학이며, 그것에 의해 무질서, 혼란, 비합리성, 조악함, 나쁜 취향 그리고 비도덕성 등이 적발되고 교양의 바깥으로 밀려난다.[1)]

식민지 시대 근대성의 형성 과정을 근대적 식민성을 내면화하는 과정이라고 한다면, 그러한 식민성의 규율과 협상하거나 갈등하는 근대정신을 규명하기 위해서라도 교양의 문제는 반드시 요구된다. 교양담론이 정치적으로 작동하는 논리를 파악하기 위해서는 먼저 교양담론이 다양한 권력 관계의 표현 형식이 될 수 있음을 이해해야 한다. 언뜻 탈정치적이고 사적인 앎의 형식인 것처럼 보이는 교양의 문제는 그것이 놓인 사회역사적 조건과 상황은 물론 그것을 구성하는 제도와 권력의 장치, 그리고 그 속에서 작동하는 정체성의 정치학 등의 문제와 관련해서만 온전하게 규명될 수 있을 것이다.[2)]

교양의 프로세스를 통해서 주체의 자기형성을 이루려 했던 다양한 노력은 문화라는 장 속에서 상징투쟁을 통해 권력을 쟁취하는 과정

1) Edward W. Said, *The World, the Text, and the Critic* (Harvard University Press, Cambridge, Massachusetts, 1983) pp.10-12.

2) 교양의 정치학이 식민지 조선에서 작동하는 방식에 대한 연구는, 이 책의 제 1부 '한국 근대소설과 교양의 이념' 참조.

과 다르지 않다. 부르디외가 그의 구분짓기에서 보여준 것처럼 문학적 질서가 부르주아 생산체계 속에서 자율적 구조화에 이르면서 고유의 약호와 '승인제도'를 갖고 이를 재생산하는 독립적이고 신성화된 형식을 구축해왔다면, 교양의 장에서 발생하는 정치학 또한 이와 다른 것이 아니다. 교양이라는 근대적 지의 양상의 이면에 작동하는 사회적 원리 또한 구분짓기와 상징투쟁을 통해 발생하는 것이기 때문이다. 이러한 상징투쟁과 구분짓기의 원리를 잘 보여주는 교양의 정치학은 일본의 학력엘리트들이 교양주의를 제창한 역사에서 발견된다. 근대 일본에서 교양이 존재하는 방식이 학력엘리트의 신분문화인 교양주의의 성립과 전개의 과정과 무관하지 않다는 점은 이미 많은 연구를 통해 밝혀져 있다.[3] 근대일본에서 교양주의가 학력엘리트의 신분문화로 자리잡게 된 것은 제국대학을 정점으로 하는 위계적인 교육체계가 확립된 것을 계기로 삼고 있다.

이광수를 비롯한 일본 유학생들로부터 교양의 정치가 시작되었다면, 30년대 후반에 이르러 그 주도자들은 최재서와 유진오를 포함하는 경성제대 출신의 학력엘리트들이었음을 기억하는 것은 중요하다. 이 글에서는 최재서와 유진오를 중심으로 경성제대 출신자들의 교양주의가 당대의 신체제라는 맥락에서 어떤 방식으로 전개되었는가를 살피고, 그 맥락이 당대의 소설에서 나타나는 현상에 대해 분석하고자 한다. 미리 말하지만 경성제대 출신으로 일본 제국주의의 신체제론에 적극적으로 협력하였던 최재서와 유진오의 교양주의에 주목하는 것이

3) 筒井清忠, 『日本型「教養」の運命』, 岩波書店, 1995. 高田里惠子, 『文學部をめぐる病い』 ちくま文庫, 2006 ; 신인섭, 「교양개념의 변용을 통해 본 일본 근대문학의 전개 양상 연구」, 『일본어문학』 Vol.23, 2004 ; 이향철, 「근대일본에 있어서의 『교양』의 존재형태에 관한 고찰」, 『일본역사연구』 Vol.13 2001.

그들이 보여준 교양 이념의 굴절 과정을 교양 일반의 행정에서 잉여적인 것으로 구별하기 위한 것이 아니다. 그것은 교양의 정치가 본래 권력의 장치 속에서 작동하는 조건을 지니고 있음을 드러내는 것이며, 이 40년대의 대표적인 교양론이 한국 근대의 교양의 행방에 무언가 중요한 암시를 던져주고 있다는 것을 확인하기 위한 것이다.

2. 최재서와 개성의 몰각

1939년 발간된 『인문평론』 제2호의 권두사는 「문화인의 책무」라는 제목을 갖고 있다. 이 글의 저자는 '사변에 대한 책임'이 당대의 문화인의 어깨 위에 놓여져 있음을 강조하면서, 사변에 의해 파괴된 구질서와 새롭게 탄생될 신질서를 어떻게 조정하느냐의 문제가 중요하다고 말한다. 그는 "전체적인 문화의 운명에 대하야 개인의 책임과 운명에서 생각하는 것이 교양의 정신이다. 현대는 무엇보다도 개개인의 교양이 문제되는 현대이다."[4]라고 말하고 있다. 전체의 문화에 대처하는 개인의 선택이 중요한 과제이며 이는 교양의 본질이라는 것이다. 이 글의 저자로 추정되는 『인문평론』의 편집인 최재서는 『인문평론』의 특집으로 교양론을 마련하고는, 자신이 직접 「교양의 정신」이란 평론을 싣고 있다. 이 글에서 그는 "교양은 궁극에 있어서 개성에 관계되는 문제"라고 말하면서, "휴-매니즘이 그 근저(根柢)에 있어서 인간적 가치의 옹호와 증진이라면 그것은 개인적 교양없이는 성립되지 않을 것이다"라고 말한다. 그는 영문학 전공자답게 매슈 아놀드의

4) 「문화인의 책무」, 『인문평론』 제2호, 1939년 11월, 3쪽.

교양논의를 소개하면서, "교양의 목표는 인간성의 자유롭고 조화러운 발달에 있"음을 강조하고 있다. 따라서 그의 논의는 인문주의 교육에 대한 강조로 이어지고 있다.[5] 교양의 정신이 결국 비평의 정신임을 강조하는 그의 논의는 전체에 대한 개인의 책임을 강조하는 권두언의 시각과 미묘하게 길항하고 있다. 만약 최재서가 권두언의 필자가 맞다면, 이러한 문제는 30년대 후반 조선의 지식계에 드러워진 식민주의의 어두운 그림자와 관련이 있을 것이다. 잘 알려져 있듯이, 이후 최재서는 전체주의의 옹호 속으로 빠르게 달려갔다. 좀 더 자세히 살펴보자.

최재서는 1963년에 출간한 교양론에서 교양을 의미하는 영어와 불어 Culture와 독어 Kultur가 모두 라틴어 Cultura에서 유래했음을 밝히고 있다. "다시 말하면 그것은 경작을 의미하는 동시에 소위 심전(心田)의 개발, 즉 교양을 의미했었다."[6] 최재서의 교양 이념에 대한 이해는 일본에서 1910년대에 '수양'이란 용어로부터 분화되어 나온 교양의 의미에 대한 이해에 기반한 것으로 보인다. 가토 토츠도는 메이지 40년(1909년) 출판한 『수양론』에서 "수양의 어의는 다단하고, 그것을 사용하는 사람들은 한결같지 않기에, 잠시 그 일반적 의미를 해석하면 영어의 컬쳐(culture)라는 경작(耕作)의 뜻이 되니, 마음의 밭(心田)을 일구어 그 수확을 얻는다는 뜻이고, 독어의 빌둥(Bildung)이라는 뜻이 되어, 인물을 만들고 품성을 모조하는 뜻으로 해석된다"라고 말하여 '수양'의 의미 속에 새로운 담론의 질서를 부여하였다.[7]

5) 최재서, 「교양의 정신」, 『인문평론』 제2호, 1939년 11월, 24-29쪽.
6) 최재서, 『교양론』, 박영사, 1963, 11쪽.
7) 筒井清忠, 「日本における 教養主義と修養主義」, 『思想』 812호, 1992, 165-166쪽.

최재서는 매슈 아놀드의 교양과 무질서를 소개하면서, 그가 초계급적인 국가의 권위를 갈망하고 그것을 교양 있는 지성인들에게 위임했다고 말하며 다음과 같은 인용문을 보여주고 있다. "그러나 우리는 우리들의 최상의 자아에 의해서 단결될 때에 비개인적이며 서로 조화할 수 있다. 우리가 그런 자아에 권위를 맡긴대도 아무 위험이 없다. 왜 그러냐 하면, 그것은 우리 모두가 다 가질 수 있는 가장 진실한 친구이기 때문에. 무질서가 우리들 앞에 위험상태로 나타날 때에 우리는 안심하고 이 권위에 의탁할 수 있다."[8)]

최재서가 교양을 국민이나 민족과 결부시킨 것은 오래된 일이다. 그는 인문평론에 연재한 「모던문예사전」의 교양 항목에서 다음과 같이 적었다.

> 여기서 숭배의 관념—즉 Culture의 관념이 발생된다. 즉 우리는 무엇을 목표로 하고 우리 자신을 교양할 것인가? 이것이 위선 중대한 문제이다. 이것은 그 국민과 사회의 역사와 전통에 따라서 각기상이한 문제이지만 어떤 사회를 물론하고 그 시대에 있어서 교양의 목표가 될만한 이상적 인간형은 반듯이 설정되어있기 마련이다. 희랍의 「조화인」, 로마(羅馬)의 「무인」, 중세기의 「기사」, 현대에 와선 영국의 「신사」, 일본으로친다면 「무사」, 지나(支那)로 말하면 「군자」, 조선의 「양반」 같은 것은 모도다 그 일례일 것이다. 결국 교양의 내용도 그 국민성에 따라서 달러진다.[9)]

이후로 『인문평론』이 폐간되면서 『국민문학』의 편집인이 된 최재서는 신체제의 확립과 '국민문학'의 정립을 위한 다양한 작업을 수행하게 된다. 『국민문학』은 창간호부터 당대의 여러 가지 현안을 놓고

---

8) 최재서, 앞의 책, 19쪽.

9) 최재서, 「모던 문예사전」, 『인문평론』 제1권 2호, 1939.11.

일본과 조선의 지식인들이 논의하는 좌담회를 마련하여 잡지의 주요한 특집으로 제시하였다. 이 좌담회에서 가장 중요하게 다뤄진 것이 당대의 체제에 부합하는 것으로서 '국민문학'을 어떻게 정립할 것인가에 관련된 주제이다. 그중 한 좌담회는 최재서가 작가의 국가적 동원을 어떤 방식으로 기획했는가를 알 수 있게 해 준다. 『국민문학』 1941년 12월호에 실린 「문예동원을 말한다」에서 동원과 자기수양에 대해서 논의하던 중 최재서는 이렇게 말하고 있다.

> 지금의 실천 항목과 관련한 이야기입니다만, 총력연맹의 실천항목으로서 어느 시점에 국민개로(國民皆勞)를 실시한다고 결정된 것은 한참 이전의 일로 기억됩니다. 그 경우에 문인협회 혹은 문화협회에서 그 일을 사전에 이런 일을 이런 취지로 실시한다라는 것을 알리고 상당 기간 문인에게 연구시킵니다. 그래서 평론을 쓰는 사람은 평론을, 작품을 쓰는 사람은 작품을, 시를 쓰는 사람은 시를, 쉽게 만족스런 형태로 진행되지 않을지 모르나, 그런 쪽에서부터 점차 실시해 가는 것도 하나의 방법이라고 생각합니다. 거기에 동원된 작가도 비로소 국가의 의사와 일체가 되어 일하고, 그런 구체적인 사업으로부터 국민의식을 체득하는 것도 가능하리라 생각합니다.

이러한 최재서의 논의에 대해서, 좌담 참여자인 총독부 보안과의 마쓰모토(松本泰雄)는 "그들을 진정으로 비상시국에 있어서 국방문학의 전위로서 활용한다면 지나친 말일지 모르나 우선 그들에게 적극적으로 나서도록 당국이 속내를 보이지 않으면 안 될 것입니다. 조선의 문인에게 어느 정도까지 현실에 있어서 생활에 어울리는 듯한 즉 향토문학을 인정하여 형식적으로는 그런 형태를 취하고 내용적으로는 어디까지나 황도(皇道)정신, 내선일체라는 것을 주입하는 겁니다. 그렇게 하는 편이 좋지 않을까 생각합니다."라고 답하고 있다.

최재서는 앞서 국민문학 창간호에 발표한 「국민문학의 요건」에서 "국민화(國民化)에 의하여 문학은 새로운 기능을 획득한다기보다 오히려 낡은 기능을 부활시킬 것이다. 그 본래의 윤리적·교육적 기능을 부활시킬 것이다. 그런데 단지 평면적·교훈적이라기보다 오히려 역사적으로 국민적 성격의 형성력으로서의 문학이 강조될 것이다."라고 말하며 문학이 지닌 형성의 맥락을 국가주의 속으로 한정하고 있으며, 근대에 이르러 문학에 그 본래의 기능을 되돌려주는 데 가장 공헌한 것이 나치스 독일의 이론가였다고 말하면서, "시가(詩歌)의 근원이 민족의 예지(叡智)에 있다고 하며, 그 시가는 민족성의 형성력으로서만이 존속될 가치가 있다고 주장하는 것이 나치스 문예이론의 근저를 이루고 있는 듯싶다."고 적고 있다. 따라서 "국가의 존망이 걸려 있는 비상시에서, 문학이 쾌락의 수단에서부터 번연히 그 본래의 윤리적 사명으로 되돌아오는 것은 너무나 당연한 이야기"[10]가 된다. 그리하여 최재서는 근대 이후의 문학의 발전이 전적으로 국가와 결부됨에 따라 가능한 일이었다고 하면서, "따라서 만약 장래 또다시 국가와 문학이 분리될 시기가 온다면 그것은 문학에 있어서 비참한 전락의 시기일 뿐만 아니라, 그것을 허용하는 국력의 상태도 결코 만족할 만한 것이 아니라는 점도 각오하지 않으면 안 된다."[11]라고 말하고 있다.

당대의 신체제라는 맥락 속에 문학과 교양의 사명을 위치시키려는 최재서의 노력은 결국 그가 「교양의 정신」에서 주목했던 인간의 자유롭고 조화로운 발달과 개성의 문제를 전면적으로 부정하는 데까지 나아가게 된다. 그는 1942년 『국민문학』 10월호에 발표한 「문학자와

10) 최재서, 「國民文學の要件」, 『국민문학』 1941.11, 창간호.
11) 최재서, 「文藝時評－나의 페이지」, 『국민문학』 1942.4.

세계관의 문제」에서, 문학자에게 자유주의와 개인주의가 배격되어야 할 것임을 강조하면서 이렇게 말한다. "개인주의가 위험한 것은 결코 유물사관 등에서처럼 그것이 사람을 직접 혁명적 수단으로 부려먹기 때문이 아니다. 인격의 완성이라는 지극히 정당한 주장을 하면서, 결국에는 유기적 전일체로서의 민족과 국가의 해체를 가져온다는데 그 잠재적이며 편재적인 위험이 있는 것이다."[12] 때문에 문학자가 염두에 두어야 할 것은 이러한 개인주의를 깊이 반성하여 이에 매몰되지 않는 것이라는 것이 최재서의 주장이다. 악명 높은 「받들어 모시는 문학」에서 이 논의는 이어진다. 그는 일본의 국학자 모토오리 노리나가의 문학론을 동양의 전범으로 삼아 거기서 국가주의의 요소를 뽑아내고, 이에 대해 유럽문학의 개인주의를 대비시키고 있다. 그에 의하면 결국 인간주체에 대한 절대적인 신념을 지니고 시작한 근대 개인주의 문학은 결국 파멸에 이르렀으며, 이중 일부의 자각한 개인들만이 그 폐해로부터 벗어나려 노력했다는 것이다. 그는 그 대표적인 인물로 개성으로부터의 도피를 주장한 엘리어트를 들며 다음과 같이 적고 있다. "엘리어트는 오늘날 유럽 지식계급의 정신적 방랑과 고뇌를 혼자서 짊어지고 있는 것과 같다. 그가 정신적 방랑에서 끝없이 구해마지 않은 것은 무엇인가? 과잉한 개성으로부터의 탈각이고 '개성몰각론(個性滅却論)', 바위덩어리 같이 안정된 것에 귀의하는 것이다."[13]

12) 최재서, 「文學者と世界観の問題」, 『국민문학』 1942.10.
13) 최재서, 「まつるふ文學」, 『국민문학』 1944.4.

3. 유진오와 문화인의 임무

경성제국대학 출신의 대표적인 문인인 유진오 또한 최재서와 비슷한 맥락에서 교양 이념에 대한 이해를 보여주고 있는 작가이다. 유진오는 「구라파적 교양의 특질과 현대조선문학」이라는 글에서 근대의 문화라는 것은 유럽의 근대문화를 의미하는 것이고, 그것의 기본정신은 '자아의 자각'과 '자아의 발전과정'이라고 말한다. 그는 현대 조선의 작가가 이 근대정신을 얼마나 자기의 것으로 체득했는가의 문제에 대한 질문을 하고는 "조선에는 그씨를 키우고 개화식힐 지반이 성숙되어 있지 못했기 때문"에 일본의 근대 작가처럼 난숙한 근대의 정신 밑에서 찬란한 신문학을 건설하는 것이 가능하지 못했다고 지적하고 있다. 그는 근대정신에 철저하지 못했던 것에 현대 조선문학의 비극이 있다고 말하면서 근대문학의 역사적 전개를 간략하게 검토하고 있다. "이곳에 조선의 작가된 사람이 한층 근대정신의 체득－구라파적교양의 획득에 노력해야할 필요가 생겨나는 것이다."라고 말하는 그의 주장은 조선문학이 '자기의 자각'과 '리얼리즘의 정신'을 획득해야 한다는 것이다.[14]

그러나 이 '자기의 자각'과 '리얼리즘의 정신'에 대한 요구는 곧 신체제의 맥락 속에서 새로운 요청으로 이어지게 된다. "동아신문화의 건설이 초미의 관심사로 요청되고 있는 이때, 조선의 지식인에게 부과되고 있는 임무는 무겁고 크다고 말할 수밖에 없다. 종래의 무기력을 일소하여 웅대한 구상을 지니고 힘차게 재출발하지 않으면 안 되

14) 유진오, 「구라파적 교양의 특질과 현대조선문학」, 『인문평론』 제2호, 1939년 11월, 41-44쪽.

는 것은 바로 지금이다. 생활태도의 적극화—조선의 지식인은 우선 이것을 시도하지 않으면 안 된다."[15] 여기에서 유진오가 말하는 조선 지식인의 임무가 앞서 그가 주장했던 근대정신의 체득과 조금 다른 층위라는 것은 쉽게 알 수 있다.

유진오는 국민문학 1942년 11월호에 발표한 「국민문학이라는 것」에서 일본작가 미야자키 기요타로(宮崎清太郎)의 작품에 대한 감상을 말하면서, "국민문학이라고 말하면, 바로 무언가 정치적인 슬로건을 연상하는 작가와 비평가에게, 이 작품은 좋은 본보기가 된다. "어떻게든 나도 강하고 바르게 살아가고 싶다"고 이 소설의 주인공은 말한다. 강하고 바르게 살아가는 것, 그것이다. 「……」 그것 이외에 문학자가 또 무엇을 해야할 것인가."[16]고 적고 있다. 다른 어떤 것도 할 수 없기 때문에 살아갈 수밖에 없다는 것은 이른바 '사실수리론'으로 알려진 유진오의 태도와 관련된다고 볼 수 있을 것이다.[17] 이러한 태도가 당대의 신체제 질서를 전면적으로 수용한 바탕에서만 가능하다는 점은 다음의 설명을 읽어보면 이해할 수 있을 것이다.

> 근대전은 생활전이기도하다. 전국민은 생활을 통해 싸우는 신념을 배양하고 또 전쟁생활을 실천하는 것에 의해 대동아전쟁의 완수를 기하지 않으면 안 된다. 가정은 전진(戰陣), 생활은 전장이다. 특히 장기전이 되면 될수록 필승 식생활의 실천과 절부제(切附制, 티켓에 의한 배급제)에 의한 필승의 생활, 배급권내의 합리생활 등, 성전(聖戰)의 진의를 철저히 하여 새로운 생활에 들어서지 않으면 안 된다. 이것이

15) 유진오, 「지식인의 표정」, 『국민문학』 1942년 3월호, 9쪽.
16) 유진오, 「國民文學というもの」, 『국민문학』 1942년 11월호.
17) 사실수리론을 둘러싼 논의들에 대해서는, 차승기, 「'사실의 세기, 우연성, 협력의 윤리」, 『민족문학사연구』 38집, 2008년 참조.

생활전으로, 대동아전쟁 완수의 성패는 궁극적으로 생활전의 성패에 달려 있는 것이다.[18]

위의 인용은 대동아전쟁사전의 '생활전' 항목에서 가져온 것이다. 이 당시 요구되었던 새로운 생활의 태도란, 대동아전쟁의 완수로 정향된 국민의 자세를 의미한다. 레이몬드 윌리엄즈는 문화이념 형성의 19세기적 전통과 20세기의 경향들을 폭넓게 분석한 후에 문화가 지적이고 상상적인 작업의 총체일 뿐만 아니라 근본적으로 총체적인 생활의 방식(a whole way of life)이라고 규정하였다. 문화가 지향하는 진보(Improvement)는 자신의 계급으로부터의 탈출이나 출세의 기회로서가 아니라, 모든 구성원의 일반적이고 통제된 전진으로 추구된다. 공통 문화의 이념은 사회적 관계의 특별한 형식 속에서 자연적 성장의 이념과 그것의 육성 이념을 통합시킨다.[19] 문화가 '일상적인'(ordinary) 것이고 문학의 기술 체계들 또한 "관습들과 제도들을 만들어 내는 일반적 과정의 한 부분이며, 이러한 과정을 통해 공동체가 소중히 여기는 의미가 공유되고 활성화된다"는 윌리엄즈의 주장은 문화를 사회적 실천들(practices)과 연관시키는 작업으로서 중요한 의미를 갖는다. 그러나 사실의 세기에 주어진 조건, 즉 대동아전쟁의 완수를 실천하는 국민의 의무를 수행하는 생활의 윤리 속에서 교양이나 문화의 이념을 사회적 실천으로 연결시킬 수 있는 가능성의 조건은 발견되지 않는다.

유진오는 1940년 『총동원』 2월호에 「시국과 문화인의 임무」라는 글을 발표하고 있다. 이 글에서 그는 "문화인은 다른 일반인과 마찬가지로 우선 무엇보다도 국민이기 때문에, 시국에 대해 국민으로서의

18) 『대동아전쟁사전』, 情報局記者會 편, 新興亞社, 1941, 174쪽.

19) Raymond Willams, *Culture and Sociaty 1780-1950*, pp.306-323.

책무를 지니지 않으면 안 된다."[20]라는 전제로 논의를 시작하고 있다. 이어 그는 또한 "문화인은 단순히 국민인 것이 아니라, 또한 문화인이기도 한 까닭에 단순히 국민적 책무를 지는 것에 그치지 않고 문화를 통하여 시국에 참가하지 않으면 안 된다."라고 말하여 문화인으로서의 시대에 대한 참여를 강조하고 있다. 유진오의 논의는 조선인으로서 어떤 방식으로 시국에 참여할 것인가의 문제로 이어져, "우리 조선의 문화인은 광의의 시국이라는 문제 이외에 또한 내선일체라고 하는 구체적인 과제에 직면하고 있다"고 밝히면서, 이 문제에 대해 구체적으로 고민해야 한다고 말하고 있다. 즉, "내선일체는 내선의 무차별 평등일체화를 종국의 목표로 삼으니, 이를 위해 조선인의 국민적 자각과 문화적 교양을 내지인과 동일한 수준에 이르기까지 향상시키는 것"을 목표로 삼지 않으면 안 된다는 것이다. 문화인으로서 문화적인 것을 통해 시국에 참여하고, 조선인으로서 내선일체라는 대과제에 참여하기 위하여 조선의 문화적 교양 수준을 향상시켜야 한다는 것. 이것이 유진오가 이 글에서 내리고 있는 당대 조선의 교양에 대한 요구이다. 이러한 사항들은 그가 염두에 두고 있던 교양 이념의 사회적 실천의 향방이 어디로 귀결되고 있는가에 대한 분명한 답변을 들려주고 있다.

4. 교양주의와 국가

최재서와 유진오의 문학에 나타난 교양 이념의 국가주의적 전개는

20) 유진오, 「時局と文化人の任務」, 『총동원』 1940년 2월호, 79쪽.

비단 식민지 지식인에게만 고유한 것이었다고 보기는 어렵다. 다케우치 요는 "다이쇼 교양주의에는 '보편'(인류)과 '개체(個)'가 있으나 보편과 개체를 매기하는 '종(種)'(민족과 국가)가 없고, '사회가 없는' 것이었다. 쇼와교양주의는 사회에 열려 있는 교양주의였다. 인격의 발전은 내면의 도야에 머무르지 않고 사회의 여러 영역의 가운데서 행위에 의해 나타나는 것이었다."[21]고 지적한 바 있다. 이에 대해 다카다 리에코는 본래 교양이란 개념은 독일에서 온 것이지만, 20세기 초기 독일의 교양개념에는 본래 그것과는 관련 없는 민족과 국가라는 개념이 부가되었다고 지적하면서, 소화 10년대에 부활한 일본의 교양주의에 이 국가와 민족에의 헌신이라는 문제가 한층 더 부각되었다고 말한다.[22]

다카다 리에코는 근대일본이 그 최초의 시점으로부터 교양의 이념으로부터 먼 곳에서 시작되었음을 주장하면서 그 이유로 제국대학의 설립을 들고 있다. 메이지 일본은 학력엘리트의 양성을 위하여 고등교육 시스템을 도입하였을 당시부터, 근본적으로 교양의 지반은 붕괴될 수밖에 없었다는 것이다. "일본이 독일제국에서 수입했던 것은 대학의 이념이 아니라, 국가가 관료와 인재를 양성한다는 사고방식뿐이었다."[23]

애초에 조선총독부의 문화사업의 일환으로 국가주의에 기반하여 설립되었던 경성제국대학의 교양주의[24]에 전체주의적인 질서가 개입

21) 竹内洋, 『教養主義の沒落』, 中央公論新社, 2003, 58쪽.

22) 高田里惠子, 『文學部をめぐる病い』 ちくま文庫, 2006, 191-192쪽.

23) 高田里惠子, 『グロテスクな教養』, 筑摩書房, 2005, 102쪽.

24) 경성제국대학의 국가주의적 성격에 대해서는 박광현, 「경성제국대학 안의 동양사학」, 『한국사상과 문화』 제31집 참조. 경성제국대학의 교양주의에 대해서는 윤대

되어 있으리라고 보는 것은 정당한 관점이다. 경성제국대학 철학과 교수를 역임했으며, 다이쇼 교양주의의 주요한 구성원이었던 아베 요시시게는 「고등학교와 교양」이라는 글의 결말에서, "자기에게 충실하다는 것은 역시 무엇보다도 필요한 것이다. 그러나 동시에 자신을 전체의 중심에 위치시켜 생각하는 것 다시 말해 시야를 전체에서 분리하지 않는 태도를 지닌 사람은 뜻밖에 세상에 적다. 제군의 수양의 요점은 그 점에 있어도 좋다고 생각한다."[25]라고 말하면서 교양이 지닌 전체주의적인 요소를 강조하고 있다. 그는 또한 「반도의 학생에게 주는 글」에서 자아의 교양이 사회적 훈련과 병행하는 것에 의해 조선의 사회는 진정하게 건실한 진보를 얻을 수 있다고 말하면서, "세계사적 대세에 눈을 뜨고, 동아의 일각에 신문화를 건설한다는 긴 사업을 우리와 분담하는 것을 실로 희망해마지 않는다."[26]라고 썼다.

아베 요시시게는 1926년 「경성제국대학에 기대는 희망」이라는 글에서, "우리 대학이 그 위치상 동양연구의 중심이 되어야 할 독특한 사명을 지니고 있는 것은 누구라도 인식하는 바이다"라고 말하면서, "실로 내지의 문화를 이해하기 위해서는 지나 조선의 문화를 제외하는 것은 불가능하다."고 말한 바 있다.[27] 그가 말하는 맥락에서 동양연구와 내지와 조선의 문화적 상동성은 결국 내선일체의 본래 뜻과 이어지는 것이다.

석, 「경성제대의 교양주의와 일본어」, 『대동문화연구』 제59집 참조.

25) 安培能成, 「青年と教養」, 岩波書店, 1939, 174-175쪽.

26) 위의 책, 194-197쪽.

27) 위의 책, 180쪽.

내선일체는 실로 나라만들기의 본래 뜻에 기초한 것이어서, 서양류의 식민지 관념과는 근본적으로 다르다. 무릇 식민지 관념은 백인 제국주의가 낳은 인류참화의 기초이다. 「……」 식민지에서 본국인은 전적으로 지배적 지위에 서서 토인(土人)을 제압하는 구조를 어디까지나 강화하는 것이다. 그러나 토인에게 교육을 부여하지 않고, 문화를 빼앗고, 자유를 속박하고, 게으름을 유도하고, 자각을 둔화시켜 영구히 발전성을 억압하는 것이다. 이리하여 그들을 남을 망하게 만들고, 따라서 자신도 망하게 되는 것이다. 이러한 사상관념은 가족 국가 도의 일본의 국체관념 안에서는 절대로 허락되지 않는다. 그들 백인 제국주의의 죄업은 지금 황도 일본의 흥륭에 의해 엄중한 심판을 받지 않을 수 없다. 그것이 신질서의 건설이고, 그것이 신체제이다.[28]

아베 요시시게를 비롯한 다이쇼 교양주의자들의 교양 이념이 국가주의로부터 자유롭지 못하다는 분석은 낯선 것이 아니다. 아베는 일본이 패전을 겪은 후, 전후 복구를 위해 천황의 마음, 즉 오오미코코로를 국민 개개인의 마음속에 살아 숨쉬게 하는 일이 필요하다고 역설한다.[29] 김항에 따르면, 아베 요시시게와 난바라 시게루를 포함한 다이쇼 교양주의자들은 전후 복구를 위해서 보편적 인류의 이상과 민족 공동체의 긴급한 요구들을 결합시켰고, 일본이라는 민족의 순수성을 복원시키기 위하여 전전의 조선과 타이완을 포함한 대동아주의의 기억을 말소하고 망각하였다.

1940년대를 전후한 교양주의의 맥락은 이렇듯 개인 수양과 인격의 함양이라는 본래의 자리에서 멀어지게 된다. 그러나 그것은 또한 교양의 근본적인 어원에서부터 예비되어 있는 것이다. "교양(culture)의 원형

28) 奥山仙三, 「新體制と內鮮一體」, 『朝鮮及滿洲』 398호, 1941.

29) 김항, 「'결단으로서의 내셔널리즘'과 '방법으로서의 아시아'」, 『대동문화연구』 65집, 2009, 503-506쪽.

은 라틴어 cultura(경작)으로 그 어원은 라틴어의 colore에서 왔다. colore의 의미는 산다, 밭갈다, 지킨다. 존경하여 우러르다 등으로 넓다. 이러한 의미의 몇 가지는 최종적으로 분화되어 파생명사가 되었다. 이렇게 해서 산다라는 의미는 라틴어의 colonus(경작민)을 거쳐서 영어의 colony에로 발전했다."[30]는 설명에서 보듯 교양이 그 지배의 대상으로 삼는 것은 개인의 내면(心田)만이 아니라, 아직 교양을 성취하지 못한 야만적인 존재들이기도 한 것이다. 이는 근대의 이념으로서 교양의 자기발전적 전개를 처음으로 보여주었던 이광수에게 나타난 교양의 정치학이 그 안에서 여성 주체에 대한 억압과 식민지 담론을 내면화한 식민지적 무의식의 전개로 드러났던 것과 다른 것이 아니다.[31]

5. 교양소설의 정태학

지금까지 살펴본 것처럼 1940년대를 전후한 시점에서 교양의 이념은 제국주의의 신체제 속으로 통합되고 있으며, 이러한 교양 이념의 좌절은 40년대를 전후한 한국 근대문학의 총체적 맥락과 무관하지 않다. 이는 '대동아공영권'의 기초논리로 작동하였던 타나베 하지메의 종의 논리나, 미키 키요시의 직분의 윤리가 식민지의 지식인들에게 부영한 주체구성의 방식과 무관하지 않을 것이다.[32] 개인이나 '민족'은 국민으로 지양될 때 비로소 역사적 존재를 획득할 수 있으며,

30) Raymond Williams, *Keywords*(London:Flamingo), 1983, p.87.

31) 이광수의 교양론, 특히 『무정』에 나타난 교양의 정치에 대해서는, 이 책의 제1부의 2장 참고.

32) 차승기, 『반근대적 상상력의 임계들』, 푸른역사, 2009, 265-271쪽 참조.

'국가'에의 헌신이라는 실천을 통해 개인이 국민 주체로 도약할 수 있다는 종의 논리는 식민지의 개인들에게 무력함을 이겨낼 수 있는 새로운 지향으로 작동하였다. 정인택이 「작가의 각오 · 기타」에서 "국민의 행복과 전진에 유용한 문학만이, 진정으로 위대한 문학이기 때문이다. 그런 위대함을 지닌 문학일 때 비로소 국민 전체의 애송을 기대할 수 있다."[33]라고 말하고 있는 것은 이러한 맥락을 충분히 반영하고 있다. 개성의 추구라는 근대적 주체의 자기실현의 양상이 이 무렵 어떠한 처지에 놓이게 되었는가에 대해서 이 시기의 비평가 백철의 주장 또한 주의 깊게 살필 필요가 있다. 백철은 1942년 『국민문학』에 발표한 「낡음과 새로움－전시하의 문예비평」이라는 글에서, "이 개성의 문제는 실은 지금 작가들이 새로운 출발을 하게 될 때 즉시 문제로 나타나며, 또한 우리 문인협회의 좌담석상에서도 화제가 되었던 문제"라고 지적하며 다음과 같이 말하고 있다.

> 우리는 근대의 개인주의와 자유주의를 비판하고 그것으로 말미암은 태반의 생활 관념을 포기하고 극복하지 않으면 안 된다. 예를 들면 근대적인 개인주의적 생활영향으로 우리들은 오랫동안 자기 중심의 이기적인 생활, 영리주의(營利主義), 향락 · 퇴폐적인 생활에 빠져 있었기 때문에, 개인적인 생활보다 훨씬 엄숙하고 고귀한 생활체로서의 민족이나 국가가 있었다는 사실을 잊고 국민의 임무도 다하지 않았다. 특히 다른 국가와 국민과는 근본적으로 다른 우리나라의 국체(國體)와 신민(臣民)의 길을 등한히 해왔다고 한다면, 일본 국민이 대정익찬(大政翼贊)과 신도(臣道) 실천의 본도(本道)로 되돌아가야 할 때 우선 그 개인주의적인 생활을 청산 · 극복하지 않으면 안된다는 것은, 그것이 국가를 위해서 대단한 장해가 되기 때문이다.[34]

---

33) 정인택, 「작가의 각오 · 기타」, 『국민문학』 1942년 4월호.

34) 백철, 「낡음과 새로움－전시하의 문예시평」, <국민문학> 1942.1.

백철의 논의는 근대적 개성의 문제를 탈각해야할 상황에 직면한 것이 전시하에 있는 식민지 조선의 문화적 과제라는 것이다. 백철의 발언을 통해 알 수 있는 것은 1940년대 식민지 조선의 지식인이 전체주의와 공동체로 귀속하기 위해서 개체의 논리를 부정하는 것이 '국민문학'의 논리였다는 점이다. 이는 1920년대 이후 조선의 근대적 문학을 구축하기 위해 작가들이 추구해 왔던 근대성의 핵심적인 영역을 차지하는 개성의 위치가 식민주의와의 관련 속에서 어떠한 한계를 지니고 있었는가를 적시하는 것이기도 하다. 식민지 근대의 작가들이 중립적인, 혹은 탈역사적인 지점에서 어떤 개성을 지닌 주체를 요청하고 있다면, 그 주체는 고정되고 정태적인 기능주의적 전체성 속에서 그 위치가 미리 정해져 있는 주어이다. 개인이 고정된 결과 개인은 달라지지도 지연되지도 달아나지도 않고 인간이라는 사이에 있는 존재를 통해 전체성에 의해 미리 정해진 주체위치에 갇히게 된다.[35] 식민지 지식인에게 미리 주어져 있던 주체위치란 제국의 신민으로 회귀할 때 비로소 주체로 승인받을 수 있다는 역설적인 자리였던 것이다.[36]

35) 사카이 나오키, 후지이 다케시 역, 『번역과 주체』, 이산, 2005, 204쪽.

36) 이 논문을 <민족문학사연구소>의 학술 심포지움에서 처음 발표하였을 때, 질의자이신 하정일 선생으로부터 많은 지적을 받았다. 먼저 지적에 대해 감사드린다. 하정일 선생의 지적 중 가장 중점적으로 논의해야 할 사항은 최재서와 유진오, 그리고 40년대 소설에 나타나는 교양론에서 식민주의에 저항하는 균열의 지점이 드러나는 장면을 어떻게 이해할 것인가의 문제이다. 이는 최재서나 유진오의 경우 민족≠국가라는 상황 때문에 일본 제국주의의 교양론을 그대로 수용하고 있는 것은 아니라는 주장과 관련이 있을 것이다. 특히 최재서의 경우 『국민문학』에 실린 많은 대담들에서도 확인할 수 있는바, 일본의 신체제론 속에서 조선의 특수성을 유지하고 그 지분을 확보하기 위해 많은 노력을 기울이고 있음을 알 수 있다. 그러나 그것이 의미 있는 지점을 이루는 것이라고 하더라도, 그것이 신체제론을 내파하고 식민주의를 넘어서는 위치를 확보할 만한 파동을 일으켰다고는 볼

개인과 전체의 문제를 전체의 차원에서 파악하는 직분의 윤리 또한 당대의 많은 식민지 작가들을 과학이나 기술을 향한 지향 속으로 뛰어들게 만들었다. 이 시기의 많은 장편들이 과학기술에 투신하는 주인공들을 내세우고 있는 점에서 그런 면모를 확인할 수 있다. 이태준의 『별은 창마다』에서 고학을 하는 어하영이 지닌 '현대 청년'의 전형적인 모습이 한정은의 마음을 사로잡다는 점을 부각시키고, 정은이 현대의 직업과 생활의 세계에 관심을 갖게 되어 음악을 포기한다는 서사는 직분의 윤리 속으로 몸담는 교양의 조건과 관련하여 암시하는 바가 많다. 김남천의 『사랑의 수족관』의 서사가 형성하기를 목표로 삼고 있는 것은 회의할 줄 모르는 '현대 청년'의 모습 또한 그러하다. 그들이 자신의 것으로 삼은 직분의 윤리는 개인의 자유로운 발전을 국가나 민족의 전체에 종속시키는 장치이다. 이는 당대의 신체제가 요구한 직분의 논리로부터 그리 먼 것이 아니다. 유진오의 『화상보』 또한 식물학자 장시영의 이야기를 통해 과학의 진리탐구를 추구하는 인상적인 주인공의 면모를 독자에게 제시한 바 있다. 1939년 12월부터 1940년 5월까지 동아일보에 연재되었던 이 장편에서 유진오는 식물학 연구에 전력하는 교사 장시영과 유학을 마치고 돌아온 음악가 김경아의 사랑 이야기를 중심으로 당대 조선의 지식인 사회의 교양에 대한 서사를 펼쳐보이고 있다. 김경아의 후원자인 안상권이 그녀를 위해 제공한 신식 주택에 모여든 예술가, 지식인들의 모임이 이 작품에서 작가가 비판적으로 인식하는 당대의 지식인의 표상

수 없다. 조선을 일본 속의 한 지방으로 이해하고 그 로칼리티를 확보하려는 전략이 결국은 개성에 대한 최재서의 논의가 그러한 것처럼 전체주의의 맥락 속으로 수렴되고 있음을 이해하는 것이 더욱 긴급한 일일 것이다. 40년대 지식인의 논의 속에 나타나는 '개성'의 문제를 다시금 제기하는 것은 그 때문이다.

이다. 그들은 음악가, 소설가, 신문기자 등으로, 서술자가 <예술가의 집>이라고 표현하는 김경아의 집에 모여들어서 파티를 열고, 조선의 문화에 대한 난상토론을 벌인다.

> 그러나 지금 저는 김경아씨에게 한 가지 주문이 있습니다. 아까 말과는 모순되는 것 같이 들릴는지도 모릅니다만 김경아씨는 앞으로는 조선의 노래 옛날부터 전해내려오는 우리들 자신의 멜로디를 다시 살려 주십시오. 서양사람들은 들은 일도 없는, 그들이 들으면 귀가 번쩍 트여 놀랄 그런 조선의 멜로디를 불러 주십쇼. 그것이야말로 김경아씨에게 이 뒤에 남겨진 큰 과제일까 합니다. 김경아씨가 아니고는 이 중대한 사업을 감당할 사람이 없을 것입니다. 구라파 정신에서의 조선 아니 동양의 재발견 이것은 음악뿐 아니라 지금 모든 문화 방면에서 다 요구되고 있는 것이지만 저는 오늘 저녁 특별히 이 말씀을 김경아씨에게 드리고 싶습니다.[37)]

위의 인용은 예술가의 집에 모여든 인물들의 담화의 와중에 소설가인 송관호가 김경아에게 전하는 당부의 말이다. 이에 대해 김경아는 지금까지 "데카당의 시나 읊고하던 그의 얼굴이 다시 한 번 치어다 보여지는 것이었다."라고 말할 만큼 의미 있는 것이라고 평가하고 있다. 작가 유진오의 동양주의에 대한 신념과도 닮아 있는 듯한 이 발언은 그러나 돌출적인 것이어서, 이후 서사는 이와 관련된 방향으로 조금도 이어지지 않는다. 다만 김경아의 성공과 대비되는 장시영의 정적이고 누추한 생활만이 조명되고 있을 뿐이다. 그러나 소설이 결말로 몰아가는 서사는 번지레한 교양의 무리들이 패퇴하고 장시영의 과학에 대한 추구가 의미 있는 결실을 맺는다는 것이다. 소설의 결말에서 장시영의 식물학자로서의 성공을 축하하는 동료교사 송기

37) 유진오, 『화상보』, 창우문화사, 1983, 117쪽.

섭의 다음과 같은 언급은 자연과학에 대한 작가의 입장을 대변하고 있는 것으로 보인다.

> 이게 꼭 소설이지 뭔가. 움쭉달싹두 못하도록 궁경에 빠진 이때에 갑자기 운이 트이다니. 자네한테 이런 소설적 구제의 손을 펴 주는 것은 그러니 자연과학의 덕택이란 말이야. 자연과학은 어느 정도 초시대적이기 때문에 더러 이런 수도 있단 말이지. 철학이나 경제나 법률이나 그런 걸 연구하는 사람같애보게. 이 혼란한 세상에서 성공이라니 어림두 없는 소리지. 양심을 팔아 메피스토가 되거나 그렇지 않으면 백이숙제같이 산속으루 고사리나 캐어먹으러 들어가는 수밖에 없지 않은가.[38]

송기섭이 서술자를 대신하여 전하고 있는 핵심적인 내용은 철학이나 경제로는 어림도 없는 성공이 과학을 통해서 가능해졌다는 말이다. 그것은 더 이상 어떠한 동력도 지니지 못한 조선의 교양이념에 요구되는 것은 객관성과 과학성에 충실한 생활의 자세, 바로 그것이라는 점이다. 그러나 앞서 살폈듯이 하나의 직분에 충실한 것이 곧 중립적인 주체위치를 보장하지 못한다는 점은 충분히 되새겨볼 필요가 있다. 바로 그 식물적인, 교양의 정태학의 제안 자체가 제국주의의 이데올로기적인 명령의 조건 안에 존재하는 것이다. 직분의 윤리에 투신하는 것은 분명한 하나의 직업의 세계에서 자신의 길을 발견하려고 한다는 점에서 식민지의 주체에게 주어진 유력한 자기인식과 교양형성의 면모로 이해될 여지가 많다. 그러나 그것은 또한 자신의 주관적인 갈망을 그 분야의 단호한 법칙에 희생시키는 것을 수락하는 것을 의미하며, 언제나 그 법을 관장하는 숨은 주체로서 식민지의

38) 위의 책, 229쪽.

권력을 승인하는 결과를 가져오는 것이다. 직업에 헌신한다는 생활의 자세가 요구하는 그 일면성은 자기교양을 위한 주체의 요구를 좌절시키는 것이기도 하다. 직분이란 것이 "어떤 의미에서든 탈개인화된 것이고, 객관적이며, 개인의 경험에 적대적인 것이고, 소명의 성취는 언제나 삶과 사랑의 희생을 요구한다."[39]는 점에서 그 직분에의 윤리적 복종은 교양의 자리에서 멀어지는 것이다. 신체제의 제국주의 논리 속에서 자신의 직분과 사명을 발견하는 주인공들의 등장과 더불어 식민지 조선의 교양의 정치는 식민 주체의 정치로 자리매김한 것이다. 교양의 모험이 교양의 주인공들을 이끌고 간 최종적인 정체성의 자리가 식민지적 주체성의 위치와 다르지 않다는 깨달음은 식민지 시기의 한국 근대문학 전반에 대해 의미하는 바가 많다. '문명에의 위안'으로 시작되었던 한국 근대문학의 교양 서사는 전체주의의 가치들을 적극적으로 수용함으로써 파시즘의 직분을 자신을 자양분으로 삼기에 이른 것이다. 1940년대 이후 발표된 소설들에서 교양의 주인공들이 신체제와 내선일체라는 당대의 국가주의 속으로 함몰되어 가는 장면들을 보여주고 있는 것은 이러한 교양의 정치학의 결과물들이다.

---

39) Franco Moretti, *The Way of the World : Bildungsroman in European Culture* (London : Verso, 1987). pp.217-218.

제3장 해방과 교양
-안수길의 『제2의 청춘』과 『부교』를 중심으로-

1. 서론

안수길은 1935년 단편 「적십자병원장」과 콩트 「붉은 목도리」를 『조선문단』에 발표하면서 등단하였다. 식민지 시기에는 주로 용정과 신경에서 생활하면서 만주국에서의 조선인들의 삶을 다룬 첫 창작집 『북원』과 장편 『북향보』 등을 발표하였고, 해방 후 간도 이주민들의 수난과 저항을 다룬 장편 『북간도』와 『통로』, 『성천강』 등을 썼으며, 이 작품들은 그의 대표적인 문학적 성과로 알려져 있다. 따라서 안수길 문학에 대한 기존의 연구는 대체적으로 만주와 관북지방을 배경으로 한 이러한 작품들에 집중되어 있다. 그러나 안수길은 대표작인 『북간도』를 『사상계』에 연재하던 시기를 전후하여 일간지에 여러 편의 작품을 연재하였다. 특히 1950년대에 안수길이 발표한 두 편의 신문소설은 당대 사회의 문화와 이데올로기에 대한 작가의 대응 방식을 보여준다는 점에서 중요한 고찰의 대상이 되어야 한다. 이 글은 안수길이 1950년대에 신문에 연재한 두 편의 소설, 『제2의 청춘』(『조선일보』 1957.9-1958.6),[1] 『부교』(『동아일보』 1959.8-1960.4)[2]를 대상으로 이 작품들에 나타난 연애와 풍속의 윤리감각을 살펴볼 것이다.

50년대의 신문소설을 살펴보고자 하는 것은 안수길의 문학에 대한 연구가 특정 작품에만 치우쳐 온 것에 대한 교정의 효과만을 목표로 삼고 있는 것은 아니다. 식민지 시기의 만주를 무대로 한 작품들에서 안수길이 당대 일본 제국의 문화적 헤게모니 속에 있던 만주국의 이데올로기와 윤리 감각을 충실히 반영하고 있다는 일반적인 평가나, 해방 후 『북간도』를 통해서 이러한 일본 제국주의에 맞서는 민족의 수난사와 투쟁사를 전개함으로써 민족이야기를 새롭게 주조하고 있는 과정은 작가가 소설을 통해 전개하였던 이데올로기와 윤리의 문화정치에 대한 새로운 접근을 요구한다. 가령 저항과 투쟁의 민족이야기가 식민지의 시간이 남긴 고통스럽고 곤란한 기억을 망각하는 기억의 전유를 통해 이루어진다는 『북간도』에 대한 평가[3]를 떠올려 보자. 안수길에게 구체적인 일상의 공간이었던 간도의 기억과 경험은 민족을 주체로 하는 민족이야기가 요구하는 가상적 기억과 충돌할 수밖에 없었고, 이것이 필연적으로 『북간도』의 민족이야기를 지리멸렬해지게 만들고, 텍스트는 분열될 수밖에 없었다는 것이다. 이러한 지적을 통해 유념해야 할 것은 1950년대에 신문에 연재된 안수길의 텍스트들에도 역시 작가가 채택한 당대의 일상의 감각과 풍속 속에

---

1) 이 글에서 참고한 텍스트는 신문 연재 후 단행본으로 출판된 일조각의 『第二의 青春』이다(안수길, 『第二의 青春』, 일조각, 1958).

2) 안수길, 『浮橋 (上), (下)』, 삼성출판사, 1972.

3) 신형기, 「민족이야기의 두 양상」, 『한국학논집』 32집, 계명대학교 한국학연구원, 2005.12.

식민지 기억과 경험을 전유하는 과정이 개입되고 있으며 이 결과가 텍스트의 심층을 형성하고 있다는 점이다. 따라서 안수길의 신문소설을 새롭게 읽는 일은 작가 안수길의 문학을 종합적으로 이해하는 길이 될 뿐만 아니라, 그의 작품을 통해 1950년대의 문화정치를 새롭게 구성하는 방법이 될 수 있을 것이다.

2. 지연되는 연애, 갈등하는 세대

『제2의 청춘』은 을지로 입구에서 혜화동 로터리 방향으로 가는 버스에 엄택규와 김성희가 나란히 승차하는 장면으로 시작된다. 그는 김성희가 지인에게 인사를 하는 것을 오인하여 답례를 했다가 스스로 망신스러운 생각에 괴로워하며, "내가 무슨 죄를 지었나? 나이를 좀 먹은 탓이지. 너도 나이를 먹어 봐."[4]라고 혼잣말로 스스로를 위로한다. 이 오인은 두 사람을 빠르게 접근시키도록 만드는 계기로 작동하면서, 동시에 이 작품이 주요한 화두로 삼고 있는 세대 간의 소통과 연애라는 문제를 대두시킨다는 점에서 의미 있는 대목이다. 이후로 소설은 40대 후반의 엄택규와 20대의 윤필구, 최영호가 김성희를 놓고 경쟁하는 이야기를 한 축으로 삼고, 40대의 신현우와 유자애가 20대의 백은주와 삼각 관계에 빠지게 되는 이야기를 다른 한 축으로 배치하여 서사를 전개하고 있다.[5]

4) 안수길, 『청춘』, 삼성출판사, 1972, 8쪽.

5) 작가는 단행본의 발문에서 창작의도를 이렇게 밝히고 있다. "이 소설에서 나는 제이의 청춘인 중년과 젊은 세대의 청춘 남녀를 교류 대결(交流, 對決)시키면서 인생의 마지막 연소를 보다 화려하게 하고, 위기를 올바르게 처리하는 길을 찾아 보려

『청춘』을 발표한 지 두 해만에 새롭게 신문에 연재한 『부교』 또한 이러한 세대 간의 소통을 다루고 있다는 점에서 비슷한 맥락 속에 놓이는 소설이라고 볼 수 있다. 작가는 연재를 앞두고 동아일보에 발표한 <작자의 말>에서 다음과 같이 말하고 있다.

> 이 소설에서 나는 세대의 문제를 생각해 보려는 것입니다. 늙음과 젊음, 두 세대를 강물의 두 언덕으로 생각하고 그 두 언덕을 연결하는 중년을 '浮橋'로 상징해 놓고 써 내려가려는 것입니다. 애정·윤리·생활태도 등 여러 국면에 부딪혀 생기는 세대의 갈등과 충돌이 오늘처럼 격심한 때도 일찍 없었다고 생각됩니다. 이 소설에서는 그런 걸 그리되 두 세대에 통할 수 있는 양식을 가진 중년의 위치에서 비판하는 각도로 쓰여질 것입니다.[6]

작가는 애정이나 윤리 등의 국면에서 충돌하는 세대 간의 갈등이 어느 때보다 심각한 시기라고 당대를 진단하고 있다. 『부교』는 이러한 진단에 따라 중년의 의사이자 수필가인 임동호를 중심으로 최지애, 김남주, 강득수, 임덕기 등이 전개하는 혼란스런 애정의 이야기를 그려나가고 있다. 그러나 『청춘』이 세대의 대결양상을 중점으로 삼았다면, 『부교』는 연애 문제로 방황하는 젊은 세대를 이끌고 조언해주는 중년의 역할이 두드러진다는 점에서 차이를 엿보이고 있다. 먼저 두 작품에 나타난 세대와 연애의 문제를 살펴보자.

『청춘』의 첫 대목에서 엄택규와 처음 대화를 나누는 김성희는 호칭 문제와 관련하여 젊은이들을 옹호하면서 식민지를 경험한 중년세대의

고 하였으며, 나아가서는 애정의 진실과 세대적 갈등을 재미있는 줄거리에 담아 문학적으로 파들어가려고 한 것입니다."(안수길, 『第二의 青春』의 跋文, 458쪽.) 이는 연재를 앞두고 조선일보에 발표한 <作者의 말>고 대동소이하다.

6) 안수길, <作者의 말>, 『동아일보』 1959년 7월 12일.

책임을 거론한다. “왜식은 싫다면서 가장 친밀하고 보편적일 수 있는 호칭 하나 제것으로 뚜렷하게 통용시키지 못하는 책임”[7]이 사오십 대의 기성세대에 있다는 것이다. 엄택규는 자신의 의사를 거침없이 전달하는 김성희에게 호감을 느끼고, 그녀에게 자신의 잡지사에서 일할 것을 권유하게 된다. 조혼의 관습에 따라 애정 없이 결혼한 아내가 위암에 걸려 투병함으로써 중년의 결핍에 시달리고 있던 엄택규는 이내 김성희에게 빠르게 빠져들게 된다. 그는 자신의 마음이 성희에게로 향하는 것을 깨닫고는 “내가 성희에게 연정을 품고 있다? 이 사실이 용허될 수 있을까?”[8]라고 고민하지만, 점점 더 스스로의 애정에 확신을 품게되고, 아내의 병사를 계기로 성희에게 과감한 애정의 고백을 행한다.

> 나는 성희를 사랑하오. 그리고 이렇게 사랑하는 대상에게 심중을 속임없이 고백하는 것이 내 일생의 첫 일이요. 고백하는 것이 첫 일일 뿐 아니라, 이성을 이처럼 열렬히 사랑해 보는 것도 첫 일이라고 용기 있게 말하오. 이를터이면 첫사랑이라고 할까요.
>
> (…중략…)
>
> 사랑으로 맺아진 사이가 아님은 물론이나 이내 정을 붙일 수도 없었소. 싫은 푼수로는 도망이라도 치고 싶었으나, 할아버지가 엄격했고 그것보다도 그때 청년들의 사상적 풍조가, 개인의 애정문제 같은 것은 안중에도 없었소. 민족주의건, 무슨 주의건, 일제(日帝)에 항거하는 의식을 가진 청년. 그런 청년이나, 학생이 아니면 떳떳히 낯을 들고 다닐 수 없었고, 학생사회에 의젓이 끼일 수 없었던 것이요.
>
> 이런 시대 풍조 속에서도 앞장을 서다 싶이 했던 나였으므로 애정이 없는 조혼(早婚)을 모순이라고 생각하면서도 달리 뜻이 맞고 정으

7) 안수길, 「제2의 청춘」, 18쪽.

8) 안수길, 위의 책, 157쪽.

로 끌리는 여자를 찾아 연애 같은 달콤하고 열렬한 시간을 보내고 싶은 생각을 또한 죄악 같이 배격하지 않을 수 없었소.[9]

엄택규의 이 열렬한 고백에는 개인의 진실을 넘어서는 작가의 세대론과 식민지 기억의 정치가 개입되어 있다고 판단해야 할 것이다.[10] 1910년을 전후로 출생하여 30-40년대에 청춘 시절을 보낸 엄택규는 자신의 청년 시절이 일제에 대한 항거로 점철되었던 시기로 요약한다. 이러한 식민지 시기 청춘들의 연애관에 대한 기억은 당대의 청년담론과 연애에 대한 연구가 알려주는 내용들과는 많은 대목에서 상이한 것이다. 1910년을 전후하여 일어난 자유연애와 낭만적 사랑의 관념에 대해 많은 청년들의 전폭적인 지지와 실천이 뒤따랐다는 것은 잘 알려져 있다. 당대에 많은 관심을 끌었던 엘렌 케이의 사상은 당시에도 요약되었듯이 영혼의 성장과 개인의 행복에 제일가는 요건이라는 자리에 '사랑'을 놓음으로써 개인과 사회, 남자와 여자, 부모와 자녀 사이의 관계를 근본적으로 재편할 필요를 주장하는 것이었다.[11] 이런 맥락에서라면, 엄택규의 고백이 수행하고 있는 식민지 청년의 연애관에 대한 일반화는 식민지의 일상적 삶의 조건을 전면적으로 부정하면서 작품이 표제가 상정하고 있는 '제이의 청춘' 같은 것이 필요한 새로운 무대로 당대 사회를 상정하고 있는 전략이라고 이해할 수 있을 것이다.

신현우와 유자애가 맺고 있는 관계 또한 이러한 맥락을 반영한다.

---

9) 안수길, 앞의 책, 340쪽.

10) 작품에 나타난 엄택규의 나이는 49세이다. 이는 『청춘』 연재 당시의 작가 안수길의 나이와 크게 차이가 나지 않는 것으로, 작가와 동일한 세대를 대표하는 인물로 그를 이해하도록 만든다.

11) 권보드래, 「연애의 형성과 독서」, 『역사문제연구』 7호, 2001 참조.

청년시절 신현우와 밀회를 즐기고 그의 하숙에서 하룻밤의 관계를 갖고 임신하였던 유자애는 자신을 돌봐주던 이모의 반대로 뜻을 이루지 못하고 김종모의 후처로 들어가게 되었다. 그녀는 만주를 떠돌던 신현우가 서울로 돌아왔다는 말을 듣고 첫사랑의 기억을 떠올리고 이내 가정에 충실하지 않은 김종모에게 이혼을 선언하고 신현우와 둘만의 보금자리를 마련한다. 신현우는 "사랑을 청춘의 꽃이라고 한다면 지금 새로 맺는 애정은 제이의 청춘"[12)]이라고 생각하며 유자애의 마음을 받아들인다. 식민지의 청년들에게 허락되지 않았던 청춘의 불꽃은 1950년대의 서울을 무대로 하여 다시금 타오르기 시작하고 있는 것이다.

중년의 주인공들이 자신들의 애정을 적극적으로 드러내며 새로운 청춘의 무대를 만들어가려고 하는 것에 비하자면, 청춘의 연애는 지지부진한 것으로 그려지고 있다. 서술자는 김성희와 윤필구의 관계에 대해, "자주 만나고, 허물 없이 지껄이고 그리고 서로 신뢰하는 사이지마는 그렇다고 그것을 연정이라고는 피차에 생각하고 있지 않는 성희와 윤필구였다."[13)]라고 묘사하고 있다. "큰 일 났어요. 솔직한 심정이 마음 드는 청년들이 하나도 없어요."[14)]라는 성희의 고백 또한 이러한 맥락을 반영한다. 이러한 사정은 『부교』에서도 크게 다르지 않다. 강득수는 최지애와 이성간의 우정과 애정의 한계에 대해 논하면서, "지금까진 두루뭉술한 상태로 둘은 만나고 얘기하고 차를 마시고 극장에도 다녔지 뭐야. 그걸 우정의 한계 안에서의 행동이었다고

12) 안수길, 위의 책, 140쪽.

13) 안수길, 위의 책, 53쪽.

14) 안수길, 위의 책, 278쪽.

한다면, 그러는 사이에 지애가 야릇한 것 느꼈던 모양이지?"[15]라고 생각하며 최지애와의 관계를 다시금 조명할 필요를 겨우 느낀다. 김남주에게 강한 애정을 느끼고 있는 박기택에 대해서도 "오래 사귀는 그동안에도 일찍이 남주에게 결혼에 대한 자신의 심정을 말한 일이 없었다."[16]라는 서술자의 해설이 개입된다. 이렇듯 청춘의 연애가 지체되는 상황은 김성희로 하여금 "엄택규에게면 젊은이들과는 달라, 무어든지 마음놓고 이야기할 수 있었다."[17]라는 신뢰를 중년에게 보내게 되는 계기로 작동하거나, 김남주가 자신의 장래의 배우자에 대한 선택을 전적으로 임동호에게 의지하게 되는 결과로 이어진다. 부교에서도 이러한 신뢰는 이어져서, 최지애의 그룹에서 강연을 해달라는 부탁을 받은 임동호는 "세대가 틀리건 그건 관계 없이 정신과 감정이 통할 수 있으면 서로 교통(交通)하려는 적극성!"을 발견한다.[18]

젊은 여성 인물들이 중년의 남성에 대해 신뢰를 쌓아가는 것과 더불어 나타나는 현상은 젊은 남성 인물들의 중년에 대한 선명한 적개심의 표명이다. 『부교』의 강득수는 "풍채 그럴 듯한 중년 신사와 말쑥하고 예쁜 묘령 여성이 다방 같은 데서 마주앉아 히히해해거리는 장면은 꼴불견 중에도 으뜸 부류에 속할 거니까요."[19]라며 '중년에 대한 까닭없는 적개심'[20]을 드러낸다. 『청춘』의 윤필구는 엄택규에게 사표를 제출하며, "세련과 원숙한 솜씨 거기에 사회적 지위와 돈의 힘

15) 안수길, 『부교』, 86쪽.
16) 안수길, 위의 책, 438쪽.
17) 안수길, 『제2의 청춘』, 176쪽.
18) 안수길, 『부교』, 112쪽.
19) 안수길, 위의 책, 48쪽.
20) 안수길, 위의 책, 50쪽.

으로 젊은 여자를 교묘하게 유혹하는 위선자의 행동, 그 결과 젊은 세대를 유린하는 잔인한 행동을 삼가 주십시오."[21]라고 말한다. '젊은 세대를 중년의 유린에서 옹호'해야 한다는 것이 윤필구가 지니고 있는 정의감의 내용이다. 강득수는 지애 어머니의 요청으로 결혼을 포기할 것을 전달하기 위해 찾아온 최교수를 보면서, 기성세대에 대한 의혹을 다시 떠올린다. "젊음과 늙음, 두 언덕 사이에 걸쳐 놓은 부교(浮橋)와 같이 이쪽도 아니요 저쪽도 아닌 떠 있는 상태이므로 젊은 세대들이 현혹되기 쉬운 게 아닐까?"[22]는 표현은 중년의 남성들에 대한 젊은 남성들의 불신을 대변하는 것이다. 이쯤 되면, 앞에서 '작가의 말'을 통해 살펴본 바, 이 작품들이 목표로 삼고 있는 세대 간의 갈등과 중재란 젊은 여성을 둘러싼 젊은 남성과 중년 남성에 국한된 것이라고 이해할 수도 있을 것이다. 이런 구도 속에서 청년들은 지연되는 연애 때문에 괴로워하고 중년들은 너무나 늦게 도착한 사랑의 시간으로 인해 고통받는다.

3. 제국/식민지적 정체성의 쇄신

사랑이라는 매체 자체는 감정이 아니라 하나의 소통의 코드이다. 즉 그것의 규칙들에 따라 감정을 표출하고 형성하고 모사할 수 있게 해주고, 타인이 그런 감정을 갖고 있다고 보거나 그렇지 않다고 볼 수 있게 해주며, 또한 이 모든 것을 통해 그 규칙들에 따라 소통이 실

21) 안수길, 『제2의 청춘』, 353쪽.

22) 안수길, 『부교』, 590쪽.

현될 때 생기는 온갖 결과들에 대처할 수 있게 해주는 코드이다. 따라할 수 있는 어떤 행동 모델, 효과적으로 이용할 수 있는 지침과 지식이 되는 모델이 관건이 된다. 사랑을 이상화하고 신비화하는 문학적 표현에 나타나는 주제들과 주도적 관념들은 당시의 사회와 그 변화 추세에 반응한다. 사랑의 의미론은 상징적 매체와 사회적 구조 사이의 이해를 제공한다.[23] 이러한 사랑의 의미론이라는 맥락에서 안수길의 50년대 신문소설을 읽어볼 때, 사랑이라는 상징적 매체를 통해 전하고자 하는 50년대 한국사회에 대한 작가의 진단을 엿볼 수 있다. 중년 남성과 청춘 남성들이 한 여성을 놓고 벌이던 사랑의 대결에서 청춘의 승리를 보고하는 『청춘』의 서사에서 주목할 것은, 지지부진하던 청년들의 연애의 이유의 원인을 밝히고 있는 윤필구의 편지 내용이다.

> 그러나 이런 경우에 상투적으로 쓰이는 말을 여기에서도 쓰지 않을 수 없습니다. 일제(日帝) 삼십육년의 가혹한 탄압과 지배는 착하고 부지런한 농부인 우리 아버지와 더불어 그 가족을 마침내 만주로 떠나지 아니치 못하게 만들었습니다. 「낙토(樂土)만주」라는 것이 그들이 내세우는 표방이었습니다.
>
> 그러나 침략자 일본 지배자들에게는 낙토였는지 몰라도 우리 가정, 아니 우리 민족에게는 사바세계도 못되는 지옥이었던 것이 사실입니다. 수토(水土)가 맞지 않고 거처와 식량이 여의치 않은 집단부락(集團部落)에서의 생활을 여기에 일일이 쓸 수 없습니다.
>
> (…중략…)
>
> 성희씨!

23) Niklas Luhmann, Love as Passion : The Codification of Intimacy, tr. by Jeremy Gaines & Doris L. Johns, Cambridge, Mass. : Harvard University Press, 1986, p.20. 정성훈 외 역, 『열정으로서의 사랑』, 새물결, 2009, 37-38쪽.

이만큼 쓰면 나의 심경을 알 수 있겠지요. 그날, 처음으로 성희씨를 보던 그 순간부터 내 가슴 속에서의 불탔던 사랑이 이 완강한 열등의식 때문에 쭉 내 의식 맨밑바닥에 내려 눌리워 있었다는 것을…….[24)]

성희에 대한 자신의 지지부진한 감정표현이 스스로 오랫동안 고통받아온 열등의식 때문이며, 그 열패감의 기원이 식민지에 경험해야 했던 어두운 역사에 있다는 윤필구의 고백은 갑작스러운 서사의 일탈만큼이나 그것이 전달하는 의미가 크다. 이 편지를 계기로 김성희의 마음이 빠르게 윤필구에게로 기울게 되고, 결국 엄택규의 집 앞에서 김성희를 만나면서 '젊음의 승리!'[25)]를 보고하는 장면으로 귀결되고 있는 것이다. 이는 안수길의 신문소설을 비슷한 시기에 연재된 『북간도』의 서사와 별개로 이해할 수 없다는 점을 증명할 뿐 아니라, 작가에 의해 수행된 1950년대의 연애에 대한 보고가 제국/식민지의 주체성을 새롭게 정립하고자 하는 문화정치의 기획임을 알도록 해준다. 윤필구가 유년시절에 경험해야 했던 식민주 만주의 어두운 기억이 갖는 무게는 그 시절에 대한 윤필구의 이해와는 관련 없이 그가 제국/식민지적 정체성으로부터 자유롭지 못하다는 것을 증언하고 있으며, 이러한 기억이 해방 후 새로운 시민으로 스스로를 기획하는 것을 좌절시키고 있었다는 점을 전달하고 있다.

이는 『부교』의 중심인물인 강득수의 이야기에서도 이어지고 있다. 그의 아버지 강치규는 일제시대에 하얼빈에 진출해 무역회사를 경영하였고, 그곳에 살던 조선 사람들의 자제를 위해 학교와 유치원에 많은 기부를 하던 인물이다. 그가 유치원 보모였던 정선비에게 빠져들

24) 안수길, 『제2의 청춘』, 332-333쪽.

25) 위의 책, 355쪽.

게 되고, 두 사람의 사이에서 생긴 아들이 강득수였던 것이다. 강득수는 자신의 이런 출생에 괴로워하면서도 요정을 경영하는 어머니 정선비를 찾아가 새로운 생활을 기획할 것을 간곡하게 요구하는데, 그녀가 자신이 반감을 갖고 있던 임동호와 어울리는 장면을 목격한 후 그녀에게 폭언을 퍼붓게 된다.

> 아들의 고민도 아랑곳 없고, 아들이 어떻게 학대를 받고, 천대 받는 지도 모르고, 강물에 떠있는 배다리(浮橋)같이 흔들흔들 이쪽 언덕도 아니오 저쪽 언덕도 아닌 위치에서 뻗어나가려는 젊은 세대의 자유로운 덩굴을 잘라버리려는 족속들과 히히해해, 노닥거리는 게 그게 강득수의 어머닌가요?[26]

이러한 강득수의 분노는 임동호를 향하고 있다는 점에서 이 작품이 놓인 세대 간의 갈등을 상징하는 장면이지만, 또한 그것은 그 세대가 기반하고 있는 과거의 어두운 기억들이 자신의 현재에까지 부정적인 유산으로 작동하고 있다는 젊은 세대의 항변이기도 한 것이다. 이에 대해 임동호는 '부교'라고 불린 자신의 처지를 돌이켜 보며, 그 오해를 넘어 두 세대를 이어주는 교량의 역할에 더욱더 충실하게 된다. 임동호는 강득수와 최지애의 결합을 허락할 줄 것을 두 사람의 부모에게 설득하면서, "새 시대의 교양과 비판력이 결코 자신들을 그리칠 방향으로 이끌지는 않으리라고 믿어지는 거요."[27]라고 말하여 젊은 세대가 지닌 '새 시대의 교양'의 힘을 옹호한다. 그 새로운 시대의 교양이 상정하고 있는 문화적 조건이 무엇인가에 대해서는 좀 더 자세히 살펴볼 필요가 있을 것이다.

---

26) 안수길, 『부교』, 610쪽.

27) 앞의 책, 630쪽.

4. 대중문화의 영향과 주체성의 변화

해방에서 1950년대에 이르는 시기는 현대적인 것, 봉건잔재적인 것, 아프레게르적인 것의 착종과 이것에 포섭되지 않는 근대적인 것, 식민지 잔재적인 것까지 포함해 비동시적인 것들이 다양한 지층을 이루며 공서하고 있던 시기[28]로 규정된다. 안수길의 50년대 신문소설에서 엿보이는 시대의 모습 또한 이러한 비동시적인 것들의 동시성이 텍스트와 인물들의 심층에 다양한 영향을 미치고 있는 점을 확인할 수 있다. 그러나 작품의 표면에 등장하는 시대의 풍속은 자유와 근대화를 염원하는 청년들의 새로운 감각을 반영하고 있다. 특히 극장과 다방, 땐스홀 등으로 대표되는 대중문화 공간에 대한 인물들의 선호는 이 소설들의 서사에서 중심이 되는 이야기들을 형성하고 있다. 서울을 중심으로 들어서기 시작한 댄스홀을 비롯한 대중문화 공간들은 새로운 종류의 육체적 감각과 결합한 서구적 자유연애 사상을 문화적 이상으로 유행시키면서 대중을 근대적 주체로 빠르게 변모시켜 갔다.[29] 안수길의 소설들 또한 미국영화 관람의 일상화, 요정과 다방의 증가, 댄스 붐, 계(契)의 성행 등과 같은 해방 후의 풍속들을 충실히 반영하고 있다. 그러나 주목해야 할 것은 안수길 소설에 나타난 청년들의 면모가 시대의 감각 중에서도 부정적인 것으로 이해될 수 있는 문화에 대해서는 철저한 거부감을 드러내는 모습으로 나타난다는 점이다.

---

28) 이봉범, 「한국전쟁 후 풍속과 자유민주주의의 동태」, 『한국어문학연구』 56호, 2011.2, 345쪽.

29) 주유신, 「자유부인과 지옥화」, 『한국영화와 근대성』, 소도, 2001.

『청춘』의 김성희는 술을 먹어보지 못했다면 현대여성이 아니라는 엄택규의 핀잔에 “남자처럼 술먹구, 땐스를 하고 돌아다닌다구 해서 현대여성인줄 아세요?”[30]라고 대꾸한다. 유자애는 “그러나 저는 자유부인은 아니애요. 선량한 남편을 두고 허영에 떠서 젊은 애들과 땐스요, 계요로 몸을 망치고 가정을 파괴하는 그런 여자는 아니예요. 입센의 「노라」도 아니애요.”[31]라고 말하며 남편에게 사랑받지 못한 자신의 처지를 변호한다. 『부교』의 최지애는 술에 취해 자신을 껴안으려고 하는 강득수의 행동에 대해 “이런 행동은 싫다니까. 바아에서의 연장인 이런 행동은 싫어요.”[32]라며 거부한다. 두 편의 작품에서 유일하게 부정적인 인물로 그려지는 『청춘』의 백은주는 자신의 타락이 첫사랑이었던 최영호가 자신의 마음을 받아주지 않았기 때문이었다고 말하면서, “무엇보다도 「아프레」여성이라는 비난을 받는 일도 없이 지금쯤 솔깃한 한 사람의 여인으로 소박하게 행복에 도취되고 있을지도 모를 일이애요.”[33]라고 항변한다. 유일한 ‘아프레 걸’이었던 백은주의 선택은 귀향하여 교육활동에 전념하는 최영호를 따라가서 그를 돕는 것이다. ‘아프레 걸’이 전후라는 뜻의 프랑스어 아프레 겔(après guerre)을 여성화한 조어로서 분방하고 일체의 도덕적인 관념에 구애되지 않고 구속받기를 잊어버린 여성들을 뜻하는 성적 방종이라는 의미로 편향된 단어[34]라면, 사실상 안수길의 작품에 아프레 걸은

30) 안수길, 『제2의 청춘』, 250쪽.
31) 위의 책, 142쪽.
32) 안수길, 『부교』, 263쪽.
33) 안수길, 『제2의 청춘』, 447쪽.
34) 권보드래, 「실존, 자유부인, 프래그머티즘」, 『아프레걸, 思想界를 읽다 – 1950년대 문화의 자유와 통제』, 동국대학교출판부, 2009, 79쪽.

단 한 명도 등장하지 않는다고 판단해야 할 것이다.

현대적인 문화가 지닌 방종에 대한 전면적인 거부의 이면에 자리 잡고 있는 것은 세대를 초월하여 등장하는 독서와 영화관람의 영향이라는 점이다. 유자애는 "제가 가장 감명이 깊게 읽은 소설에 『보봐리부인』이 있어요."[35]라고 말하면서 불행한 결혼생활을 하던 엠마와 자신의 처지를 동일시한다. 그리고 새로운 생활을 꿈꾸던 남편 신현우가 백은주와 바람을 피우는 것을 알게 된 순간 비소를 먹고 자살한 '『보봐리부인』의 최후'를 떠올린다. 그리고 수면제를 먹고 자살을 결심하던 순간에 다시 "그러나 자애의 머리에서는 이상하게도 안개가 걷혀지면서 그 소설을 읽었을 때 느꼈던 감상(「엠마 · 보봐리」여 왜 당신은 그렇게 약하오.)"[36]을 떠올리고는 약을 탄 자신의 잔을 남편의 잔에도 옮겨 넣는다. 유자애의 모살 혐의를 수사하던 민검사가 그녀에게 동정을 느끼게 되는 결정적인 계기는 "민검사도 일찍이는 문학청년이었다."[37]는 해설을 통해 설명된다. 『부교』에서 김남주를 향한 연정으로 괴로워하던 임용기는 친구 P에게서 연애에 도움을 준 책에 대한 소개를 받는다. 친구는 연인을 쟁취하기 위한 아름다운 싸움에서 "병법(兵法) 노릇을 해준 책"[38]으로 스탕달의 『적과 흑』을 소개해 주고, 임용기는 책을 읽으며 주인공 줄리앙 소렐이 파리의 귀족 집에 비서로 들어가 그 집의 딸을 손아귀에 넣는 대목을 발견한다.

임용기는 김남주에게 보내는 편지에서 그는 "그건 아마 <보리수>란 영화 때문이었는지도 모르겠습니다."[39]라고 말하는데, 대중문화의

35) 안수길, 『제2의 청춘』, 131쪽.

36) 위의 책, 371쪽.

37) 앞의 책, 427쪽.

38) 안수길, 『부교』, 456쪽.

대표로 등장하였던 영화, 그중에서도 특히 미국영화에 대한 선호 또한 이 소설들의 인물의 특성을 알려주는 주요한 매개가 된다. 이는 "자신들이 처한 가부장적이고 전근대적인 삶의 방식으로 인해 미국영화에 나타나는 자유롭고 현대적인 삶의 방식을 동경"[40] 했던 1950년대 여성들의 삶에 대한 반영으로 이해할 수 있다. 1950년대 한국에서 인기를 끌었던 미국영화는 주로 대도시 문화체험의 중심에 있었으며, 따라서 도시경험과 근대경험의 대표적 문화현상으로 볼 수 있다. 이것은 반공주의에 의해 억압된 민주주의적 다원성의 자아를 경험하고 문화적으로 자신을 구별지을 수 있는 체험의 공간이었다.[41] 전통적인 문학 텍스트와 현대를 대표하는 미국영화를 통해 다원화된 주체구성의 욕망을 드러내면서도 현대의 병폐라고 할 수 있는 문화적 현상들을 철저하게 거부하는 안수길 소설의 지향은 좀 더 섬세하게 검토될 필요가 있을 것이다.

50년대의 문화에서 막강한 영향력을 발휘했던 미국영화의 흔적을 살피는 것을 중요한 작업이지만,[42] 더욱 중요한 것은 그가 당대 대중문화의 상징이었던 미국문화와 대등하거나 그보다 중요한 맥락에서

---

39) 위의 책, 561쪽.

40) 이선미, 「'미국'을 소비하는 대도시와 미국영화」, 『상허학보』 18호, 2006, 83쪽.

41) 이선미, 위의 글, 97쪽.

42) 안미영, 「안수길의 대중소설에 나타난 '외화(外畵)의 의미 – 『第二의 靑春』(1957–1958), 『浮橋』를 중심으로」, 『한국문학이론과 비평』 제27집, 2005.6 참조. 안미영은 이 논문에서 안수길이 당대 유행하던 미국영화들에서 시대를 밝힐 도덕적 전망을 발견하고 있다고 평가한다. 그러나 대중문화에 대한 영향관계의 규명에 몰두한 나머지 유자애가 즐겨 인용하는 『보봐리부인』에 대해서도 작가가 문학이 아닌 당시 상영된 영화를 통해 이 작품을 접하였을 것이라고 단정하며 당시의 신문광고를 근거로 제시하고 있는데, 이는 진위를 밝히기 어려운 억측일 뿐만 아니라, 1958년에 연재를 마친 『청춘』에 대한 논의에서 1959년 10월의 영화광고를 근거로 제시하고 있다는 점에서 고증에서도 오류를 엿보이고 있는 주장이다.

서구의 고전들을 폭넓게 인용하고 있는 점이라고 보아야 할 것이다. 마치 세대 간의 소통을 염두에 두고 있는 작품의 지향과 유사한 방식으로 그는 이전 시대의 교양과 새로운 지식들이 혼재된 자리에서 시대의 윤리가 나아갈 방향을 모색하고 있다고 보아야 할 것이다.

5. 도시공간의 지리학

서울에서의 현대적 생활에 대한 소설의 서사가 무대로 삼고 있는 것은 현대화된 서울을 중심부들이다. 두 편의 소설의 인물들은 서울의 중심부인 도심의 거리와 다방과 극장을 옮겨 다니면서, 당대 서울을 형성하고 있던 문화지지학적 면모를 충실하게 반영하고 있다. 그러나 앞 장에서 살핀 대중문화에 대한 선별적 이해가 작품에 선명하게 드러난 것처럼, 이 작품들을 구성하고 있는 도시의 문화지리에는 주목할 만한 지점이 존재한다. 앞서 살핀 것처럼 '아프레 걸'적 면모를 보여주는 유일한 인물인 백은주는 "명동이 좋은 것과 함께 종로도 좋아요. 사치한 것을 쫓아다니는 것 같지 않아요."[43]라고 말하며 도심을 방황하는 자신의 취향을 정당화한다. 그러나 신현우는 아내 유자애에게 "명동이나 충무로? 다방과 식당이 있단 말이지? 그러나, 여염집 예편네가 자주 다니다가는 큰 탈이야. 바람을 쏘이는 게 아니라, 바람이 나게 되니까"[44]라고 말하며 도심이 내장하고 있는 일탈적 성격에 경고를 보낸다. 도심의 거리에 대한 인물의 심경을 가장 선명하게 드러내고 있는

43) 안수길, 『제2의 청춘』, 366쪽.

44) 위의 책, 360쪽.

장면은 『부교』의 강득수를 통해 전달된다.

> 거리는 지금 한창 자동차와 사람의 내용으로 혼잡을 이루고 있을 무렵이었고, 골목과 골목, 집과 집 속에서는 악착 같은 인간생활이 순간의 쉬임도 없이 영위되고 있으련만, 이곳 <반도 호텔> 옥상에 서서 내려다보노라면 그것은 마치 무슨 벌레의 움직임과 같은 착각에 사로잡히는 거다.
>
> 득수는 이 착각이 착각임을 알면서도 때로는 자신이 악착 같은 인간생활에서 뛰쳐나가고 싶은 충동에 못 이겨 여길 올라오곤 하였다.[45)]

마치 이상의 「날개」를 연상시키는 이 장면을 통해 강득수는 명동 거리의 인간생활에 대한 자신의 감상을 전달하고 있다. 이렇듯 부정적인 도심지에 대한 정의는 농촌으로 귀향한 최영호의 편지를 통해 전달된다. "거기에는 명동도 없고, 형광등도 없읍니다. 한 때 우리의 눈과 마음을 현혹하게 했던 아무 것도 없어요."[46)]

도심의 현대적 거리가 담고 있는 부정적인 성격에 대해, 안수길의 소설이 마련하고 있는 교외의 중요성은 눈여겨 볼 필요가 있다. 유자애는 신현우와의 새살림을 위한 보금자리를 청량리 교외에 마련하고는 "마음도 싱싱해졌다. 싱싱한 마음으로 새로 마련한 보금자리 홍릉 영단주택으로 향하여 버스를 달리는 자애는 행복한 여인이라고 할까?"[47)]라고 독백하며 홍겨워하고 있다. 『부교』에서 딸이 하는 영업과 김춘배와의 치정 관계를 못마땅하게 여기던 정선비의 어머니 백씨는 그 생활을 청산하고 새로운 곳으로 이주하여 새 생활을 꾸려나가려

45) 안수길, 『부교』, 541-542쪽.

46) 안수길, 『제2의 청춘』, 448쪽.

47) 위의 책, 211쪽.

고 하는데, 그가 알아본 장소 또한 회기동이다. 어머니가 새로 연 밀크홀을 방문한 강득수는 “여기가 어느새 이렇게 발전됐을까?”[48]라며 교외의 변화에 놀라워 한다. 『부교』에서 젊은 세대의 조력자이자 작품의 주도 인물로 등장하는 임동호의 병원과 자택이 자리하고 있는 곳 또한 홍릉을 옆에 둔 이 장소이다. 안수길의 소설에 등장하는 청량리 부근이 갖고 있는 문화지리적 의미는 어떠한 것인가.

마에다 아이는 롤랑 바르트의 논의를 인용하며 시가지와 교외의 유형학에 대한 말한 바 있다. 그에 따르면 도시의 중심과 주변을 구분하는 표식의 하나로 타자성과 자기동일성의 대립을 들 수 있다는 것이다. 중심으로서의 거리가 타자와의 만남의 장으로, ‘유희적인 힘’에 의해 활성화되고 있는 교환의 장이라면, 반대로 중심이 아닌 장소는 타자성을 가진 장소가 아닌 모든 것, 즉 가족, 주거, 자기동일성이 되지 않으면 안 되는 것이다.[49] 이러한 맥락에서 안수길의 텍스트가 구현하고 있는 유형학을 살핀다면, 도심지의 다방에서 벌어지는 무수한 만남의 장면들이 현대의 타자들과 대면하는 관계이고, 그 속에서 복잡한 교환의 양상이 벌어지고 있다면, 유자애가 새로운 보금자리를 찾아 도심을 벗어난 것이나, 김남주가 임용기의 가족에 대한 부러움을 드러내고 있는 것에서 가장 뚜렷하게 보이듯이, 가족과 주거를 통해 자기동일성을 유지하기 위한 장소로 청량리 인근의 교외가 선택된 것이라고 볼 수 있다.

한편으로 이 장소가 갖는 지정학적 의미를 이해하기 위해서는 50년대 후반 공공에 의해 건설된 집합주거지를 대표한다고 할 수 있는 청

48) 안수길, 『부교』, 416쪽.

49) 前田愛, 『都市空間のなかの文學』, 筑摩書房, 1989, 225쪽.

량리 부흥주택에 대해 살펴볼 필요가 있다. 홍릉 바로 옆인 청량리 2동 203번지와 205번지 일대에 서울시와 대한주택영단이 1955년과 1957년에 건설한 청량리 부흥주택 주거지는 당시 대표적인 도시주거지 유형의 하나였다. 이 부흥주택 주거지의 형성 배경에는 1950년대 후반의 가장 시급한 사회문제였던 전쟁복구와 주택문제 해결이라는 시대상황이 자리 잡고 있다.[50] 당대 신문에 자주 등장하였던 이 부흥주택에 대한 기사에 따르면, 이 부흥주택의 건설은 전쟁 후 한국에 대한 민간구호계획의 일환으로 실시된 것이다.[51] 한 장소가 가진 상징적 맥락이 전쟁복구와 부흥이라면, 그 장소를 기반으로 삼아 당대의 젊은 풍속에 대해 묘사하고 있는 안수길 소설의 문화적 맥락은 그 장소의 표상을 통해 세대 간의 갈등을 넘어선 새로운 문화를 형성하려는 전략이라고 이해할 수 있을 것이다. 또한 이 공간이 한미 간의 협약에 따라 미국의 국제협조처 ICA를 통한 원조[52]에 의해 형성된 것이라는 배경을 염두에 둔다면, 그 속에 나타나는 미국의 영향이 텍스트에 심층에 자리 잡고 있다는 점 또한 간과할 수 없을 것이다. 두 작품의 결말은 이러한 영향관계를 반영하고 있다. 『청춘』에서 윤필구는

50) 정아선 외, 「청량리 부흥주택의 특성 및 변화에 관한 연구」, 『대한건축학회논문집』 20권 1호, 2004.1 참조.

51) "二十六日復興部에서알려진바에依하면 韓美間에는 五七年度 ICA資金二千五百萬弗로서 復興住宅三萬戶를 建設할計劃을 樹立하였다고하는데 政府案에依하면 都市型住宅 一萬戶는 圓貸資金으로 一白六十億圓을 所要케되어있다하며", 「復興住宅 三萬戶 建設計劃 ICA資金 二千百萬弗 投入」, 동아일보 1956.7.27.

52) 1954년부터 1960년까지의 대한경제원조는 미국의 공적기구, 한국 민간 구호계획(CRIK), 유엔한국부흥위원회(UNKRA)에 의한 원조로 구분되며, 기간 중 도입된 외국원조액은 18억 8,900만 달러로서, 이 중에는 미국의 국제협조처(ICA)를 통한 원조가 83.7%를 차지함으로써 당시의 한국경제는 미국의 무상원조에 크게 의존하고 있었다. 국가기록원 사이트의 전후복구 항복 참조.
http://contents.archives.go.kr/next/content/listSubjectDescription.do?id=006355

미국으로 유학을 떠나고 그와 약혼한 김성희 또한 맹아교육을 연구하기 위해 미국으로 파견된다. 『부교』의 임동호는 아들 용기에게 졸업을 하면 수속이 되는대로 미국으로 떠나서 연애나 결혼보다 더 큰 일을 준비하라고 충고한다. 안수길의 텍스트가 놓여 있는 탈식민의 지향을 염두에 둔다면 제국주의 일본에서 미국으로의 이동이라는 인물들의 지향이 갖는 의미는 앞서 살핀 탈식민적 문화정치의 기획과의 상동관계 속에서 검토되어야 할 것이고 이는 1950년대 한국문화의 한 측면을 이해하는 중요한 지점이라고 판단할 수 있다.

6. 새로운 시대의 교양을 위하여

안수길의 1950년대 신문소설은 그가 같은 시기에 연재한 대표작 『북간도』와 더불어, 식민을 벗어나 새로운 시대를 기획하려는 문화기획의 일환으로 새롭게 이해되어야 한다. 따라서 『북간도』를 해방 이후 안수길 문학의 좌표로 설정하고 이 작품에만 초점을 맞추어 안수길의 문학을 이해하려는 관행으로부터 벗어날 필요가 있다. 『청춘』과 『부교』를 통해 작가는 젊은 청년들의 연애, 세대 간의 갈등과 그 중재, 식민지 기억의 청산과 새로운 미국문화의 대두, 도시의 문화지리 속에 펼쳐진 새로운 문화의 구성에 대한 갈망을 드러내고 있다. 특히 도시생활의 화려함과 연애라는 당면문제에서 패퇴하여 물러서는 젊은이들의 모습은 당대 청년문화가 자리 잡고 있는 문제적 지점을 잘 드러내 보여주고 있다고 할 수 있다. 이 속에는 식민지 기억에 부정적이면서도 분명히 그것으로부터 연유했을 어떤 문화적 교양 속에서 새로운 시대를 만들어가려는 작가의 지향을 발견할 수 있다. 이런 맥락에서 구세대와 신세대의 갈등을 중재하는 주요한 역할을 맡은 부교의 임동호가 보여주는 '교양'의 성격은 작가가 지향한 시대의 새로운 교양이 어떤 지점을 향해가고 있는가에 대한 분명한 암시를 제시하고 있다. 식민지의 기억에 대해서는 부정하면서도 그로부터 나온 근대의 문화적 유산을 자신의 기반으로 삼고 있으며, 새로운 세대에 열려 있으면서도 그 세대의 부정적인 문화에 대해 비판적인 이 인물은, 당대의 삶 속에서 어떠한 교양이 필요한가를 증명하기 위해 작가가 선택한 중요한 역할을 수행하는 인물이라고 볼 수 있을 것이다. 이는 곧 작가가 상정하고 있는 1950년대의 한국사회의 주요한 지향이 무엇인가에 대한 암시를 제공하고 있는 것으로 이해할 수 있을 것이다. 또한 이러한 지향이 1950년대 미국을 둘러싼 지정학 속에서 구현되는 방식에 대한 이해는 탈식민의 과제가 곧 미국식 문화의 수용으로 이어지는 해방 후의 사정에 대한 뚜렷한 지표를 보여주고 있는 것으로 이해할 수 있다. 이에 대한 보다 폭넓은 논의는 작가의 다른 작품과, 당대의 다른 작가의 작품과 더불어 논함으로써 그 의미가 한층 더 분명히 드러날 수 있을 것이라고 판단된다.

● ● ● 참고문헌

1. 자료

김남천, 『김남천 전집 1』, 정호웅 · 손정수 편, 박이정, 2000.
______, 『대하』, 백양당, 1947.
______, 『사랑의 수족관』, 인문사, 1941.
______, 『낭비』, 『인문평론』, 1940.
안수길, 『第二의 青春』, 일조각, 1958.
______, 『浮橋 (上), (下)』, 삼성출판사, 1972.
염상섭, 『만세전』, 『염상섭 전집 1』, 민음사, 1987.
______, 『사랑과 죄』, 민음사, 1987.
______, 『삼대』, 동아출판사, 1995.
유진오, 『화상보』, 창우문화사, 1983.
이광수, 『이광수전집』, 삼중당, 1966.
______, 「今日 我韓青年의 境遇」, 『이광수 전집 1』, 삼중당, 1966.
______, 「文學의 價値」, ≪대한흥학회보≫ 11호.
______, 「文學이란 何오」, 『매일신보』, 1916.11.10.
______, 「신생활론」, 『이광수 전집 10』, 삼중당, 1966.
______, 「朝鮮사람인 青年에게」, 『이광수 전집 1』, 삼중당, 1966.
______, 「婚姻에 對한 管見」, 『이광수 전집 10』, 삼중당, 1966.
______, 『바로잡은 무정』, 문학동네, 2003.
이태준, 『달밤』, 깊은샘, 1995.
______, 『사상의 월야』, 깊은샘, 1996.
______, 『해방전후 · 고향길』, 깊은샘, 1995.
______, 『왕자호동』, 깊은샘, 1999.
______, 『별은 창마다』, 깊은샘, 2000.
______, 『벽공무한』, 『이효석 전집 5』, 창미사, 2003.
이효석, 『화분』, 『이효석 전집 4』, 창미사, 2003.
최재서, 『교양론』, 박영사, 1963.

『문장』, 『인문평론』, 『조광』, 『개벽』, 『삼천리』, 『신조선』, 『신동아』, 『국민문학』, 『반도지광』, 『조선일보』, 『동아일보』, 『조선중앙일보』, 『매일신보』 등 소재 논문 및 소설.

2. 국내 문헌

강동진, 『일제언론계의 한국관』, 일지사, 1982.
강명관, 「율곡의 시론과 수양론」, ≪부산한문학연구≫ 제9집, 1995.6. 참조.
강상희, 『박태원 문학연구』, 서울대 석사논문, 1990.
고규진, 「독일 교양소설과 유토피아」, 인문과학 64집, 연세대학교 인문과학연구소, 1990.
______, 「교양소설 개념의 문제점」, 『獨逸文學』, Vol.42 No.3, 2001.
고부응 편, 『탈식민주의-이론과 쟁점』, 문학과지성사, 2003.
권명아, 『가족이야기는 어떻게 만들어지는가』, 책세상, 2000.
______, 「심미주의의 <분열> : 실낙원과 낙원 사이」, <작가세계>, 2007 겨울호.
권보드래, 「연애의 형성과 독서」, 『역사문제연구』 7호, 2001.
______, 「실존, 자유부인, 프래그머티즘」, 『아프레걸, 思想界를 읽다1950년대 문화의 자유와 통제』, 동국대학교출판부, 2009.7.
권영민, 「이광수와 그의 소설 『무정』의 자리」, 이광수, 『무정』, 동아출판사, 1995.
김경수, 「근대 소설 담론의 유입과 형성과정」, 『인문연구논집』, 서강대학교 인문과학연구소, 26호, 1998.
______, 「염상섭의 초기 소설과 개성론과 연애론」, 『어문학』 제77호, 2002.
______, 「식민지의 삶의 조건과 윤리적 선택」, 김종균 편, 『염상섭소설연구』, 국학자료원, 1999.
______, 「여성 성장소설의 제의적 국면」, 『페미니즘과 문학비평』, 고려원, 1994.
김동환, 「1930년대 후기 장편소설에 나타나는 '풍속'의 의미」, 『한국소설의 내적 형식』, 1996.
김명순, 「교양소설의 본질」, 『독어독문학』 17호, 1981.
김병구, 「염상섭의 『사랑과 죄』론」, 『어문연구』 제31권 2호, 2003.
김병익, 「성장소설의 문화적 의미」, 『지성과 문학』, 문학과 지성사, 1982.
김수용 외, 『유럽의 파시즘. 이데올로기와 문화』, 서울대출판부, 2001.
김양선, 「공모와 저항의 경계, 이효석의 국민문학론」, <작가세계>, 2007 겨울호.

김윤식, 『일제말기 한국작가의 일본어글쓰기론』, 서울대학교출판부, 2003.
김 억, 「想餘」, 『廢墟』 창간호, 1920.7.25.
김우창, 「감각, 이성, 정신」, 이남호 외 편, 『한국문학이란 무엇인가』, 민음사, 1995.
김윤식, 『한국근대문예비평사연구』, 한얼문고, 1973.
_____, 「교양소설의 본질」, 『한국현대소설비판』, 일지사, 1981.
_____, 「6·25와 우리 소설의 내적 형식」, 『한국문학』, 1985.6.
_____, 『한국근대소설사연구』, 을유문화사, 1986.
_____, 『염상섭연구』, 서울대학교출판부, 1989.
_____, 「『무정』의 문학사적 성격」, 『한국 근대문학사상사』, 한길사, 1994.
_____, 『한국문학의 근대성 비판』, 문예출판사, 1995.
김윤식·정호웅, 『한국소설사』, 예하, 1995.
김종섭, 「초기 개신교 선교와 지역공동체의 변화-진주지역을 중심으로」, 한국사회사학회 편, 『사회와 역사』, 1997년 가을.
김종욱, 『1930년대 한국 장편소설의 시간-공간 구조 연구』, 서울대학교 대학원 박사학위논문, 1998.
김종철, 「인문적 상상력의 효용」, 『외국문학』 1987년, 봄호.
김진기, 「고아의식과 의미구조」, 이태준, 『별은 창마다』, 깊은샘, 2000.
김 철, 「몰락하는 신생(新生) : '만주'의 꿈과 『농군』의 오독」, 『상허학보』 9집, 2002.
_____, 「무정의 계보」, 『바로잡은 무정』, 문학동네, 2003.
_____, 「'근대의 초극', 『낭비』 그리고 베네치아(Venetia)」, 『'국민'이라는 노예-한국문학의 기억과 망각』, 삼인, 2005.
김철·신형기 외, 『문학속의 파시즘』, 삼인, 2001.
김 항, 「'결단으로서의 내셔널리즘'과 '방법으로서의 아시아'」, 『대동문화연구』 65집, 2009.
김현주, 「문학·예술교육과 '동정(同情)'」, 『1960년대 소설의 근대성과 주체』, 상허학회, 2004.
_____, 『이광수와 문화의 기획』, 태학사, 2005.
김화영, 「문학이라는 제도」, 『세계의문학』, 1986년 여름.
김흥규, 『한국문학의 이해』, 민음사, 1986.
류보선, 「현실적 운동에의 지향과 물신화된 세계의 극복」, 『민족문학사연구』, 1993.

______, 「사생아, 자유인, 편모슬하－성년에 이르는 세가지 길」, 『문학동네』, 1999 여름 9호.

문성숙, 『개화기 소설론 연구』, 새문사, 1994.

민충환, 『이태준 연구』, 깊은샘, 1998.

박광현, 「경성제국대학 안의 동양사학」, 『한국사상과 문화』 제31집, 2005.

박찬승, 『한국근대정치사상사연구』, 역사비평사, 1992.

박헌호, 『이태준문학의 소설사적 위상』, 성균관대대학원 박사학위논문, 1997.

배성준, 「식민지 민족주의의 모순 구조와 수동적 혁명」, 『트랜스토리아』, 제2호, 2003 상반기.

백 철 편, 『비평의 이해』, 현암사, 1982.

사에구사 도시카쓰 외, 『한국 근대문학과 일본』, 소명출판, 2003, 140쪽.

상허문학회 편, 『근대문학과 구인회』, 깊은샘, 1996.

____________, 『근대문학과 이태준』, 깊은샘, 1999.

서경석, 『한설야 문학 연구』, 서울대학교 대학원 박사학위논문, 1992.

서기재, 「시가 나오야 문학과 근대 일본 제국주의」－<장치>로서의 「인격수양서」의 경계, 한국비교문학회 2002년 가을 국제 학술 발표회 자료집.

서영채, 「『무정』 연구」, 서울대대학원, 1992.

______, 「두 개의 근대성과 처사 의식」, 『소설의 운명』, 문학동네, 1995.

______, 『사랑의 문법』, 민음사, 2004.

서재길, 「『만세전』의 탈식민주의적 읽기를 위한 시론」, 사에구사 도시카쓰 외, 『한국 근대문학과 일본』, 소명출판, 2003.

서준섭, 「모더니즘과 1930년대의 서울」, 『한국학보』, 1986년 겨울.

______, 『한국모더니즘 문학연구』, 일지사, 1988.

서중석, 『한국근현대의 민족문제연구』, 지식산업사, 1989.

신인섭, 「교양개념의 변용을 통해 본 일본 근대문학의 전개 양상 연구」, 『일본어문학』 Vol.23, 2004.

신형기, 「민족이야기의 두 양상」, 『한국학논집』 32집, 계명대학교 한국학연구원, 2005.12.

안미영, 「안수길의 대중소설에 나타난 '외화(外畵)의 의미-『第二의 青春』(1957-1958), 『浮橋』를 중심으로」, 『한국문학이론과 비평』 제27집, 2005.6.

양문규, 「『탑』과 『사상의 월야』의 대비를 통해 본 한설야와 이태준의 역사의식」, 『이태준 문학의 재인식』, 소명, 2004.
여건종, 「형성으로서의 문화」, 『문학동네』, 2000, 겨울.
오태영, 「'朝鮮' 로컬리티와 (탈)식민 상상력」, <사이間SAI> 제4호, 2008.5.
오한진, 『독일교양소설연구』, 문학과지성사, 1989.
와다 토모미, 「외국문학으로서의 이태준 문학」, 『근대문학과 이태준』, 상허문학회, 깊은샘, 1999.
윤대석, 「경성제대의 교양주의와 일본어」, 『대동문화연구』 제59집. 2007.
_____, 「제의와 테크놀로지로서의 서양 근대음악」, 상허학보 23집, 2008.6.
윤영옥, 「한설야의 『탑』에 나타난 근대성과 여성」, 『한국언어문학』, Vol.47, 2001.
윤지관, 『근대사회의 교양과 비평』, 창작과비평사, 1995.
_____, 「빌둥의 상상력 : 한국 교양소설의 계보」, 『문학동네』, 2000. 여름.
_____, 『아들과 연인』에 나타난 교양의 문제, 『영어 영문학』, Vol.46 No.3, 2000.
윤 진, 「진실의 허구, 혹은 허구의 진실 : 자서전 글쓰기의 문제들」, 『프랑스어문교육』 제7집.
윤천근, 「퇴계철학에 있어서 도덕과 수양의 문제」, 『퇴계학』 제1집, 1989.
이경훈, 『오빠의 탄생 : 한국 근대 문학의 풍속사』, 문학과지성사, 2003.
_____, 『이상, 철천의 수사학』, 소명, 2000.
이덕형, 「독일 교양소설비판 시론」, 『독어교육』 제8집, 1990.
이만열, 「기독교 수용과 사회개혁」, 『한국 기독교 수용사 연구』, 두레시대, 1998.
이명희, 「역사적 사실과 이야기적 요소의 만남」, 이태준, 『왕자호동』, 깊은샘, 1999.
이병렬, 「이태준 소설의 창작기법연구」, 숭실대대학원 박사학위논문, 1993.
이보영, 『식민지시대문학론』, 1984.
_____, 『난세의 문학』, 예림기획, 2001.
_____, 『한국현대소설의 연구』, 예림기획, 1998.
이보영 외, 『성장소설이란 무엇인가』, 청예원, 1999.
이봉범, 「한국전쟁 후 풍속과 자유민주주의의 동태」, 『한국어문학연구』 56호, 2011.2.
이상갑, 「'사상의 월야' 연구」, 『이태준문학연구』, 상허문학회, 깊은샘, 1993.
이상경, 『이기영－시대와 문학』, 풀빛, 1994.
이석구, 「탈식민주의와 탈구조주의」, 고부응, 편, 『탈식민주의－이론과 쟁점』, 문학과지성사, 2003.

이선미, 「'미국'을 소비하는 대도시와 미국영화」, 『상허학학』 18호, 2006.
이선영 외, 『한설야 문학의 재인식』, 소명, 2000.
李承瑾, 「列國青年과밋 韓國青年談」, 『대한흥학보』 6호, 1909.10.20.
이재선, 『한국현대소설사, 홍성사』, 1979.
_____, 「형성적 교육소설로서의 무정」, 『문학사상』, 1992년 2월호.
이주형, 『한국근대소설연구』, 창작과비평사, 1995.
이철호, 「『무정』과 낭만적 자아」, 동국대대학원, 1999.
이향철, 「근대일본에 있어서의 『교양』의 존재형태에 관한 고찰」, 『일본역사연구』, Vol.13 2001.
이혜령, 「1930년대 가족사연대기 소설의 형식과 이데올로기」, 『한국 근대문학 양식의 형성과 전개』, 깊은샘, 2003.
정성훈 외 역, 『열정으로서의 사랑』, 새물결, 2009.
장영우, 『이태준 소설연구』, 깊은샘, 1996.
_____, 「이태준 소설의 특질과 의의」, 『이태준과 현대소설사』, 깊은샘, 2004.
정아선 외, 「청량리 부흥주택의 특성 및 변화에 관한 연구」, 『대한건축학회논문집』 20권 1호, 2004.1.
정종현, 「제국/민족담론의 경계와 식민지적 주체」, 『이태준과 현대소설사』, 상허학회, 2004.
정호웅, 「식민지현실의 소설화와 역사의식」, 『염상섭 전집 2』 해설.
조관자, 「'민족의 힘'을 욕망한 '친일 내셔널리스트' 이광수」, 『당대비평』, 2002 특별호.
조남현, 『한국지식인소설연구』, 일지사, 1994.
조영복, 『한국 모더니즘 문학의 근대성과 일상성』, 다운샘, 1997.
조혜정, 「결혼, 사랑, 그리고 성」, 『새로 쓰는 사랑 이야기』, 또 하나의 문화, 1991.
주유신, 「자유부인과 지옥화」, 『한국영화와 근대성』, 소도, 2001.
진상범, 「이광수 소설 『무정』에 나타난 유럽적 서사 구조」, 『독일어문학』 제17집, 2002.
차미령, 「무정에 나타난 '사랑'과 '주체'의 문제」, 『한국학보』 110집, 2003.
차승기, 『1930년대 후반 전통론 연구』, 연세대대학원 박사학위논문, 2002.
_____, 「'사실의 세기, 우연성, 협력의 윤리」, 『민족문학사연구』 38집, 2008년.
_____, 『반근대적 상상력의 임계들』, 푸른역사, 2009.

채호석, 「1930년대 후반 소설에 나타난 새로운 문제틀과 두 개의 계몽의 구조」, 『한국근대문학연구』, 태학사, 1996.
______, 『김남천 문학연구』, 서울대학교대학원 박사학위논문, 1999.
천이두, 「성장소설의 계보와 실상」, 『우리 시대의 문학』, 문학동네, 1998.
최문규, 「역사철학적 근대성과 그 이념적 맥락」, 『세계의문학』, 1993년 가을.
______, 『탈현대성과 문학의 이해』, 민음사, 1996.
최현식, 「「소설가 구보씨의 일일」에 나타난 '소설(예술)론'의 위상」, 『작가연구』 3호.
하정일, 『20세기 한국문학과 근대성의 변증법』, 소명, 2000.
한상규, 『1930년대 모더니즘 문학의 미적 자의식 연구』, 서울대 석사논문, 1989.
한형구, 「일제말기 세대의 미의식 연구」, 서울대 박사논문, 1992.
허병식, 「예술가 소설에 나타난 주체의 형성에 관한 연구」, 동국대학교 석사학위논문, 1997.
______, 「교양소설과 주체확립의 동력학」, 『근대문학연구』 제3집, 2001.5.
______, 「모더니티와 문학적 자아에 대한 탐색」, 『한국문학평론』, 2003, 여름.
______, 「식민지 청년과 교양의 구조」, 『한국어문학연구』 제41집, 한국어문학연구회, 2003.
______, 「이태준과 교양의 형성」, 『근대문학연구』 제10집, 2004.10.
현상윤, 「求하는바靑年이 그누구냐?」, 『학지광』 제3호, 1914.12.3.
홍길표, 「시간의 탈시간화 혹은 근대성의 자아성찰」, 『독일언어문학』, Vol.19, 2003.
황국명, 「한국 현대 성장소설의 정치적 환상 연구」, 『한국문학논총』 제25집, 1999.12.
황병주, 「근대와 식민의 오디세이」, 『트랜스토리아』 제2호, 2003 상반기, 박종철출판사.
황종연, 「한국문학의 근대와 반근대」, 동국대 박사학위논문, 1991.
______, 「문학이라는 譯語」, 『한국문학과 계몽담론』, 문학사와비평연구회, 새미, 2001.
______, 「편모습하, 혹은 성장의 고행 – 성장소설의 한 맥락」, 『비루한 것의 카니발』, 문학동네, 2001.
______, 「탕아를 위한 국문학」, 『국어국문학』 127호, 2000.
______, 「노블, 청년, 제국」, 『상허학보』 14집, 2005.2.

3. 외국문헌

1) 日書

高田里惠子,『文學部をめぐる病い』ちくま文庫, 2006.

_________, 『グロテスクな教養』, 筑摩書房, 2005.

德富蘇峰,「新日本之青年」(1887),『德富蘇峰集』明治文學全集 3, 筑摩書房, 1974.

唐木順三,『現代史への試み』, 筑摩書房, 1963.

木村直惠,『青年の誕生』, 新曜社, 1998.

安培能成,「青年と教養」, 岩波書店, 1939.

奥山仙三,「新體制と內鮮一體」, ≪朝鮮及滿洲≫ 398호, 1941.

前田愛,『近代讀者の成立』, 筑摩書房, 1982.

______,『都市空間のなかの文學』, 筑摩書房, 1989.

竹內洋,『教養主義の沒落』, 中央公論新社, 2003.

池田浩士,『教養小說の崩壞』, 現代書館, 1979.

筒井淸忠,「日本における 教養主義と修養主義」, ≪思想≫ 812호, 1992.

_______,『日本型「教養」の運命』, 岩波書店, 1995 ; 高田里惠子,『文學部をめぐる病い』ちくま文庫, 2006.

和田とも美,「李泰俊の文學の底流にあるもの」, 朝鮮學報, 1996.1.

武田淸子,「キリスト教受用の方法とその課題」, 丸山眞男 外,『思想史の方法と對象』, 創文社, 1961.

波田野節子,「ヨンチェ・ソニョン・三浪津─『無情』の研究(下)」, ≪朝鮮學報≫ 第157輯.

_________,「京城學校でおきたこと─『無情』の研究(中)」, ≪朝鮮學報≫ 第152輯.

_________,「ヒョンシクの意識と行動にあらわれた李光洙の人間意識について─『無情』の研究(上)」, ≪朝鮮學報≫ 第147輯.

2) 서양서

Edward W. Said, *The World, the Taxt, and the Critic*, Harvard University Press, Cambridge, Massachusetts, 1983.

Franco Moretti, *The Way of the World : Bildungsroman in European Culture*, London : Verso, 1987.

___________, *Atlas of the European Novel 1800-1900*, London : Verso, 1998.

Georg Lukács, "Faust Studien", *Probleme der Realismus III*(Brelin : Hermann Luchterhand

Verlag, 1965)

Gerhart Mayer, *Der deutsche Bildungsroman*, Von der Aufklärung bis zur Gegenwart, Stuttgart, 1992.

Gero von Wilpert, *Sachwörterbuch der Literatur*, Stuttgart : Alfred Kröner, 1979.

Gi-Wook Shin and Michael Robinson, editors, *Colonial Modernity in Korea*, Published by the harvard University Asia Center, 1999.

Harry Harootunian, *Overcome by Modernity*, Princeton University Press, 1997.

Lydia H. Liu, *Translingual Practice* : Literature, National Culture, and Translated Modernity- China, 1990-1937(Stanford : Stanford University Press, 1995)

Marshall Berman, *The Politics of Authenticity* (New York : Atheneum ; 1970)

_____________, *All That is Solid Melts into Air : The Experience of Modernity* (New York : Penguin Books, 1988)

Matthew Arnold, *Culture and Anarchy* (Thoemmes Press ; Bristol ; 1994)

Naoki Sakai, *Subject and Substratum* : on Japanese Imperial Nationalism, Cultural Studies 14(3/4) 2000.

Niklas Luhmann, *Love as Passion* : The Codification of Intimacy, tr. by Jeremy Gaines & Doris L. Johns, Cambridge, Mass. : Harvard University Press, 1986.

Paul de Man, Autobiography as De-Facemant, *The Rhetoric of Romanticism* (New York : Columbia University Press, 1984)

Paul Ricoeur, The Function of Fiction in Shaping Reality, *A Ricoeur reader : reflection and imagination*, ed. Mario Valdes(Toronto : University of Toronto Press, 1991)

Raymond Williams, *Culture and Society 1780-1950* (Harmondsworth:Penguin Books), 1961.

_______________, *Keywords*(London : Flamingo), 1983.

Robert Young, *White Mythologies* : Writing History and the West(London, Routledge 1982)

Rolf Selbmann, *Zur Geschichte des Deutschen Bildungsromans*, Darmstadt : Wissen- schaftliche Buchgesellschaft, 1988.

Stefan Tanaka, *Japan's Orient : Rendering pasts into History*, University of California Press, 1995.

Tomi Suzuki, *Narrating the Self : Fictions of Japanese Modernity* (Stanford, Califonia : Stanford University Press, 1996)

Wilhelm Dilthey, *Das Erlebnis und die Dichtung : Lessing, Goethe, Novalis, Hölderlin*, (Göttingen : Vandenhoeck & Ruprecht), 1957.

3) 번역서

G.W.F. 헤겔, 임석진 역, 『법철학』, 지식산업사, 1994.
__________, ________, 『정신현상학 1, 2』, 한길사, 2005.
M. 칼리니스쿠, 이영욱 역, 『모더니티의 다섯 얼굴』, 시각과 언어, 1993.
M.S. 프링스, 금교영 역, 『막스 셸러 철학의 이해』, 한국학술정보, 2002,
Orlowski, Hubert, 이덕형 역, 『독일 교양소설과 허위의식』, 형설출판사, 1996.
S. 채트만, 한용환 역, 『이야기와 담론』, 고려원, 1995.
가라타니 고진, 박유하 역, 『일본 근대문학의 기원』, 민음사, 1997.
___________, 송태욱 역, 『근대 일본의 비평』, 소명, 2002.
___________, ________, 『현대 일본의 비평』, 소명, 2002.
가야트리 스피박, 태혜숙 역, 「하위주체가 말할 수 있는가?」, 『세계사상』 4호, 1998.
강상중, 이경덕・임성모 역, 『오리엔탈리즘을 넘어서』, 이산, 1997.
게오르그 루카치, 반성완 역, 『소설의 이론』, 심설당, 1985.
게오르그 짐멜, 김덕영 윤미애 역, 『짐멜의 모더니티 읽기』, 새물결, 2005.
고모리 요이치, 송태욱 역, 『포스트콜로니얼』, 삼인, 2002.
___________, 정선태 역, 『일본어의 근대』, 소명, 2003.
나카무라 미쓰오, 고재석・김환기 역, 『일본 메이지 문학사』, 동국대 출판부, 2001.
노르베르트 엘리아스, 박미애 역, 『문명화과정Ⅰ』, 한길사, 1999.
니시카와 나가오, 윤대석 역, 『국민이라는 괴물』, 소명, 2002.
도미야마 이치로, 임성모 역, 『전장의 기억』, 이산, 2002.
레이 초우, 장수현・김우영 역, 『디아스포라의 지식인』, 이산, 2005.
린 헌트, 조한욱 역, 『프랑스 혁명의 가족로망스』, 새물결, 1999.
마르쿠제, 김문환 편역, 『마르쿠제 미학사상』, 문예출판사, 1989.
마르트 로베르, 김치수・이윤옥 역, 『기원의 소설, 소설의 기원』, 문학과지성사, 1999.
마에다 아이, 유은경・이원희 역, 『일본 근대 독자의 성립』, 이룸, 2003.
막스 베버, 박성수 역, 『프로테스탄티즘의 윤리와 자본주의 정신』, 문예출판사, 1999.
미셸 푸코, 이규현 역, 『성의 역사1 – 앎의 의지』, 나남, 1990.
미셸 푸코 외, 이희원 역, 『자기의 테크놀로지』, 동문선, 1997.

미야카와 토루・아라카와 이쿠오 편, 이수정 역, 『일본근대철학사』, 생각의 나무, 2001.
미요시 유키오, 정선태 역, 『일본 문학의 근대와 반근대』, 소명출판, 2002.
미하일 바흐찐, 전승희 외 역, 『장편소설과 민중언어』, 창작과비평사, 1988.
발터 벤야민, 반성완 편역, 『발터벤야민의 문예이론』, 민음사, 1989.
__________, 박설호 편역, 『베를린의 유년 시절』, 솔, 1993.
베네딕트 앤더슨, 윤형숙 역, 『민족주의의 기원과 전파』, 사회비평사, 1996.
사에구사 도시카쓰, 심원섭 역, 『사에구사 교수의 한국문학 연구』, 베틀북, 2000.
스튜어트 홀, 임영호 편역, 『스튜어트 홀의 문화 이론』, 한나래, 1996.
아놀드 하우저, 김진욱 역, 『예술과 소외』, 종로서적, 1981.
앤서니 기든스, 배은경・황정미 역, 『현대사회의 성・사랑・에로티시즘』, 새물결, 1996.
에드워드 사이드, 『문화와 제국주의』, 박홍규 역, 문예출판사, 2004.
요한 볼프강 폰 괴테, 정서웅 역, 『파우스트』, 민음사, 1997.
________________, 안삼환 역, 『빌헬름 마이스터의 수업시대』, 민음사, 1997.
위르겐 하버마스, 이진우 역, 『현대성의 철학적 담론』, 문예출판사, 1994.
유진 런, 김병익 역, 『마르크시즘과 모더니즘』, 문학과지성사, 1994.
이매뉴얼 월러스틴, 성백용 역, 『사회과학으로부터의 탈피』, 창작과비평사, 1994.
이언 와트, 전철민 역, 『소설의 발생』, 열린책들, 1988.
이토 세이 외, 유은경 역, 『일본 사소설의 이해』, 소화, 1997.
재클린 살스비, 박찬길 역, 『낭만적 사랑과 사회』, 민음사, 1985.
조엘 도르, 홍준기 역, 『프로이트・라캉 정신분석임상』, 아난케, 2005.
줄리아 크리스테바, 김영 역, 『사랑의 역사』, 민음사, 1995.
지그문트 프로이트, 김정일 역, 『성욕에 관한 세 편의 에세이』, 열린책들, 1996.
찰스 테일러, 박찬국 역, 『헤겔 철학과 현대의 위기』, 서광사, 1988.
천꽝신, 백영서 외 역, 『제국의 눈』, 창작과비평사, 2003.
코모리 요이치, 송태욱 역, 『포스트콜로니얼』, 삼인, 2002.
테리 이글턴, 김명환・정남영・장남수 역, 『문학이론입문』, 창작과비평사, 1995.
__________, 방대원 역, 『미학사상』, 한신문화사, 1995.
테오도르 아도르노, 최문규 역, 『한줌의 도덕』, 솔, 1997.
________________, 홍승용 역, 『미학이론』, 문학과지성사, 1995.

페터 뷔르거, 김경연 역, 『미학이론과 문예학 방법론』, 문학과지성사, 1994.
__________, 최성만 역, 『전위예술의 새로운 이해』, 심설당, 1992.
폴 리쾨르 외, 석경징 외 편역, 『현대 서술 이론의 흐름』, 솔, 1997.
프랑코 모레티, 조형준 역, 『근대의 서사시』, 새물결, 2001.
____________ 성은애 역, 『세상의 이치』, 문학동네, 2005.
____________, 설준규 역, 「근대 유럽 문학의 지리적 소묘」, 『창작과비평』 1995년 봄호.
프레드릭 제임슨, 여홍상·김영희 역, 『변증법적 문학이론의 전개』, 창작과비평사, 1984.
프리드리히 니체, 김정현 역, 『도덕의 계보』, 책세상, 2002.
프리드리히 쉴러, 안인희 역, 『인간의 미적교육에 관한 편지』, 청하, 1995.
피에르 부르디외, 하태환 역, 『예술의 규칙』, 동문선, 1999.
______________, 『구별짓기-문화와 취향의 사회학』, 최종철 역, 새물결, 2005.
피터 버거, 명순희 역, 『자본주의의 혁명』, 을유문화사, 1988.
필립 르쥔, 윤진 역, 『자서전의 규약』, 문학과지성사, 1998.
하루오 시라네·스즈키 토미, 왕숙영 역, 『창조된 고전』, 소명, 2002.
하시미 시게히코, 「'다이쇼적' 담론과 비평」, 가라타니 고오진 외, 송태욱 역, 『근대 일본의 비평』, 소명출판, 2002.
하타노 세츠코, 신두원 역, 「이광수의 자아」, 『민족문학사연구』 제5호, 민족문학사연구소, 1994.
한스 게오르그 가다머, 이길우 외 역, 『진리와 방법Ⅰ』, 문학동네, 2002.
호미 바바, 나병철 역, 『문화의 위치』, 소명출판, 2002.
호르크하이머·아도르노, 김유동 외 역, 『계몽의 변증법』, 문예출판사, 1995.
히라노 켄, 고재석·김환기 역, 『일본 쇼와 문학사』, 동국대출판부, 2001.
히로마쓰 와타루, 김항 역, 『근대초극론』, 민음사, 2003.
히야마 히사오, 정선택 역, 『동양적 근대의 창출』, 소명, 2000.

저자 소개_허병식

허병식 동국대학교 독문과와 국문과 대학원을 졸업했다. 2006년 『조선일보』 신춘문예로 등단했으며, 현재 동국대학교 한국문학연구소 연구교수로 재직 중이다. 논문으로 「폐병쟁이들의 근대－한국 근대문학에 나타난 결핵의 표상」, 「식민지 주체의 아이덴티티 수행과 친일의 회로」 등이 있고, 저서로 『이동의 텍스트, 횡단하는 제국』(공저), 『문학과 과학』(공저) 등이 있다.

교양의 시대－한국근대소설과 교양의 형성

초판 인쇄 2016년 3월 3일
초판 발행 2016년 3월 11일
지은이 허병식
펴낸이 이대현
편　집 오정대
디자인 이홍주
펴낸곳 도서출판 역락
서울 서초구 동광로 46길 6-6 문창빌딩 2층
전화 02－3409－2058(영업부), 2060(편집부) | FAX 3409－2059
이메일 youkrack@hanmail.net
역락 블로그 http://blog.naver.com/youkrack3888

등　록 1999년 4월 19일 제303－2002－000014호

ISBN 979－11－5868－298－7 93810

정　가 21,000원

* 파본은 구입처에서 교환해 드립니다.

이 도서의 국립중앙도서관 출판예정도서목록(CIP)은 서지정보유통지원시스템 홈페이지(http://seoji.nl.go.kr)와 국가자료공동목록시스템(http://www.nl.go.kr/kolisnet)에서 이용하실 수 있습니다.(CIP제어번호 : CIP2016005740)